CE QUE JE VOULAIS VOUS DIRE

ANAÏS NIN

Ce que je voulais vous dire

TRADUIT DE L'ANGLAIS (ÉTATS-UNIS) PAR BÉATRICE COMMENGÉ

Établi et présenté par Evelyn J. Hinz

LE LIVRE DE POCHE

Titre original :

ANAIS NIN. A WOMAN SPEAKS
Publié par The Swallow Press Inc., Chicago, 1975.

Introduction

Anaïs Nin raconte qu'enfant elle était si timide qu'elle ne parlait qu'à ses parents. Impressionné par son silence, un parent en visite avait laissé entendre à sa mère qu'elle avait mis au monde une enfant anormale. Cette anecdote provoque toujours un rire incrédule car Anaïs est l'une des conférencières les plus prolixes, les plus ouvertes, les plus spontanées de notre époque. Elle sait aussi bien retenir l'attention d'une foule que faire d'une brève rencontre un dialogue inoubliable ; il est difficile d'imaginer qu'une personnalité aussi libérée, aussi solide, ait pu un jour, même lointain, éprouver des difficultés à communiquer.

À cause de son aisance, Anaïs Nin sait très bien que l'image qu'elle donne de son enfance sera difficile à admettre et fera sourire ; mais, en réalité, elle ne le fait que dans cette intention. Elle est consciente du besoin que nous avons tous de croire que nous pouvons surmonter les obstacles, et elle sait que l'admiration que nous pouvons avoir pour une personnalité nous fait plus de tort que de bien si nous ignorons les combats difficiles qui ont précédé. Enfin, elle sait également que nous avons tendance à nous accrocher à l'idée qu'un adulte hors du commun est né avec des dons exceptionnels, ce qui peut servir d'excuse à notre propre passivité et à notre médiocrité.

Ainsi, loin de faire de sa retenue enfantine un simple objet de plaisanterie, Anaïs Nin cherche à relever le défi qu'elle voit dans l'incrédulité et l'admiration de ses auditeurs. Elle explique comment elle a réussi à surmonter sa timidité et à communiquer avec les autres : c'est en tenant régulièrement son journal afin de cerner son identité et d'exprimer ce qu'elle pensait ou éprouvait. En d'autres termes, le journal traduisait son désir de se sauver elle-même et de faire vivre ses rêves. Elle en conclut que le secret de la réussite n'est pas de posséder un talent exceptionnel ; c'est plutôt une question d'entêtement. Nous ne sommes jamais exceptionnels à nos débuts ; nous devenons exceptionnels à force d'écarter les obstacles que le destin place sur notre route.

Après la publication de son *Journal*, lorsqu'on lui demanda de faire des conférences, Anaïs hésita : « J'ignorais pourquoi les gens désiraient me voir, expliqua-t-elle dans une université en mars 1973 ;

j'avais l'impression que tout était dit dans mon œuvre et je ne voyais pas la nécessité d'une rencontre. » Elle craignait que leur désir de la voir et de l'entendre ne fût l'expression d'une curiosité malsaine au sujet de sa vie privée. Ce qu'elle avait à offrir, ce qu'elle voulait accréditer, imprimer dans les esprits, c'était le combat qu'elle avait mené pour devenir une artiste, une femme, un être humain accompli, et ce combat, elle le racontait entièrement dans le *Journal*.

Mais elle comprit peu à peu que ce besoin, chez le lecteur, reflétait de la défiance quant à l'authenticité de la vie racontée dans le *Journal*. Il avait l'impression que cette femme à laquelle il s'était identifié et dont il désirait partager les convictions n'était pas réelle, mais une construction romanesque ; il craignait que le récit apparemment scrupuleux de la lutte d'un individu pour trouver des vérités viables ne fût une pure mystification ou presque. Le besoin de la voir, de voir l'auteur du *Journal*, était un besoin de se rassurer en croyant à cette vie parce que l'auteur était bien réel.

Et, comme Anaïs Nin l'expliqua en octobre 1972, c'est en prenant conscience de cette défiance générale qu'elle décida de se montrer et de parler en personne. Après avoir lu l'histoire de sa vie, après l'avoir suivie dans la formation et dans la création de sa personnalité, les lecteurs avaient besoin « d'être sûrs qu'il y avait concordance entre

9

l'auteur et le personnage du *Journal*, que ce dernier n'était pas pure invention. Il fallait qu'ils le sachent. Il fallait qu'ils entendent ma voix. Il fallait que je sois là, présente ». La raison qui finit par pousser Anaïs Nin à accepter de paraître en personne fut qu'elle y voyait un moyen de combattre, par son propre exemple, le scepticisme de ses contemporains en leur prouvant qu'il était possible de vivre en accord avec sa vraie nature et de préserver son intégrité même dans les rapports avec le public.

Mis à part ses propres paroles, il y a trois façons par lesquelles Anaïs prouve à ses auditeurs qu'il existe un lien continu entre ce qu'elle écrit et ce qu'elle est. La première est tout simplement son physique, qui correspond tout à fait à l'image que l'on peut en attendre à la lecture du *Journal*, celui de cette femme qui se lève et s'avance au milieu de la scène lorsque le maître de conférences annonce : « Mesdames, messieurs, je vous présente Anaïs Nin. » Il ne s'agit pas simplement de la ressemblance avec la femme dont on a pu voir les photos, mais d'une correspondance entre son apparence, ses gestes, et le style et le contenu de son œuvre. On retrouve dans ses mouvements la même fluidité, la même grâce, et dans ses manières d'être le même équilibre entre la gaieté et l'intériorité, et dans ses yeux et son sourire la même tendresse, la même franchise que celles avec lesquelles elle raconte ses expériences dans le *Journal*. En la regardant s'approcher du micro, on n'a pas l'impression de voir un auteur apparaître sur la couverture de son livre, mais une femme qui surgirait de ses pages. C'est comme si l'on était assis à lire le *Journal*, et que, soudain, levant les yeux, on ait devant soi l'image que l'on s'était créée. Et c'est sans doute ce frisson de reconnaissance, plus que le simple fait de la voir en personne, qui bouleverse ses auditeurs lorsqu'elle paraît.

Puis elle commence à parler et, là encore, sa voix est celle qu'on attend : une voix jeune – un timbre clair, pur, mélodieux, un peu comme un soprano ; une voix travaillée – avec un accent français venant atténuer les rudes sonorités de l'anglais et donnant à ses mots une qualité magique ; une voix chantante – chaude, au débit lent et captivant. Les premiers mots qu'elle a l'habitude de prononcer avant de commencer sont toujours : « M'entendez-vous ? Pouvez-vous m'entendre au fond ? » S'il y a des « non », elle attend qu'on règle les micros, ou bien, s'il s'agit d'une petite pièce où elle pourrait rester assise, elle offre de se lever pour résoudre ces problèmes d'acoustique – position qu'elle adopte toujours lorsque le public est nombreux et qu'elle peut tenir pendant plus de deux heures de suite. Quelle que soit la situation, elle veut être certaine que chacun peut l'entendre, car elle ne s'adresse pas à une foule, mais à chaque individu.

Les thèmes qu'elle choisit pour ses conférences sont toujours d'une brûlante actualité – statut des femmes, injustices raciales, relations de l'art et de la technologie à l'ère spatiale, tendances en art et en psychologie, aliénation de l'individu –, en fait, des thèmes qu'elle ne traite pas dans son *Journal*, ou du moins pas directement. Mais sa méthode est d'aborder ces sujets dans les termes mêmes qu'elle utilise dans le *Journal*. De plus, elle a l'habitude de partir d'un thème ou d'une situation tirés du *Journal*, et de les analyser dans ses rapports avec la situation actuelle. Ainsi se dégage de ses conférences l'impression d'un échange : partant du présent pour retrouver le *Journal*, ou bien sortant du *Journal* pour retrouver le présent. En ce sens, le *Journal* apparaît non seulement comme un document vivant, mais aussi comme un livre toujours ouvert et en mouvement.

Souvent, Anaïs Nin termine sa conférence par la lecture de quelques pages du *Journal*. Ainsi, de même qu'elle était sortie du *Journal* pour venir parler en personne, de même, après avoir parlé, rassuré son lecteur sur la réalité de la femme qui s'exprime dans le *Journal*, se retire-t-elle à nouveau derrière ses pages, laissant son auditoire avec le *Journal* et non avec la femme, le laissant à la place où l'on peut toujours la retrouver et d'où elle ne cessera jamais de parler.

Généralement, Anaïs Nin parle à ses auditeurs pendant une demi-heure ou une heure, après quoi, comme pour se rapprocher d'eux, elle s'offre à répondre aux questions qu'ils voudraient bien lui poser – ce qui n'exclut pas pour autant le dialogue pendant son exposé, à l'occasion. Elle explique : « Je ne veux pas réduire ma conférence à un monologue. Maintenant, je désire que vous me parliez, que vous me posiez des questions sur ce que j'ai dit, sur le *Journal*, sur tout ce que vous voudrez. » S'il arrive que personne ne pose de questions, elle n'en profite pas, comme d'autres le feraient, pour s'en aller : au contraire, elle reprend la parole un instant et renouvelle son invitation. De même, elle ne limite jamais ce dialogue et reste jusqu'à ce que chacun ait pu se faire entendre.

Selon la nature de la question, les réponses de Nin peuvent aller du simple « oui » ou « non » à une longue dissertation sur le sujet, d'un vague « Je ne crois pas » à un chaleureux « Je comprends ». Mais quelle que soit la question, ce dont elle veut s'assurer avant tout, en y répondant, c'est de l'avoir bien comprise, et ensuite que sa réponse soit également claire pour son interlocuteur. Bien que les questions soient souvent timides et répétées, les réponses d'Anaïs ne le sont jamais. Et de même qu'elle répète toujours la question pour s'assurer que tout le monde a bien entendu, de même elle adresse sa réponse à celui qui a posé la question et non pas à l'ensemble de l'auditoire. Ainsi, malgré la situation qui veut qu'Anaïs soit d'un côté et la foule de l'autre, chacun finit néanmoins par avoir l'impression d'avoir eu une conversation intime et personnelle avec Anaïs Nin.

Lorsque Anaïs parle, c'est une femme qui parle ; quel que soit le sujet, elle l'aborde d'un point de vue féminin et s'exprime avec un langage de femme ; ainsi ses conférences offrent-elles la preuve des possibilités des femmes dans l'art ou dans la société, mais aussi l'exemple du pouvoir et de la portée d'une voix et d'une vision authentiquement féminines. De nos jours, nombreuses sont les femmes qui n'ont pas peur d'exprimer leur opinion ; nous avons besoin d'autres Anaïs Nin, qui n'aient pas peur de faire parler leur cœur, qui soient fières d'être des femmes et désirent définir ce que représente la condition féminine – pour elles-mêmes, pour les autres femmes, et pour les hommes. Il faut lire le *Journal*. Il faut écouter Anaïs Nin.

À côté de ceux qui ont eu la chance de pouvoir entendre Anaïs Nin et de parler avec elle, des milliers d'autres aimeraient le faire. C'est la raison pour laquelle nous publions ces conférences, séminaires, interviews : ils sont la reproduction imprimée de la voix d'Anaïs Nin en public, telle que d'autres ont pu l'entendre. Il s'agit de permettre aux lecteurs de participer à ces réunions par l'imagination, et de sentir indirectement la présence d'Anaïs.

Nous nous sommes attachés à respecter le côté humain des conférences plus qu'à les reprendre à la lettre. Le but de cette édition n'est pas de « préserver » les mots prononcés par Anaïs Nin pour les spécialistes à venir, mais de les rendre accessibles au plus large public possible. Mon but, tout au long de ce livre, a été de reproduire *l'effet* que les conférences de Nin peuvent avoir eu sur ceux qui les ont écoutées ; mon désir a été de faire ressentir sa présence plus que de répéter ses paroles.

D'autre part, ce n'est pas une vulgarisation des conférences d'Anaïs Nin, car, si rester fidèle à l'esprit d'Anaïs signifie se préoccuper des aspirations du public, cela signifie également reconnaître que la communication est un art. Donc, il ne s'agissait pas de rassembler au hasard et sans esprit critique tout le matériau dont je disposais, mais plutôt de proposer une édition établie avec soin selon les principes suivants.

Cette édition comprend des extraits tirés de trois sources différentes : des conférences publiques d'Anaïs Nin, des séminaires qu'elle a dirigés ainsi que d'autres réunions moins importantes auxquelles elle a participé, et enfin des interviews qu'elle a accordées en privé ou par radio. Ces textes couvrent environ une période de sept ans

– de 1966, année de la parution du premier tome du *Journal*, à 1973, année où elle a sans doute paru le plus fréquemment en public. Évidemment, Nin avait donné des conférences avant 1966 et a continué d'en donner après 1973. Mais, pour les besoins de l'édition, j'ai été obligée de fixer des limites ; cependant, ces dates trouvent une justification suffisante pour les raisons citées plus haut ainsi que pour celles qui ont poussé Anaïs Nin à paraître en public.

Malgré ces limites, à cause de l'énorme production d'Anaïs Nin pendant cette période, il a fallu procéder à une nouvelle sélection. J'aurais pu choisir de publier intégralement quelques conférences très représentatives d'Anaïs, mais je me suis rendu compte que cette méthode laissait de côté trop de textes importants – par exemple, certains passages essentiels d'une conférence auraient pu être négligés, parce que cette dernière était moins caractéristique que d'autres, dans son ensemble – et de même une conférence très significative sur un point pouvait compter de nombreuses répétitions de certains sujets traités dans d'autres. C'est pourquoi j'ai préféré choisir les passages les plus représentatifs de toute une série de conférences et les assembler de façon qu'ils forment un tout, cherchant à rendre à la fois le fond et la forme des conférences d'Anaïs. Chaque chapitre, à l'exception du premier, traite d'un thème majeur abordé par Anaïs Nin et comprend, d'une part, un texte de conférence et, d'autre part, une série de questions et de réponses, puisque c'est ainsi qu'Anaïs avait l'habitude de procéder. Le premier chapitre offre le texte entier d'un discours prononcé par Anaïs, et le dernier ne consiste pratiquement qu'en une série de questions et de réponses : le livre dans son ensemble a donc la structure d'une conférence, ou, en d'autres termes, ce volume peut se lire comme une longue communication sur différents sujets.

Plus précisément, j'ai procédé comme suit : j'ai d'abord écouté tous les enregistrements disponibles de ses conférences, séminaires, interviews, dans le but de rechercher ses thèmes les plus spécifiques et de définir son style ; ensuite, à partir de mes notes, j'ai comparé les manières différentes dont elle traitait les mêmes sujets afin de trouver la plus caractéristique ; et enfin j'ai choisi l'ordre de publication tel qu'il apparaît dans ce volume.

Pour ce qui est de la transcription et de la publication de ces extraits, mon but a été à la fois de reproduire les mots et les phrases d'Anaïs Nin le plus fidèlement possible et de donner au lecteur une idée de l'impression que peuvent laisser à l'auditeur ces conférences. Consciente du fait que, parfois, la transcription littérale du texte ne peut produire sur le lecteur la même impression que le langage parlé sur l'auditeur, j'ai souvent supprimé certaines tournures de phrases, des répétitions, des faux départs, des phrases inachevées – mais je n'en ai supprimé aucune qui puisse servir à éclairer un passage donné.

Tous les changements apportés au texte original pour les besoins de l'édition ont été approuvés par Anaïs Nin.

Evelyn HINZ
Winnipeg, Manitoba.

1

Un nouveau centre de gravité

Aujourd'hui, je me demandais en venant ici : qu'est-ce qui me ferait le plus plaisir un jour comme celui-ci ? De quoi manquons-nous par-dessus tout ? De quoi avons-nous le plus besoin ? Et j'ai senti que c'était de *Foi*.

À mesure que se développait une nouvelle conscience, un éclairage nouveau, une clairvoyance qui nous faisait rejeter certains dogmes, certaines hypocrisies et certaines traditions qui ne nous satis-faisaient plus, sont nées, parallèlement à cette lucidité, une inquiétude, une grande solitude et une absence de toute foi. J'espère que cela ne sera que temporaire, car cette nouvelle vision du monde doit s'accompa-gner du courage d'abolir l'ancienne. Aussi, ce que j'ai-merais vous offrir aujourd'hui, c'est cette foi qui m'a portée toute ma vie et qui a tant signifié pour moi.

À mes débuts, elle était condamnée par la civili-sation américaine. Il s'agissait d'une foi qui voulait qu'il existe au monde un endroit où l'on pouvait lutter pour la perfection, l'évolution, le développement, la disparition des sentiments d'hostilité et celle des préjugés. C'était une foi qui voulait que chacun se tourne vers lui-même comme vers un objet à créer – non seulement dans l'expression artistique, mais encore dans sa vie de simple individu.

Ce que je voulais vous donner aujourd'hui, c'est un nouveau centre de gravité, parce que nous avons essayé de vivre beaucoup trop par le groupe, avec cette notion du nombre, du trop grand nombre, de millions, de vivre en comptant sur les forces extérieures et sur un monde extérieur à nous-mêmes. On a fait pression sur nous, et certains, qui n'étaient pas à même de compenser ces contraintes extérieures par une richesse intérieure, ont été gagnés par le désespoir, la dépression, la frustration, ce qui les a rendus agressifs. Or un homme agressif et malheureux est un danger pour la société. Comme le disait Otto Rank dans *La Volonté du bonheur*[1] : « Un homme heureux est un élément positif pour la société, un homme malheureux est un grand danger. »

Ce que j'ai voulu, c'est que l'on cesse de penser au nom du nombre – ce que l'on a toujours pris pour de la vertu ou de l'altruisme – et que l'on songe, avant tout, à rendre l'individu plus

---

1. Stock, 1975.

parfait, plus sensible et plus réceptif à la détresse des autres ; qu'il traite les êtres humains en êtres humains, dépassant les notions de races, de religions, de traditions, de cultures, quelles que soient les idées, qui lui ont été imposées de force. Aujourd'hui, nous avons tout remis en question, mais nous ne sommes parvenus qu'à une forme négative de révolte – contre quelque chose, plutôt que pour autre chose.

J'ai découvert que la volonté de créer, ou volonté créatrice, qui poursuit et hante l'artiste, pouvait s'appliquer à notre vie d'individu, à notre vie personnelle tout comme à une œuvre d'art : nous possédons tous une volonté, une capacité qui nous permettent de nous transformer. Il ne faut pas y voir un acte égocentrique, mais au contraire un acte qui finit par influencer et transformer toute la communauté. Ainsi, je pense que le monde changera lorsque notre conscience changera. Nous sommes aujourd'hui plus conscients, il ne faut pas désespérer.

Nous sommes plus conscients des obstacles, et nous sommes plus conscients des erreurs dont il faut nous débarrasser. R. D. Laing, psychologue anglais, l'exprime en ces termes dans *La Politique de l'expérience*[1] : « Nous vivons tous dans l'espoir qu'il peut encore exister des rapports authentiques

---

1. Stock, 1969.

entre les hommes. Le rôle de la psychothérapie est de faire disparaître tout ce qui se met en travers – étais, masques, rôles, mensonges, angoisses, projections, introjections –, bref, tout le poids du passé, le transfert, le contre-transfert dont nous usons par habitude ou par convention, consciemment ou inconsciemment, dans nos relations avec les autres. »

Ce principe peut sembler n'avoir de valeur que pour le monde purement personnel, mais, en fait, il peut s'appliquer à des nations et à des races diverses. Si nous nous attachions à rendre plus parfaites nos relations avec notre prochain, si nous comprenions véritablement ceux qui sont près de nous, nous pourrions également comprendre ceux qui sont loin, tandis que nous préférons leur faire la guerre.

Je désire offrir un centre de gravité à votre âme, un axe dans un monde instable, un noyau qui vous permettrait de construire, par votre volonté créatrice, un monde unifié – le monde tel que nous aimerions qu'il soit. Je ne crois pas aux changements de systèmes, parce qu'on peut corrompre un système et, tant que nous n'aurons pas créé un individu incorruptible, nous n'aurons pas de système incorruptible. Les systèmes sont corruptibles, mais le moi créateur ne l'est pas, ni le moi ni le monde créé sur une base humaine. Le personnel, l'humain, l'intime nous rapprochent de la compassion et nous permettent de comprendre les actes et les motivations des autres. Ils éliminent le sentiment de culpabilité qui accompagne toujours celui de la responsabilité individuelle. Dès le moment où nous engageons notre propre responsabilité pour tout ce qui arrive, nous prenons en même temps conscience que nous créons par là même un monde individuel, un monde merveilleux.

Nous commençons à nous rendre compte, à prendre conscience qu'il est nécessaire d'équilibrer les mondes intérieur et extérieur, et, pour y parvenir, il faut que nous possédions ce que les Thaïlandais appellent la « demeure de l'esprit ». Chaque fois qu'ils construisent une maison, ils ont coutume d'en bâtir la réplique exacte en miniature pour les esprits. Je crois que nous avons besoin d'agir de même. Nous avons besoin d'un sanctuaire, nous avons besoin d'un endroit pour la méditation, nous avons besoin d'un noyau intérieur à partir duquel nous pouvons observer les événements, les comprendre, les revivre. Nous avons besoin d'une nouvelle forme de religion, sans dogmes, d'une nouvelle forme de nationalisme, sans fanatisme, d'une refonte de la personnalité.

Le sens réel du mot « éduquer » est « montrer le chemin », et il arrive que l'artiste y parvienne inconsciemment. Il ne désespère pas. Il ne dit pas, comme l'a prôné notre civilisation pragmatique,

que le monde est tel qu'il est, et qu'on ne peut rien changer. Au contraire, l'artiste a toujours affirmé : « Bien que le monde soit ce qu'il est, il ne me convient pas et je peux le transformer. » Et il l'a transformé. Il a changé notre musique, notre peinture. Il a changé notre théâtre, il a changé notre conception du roman. Et lui-même change tous les jours. Et c'est parce qu'il croit que la vie peut être transformée, qu'elle peut subir des métamorphoses, et qu'elle peut être conquise, qu'il est un héros à sa manière. Le héros est celui qui croit pouvoir conquérir. Mais aujourd'hui, nous avons cessé de croire qu'il est possible de conquérir. Nous avons rejeté l'idée de héros.

Nous avons besoin de cette existence individuelle pour résister à la contagion des forces destructrices ; il y a une chose que j'ai remarquée dans les universités, c'est cette ouverture romantique et merveilleuse face à la vie que vient assombrir, par malheur, une forme négative de révolte : nous refusons ce qui *existe*, mais ne pensons jamais à ce qu'il faudrait faire pour rendre le monde tel que nous voudrions qu'il soit ; nous n'avons même pas cette volonté de création qui nous pousse à réaliser ce qui n'existe pas. Et cela ne s'applique pas seulement à la création artistique, mais peut aller de la construction d'une maison jusqu'aux moindres actes de notre vie. Il faut prendre conscience que les barrières n'existent pas, qu'elles ne sont qu'inventions liées à notre culte de l'ordre établi et que notre devoir est de les abattre.

Le drame de notre époque tient à la disparition de cette foi : on a habitué l'individu à se sentir désarmé, on l'a nourri dans l'idée d'une réalité immuable et on lui a appris à être négatif. C'est parce que nous avons abdiqué toute responsabilité et toute orientation personnelles que nous sommes devenus passifs face à la destinée. Nous avons été dépassés par les vastes perspectives de la science, dépassés par la machine, alors que nous aurions pu nous en rendre maîtres et être nous-mêmes l'objet de notre esprit créateur. Sans cette résistance individuelle, ce noyau et ce pôle individuels, nous sommes appelés à succomber à la maladie du groupe, à la névrose collective. Car, après tout, névrose n'est qu'un autre mot pour négativité. Je veux donc faire naître cette foi en vous. Vous possédez en vous un royaume dans lequel vous êtes tout-puissants, où vous êtes maîtres de votre âme. Et, finalement, cette cellule que vous cherchez à construire se trouve reliée à des millions d'autres cellules. Vous projetez à l'extérieur votre réalité intérieure. Mais d'abord, il faut faire de ce noyau de l'esprit une réalité.

Je vais vous lire une lettre que j'ai écrite à un jeune écrivain qui craignait de se trouver dépossédé s'il livrait aux autres une histoire qu'il avait conçue – tout comme Truman Capote, qui, après avoir vendu ses rêves pour dix dollars, les regretta et exigea qu'on les lui rende. Ce jeune écrivain me demandait pourquoi j'avais de l'amitié pour lui et l'écoutais si volontiers. Et je lui répondis : « J'aime me trouver au commencement de toute vie et non à sa fin. Nous perdons tous un peu de notre foi sous l'oppression de nos gouvernants, à cause des cruautés de la vie quotidienne. Par nature, je suis toujours au commencement de quelque chose et toujours disposée à croire : je trouve donc votre compagnie plus enrichissante que celle de personnes qui ont imposé leurs croyances, leurs opinions et leurs connaissances comme des vérités dernières, se faisant les prisonniers de cadres rigides. Certains d'entre nous oublient la curiosité, le goût du risque, l'esprit de recherche. Vous n'avez pas encore découvert que vous aviez beaucoup à donner et que plus vous donnerez, plus vous vous en trouverez enrichi. Cela m'étonne que vous vous sentiez plus pauvre chaque fois que vous écrivez une histoire et que vous ayez l'impression de perdre un de vos rêves. C'est que vous n'avez pas pensé que ce rêve allait entrer dans d'autres esprits, qui commenceront à le vivre aussi, que ce rêve est partagé, qu'il est un début d'amitié et d'amour. De quoi est fait ce monde que vous aimez ? Qui sont tous ces amis autour de moi que vous aimez ? Ils sont venus parce que j'ai offert mes histoires. Ils sont venus pour y répondre et réalimenter la source. Ils ont entendu l'appel de *La Cloche de verre*, l'appel à la grande fête, et ils sont accourus avec leurs propres histoires. Vous ne devez ni avoir peur ni rester en arrière, avare de vos pensées et de vos sentiments. Il est vrai aussi que la création naît d'un trop-plein : il faut donc que vous appreniez à observer, à recevoir, à vous imprégner, à vous nourrir sans avoir peur du trop-plein. Cette plénitude est comme une vague qui vous porte ensuite sur les chemins de l'expérience et vous plonge dans l'écriture. Laissez-vous immerger et même submerger. Laissez monter la température, laissez grandir et s'intensifier les expériences. Il naît toujours quelque chose de l'excès. Le grand art est né de la grande frayeur, de la grande solitude, de grandes inhibitions, de grands doutes, et l'équilibre se rétablit toujours. Si je vous donne l'impression d'évoluer dans un monde de certitudes, c'est que vous devez jouir de ce grand privilège de la jeunesse qui est d'évoluer dans un monde de mystères. Mais l'un et l'autre doivent être guidés par la foi. »

2

Le refus du désespoir

Je pense que nous vivons à une époque qui, d'une certaine manière, ressemble à celle des grandes épidémies de peste. L'image peut paraître exagérée, mais chaque jour nous nous trouvons confrontés à l'horreur et au désespoir : le cauchemar de la guerre, la peur de la bombe…, mais vous savez comme moi tout ce qui crée notre angoisse universelle. Le sentiment dont j'aimerais vous faire part, c'est qu'au milieu de tous ces événements, de toutes ces tragédies, il est aussi important pour nous de vivre hors de l'histoire que dans son courant. Il faut nous en extraire pour trouver en nous la force qui nous permettra d'y participer, de la vivre, et enfin de parvenir à la conclusion des derniers cahiers du *Journal*, c'est-à-dire au *refus du désespoir*. Ce résultat est le fruit, d'une part, de ma création et, d'autre part, de mes rapports humains : recherche obstinée de contacts intimes, d'amitiés, de toutes formes de relations avec les hommes, les femmes, les enfants, les habitants de notre pays et ceux des pays étrangers.

Il n'y a pas que les artistes qui parlent de création. On peut commencer à créer dans une vie absolument vide, on peut commencer à créer avec ceux qui vivent à nos côtés, on peut commencer à créer comme le font les enfants – qui se mettent spontanément à écrire des poèmes et à peindre dès qu'ils savent tenir un porte-plume ou un pinceau. Cette création est un constant trait d'union entre notre vie personnelle et le combat que nous menons contre des forces supérieures comme l'histoire, dont nous pouvons devenir les victimes. Et afin de ne pas devenir ses victimes, nous avons appris à vivre en marge de l'histoire. Ce n'est pas une fuite, c'est se réserver un endroit où l'on puisse se réfugier pour y reprendre des forces, pour retrouver nos valeurs, pour éviter d'être secoués par les événements.

C'est un peu comme l'homme qui plonge au fond de l'océan, emportant des bouteilles d'oxygène pour équilibrer la pression. Moi, je parle d'équilibrer la pression entre les événements extérieurs, éprouvants et destructeurs, et ce havre où nous nous reconstruisons, où nous finissons par accomplir ce que Jung appelait la seconde naissance. De cette seconde naissance nous sommes seuls responsables ; c'est notre propre création.

Cette seconde naissance est celle que *vous* êtes capable de réaliser. Cette découverte fut pour moi un grand soulagement. Tant que nous nous attendons à ce que les changements proviennent d'une action extérieure ou de différents systèmes politiques, nous ne pouvons que nous sentir désemparés et avoir l'impression que la réalité nous dépasse et nous écrase. Mais si un jour nous prenons conscience que *nous* sommes capables de nous transformer, nous transformerons en même temps ceux qui nous entourent. C'est en écrivant que j'ai eu la soudaine révélation de l'énorme influence que je pouvais avoir sur les autres.

Ainsi, tout changement intérieur transforme le monde extérieur. Mais la société a séparé les deux actions : on peut *soit* se consacrer aux autres, *soit* s'abandonner à une introspection égoïste. Or les deux attitudes dépendent étroitement l'une de l'autre : plus vous êtes ouverts à la vie, plus vous trouverez en vous de force pour nourrir l'extérieur. Pourquoi avoir créé cette dichotomie ? Je ne sais. En effet, tout ce que peut faire l'individu pour lui-même et par lui-même finit toujours par refluer comme une rivière vers l'inconscient collectif. Et si nous sommes aujourd'hui déçus par ce qu'est devenu le monde, cela vient de ce que trop peu d'entre nous se sont appliqués à relever la valeur de l'individu – pour le rendre plus conscient, plus apte à juger les autres, à juger ses dirigeants.

Il faut prendre cette responsabilité. Par exemple, au moment de l'assassinat de Martin Luther King, j'ai éprouvé un très vif sentiment de culpabilité : bien qu'incapable moi-même d'une telle violence, j'ai eu néanmoins l'impression que ce crime n'était que la conséquence de tous nos actes d'hostilité. J'ai parlé de la guerre dans le *Journal* ; en 1939, lorsque la guerre éclata, j'ai écrit : « Je n'ai jamais été responsable de la moindre action de guerre, et cependant je suis impliquée dans ce qui se passe aujourd'hui dans le monde. » C'est pourquoi j'ai toujours combattu toutes les formes d'hostilité.

Nous devons commencer par nous soigner nous-mêmes. Comme l'a dit Loren Eisley, chaque fois que nous réussissons à faire taire en nous le combat, nous sommes sur la voie de supprimer la guerre un jour. Je rejette sur l'individu la responsabilité de ce qui arrive à la collectivité. Si chacun prenait profondément conscience que toutes ses actions, toutes ses paroles, toute son agressivité ne sont que le reflet de ce qui se reproduira ensuite sur une plus grande échelle – si nous nous montrions enfin capables de voir les choses de cette manière, alors chacun de nous, à l'image de la cellule, œuvrerait pour créer un être humain, un être qui ne supporterait pas les ghettos, un être qui n'irait pas en guerre. Et nous pourrions seulement alors commencer à créer une cellule capable d'influencer des centaines d'autres cellules autour d'elle. Je ne pense pas que l'on se fasse une idée exacte du degré d'influence que peut avoir une seule personne sur son entourage, et même sur les affaires de la nation.

Nous n'avons jamais lié les deux choses ; nous avons toujours cru qu'il fallait s'attaquer directement aux problèmes d'ensemble ; nous n'avons jamais pensé que nous pouvions transformer l'ensemble en nous transformant nous-mêmes. Si, tout d'abord, l'homme s'était attaché à déchiffrer sa personnalité, à étudier en profondeur les problèmes psychologiques, à aller toujours plus au fond de lui-même, il aurait appris à mieux juger les actions des autres, à mieux choisir ses chefs. Il aurait pu s'améliorer considérablement dans sa profession, s'il avait eu cette lucidité supplémentaire, cette clairvoyance qu'apporte la conscience de la complexité d'autrui.

Voici à peine quelques semaines, j'ai lu un livre intitulé *Le Choc du futur*[1] – qui a produit sur *moi* un choc ! L'auteur en arrivait à la conclusion que les progrès de notre technologie de même que le rythme accéléré de notre vie nous condamnaient à l'incommunicabilité. Nous bougions trop, et trop vite, pour avoir le temps de créer de vraies relations avec les autres. Ce qui m'a choquée, c'est que l'on puisse penser que la technologie conditionne nos relations humaines. De pareilles conceptions sont

---

1. De Alvin Toffler, Denoël, 1970.

la conséquence malheureuse des idées que nous avons toujours eues sur le *contact*. Et les grands responsables de notre déformation sont les médias qui nous ont donné l'illusion que nous communiquions avec le monde entier et avec tout ce qui s'y passait. Les médias ont fabriqué de toutes pièces des personnalités et nous ont offert une vision du monde aussi fausse que possible, qui nous est nuisible la plupart du temps. Seules comptent, en définitive, nos conceptions personnelles sur les êtres humains, sur les événements, sur les guerres, sur l'histoire, sur les autres nations ou sur les autres races ; ce n'est qu'à partir de notre propre vision intérieure, et non par les médias, que nous parviendrons à comprendre les autres. Les médias nous donnent une fausse idée de la communication et du contact.

Nous parlons sans cesse de médias, de techniques nouvelles, d'appareils toujours plus sensibles, mais nous ne pensons jamais à notre corps, à notre esprit, à notre cœur comme à des récepteurs. Ils ne peuvent l'être que si nous aiguisons notre sensibilité, si nous nous débarrassons de nos préjugés, que j'appelle les cals de l'âme. R. D. Laing a écrit de très belles lignes sur notre désir de véritables rencontres et amitiés, mais celles-ci ne pourront jamais avoir lieu tant que nous n'aurons pas ôté nos masques, tant que nous n'aurons pas abandonné notre « image », tant que nous n'aurons pas renoncé à nos défenses, projections et introjections. Il énumère toutes les interférences ; le journal m'a révélé ce qu'étaient toutes ces interférences, lorsque j'ai enfin décidé de le publier : c'était avant tout la peur, la peur des autres – que j'ai aussitôt cessé d'éprouver après la parution. J'ai découvert que si l'on joue en profondeur, si l'on offre la part la plus profonde et la plus authentique de soi-même, on ne peut plus être détruit.

Alvin Toffler dit aussi dans *Le Choc du futur* que les étudiants qui se tournent vers l'astrologie, vers le mysticisme, vers l'Orient, vers le monde spirituel, *renoncent* à la technologie. Je réponds : « Non, ils essaient de trouver une source de force et un but afin de ne pas être esclaves de la technologie, afin de rester maîtres de leur propre vie. » Je ne suis donc pas du tout d'accord avec lui. L'orientation vers autre chose n'est qu'une tentative sincère pour se créer une personnalité capable de survivre dans l'air que nous respirons. Il insiste beaucoup sur ce qu'il appelle l'accélération de nos vies, prétendant qu'elle détruit toute possibilité de contact et d'amitié. Mais j'ai pu lui prouver le contraire cette année en acceptant de donner un très grand nombre de conférences. Je n'ai pas pu refuser ; j'ai parcouru tout le pays, à un rythme très accéléré. Je croisais des milliers de gens. Cependant, je suis parvenue à créer de réelles amitiés dans ces brèves minutes de rencontre. Nous ne sommes donc pas nécessairement les victimes du rythme accéléré de notre vie, de ses changements multiples. Seule compte la profondeur du contact, lorsque celui-ci s'établit.

J'ai toujours désiré être en communion avec les autres. Pourtant, enfant, ce que j'appelais le « pont me reliant au monde » fut brisé par l'abandon de mon père, situation qui d'ordinaire engendre la méfiance, comme la plupart des traumatismes. Ils vous font découvrir qu'un être humain peut vous blesser, vous abandonner, vous trahir. Cependant, je persiste à croire qu'il vaut un million de fois mieux prendre le risque d'être abandonné ou trahi plutôt que de se retirer dans une forteresse d'aliénation, de fermer sa porte et de rompre le contact avec les autres. C'est alors que nous mourons réellement. C'est la mort – la mort des émotions. C'est la méfiance qui nous pousse à cette extrémité, la méfiance et la peur d'avoir mal. À onze ans, je disais que je ne voulais plus jamais aimer personne, parce qu'on perdait toujours ceux qu'on aimait – je pensais alors à ma grand-mère espagnole, que je ne devais jamais plus revoir. Ainsi, j'appris que la méfiance était à l'origine des barrières qui séparent les hommes.

J'ai combattu toute ma vie – en ce moment en aidant les études sur les femmes, le mouvement féministe, en parlant avec les hommes – pour que chacun soit impliqué dans cette fusion, dans ce contact profond avec les autres. J'ai connu la méfiance, mais j'ai toujours refusé qu'elle me rende insensible. Pourtant, ce qu'affirme *Le Choc du futur*, presque littéralement, c'est que nous sommes voués à devenir insensibles. Prisonniers de trop d'informations, secoués par trop d'événements, confrontés à l'univers tout entier, nous n'aurons plus que la ressource de neutraliser nos aptitudes à sentir. C'est pourquoi, à mon avis, il s'agit bien d'un livre dangereux. Ce livre est choquant car il accepte les effets de la technologie au lieu de nous apprendre à les combattre, à lutter contre la déshumanisation et l'aliénation dues à l'accélération de la vie et à notre manque de racines.

J'ai lu l'autre jour quelque chose d'intéressant à propos d'Aldous Huxley. Il aurait dit, lors d'une conférence à Berkeley vers la fin de sa vie : « Je suppose que vous attendez de moi que je vous parle de choses très savantes et vous expose la somme de mes connaissances... mais ce soir j'ai simplement envie de vous demander d'être plus aimables les uns envers les autres. »

Nous avons tous besoin de cette chaleur, nous avons besoin de nourriture, d'encouragement. Cependant, notre culture nous a appris à avoir honte de faire des compliments, de dire de belles choses aux autres. Pour le puritain, un compliment était par définition un mensonge. En revanche, les Latins encouragent les compliments. Pourquoi ne pas dire à quelqu'un qu'il est beau, si nous le pensons ? Pourquoi devrions-nous considérer comme hypocrites ces paroles tonifiantes, propres à nous soutenir, à l'opposé des critiques démoralisantes et des marques d'hostilité ?

Ce sont nos yeux qui transmettent nos messages ; parfois nous n'avons pas besoin de mots. Ne nous retranchons pas derrière les progrès de la technique, l'accélération de notre vie, pour justifier que nous en arrivions à nous croiser sans nous voir, à éviter le moindre contact, à bannir toute réelle communication. Une rencontre véritable peut se faire en quelques minutes. Mais comment ? Comment connaître ces instants privilégiés de la communication avec un autre être ?

La plus belle métaphore que je connaisse pour vous exprimer ces « connexions » avec les autres, je l'ai découverte à l'université Stanford où j'avais été invitée par des ingénieurs en électronique à un colloque sur les circuits intégrés. Je ne connaissais rien aux circuits intégrés. J'essayai de lire un livre écrit par le professeur qui m'avait invitée, puis finis par demander des explications à des amis. En arrivant là-bas, on me montra le laboratoire et l'on termina la visite par une conversation avec les quinze ingénieurs qui avaient conçu le circuit électronique. Ils me montrèrent leurs dessins sur les murs : c'étaient d'abord de très grands dessins, qui devenaient de plus en plus petits. Et soudain, je me suis rendu compte de la métaphore et de sa beauté. Souvent l'artiste, ignorant de la science, la transforme en métaphores. J'ai toujours dit que l'artiste contemporain ne saura utiliser les images et toutes les merveilleuses métaphores de la science qu'après les avoir comprises. De même, ce n'est qu'après avoir commencé à comprendre le circuit intégré que j'ai pu voir en lui l'image de notre propre psychisme, avec toutes ces connexions subtiles et délicates qui le relient aux autres.

Mais ces circuits sont très souvent détériorés pendant l'enfance et ne fonctionnent plus. Ils sont détériorés par notre culture, et ne réagissent plus aux stimuli. Dans *Le Choc du futur*, on dit également que les progrès de la technique finissent par nous noyer sous trop d'informations, sous trop de nouvelles déprimantes sur ce qui se passe tous les jours dans le monde ; les hommes, afin de se garder contre trop d'émotions, préfèrent ne plus *rien* sentir. Toffler souligne les dangers d'une telle attitude, comme l'ont déjà fait les psychologues : lorsque l'homme subit un choc provoqué par un événement tragique, le corps cesse d'être, en un sens, réellement vivant ou conscient ; cette réaction correspondant, en réalité, à un choc psychique est une défense que nous créons en nous-mêmes pour nous protéger de l'agression du monde extérieur, par exemple du spectacle de la guerre du Vietnam à la télévision. Nous avons appris à nous protéger en nous entraînant à *ne plus sentir* : là est le danger. Car nous avons fait ainsi de nous des sous-hommes, aussi loin que possible de l'humain, incapables de toute communication véritable entre eux. Il faut donc combattre ces dangers de la technique, qui proviennent de l'extension de l'univers et de l'illusion donnée par les médias d'être en contact avec lui, simplement en nous *montrant* les événements. Or le contact naît seulement de l'émotion.

En réalité, le circuit intégré est, pour l'être humain, bien différent de ce qu'il est pour la science. C'est le canal des émotions et des sentiments qui doit toujours rester ouvert. Alors, comment faire pour nous protéger contre trop de chocs psychiques, comment faire pour ne pas être détruits, désintégrés par la vie ? Eh bien, je suggère que nous fabriquions une résistance spirituelle intérieure suffisante – ce que j'appelle la « demeure de l'esprit ». Nous ne devons à aucun prix fermer les circuits, les circuits affectifs. Ce ne serait pas une solution. Ce serait nous dessécher et mourir psychiquement. Tous ces mots que nous avons employés jusqu'ici avec tant de légèreté, tels qu'aliénation, détachement, avaient, en fait une portée funeste. Se séparer des autres, se couper du monde, se fermer aux émotions, tout cela constitue véritablement une mort.

Je crois que si nous voulons que les mouvements de groupe prennent un caractère différent, il faut revenir à la conception d'un univers plus intime et plus petit, prendre conscience que ce que nous appelons la vie en commun ou les mouvements de masse ne sont que des rassemblements d'individus, et savoir que plus l'individu est grand, évolué, profond, poète et libre, plus la masse aura une chance de changer. Nous ne serions plus soumis alors à la volonté ou aux idées arrêtées et déformées des autres. D'une certaine manière, nous avons cru que la meilleure chose pour la communauté serait de renoncer à toute individualité, à toute idée personnelle, à toute analyse ; nous ne nous sommes jamais rendu compte que ce que nous pourrions apporter aux autres n'est que le résultat de notre propre développement, de notre propre évolution, et plus nous sommes capables d'offrir à la société quelque chose que nous avons découvert *seuls*, plus nous contribuons au mouvement de masse. Si nous apportions au groupe autre chose que nos problèmes, nos difficultés, nos échecs, alors ces révolutions collectives auraient une autre portée. Elles ne serviraient pas la guerre, le racisme, la division. Nous ne connaîtrions pas l'hostilité terrible que nous rencontrons dans notre société. Il s'agit presque d'une hostilité aveugle, qui ne sait pas d'où elle vient, d'une colère aveugle, qui nous fait accuser les autres des difficultés dans lesquelles nous nous trouvons.

Pour moi, la guerre n'est que la multiplication des tendances agressives de chacun, et je crois que nous commençons à en prendre conscience. Par exemple, lorsque je suis allée en Allemagne pour la Foire du Livre, j'avais le cœur serré à cause de mes nombreux amis juifs ; j'étais pleine de haine à l'égard de l'Allemagne. Mais j'entendis à la radio un philosophe, aujourd'hui à la tête du gouvernement, dire que nous devions combattre toute forme d'hostilité individuellement, si nous ne voulions pas une nouvelle guerre. *Voilà ce qu'il disait sur les ondes.* Pour la première fois, j'eus le sentiment qu'il existait peut-être une Allemagne nouvelle – qui a compris où pouvaient mener l'agressivité des hommes ou bien leur passivité à l'égard des dirigeants.

Donc, nous ne pouvons pas nous contenter d'avancer, en espérant toujours que le changement viendra de l'extérieur. Nous avons déjà assisté à certaines réformes extérieures – lois sur l'avortement, droits des femmes. Mais le plus grand et le plus important changement doit venir de l'intérieur : nous devons nous transformer en tant qu'êtres humains, car nous avons déjà assez engendré de petites guerres et d'actes de violence dans notre entourage immédiat (famille, amis, école) par notre agressivité envers les autres. C'est un sentiment que j'ai vivement éprouvé lorsque je suis arrivée en Amérique. L'étranger était exclu de la communauté. Cette réaction est propre à la culture américaine, et, jusqu'à une date très récente (maintenant, je suis adoptée), on disait de moi « Anaïs Nin, née à Paris », tout comme on dit « Nabokov, Russe d'origine » ou « Kosinski, Polonais d'origine ». C'est une manière de vous laisser entendre que vous ne faites pas partie du même monde.

Vient ensuite cette habitude de rendre toujours la société responsable de la situation dans laquelle nous nous trouvons – par exemple, rendre l'homme responsable de la condition féminine. Ce n'est pas mon avis, car je crois profondément à la responsabilité partagée. Il nous arrive de nous engager dans des relations négatives avec les autres, dont nous portons inconsciemment une part de responsabilité. Lorsque je me suis engagée dans un amour destructeur avec Gonzalo, toute une partie de moi-même vivait à travers lui – la rebelle –, partie que je refusais de faire vivre moi-même. Je n'étais pas une victime. Il s'était créé une alliance qui se révélait destructrice. Mais cette expérience avait un côté positif : elle me montrait à quel point l'exaltation aveugle était négative, tout comme l'était la forme de rébellion que Gonzalo avait choisie. C'était à travers quelqu'un d'autre que j'apprenais tout cela.

D'autre part, je crois profondément que nous avons en nous un excès d'agressivité, d'agressivité sans objet, et ce, parce que nous refusons d'assumer la responsabilité des situations dans lesquelles nous nous trouvons enfermés. Notre désespoir vient de ce que nous souffrons de ne vivre qu'à la surface des événements. Et si jamais nous devons un jour être partie prenante, c'est alors que nous serons réellement désespérés si nous ne trouvons pas en nous-mêmes les nourritures, les forces revitalisantes dont nous avons besoin ; c'est alors que nous serons amers et que nous rejetterons la responsabilité sur la société ou sur quelqu'un d'autre – par exemple sur l'homme, comme le font certaines femmes en ce moment. Voyez-vous, cela nous mène à l'impuissance. Et l'impuissance conduit à la colère, et la colère à la violence.

J'en suis arrivée à comprendre que notre soif actuelle d'intimité, après une terrible période d'aliénation, est née de ce que nous avons donné à l'aliénation toutes les explications possibles excepté la bonne : nous nous sommes aliénés *nous-mêmes*. Comment pouvions-nous aimer, donner, faire confiance, comment pouvions-nous partager ce que nous n'avions pas à donner ? Si nous ne consacrions pas de temps pour approfondir et renforcer notre moi, avec quoi pouvions-nous bâtir nos relations avec les autres ?

Et, bien entendu, si vous désirez votre propre développement, vous désirez également celui de ceux qui vous entourent. Ils sont absolument liés. Vous ne vous développez que dans la mesure où ceux qui vous entourent évoluent, se développent et deviennent plus libres. Il s'agit d'une interaction, d'un don mutuel.

Ce n'est pas une chose que vous accomplissiez seul. Seul, vous devez en premier lieu *exister, être*, afin de pouvoir ensuite être un ami, un amant, une mère ou un enfant. Jusqu'à présent, ce que notre culture nous enseignait était complètement illogique. On nous disait : « Ne vous occupez pas de vous-même. Soyez généreux, faites quelque chose pour le monde, donnez-vous pour de nobles causes – mais surtout *n'existez pas vous-même !* » Qu'avons-nous à donner si nous n'avons pas de personnalité, de sensibilité, de chaleur, si nous n'avons rien pour créer la relation *avec* l'autre ? Et cette erreur n'a fait que s'aggraver.

À vingt ans, nous sommes tiraillés. Pour nous, le monde est bon ou mauvais, blanc ou noir, et nous gaspillons toute notre énergie dans de vains conflits. En avançant dans la vie, j'ai choisi de faire vivre toutes mes contradictions. Ne rien exclure, ne pas faire de choix. Je voulais être une femme, je voulais être une artiste, je voulais être tout. Et j'ai tout entrepris : et plus vous entreprenez de choses, plus vous trouvez de force en vous pour les accomplir et élargir votre vie, au lieu de prendre l'autre chemin (celui qu'on nous a appris à prendre) qui est de rechercher une structure et d'avoir peur du changement, *surtout d'avoir peur du changement*. Mais je n'avais pas peur de changer : c'est là une autre chose que la psychologie m'a apprise : que nous évoluons. Nous n'avons pas besoin de révolutions, du moment que nous évoluons, que nous sommes ouverts à de nouvelles expériences, du moment que nous sommes ouverts aux autres et à ce qu'ils peuvent nous apporter.

Il existe un livre merveilleux d'Isak Dinesen : *Out of Africa*[1]. Elle possédait une plantation de café et a longtemps vécu avec les Africains. Aux yeux de la justice africaine, les catastrophes naturelles avaient leur importance : dans un procès, elles étaient prises en considération, qu'il s'agisse de juger un acte de caractère accidentel ou même un acte délibéré comme un meurtre. C'est là une conception totalement différente de celle de notre justice, et l'auteur eut du mal à voir les choses à la manière des Africains. Cependant, elle convint que cela faisait partie de leur culture et correspondait à leurs croyances. C'était leur conception de la justice et il fallait la respecter. Elle n'essaya pas d'imposer la justice des Blancs dans les villages africains.

_____

1. Titre français : *La Ferme africaine*, de Karen Blixen (Isak Dinesen étant son pseudonyme), Gallimard.

Reconnaître l'existence de cultures différentes, d'autres formes de pensée, savoir céder, c'est, je pense, être doué pour les relations humaines. Il y a un moment où céder n'est pas concéder, mais accepter l'existence de l'autre et les raisons qui dictent sa conduite.

Avant, chaque fois que je mettais l'accent sur notre vie intérieure, on pensait toujours que je voulais parler de ma tour d'ivoire, que l'art était ma seule préoccupation et que je n'avais que mépris pour l'action. Mais c'était se tromper sur mes intentions. Ce que je voulais dire, c'était qu'intériorité et action sont absolument liées : lorsqu'on ne peut plus agir ou que le monde extérieur ne change pas, il est temps de nous réfugier simplement en nous-mêmes au lieu de nous heurter à des obstacles immuables. J'ai découvert cette force intérieure comme nous la découvrons tous, c'est-à-dire à l'occasion des premiers traumatismes, des premiers obstacles, des premières difficultés. Élevée dans ce que la société appelle un foyer brisé, déracinée, et connaissant la pauvreté dans un pays dont je ne parlais pas la langue, tous ces malheurs m'ont appris à trouver mes racines en moi-même. Comme je l'ai dit, je suis devenue une « femme aux racines transportables ». C'est très important pour nous, car notre culture nous a inculqué une fausse idée sur la valeur d'une vie enserrée dans l'histoire, d'une vie complètement tournée vers l'extérieur, d'une vie dite objective – comme s'il y avait un côté presque maléfique dans la subjectivité… C'est pourquoi je me suis attachée à ce lieu, qui nous est nécessaire pour y puiser nos forces intérieures afin de résister aux pressions extérieures. Mais il ne s'agit pas d'une tour d'ivoire. Je dis souvent que si l'on m'adresse une lettre à la tour d'ivoire, je ne répondrai pas.

Je suis partie d'une conviction sur laquelle je n'ai jamais eu à revenir : que personne n'est à l'abri des blessures et des tourments. J'avais aussi une autre conviction, inspirée de Baudelaire : celle qu'en chacun de nous respirent un homme, une femme et un enfant – ce qui résout tous les problèmes du militantisme ! En chacun de nous, il y a un homme, une femme et un enfant et, presque toujours, l'enfant est un orphelin. Nous avons donc une tâche à accomplir : nous occuper de cet orphelin qui vit en nous et dans les autres. Nous devons faire œuvre de créateur à tout moment de notre vie. Je me souviens d'avoir été l'objet de railleries de la part de mon entourage à cause d'une réaction que j'avais eue en 1939, quand la guerre était imminente. À cette époque, je vivais sur une péniche. J'étais occupée à la peindre et à l'aménager lorsque des amis sont venus me voir, effondrés, en m'annonçant : « La guerre va éclater. Pourquoi continuer ton travail ? » À quoi je répondis : « Eh bien, c'est précisément pour m'aider à défier la catastrophe ! »

Car pour moi, cet acte était chargé d'une valeur spirituelle. Il m'était nécessaire pour éviter de m'effondrer – tout comme ils s'effondraient eux-mêmes, là, *sur ma péniche* ! Ce n'était qu'un défi. Je savais que la guerre allait éclater. Ce n'était ni un manque du sens des réalités ni une réaction de schizophrène. Consciente de ce qui allait arriver, je voulais faire un geste qui me donne la force de supporter la catastrophe.

C'est grâce à cette attitude devant les difficultés que j'ai été capable, par exemple, de parler au City College de Los Angeles, qui compte une majorité de Noirs. Ce sont les étudiants les plus défavorisés que vous puissiez imaginer ; ils ont grandi dans les conditions les plus difficiles. Et cependant ils m'ont comprise lorsque j'ai parlé. Ils éditaient un journal d'étudiants qui disait en substance : le monde est en train de s'effondrer. C'était là leur image du monde, une image désespérée. Ils ne croyaient plus aux réformes sociales et ils ont compris que ce que je leur demandais, c'était de trouver en eux-mêmes leur stabilité. Ils ont compris cette quête nécessaire, dans un monde si instable, pour trouver un endroit de paix, de stabilité et d'espoir.

Walter Lippmann a dit que « le mécontentement qui frappe le monde ne peut être résolu par des mesures politiques, ni dans les manifestations extérieures de la vie, mais par une action qui doit atteindre le centre le plus intime de la vie personnelle. Ce qui a été abîmé ne peut être réparé grâce à un nouveau gadget politique ». Voilà la substance de tout ce que j'ai pu dire cette année.

Question. — Vous pensez que depuis une dizaine d'années, le monde devient plus conscient des problèmes. D'après vous, pourquoi cette prise de conscience s'est-elle produite aujourd'hui et non dans les années 1950 ?

Anaïs Nin. — Je ne crois pas pouvoir le définir avec précision. C'est à la fois à cause des médias, du développement de la technologie et des progrès de la science. C'est une combinaison de ces divers éléments. Les connaissances sont aujourd'hui plus accessibles, et la recherche plus approfondie. La technologie a accéléré notre rythme de vie : nous pratiquons des méthodes accélérées d'éducation et chaque processus devient plus rapide. La recherche est pratiquée en groupe – et tout particulièrement par les femmes.

Le Choc du futur vous montrera les causes superficielles de cette accélération, mais les psychologues vous en donneront les raisons plus profondes. On sait aujourd'hui interpréter les symboles et les mythes, ce qui nous rend plus conscients du sens de nos actes. Beaucoup ignoraient que nos actes étaient symboliques – même une poignée de main. Une étudiante m'a dit un jour : « Le symbolisme est romantique : nous n'en avons que faire dans notre monde moderne. » J'ai voulu alors lui serrer la main et elle refusa. Je lui ai fait remarquer : « Regardez, votre réaction est symbolique. » Le moindre de nos gestes est chargé de signification.

Mais je suis persuadée que nous pouvons combattre les aspects négatifs de cette accélération, qui présente aussi certains avantages. Les voyages sont plus rapides : nous devrions donc pouvoir établir des contacts plus faciles avec les autres pays. Si nous développions en nous un sens plus grand des rapprochements entre les peuples, nous n'éprouverions plus cette terrible nostalgie, cette angoisse devant l'immensité du monde, ni cette solitude grandissante. Pour cela, il faut mettre l'accent sur l'intériorité.

Q. — Quand vous parlez de transcender, voulez-vous dire trouver une signification plus élevée aux choses ?

A.N. — Non, je veux parler de transparence : notre vie d'homme ou de femme, notre vie de tous les jours ne nous apparaît plus comme plate, bourgeoise et parfois ennuyeuse, mais se révèle pleine de sens et de beauté. Nous découvrons alors qu'elle fait partie d'un tout, qu'elle fait partie d'un pays, d'une société, de l'histoire. Notre vue se porte au-delà des besognes et devoirs quotidiens qu'on nous impose. Voilà ce que j'entends par transcender. Il s'agit simplement de la transparence qui nous révèle que la vie a un sens. Et si elle a un sens, alors nous devons la vivre avec plus d'égalité d'âme.

Q. — Ce sens nous est-il proposé ou bien devons-nous le trouver nous-mêmes ?

A.N. — Il est là, mais nous ne le voyons pas. Je me souviens qu'en arrivant d'Europe j'ai entendu parler de « transcendantalisme » à propos de certains écrivains américains. Me fiant à mon interprétation personnelle de ce terme, j'ai pensé : « C'est merveilleux. Voilà des hommes qui, au-delà de notre réalité quotidienne, ont découvert le sens spirituel de l'existence. Des disciples d'Emerson. » Et je fus très surprise de voir que notre littérature n'était pas du tout « transcendantale » : j'avais pris ce mot à la lettre, alors que ceux qui l'utilisaient lui donnaient un autre sens. Mais si vous croyez à cette transcendance – ce que fait toute personnalité créatrice –, vous découvrirez alors que vos actes ont une signification spirituelle, qui vous permet d'accepter leur côté matériel.

Q. — N'est-ce pas un refus d'accepter les choses telles qu'elles sont ?

A.N. — Non, ce n'est pas tout à fait exact. Il n'y a pas de refus. Il s'agit simplement d'une autre interprétation. Par exemple, je crois que si les femmes nourrissaient l'aspect créateur de leur vie, elles finiraient par trouver un sens à ce que nous appelons les besognes quotidiennes.

Pour moi, les tâches ménagères font partie d'un mode de vie qui me satisfait, si bien que je m'en accommode. Si vous considérez que ces besognes font partie d'un tout, et si votre vie par ailleurs est assez créatrice, vous n'en serez plus l'esclave. Par exemple, j'aimais faire marcher la presse à imprimer, lorsque j'éditais moi-même mes livres.

Q. — Vous insistez sur le fait de bien se connaître, sur la vie privée, sur les relations humaines, et j'ai l'impression que, pour vous, c'est le seul moyen pour que les choses changent.

A.N. — Non, ce n'est pas ce que j'ai dit. J'ai voulu dire exactement le contraire : j'ai dit que pour changer notre forme extérieure de vie, il fallait avant tout nous transformer de l'intérieur. Mais je n'ai jamais affirmé qu'il fallait cesser de lutter pour des réformes extérieures.

Q. — Et, selon vous, quels sont les moyens de réussir ces réformes extérieures ?

A.N. — Oh ! c'est un terrain sur lequel je ne m'aventure jamais ; on ne peut pas se battre sur deux fronts. Je considère que mon domaine est la psychologie et je ne suis pas une spécialiste en politique. Je n'ai donc pas de solution à vous proposer. J'ai moi-même participé à des mouvements politiques, à des mouvements pour la paix, au mouvement de libération de la femme. J'ai travaillé pour McGovern. J'ai travaillé pour que changent les lois sur l'avortement. Mais cela ne signifie pas que je me sente de réelles compétences en ce domaine. Chacun de nous a son propre talent : il faut faire vivre ce talent. Ce que je refuse avant tout, c'est de perdre espoir, comme l'ont fait certains étudiants après le maccarthysme : ils se sont repliés sur eux-mêmes pour ne plus voir le monde. Moi, *j'entre en moi-même pour sortir de moi.*

Q. — Vous laissez entendre que si chacun connaissait mieux sa propre personnalité, le monde entier serait meilleur. Mais qu'arrive-t-il si l'individu, en regardant à l'intérieur, s'aperçoit que le noyau est corrompu, pervers, insignifiant – ou pire, s'il découvre qu'il n'est pas un artichaut mais un oignon ?

A.N. — À mon avis, ce genre d'individu est incapable de s'intéresser au voyage intérieur : il préfère l'action. C'est lui le « criminel » : il reporte sa colère sur la société et s'arrange pour faire du mal aux autres. Il n'a aucune envie de se regarder en face : c'est le propre de tout être corrompu et haineux. Il déteste penser qu'il peut être responsable de sa situation et préfère accuser la société ou autre chose.

Q. — Mais si vous découvrez réellement qu'il n'y a rien au fond – que votre réalité, votre existence ne sont qu'une succession de pelures d'oignon ?

A.N. — Je n'ai jamais rencontré ce cas ; je n'ai jamais rencontré quelqu'un de vide. Je n'ai jamais trouvé de vie sans signification, si vous vous donnez la peine de la chercher. Le danger est de refuser de regarder à l'intérieur sous prétexte que ce regard intérieur nous révèle l'absurdité de notre vie. Nous avons déjà rejeté tant de formes de thérapie. Je veux dire que tellement de gens ont aujourd'hui rejeté la philosophie, la religion ou toute autre croyance qui leur permettait autrefois d'exister. Nous avons tout renié. Nous avons même renié l'art. Alors il ne restait plus d'autre ressource que de regarder à l'intérieur de soi, et ceux qui l'ont fait ont découvert que toute vie avait un sens, parce que la vie a un sens. Ceux qui ont prétendu que la vie était absurde nous ont porté un grand tort. Il suffit d'ouvrir les yeux pour trouver une signification, pour trouver en face de soi une personne. Je n'ai jamais rencontré ce que vous appelleriez un être complètement vide.

Q. — Mais un oignon n'est pas *vide*. Seulement, sa réalité n'est autre que ses pelures. Voilà ce que je veux dire.

A.N. — J'ai toujours trouvé le contraire. Celui qui s'en est donné la peine a toujours découvert au fond de lui une richesse, comme celui qui fouille le sol. Ceux qui étudient les rêves ont dû plonger dans les profondeurs les plus insoupçonnées pour découvrir des rêves intéressants ; et ceux qui étudient l'effet de certaines drogues ont rencontré les personnages les plus inattendus. De même, Ira Progoff, le psychanalyste, auteur de *Un atelier de journaux intimes : guide de base pour l'utilisation du journal intime*, s'est intéressé aux habitants de Harlem qui ne savaient ni lire ni écrire, et s'est aperçu que ceux-ci faisaient les rêves les plus fabuleux et avaient une imagination extraordinaire. Donc, je suis prête à croire qu'il y a plus de choses que l'œil ne peut en voir ; mais nous n'avons pas encore fait l'effort de creuser, par manque de foi. Je trouve que les hommes deviennent tous extraordinairement intéressants, dès l'instant où ils acceptent de se plonger en eux-mêmes pour enfin déterrer ces richesses qu'ils ont l'habitude de laisser enfouies.

Q. — Dans le quatrième tome du *Journal*, vous parlez de l'aspect négatif de la colère et de votre propre calme. Pouvez-vous nous en dire plus sur votre attitude à ce sujet ?

A.N. — Les disputes entre mes parents ont brisé notre famille : c'est à partir de là que j'ai commencé à considérer la colère comme une force destructrice. J'avais alors une image personnelle traumatisante de la colère et je ne voulais à aucun prix en être la victime. C'est ainsi que je suis devenue non violente et pacifiste. Je voulais que les choses s'arrangent sans ces emportements. Mon père et ma mère étaient tous deux des coléreux et, lorsque l'orage éclatait, toute la famille se disloquait.

Il a fallu me battre pour mon salut. Je reconnais que, dans certains cas, la colère peut se justifier : elle peut se transformer en énergie créatrice. Ce dont je me méfiais, c'était de la colère irrationnelle, sans motifs valables. Je voulais en connaître les causes. Je ne voulais pas vivre avec une révolte intérieure qui pouvait devenir toxique. Aussi, chaque fois que je me mettais en colère contre quelque chose – par exemple, contre le fait qu'on refuse de me publier lorsque j'arrivai en Amérique –, je préférais agir : ainsi, au lieu d'exploser, d'être amère et aigrie, je décidai d'acheter une presse à imprimer et de publier moi-même mon livre. C'est ce que j'entends par conversion. Je n'éprouvais ni rancœur ni ressentiment – parce que je pouvais agir… comme Ray Bradbury. Il raconte qu'un jour il s'est réveillé furieux à cause d'un article qu'il avait lu sur les Noirs dans le Sud. Il s'est aussitôt assis à sa table et s'est mis à écrire une nouvelle, devenue célèbre par la suite, dans laquelle les Noirs quittaient le Sud et laissaient les Blancs à leur propre chaos. Sa colère était tombée. Il avait créé quelque chose. Il avait écrit une très belle histoire sur le sujet. Voilà donc ce que je pense de la violence. Je ne veux pas d'une colère aveugle, cinglante et volcanique, qui ne sait pas où elle va.

Q. — Mais ne pensez-vous pas que la colère soit parfois un don que l'on fait à quelqu'un ?

A.N. — Les colères justifiées en sont un. Il faut toujours savoir contre quoi nous nous révoltons : l'aveuglement est destructeur. La colère ne peut être efficace que si nous en connaissons les mobiles. Je me suis révoltée contre le sort des Noirs, parce que je les aimais. L'assassinat de Martin Luther King m'a rendue folle de colère. Il m'est donc arrivé de me laisser emporter, mais, en général, cette réaction n'a jamais été constructive : elle m'a plutôt fait du mal. Tout comme cet homme, qui fit sauter les bureaux d'une compagnie aérienne, parce que celle-ci était responsable de la mort de son chien : je ne crois pas que ce soit une bonne réaction à la violence. Il faut comprendre le pourquoi des choses. Si je m'étais rebellée contre les éditeurs américains, qui ne croyaient pas à la valeur

commerciale de mon œuvre, je serais très vite devenue aigrie. À quoi cela m'aurait-il servi de m'irriter
pendant vingt ans ? J'ai préféré agir.

Q. — Mais ne pensez-vous pas qu'en prenant trop
sur vous-même, vous risquez à la longue de vous
bloquer ?

A.N. — Oui, c'est tout à fait vrai. Mais, sur ce
point, la psychologie nous a beaucoup aidés, en
nous enseignant que si notre colère est *réelle*, fondée, alors il vaut mieux la laisser exploser : la
maîtrise de soi-même est, dans ce cas, néfaste.
Rank disait toujours : « Prenez garde, ne rendez
pas logique votre philosophie de la vie, car vous
n'agirez plus. » Toutefois, cette attitude présente
un danger. Dans une civilisation qui avait dété-
rioré notre sens des rapports humains, les rivalités
avaient remplacé les relations cordiales. Les autres
n'avaient plus pour nous aucune réalité, si ce n'est
dans la lutte. Cette absence de contact fut, à mon
avis, la tare de notre culture. J'ai vraiment éprouvé
ce vide désespéré en Amérique, parmi les écrivains,
d'autant plus que j'avais été élevée dans une culture
différente où régnait plus de diplomatie. Un jour
que je parlais de l'art des relations humaines,
je suscitai une réaction violente chez ceux qui
m'écoutaient : ils s'imaginaient que je proposais
des moyens artificiels. En réalité, ce que je voulais dire, c'était que les rapports entre les hommes

exigent les efforts d'un art ou d'une science. Mais, pour beaucoup, cette idée était intolérable.

Q. — Vous avez dit tout à l'heure qu'il fallait apprendre à transformer, transposer, transcender les événements historiques. Je me suis demandé ce que vous vouliez dire exactement par là.

A.N. — Je ne peux vous donner qu'une définition du mot « trans ». « Trans » veut dire « changement » ; pour moi, c'est l'image de l'alchimiste qui transforme les scories en or. C'est un processus que l'on peut atteindre par l'esprit, par la créativité, par la volonté créatrice. Supposez que vous soyez gêné par l'hostilité de quelqu'un au point d'en être paralysé, vous commencez par analyser cette hostilité afin d'en trouver les causes psychologiques. Si vous y parvenez, vous pouvez alors comprendre et pardonner, ce qui vous permet de vous placer au-delà des conséquences immédiates qu'une telle situation a créées en vous. Vous en ressortez intact. Voilà ce que j'entends par transformer. C'est une transposition psychologique.

Je suis incapable de vous expliquer comment on peut transposer les événements du monde et de l'histoire : je vous dirai seulement qu'il est capital de ne pas tuer notre sensibilité. Il faudrait pouvoir dominer nos émotions devant certains spectacles insupportables, comme ceux de la guerre du Vietnam. En effet, ce sont de tels chocs qui finissent par annihiler notre aptitude à sentir. En apprenant à transposer, je me suis rendu compte que je pouvais mieux supporter les blessures ; ensuite, la création m'a permis de conserver ma sensibilité. *Ne pas* devenir *indifférent*. Les médias nous font subir des chocs psychiques, qui finissent par nous endurcir. Pour l'éviter, il faut apprendre cette forme de transcendance, qui n'est pas de l'indifférence. Il faut connaître nos limites émotionnelles, afin de préserver le plus possible notre sensibilité et notre réceptivité.

Q. — Espérez-vous que nous aurons un jour une société plus humaine, ou croyez-vous que l'individu sera toujours seul à lutter contre une société répressive ?

A.N. — Je crois à l'utopie d'une société plus humaine seulement quand nous serons conscients de l'importance de notre responsabilité personnelle – le jour où nous saurons dominer nos préjugés, nos haines, nos colères, pour éviter que ces sentiments ne deviennent collectifs. Pour moi, la guerre n'est que la somme de nos haines et de nos préjugés personnels, et je continue de penser que la majorité des individus ont exploité le côté destructeur de leur nature. Ma seule utopie est d'espérer que nous pourrons un jour nous débarrasser de nos préjugés. Nous pouvons découvrir la cause de notre agressivité et essayer de la transformer en énergie : alors, *peut-être* aurons-nous une société plus humaine.

Q. — Quel est l'avenir de la famille bourgeoise ?

A.N. — Je ne pense pas être très qualifiée pour répondre à une telle question, qui demeure un peu à côté de l'essentiel. Je n'emploie pas de termes généraux comme « famille bourgeoise » : celle-ci n'a aucune réalité ; il peut y avoir des familles, qui semblent vivre suivant des critères bourgeois. Mais, si vous regardez plus au fond, vous vous apercevrez qu'il n'y a que des individus.

Q. — Puis-je vous demander ce que vous pensez de John Cage et des musiciens du « hasard » : ils partent du principe que rien n'est calculé dans la nature, que tout n'est que hasard et donc que toute création réfléchie est forcément fausse ?

A.N. — Cette question sur John Cage dépasse de beaucoup mes compétences et je n'en parlerai pas. Quant à la conception du happening et du hasard, je n'y crois pas, parce que je crois que tout hasard vient de l'inconscient de l'individu. Je veux dire que ce qui « arrive » vient de quelque part, et cela peut sembler le fait du hasard, cela peut ressembler à un happening parce que nous ignorons les étapes précédentes. Tout comme dans l'intuition. Nous ne savons pas d'où elle vient, mais, en fait, elle est le résultat de la rencontre de plusieurs modes de pensée. Il y a l'observation, la synthèse, l'analyse. Mais le résultat final est l'intuition. Cette impression de hasard vient de ce que nous ignorons le processus.

Q. — Vous avez fait allusion à cette tendance qu'ont les Américains à voir les choses objectivement plutôt que subjectivement. Est-ce encore vrai aujourd'hui ?

A.N. — Non, nous changeons beaucoup. La nouvelle génération est différente : elle se préoccupe de voir disparaître toute notion de personnalité. L'Amérique possédait un idéal de vie collective, mais ce n'était qu'un *idéal*. C'était un *idéal utopique* – que nous pourrions vivre en communauté avant même d'être nés vraiment et d'avoir atteint une maturité individuelle. Mais l'Europe a presque fait l'inverse : l'individu avait de la valeur, mais la communauté était beaucoup moins évoluée. Donc, chacun des deux pays avait quelque chose à apporter à l'autre. Mais, en passant sans cesse d'une culture à l'autre, je me suis aperçue que l'idéal collectif ne pourrait jamais être atteint si l'individu n'avait pas quelque chose de précieux à apporter, et qu'une masse d'individus aveugles ne pourrait jamais créer une vie collective universelle de qualité. L'idéal américain aurait pu être atteint si nous n'avions pas sacrifié l'individu. Les jeunes d'aujourd'hui sont très conscients de cette perte de la personnalité, et l'on m'a demandé, lorsque j'étais en Allemagne, pourquoi les jeunes Américains lisaient autant Hermann Hesse. Les Allemands étaient très étonnés car, pour eux, Hesse est un classique. Il fait partie du « passé ». J'ai l'impression que la jeunesse recherche tout ce qui manquait dans cet idéal de vie collective – qui voulait qu'on s'assemble avant même de savoir ce que l'on est, qui l'on est, ou ce que l'on fait.

Q. — Pouvez-vous développer votre subjectivité au point de perdre tout contact avec les autres et avec les événements extérieurs ?

A.N. — C'est bien là la fausse légende qui poursuit la subjectivité ! C'est vraiment un cliché qui terrifie le monde littéraire depuis vingt ans – que la subjectivité est un piège dans lequel vous entrez pour vous y enfermer et ne plus jamais en sortir. Or la subjectivité n'est que le point de départ : c'est une manière d'observer les choses, à partir de nos propres émotions et de nos propres expériences. Et plus cette expérience sera riche, plus notre vision le sera. Ce n'est pas un piège dont on ne peut se libérer. C'est un noyau à partir duquel on peut atteindre tous les royaumes de la science, de l'histoire, ou de tout ce qui peut se produire dans le monde. C'est un point de départ ; ce n'est qu'un moyen d'éclairer les événements. Comme si nous transportions une petite lampe, une lampe de poche.

Q. — Vous avez parlé de supprimer les obstacles afin de vous rapprocher davantage des autres, de leur révéler vos secrets et de les partager avec eux. Je me demandais si, en le faisant, vous ne perdiez pas une part de votre identité et de votre indépendance.

A.N. — Non, parce qu'en partageant, en échangeant, c'est du savoir que vous échangez. Je veux dire que vous, vous ne perdez rien. Vous pouvez vous perdre, affectivement, lorsque vous aimez quelqu'un. Vous pouvez perdre une part de vous-même. Nous avons tous éprouvé cela – s'identifier avec la personne aimée et perdre ainsi une part de sa personnalité. Mais c'est quelque chose de différent ; il s'agit alors d'une fusion avec une personne que vous aimez, ce que la femme a très souvent tendance à faire. Mais une fois que vous avez construit votre identité, vous pouvez partager. Voyez-vous, quand j'avais vingt ans, je n'étais pas sûre de ce que j'étais et je ne partageais rien ; je vous ai parlé de ces années où je ne communiquais pas. Tant que je me suis sentie en insécurité, je n'ai pas partagé. Je ne parlais même pas avec Miller, avec Durrell ou d'autres que je trouvais supérieurs à moi. Mais, grâce au journal, je construisais peu à peu ce moi – jusqu'à cerner mon identité ; c'est pourquoi, maintenant, ce que je donne à un autre ne peut pas me diminuer. Rien n'est perdu. Ce que vous donnez n'est pas perdu.

Q. — Vous devez être triste de voir notre société s'orienter vers le social. Une des « sciences » les plus récentes est, par exemple, la sociologie ; elle est étudiée aussi bien par l'innocente jeunesse que par les politiciens endurcis ; on en parle autant au niveau de la commune qu'à celui de la nation.

A.N. — J'ai remarqué que chaque fois que quelqu'un se tourne vers le groupe, il présente un problème personnel. Et je persiste à penser que nous ne pourrons pas vivre en harmonie tant que nous n'amènerons pas au groupe une personnalité pleinement épanouie. C'est ce qui se passe pour certaines femmes du mouvement de libération. Elles sont convaincues que tous les problèmes peuvent trouver une solution politique. Bien entendu, nous savons que c'est faux. Ces femmes ne font qu'apporter au groupe leurs propres névroses en espérant qu'il pourra les guérir. Il est évident qu'il ne le peut pas.

Q. — Beaucoup de choses m'intéressent ; cependant, j'ai très peur de l'avenir et ma mère ne cesse pas de me dire que je passerai ma vie en velléités et n'accomplirai jamais rien. Je trouve très difficile de me fixer un but unique, en fuyant tous les autres.

A.N. — Il y a un mot que j'aimerais bannir du dictionnaire, c'est le mot « fuir ». Supprimez-le et vous irez bien. On l'a employé à tort pour parler de quelqu'un qui désirait simplement changer d'endroit afin de pouvoir évoluer. On a qualifié cela de « fuite ». Oubliez ce mot et les choses vous paraîtront bien plus faciles. Par ailleurs, vous n'êtes qu'à la fleur, au tout début de votre vie : vous devez voir le plus de choses possible, tout essayer… On nous enseigne à remarquer toutes ces contradictions, et j'ai seulement appris plus tard qu'elles pouvaient très bien vivre en harmonie. Nous nous sommes créé de faux conflits, parfois très douloureux – ce sentiment de devoir toujours faire un choix. Mais je pense que l'on finit par sentir, parfois dans son subconscient, si la voie que nous avons choisie correspond bien à notre nature et à nos désirs profonds.

Vous avez le droit de faire des expériences dans votre vie. Vous ferez des erreurs. Mais elles aussi sont positives. Je pense que les modèles proposés sont trop rigides. Dès la fin de vos études, vous êtes censé avoir une vocation. Votre ligne est tracée, mais, dix ans plus tard, il se peut que vous découvriez que vous n'êtes plus un professeur ou que vous n'êtes plus un peintre. Cela peut arriver. C'est arrivé. Par exemple, Gauguin a senti, à un certain moment, qu'il n'était plus fait pour être banquier – qu'il voulait être peintre. Alors il a quitté la banque. Nous avons le droit de changer de voie. Mais la société désire seulement que vous vous adaptiez au mode de vie qu'elle vous propose – le plus jeune possible.

Q. — Les circonstances de votre vie privée vous ont amenée à vivre à Los Angeles. Mais si vous aviez à choisir, où aimeriez-vous habiter ?

A.N. — C'est difficile à dire en ce moment. Je ne sais vraiment plus. Je ne le sais plus parce que maintenant j'ai l'impression d'avoir mes racines en Amérique, et je me sentirais déracinée si j'allais vivre à Paris, bien que j'adore cette ville. J'aime la façon dont on vit à Paris ; j'aime les cafés ; j'aime la facilité des rapports ; j'aime être près des autres. Mais si j'y allais, les racines profondes que j'ai acquises ici et mes solides amitiés me manqueraient.

Votre culture est en pleine formation, en plein dynamisme, en plein changement, alors que la culture européenne est figée. Je participe à cette mutation, j'aime le changement, j'aime l'inattendu. Nous sommes en permanence dans un état de flux, de transformation, d'expérience, de remise en cause. Et j'aime ça. L'Europe vit sur une culture établie : on parle tous des mêmes livres, des mêmes tableaux, et cela crée des amitiés. Tout semble « définitif » et c'est très agréable. Pas d'effort, pas de risque, pas de jeu. Moi, j'aime l'évolution constante que l'on sent ici – évolution et révolution.

Q. — Avez-vous déjà été dans l'intérieur ?

A.N. — Vous voulez dire dans le Middle West, par exemple ? Non, je dirai que non. J'ai *vu* le Middle West. Mais seulement les universités. Et, dans les universités, je rencontre pour ainsi dire le « levain » de la population. Je ne vois jamais les petites villes dont me parlent les gens. Je n'ai pas vu la misère et les difficultés contre lesquelles il faut se battre si l'on part de là. Je n'ai pas vu tout ça. Parce que j'ai eu le privilège de rencontrer le « levain » de Milwaukee, par exemple. Les femmes commencent à étudier, et c'est une atmosphère que j'aime. Tandis qu'en France, vous avez l'impression que la tradition pèse tellement lourd que toute transformation, même dans la jeunesse, est beaucoup plus difficile à accomplir.

Q. — Mais vous avez parlé de l'évolution que nous connaissons ici, comme s'il s'agissait de la nôtre et non de la vôtre. À quelle culture avez-vous l'impression d'appartenir le plus ?

A.N. — J'ai dit que je me sentais en plein accord avec cette évolution.

Q. — Oui, mais vous en avez parlé comme de « votre » évolution.

A.N. — Oui, mais je me sens en accord avec elle, je sens que j'en fais partie. Et j'ai l'impression que, d'une manière ou d'une autre, je l'ai vécue. D'ailleurs, j'ai fait de nombreuses déclarations prophétiques dans mon journal. Des critiques de l'Amérique, des souhaits que je formais pour elle et qui se réalisent aujourd'hui. Soudain, tout ce qui se passe en Amérique correspond tout à fait à ce que j'aime, alors qu'il se pourrait très bien que je ne sois pas en accord avec ce qui se passe en France, par exemple.

Q. — Contre quoi vous insurgiez-vous dans les années 1940 ? J'aimerais le savoir.

A.N. — En 40, j'étais contre tout.

Q. — Pouvez-vous préciser ?

A.N. — On vivait dans une société aliénante. Les relations demeuraient superficielles. On ne reconnaissait pas du tout le rôle de l'inconscient. On se contentait du masque – c'est la meilleure façon dont je peux l'exprimer. On acceptait la guerre ; on ne faisait aucun effort pour croire en de nouvelles valeurs. On acceptait une vue pragmatique de l'existence, l'idéal pragmatique des Américains, fondé sur le commerce ; on acceptait leurs valeurs culturelles. Presque tout le monde était d'accord sur ces valeurs. Le choc que provoqua en moi le changement de culture me permit de voir les choses avec plus d'acuité. J'ai lu un très bel article dans *Études des humanités* à Santa Barbara, d'un Américain qui avait été exilé pendant dix ans. À son retour, il découvrit naturellement une Amérique entièrement différente. Il pouvait *voir* le changement, le nouveau, la nouvelle Amérique – beaucoup mieux que s'il était resté sur place. Alors, il a écrit là-dessus un très bel article. Dans les années 1940, on subissait le carcan des dogmes, du sectarisme et des modes. Il fallait être de gauche, il fallait faire de la politique. Tout était, disons-le, préétabli. Et les étudiants étaient sans réaction et sans vie réelle, acceptant tout sans se poser de questions. Pas la moindre rébellion, évolution, remise en cause, provocation, comme celles auxquelles nous assistons aujourd'hui. Les années 1940 furent une période de stagnation, une période très difficile.

Q. — Les choses ont-elles tellement changé ? Vous semblez dire qu'aujourd'hui les gens sont moins aliénés et que l'artiste est plus respecté. Mais je me pose encore la question. J'ai l'impression que depuis 1970 les choses régressent d'une certaine manière.

A.N. — Non, je ne le vois pas ainsi. Je me demande d'où vous tenez vos impressions, et je me demande d'où je tiens celle d'un pas en avant. Il faudrait que nous comparions nos sources d'information.

71

Q. — Je me demande simplement si les choses changent tellement, et si même elles changent.

A.N. — Peut-être est-ce vous qui n'avez pas changé ? Posez-vous la question. C'est possible. Il faut toujours se resituer, par rapport à notre entourage et aux événements. Que nous nous soyons fermés à ce changement, ou qu'il se soit réellement produit ; de toute façon, nous n'étions pas en accord avec lui.

Q. — Dans les années 1960, nous avons cru à un certain idéal social, mais si, aujourd'hui, nous voulions faire vivre cet idéal, il faudrait presque complètement tourner le dos à ce que nous sommes devenus.

A.N. — Je pense, bien entendu, que l'idéalisme change d'orientation. Dans les années 1960, nous forgions un idéal en comptant sur le sens de l'histoire, et, finalement, rien de ce que nous espérions ne s'est produit. Nous n'avons pas été capables d'arrêter la guerre, et cela nous a menés au désespoir, à la conviction que rien ne pourrait jamais changer. Moi, je parle d'un changement véritable, organique et très lent, à condition que nous continuions à croire à une transformation profonde de notre conscience ; cette nouvelle conscience finira par faire tomber les barrières. Si nous ne perdions pas parfois notre idéalisme et notre foi dans l'avenir du monde, et dans notre capacité d'en finir avec la guerre, cet idéalisme pourrait être quelquefois reporté sur autre chose. C'est ce qui est arrivé chez les jeunes. Ils ont admis que nous ne pourrions pas changer notre structure de pouvoir monolithique par des moyens directs, alors ils ont décidé de changer eux-mêmes, ce qui, à mon avis, est une bonne chose, parce que, en changeant nous-mêmes, nous allons faire pression sur l'extérieur. Après tout, vous êtes en pleine ascension, vous allez exercer divers métiers et vous allez le faire de façon différente. Vous avez compris que vous ne changerez rien aux compagnies pétrolières ou autre ennemi : alors vous avez décidé de changer vous-mêmes. C'est une attitude très positive : grâce à elle est née une nouvelle race d'êtres humains qui, avec le temps, finira par faire pression sur l'extérieur. Il ne faut pas perdre espoir au milieu du combat.

Q. — Croyez-vous que l'idéalisme aujourd'hui soit différent de ce qu'il était à l'époque ?

A.N. — Oui, je pense que nous avons orienté nos efforts vers quelque chose qui *risque* d'être plus efficace. Autrefois, nous pensions qu'en changeant le système politique, nous obtiendrions une société idéale. Mais nous avons découvert qu'il existe toujours des éléments corrompus à l'intérieur de tout système et que cela aboutit immanquablement à une forme de tyrannie contre un groupe ou un autre. Donc, si nous employons notre énergie à nous transformer nous-mêmes, nous en arriverons tôt ou tard à un bouleversement des valeurs, de nos valeurs culturelles, qui affectera notre vie de tous les jours. Je vois déjà certains d'entre vous occuper des postes qui étaient réservés autrefois à des personnalités rusées, rouées et creuses. Je vous vois exercer certains de ces métiers, comme journalistes ou reporters, et je sens que vous saurez leur donner une orientation nouvelle, un regard différent.

Q. — Seriez-vous effrondrée si éclatait une nouvelle guerre mondiale ou autre chose qui démentirait votre théorie ?

A.N. — D'une certaine manière, je crois que ma théorie est faite pour s'effondrer, puisque le mal existe. Le mal existera toujours dans le monde, mais ce n'est pas une raison pour renoncer. C'est ce que j'essaie de faire comprendre. Il n'y a aucune raison de renoncer ; en effet, qu'arriverait-il ensuite ? Nous connaîtrions un monde sombre, un monde de cauchemar. Donc, pour notre salut et pour celui des autres, nous ne devons pas renoncer parce que nous n'avons pas réussi à changer certaines choses que nous souhaitions de tout cœur, mais nous devons poursuivre notre tâche, avec l'espoir d'un changement fondamental, d'un changement de notre conscience.

De terribles événements se produisent dans le monde, mais il ne faut pas désespérer. Renoncer, c'est perdre. Quelqu'un a donné pour titre au tome IV de mon *Journal* : « Le refus du désespoir ». C'est pourquoi j'insiste tant sur la construction d'une vie intérieure – afin de pouvoir résister aux événements extérieurs, afin de ne pas s'effondrer. Lorsque notre vie intérieure n'est pas assez solide, les événements extérieurs nous terrassent, nous détruisent. Depuis mon enfance, j'ai toujours eu l'impression – parce que j'étais déracinée, parce qu'il y *avait* la guerre, qu'il y avait *toujours* la guerre – qu'il fallait que je trouve en moi-même quelque chose de stable et de solide. Un noyau... Je me sens une responsabilité dans le désespoir. Je trouve que nous n'avons pas le droit de désespérer.

Q. — Avez-vous maintenant plus de respect pour la politique que vous n'en aviez dans le tome II du *Journal*, à l'époque où vous connaissiez Gonzalo ?

A.N. — Oui, l'action politique est nécessaire. Mais lorsque je regarde ce que l'on fait pour l'assistance sociale, l'éducation ou l'aide médicale, j'ai le sentiment qu'il nous faut une autre source de réconfort pour ne pas perdre notre foi. J'ai vu tellement d'étudiants perdre espoir et devenir amers, improductifs, que cette question m'a toujours préoccupée. En d'autres termes, ils savent bien ce qu'ils refusent, mais ils ne savent pas construire un monde différent. Et c'est ce que j'aimerais tant que fasse la femme – commencer à créer un nouveau type de femme, un monde nouveau, sans perdre trop de temps dans l'extrémisme.

3

Les femmes reconstruisent le monde

J'ignore ce qu'est une « féministe radicale », mais je suis une féministe… Et ce que j'ai découvert, après la publication du *Journal*, ce sont ces milliers de femmes, isolées dans les petites villes de province, qui n'ont personne pour partager leurs aspirations ; des femmes troublées, anxieuses, désireuses de créer, pleines d'un potentiel qu'elles ne savent pas comment développer, ce qui leur fait perdre toute confiance en elles ; des femmes qui reportent sur les autres la foi qu'elles devraient avoir en elles-mêmes.

Mais, à dire vrai, je ne pense pas que la libération puisse être le fruit d'une minorité seulement : elle doit être obtenue par une action simultanée et globale. Je crois aussi que, grâce à la quête de la femme pour son identité, les hommes ont compris qu'il fallait se débarrasser des programmes, du conditionnement, de l'éducation, des tabous et des dogmes que l'on nous a inculqués. Les contraintes étaient encore plus sévères pour la femme, parce que son cadre de vie était encore plus rigide et plus restreint : on l'enfermait dans son petit monde personnel. Quelques femmes ont fait éclater ce cadre, et tous les ouvrages de femmes ou sur les femmes que je pouvais lire à l'époque (parce que j'ai toujours lu avec profit les œuvres féminines) m'en ont donné la preuve. C'étaient des femmes capables de *se libérer*, qui *ne réclamaient pas* leur liberté, mais étaient capables de la *créer*.

Lors de la parution du *Journal*, je me suis rendu compte que le problème de la femme était plus profond : d'une certaine manière, on avait brisé sa confiance en elle, et c'est au travers des autres qu'elle cherchait une identité. Comme l'a dit D. H. Lawrence, les hommes ont toujours été les seuls à décider : c'étaient eux qui décrétaient qu'une année nous devions être minces, et l'année suivante plus rondes... Toute l'orientation de la vie des femmes était déterminée par les hommes. Et si vous avez pris tant d'intérêt à la lecture du *Journal*, c'est que très peu des femmes ont pu, jusqu'à maintenant, faire partager leur évolution. Comme vous toutes, j'ai subi toutes les restrictions, tous les dogmes et tous les tabous de notre culture – et dans mon cas de deux cultures, la latine et l'américaine – et de notre religion. Toutes ces limites entravaient l'épanouissement de l'être.

Consciente que les handicaps des femmes étaient plus sérieux, j'ai toujours lutté pour maintenir ma position. J'étais souvent en désaccord avec mes analystes, qui se faisaient une fausse image de moi. J'ai conservé l'unité de ma personnalité avec entêtement, et cela grâce au journal. Je ne sais pas si j'y serais parvenue sans lui, car il était non seulement le confesseur et le miroir, mais aussi le journal de bord : grâce à lui, je prenais conscience des difficultés du voyage. Il me permettait de m'apercevoir des périodes plus ou moins stagnantes de ma vie. J'étais consciente du piège dans lequel tombent les femmes – un mariage conventionnel et une vie en banlieue. Donc le journal était un miroir et m'empêchait d'être aveuglée, troublée, déroutée – même pour un court instant – par les images que l'extérieur m'imposait. Ma seule concession était de jouer les rôles que l'on me demandait de jouer, mais je conservais farouchement mon intégrité *quelque part* en moi, pour moi-même.

Après la publication du *Journal*, beaucoup de femmes m'ont parlé : elles m'ont parlé de leur timidité, de leur manque de confiance en elles, de leur habitude de compter sur les autres, de leur sensibilité au jugement d'autrui. Alors, je me suis souvenue de ma propre vulnérabilité, de mes propres hésitations, de ma propre timidité, et j'ai voulu que vous sachiez que l'on peut surmonter ces faiblesses.

Je désire insister sur ce terrible manque de confiance en soi, sur cette timidité, sur cette peur de la femme : nous avons beaucoup parlé des obstacles extérieurs, qu'ils soient légaux, historiques, culturels, et même religieux, obstacles qui empêchent son développement et son évolution, mais nous n'avons pas assez insisté sur ses difficultés d'ordre psychologique.

Otto Rank, dans son livre intitulé *La Volonté du bonheur*, a mis l'accent sur ce point en définissant les deux formes de culpabilité dont nous souffrons : d'une part, nous nous sentons coupables de créer, parce que nous avons l'impression de prendre alors trop de place, ou d'empiéter sur les autres, et d'autre part, nous souffrons de ne *pas* créer. Par créer, je n'entends pas seulement peindre, composer de la musique ou écrire des livres. J'entends toutes formes de création – créer un enfant, un jardin, une maison, un groupe, ou autre chose. Pour moi, la créativité est un mot qui englobe tout.

Coupables à la fois de créer et de ne pas créer, les femmes sont prises entre deux feux : la peur de s'affirmer – de crainte d'affecter leur entourage – et la peur de ne pas réaliser ce qu'elles ont en elles. Moi-même, j'ai toujours craint, par mon évolution, de porter ombrage à mes jeunes frères, et même, plus tard, à mon père. J'avais l'impression que j'allais devenir un séquoia géant et voler peut-être la lumière aux autres arbres – idée qui m'a longtemps poursuivie. Mais c'était une erreur : je découvris qu'en réalité l'évolution d'une personnalité rejaillit sur son entourage. Une personnalité accomplie pousse les autres à l'imiter, à évoluer à leur tour : elle les inspire. J'ai remarqué que plus je me développais, plus c'était bénéfique pour mon entourage. En quelque sorte, je ranimais la flamme de mes proches.

Les femmes l'oublient souvent et ont tendance à croire que tout ce qu'elles accomplissent porte préjudice à leur vie privée. Elles n'ont jamais pensé que leurs réalisations pouvaient au contraire enrichir leur vie personnelle : elles enrichiraient leurs enfants, elles enrichiraient leur mari, elles enrichiraient leurs voisins. Tout développement personnel profite à l'entourage : voilà ce que notre culture a voulu nous faire oublier. Et la position de la femme était encore plus inconfortable, parce qu'on ne lui avait jamais demandé de produire quoi que ce soit. On n'attendait rien d'elle. La civilisation ne le lui demandait pas ; on ne lui demandait pas de devenir le meilleur avocat, le meilleur médecin, le meilleur peintre ou le meilleur écrivain ; on ne lui demandait rien d'autre que l'accomplissement de ses tâches domestiques. Donc rien ne l'incitait à se développer, quelque don qu'elle pût avoir.

Mais d'où la femme tient-elle ce manque de confiance en elle et en ses capacités ? Est-ce parce qu'elle prend pour modèles des talents exceptionnels qu'elle ne pourra jamais atteindre ? Enfant, lorsque je lisais, je choisissais toujours des héros que je n'aurais jamais pu devenir. Je voulais être George Sand ; je voulais entrer à l'Académie française ; je désirais un tas de choses impossibles, mais, en grandissant, je m'aperçus soudain qu'il existait des choses qui m'étaient accessibles et qui ne requéraient pas de dons exceptionnels.

Aujourd'hui, le mouvement des femmes est pris entre sa croyance dans le développement et l'évolution individuels et le besoin de trouver les obstacles qui barrent la route à cette évolution. Nous avons découvert quelques causes extérieures – provenant des lois, de l'histoire, de la religion, de la culture –, mais il nous est très difficile d'admettre que certaines viennent de nous-mêmes et qu'elles nous avaient fait perdre notre confiance en nous. Nous avions perdu notre désir de créer.

Ce désarroi de la femme a accru son angoisse. Les statistiques ont montré plus de dépressions chez les femmes que chez les hommes. Pour moi, l'origine de leurs dépressions était cette angoisse, ce désarroi. Je veux parler de leur dépendance de l'homme, de leur vie qui passe par celle de l'homme, comme je le décris dans *Les Miroirs dans le jardin*. En parlant de Lillian, j'ai dit qu'elle « respirait » à travers Jay. Toutes ses expériences passaient par lui ; lorsqu'il n'était pas là, elle n'avait aucun goût de vivre. En un mot, tout son dynamisme venait de lui. Et cela est très mauvais pour l'*homme* sur lequel la femme se repose. Toute existence vécue à travers autrui est néfaste pour celui que l'on a choisi comme tuteur. C'était souvent le cas des femmes.

D'autre part, notre éducation ne nous favorisait pas : on ne nous inculquait pas l'esprit de compétition, contrairement à ce qu'on faisait pour les hommes ; ils avaient une telle peur de la rivalité qu'ils en arrivaient à considérer l'évolution de la femme comme une menace pour eux-mêmes, d'où une situation tragique. Et cet esprit de rivalité domine toute notre civilisation.

Il n'y a pas très longtemps, j'étais au Maroc où les rapports ne reposent pas sur la rivalité. Je devais écrire un article pour un magazine et j'avais deux guides qui se battaient toujours pour me faire visiter la ville. Chaque fois que j'en choisissais un, je lui demandais : « Votre ami ne va-t-il pas se sentir lésé ? » Ce à quoi il répondait : « Pas du tout, nous sommes tous frères. »

Cette conception du profit partagé est une chose que nous n'avons pas assez considérée en regard de l'évolution de la femme. L'homme n'a jamais pensé que le développement de la femme rehausserait sa propre vie et le libérerait de ses propres fardeaux. Être deux à porter la charge, et non plus un seul. Nous n'avons jamais regardé la situation sous cet angle, nous n'avons jamais pensé à quel point l'union et le rapprochement pourraient alléger le fardeau.

On a appris à l'homme à se battre et à gagner, mais on a enseigné le contraire à la femme – de peur qu'elle ne dépasse ses enfants ou ses frères. Elle craint toujours, par son développement, de nuire à son mari, ou de porter ombrage à son patron.

C'est ce sentiment qui empêche encore la femme d'évoluer. Elle a l'impression que sa propre évolution va nuire à celle d'un autre et qu'il est de son devoir de s'effacer… Alors elle supporte toutes sortes d'inconvénients. Elle régresse au lieu de s'épanouir, parce qu'elle considère à tort cet épanouissement comme de l'agressivité. On a souvent employé ce mot pour décourager et discréditer les femmes qui tentaient d'évoluer.

J'ai moi-même souvent pris mon besoin d'activité pour de l'agressivité, jusqu'à ce qu'un spécialiste en sémantique me fasse remarquer qu'il y avait une différence entre activité et agressivité. L'agressivité est une action dirigée contre quelqu'un ; l'activité est simplement la volonté créatrice et dynamique, que j'essaie d'éveiller en vous tous.

Une autre chose à réformer, c'est notre manie de trancher : on a décrété, une fois pour toutes, ce qui était viril et ce qui était féminin. Aujourd'hui, tout le monde sait que chacun possède en lui des

84

qualités masculines et des qualités féminines. J'espère qu'un jour nous n'aurons pas honte de dire qu'il existe des femmes courageuses et des hommes tendres, des femmes à l'esprit scientifique et des hommes intuitifs. Cette assignation des rôles de chacun est limitative pour tous les deux. C'est pourquoi je pense que la femme doit travailler pour sa libération *avec* l'homme – elle ne peut pas y parvenir seule. Il faut y travailler ensemble. Toutes les races. Tous les hommes. Toutes les femmes. Tout le monde.

Cette libération doit se faire en un même temps, si l'on veut qu'elle réussisse. Sinon vous restez enchaînés, liés et, en un sens, dépendants. Une relation ne peut être harmonieuse si l'un se sent libre et l'autre non. Donc, il est très important d'agir en respectant nos différences – qu'elles soient sexuelles, raciales ou autres. Nous avons fait preuve d'un génie presque satanique pour tout séparer. Nous avons tout utilisé : la religion, le racisme, n'importe quel prétexte. Et maintenant nous nous servons du mouvement féministe pour nous séparer des hommes. Voilà exactement ce que je ne veux pas.

Ensuite, il existe un autre fléau qui détruit les femmes, inhérent à notre civilisation, à notre religion, à notre structure familiale : ce que l'on pousse l'homme à faire, on décourage la femme de le faire. On a clairement enseigné à la femme que son premier et seul devoir était de réussir sa vie privée – mari, enfants, famille, parents. Voilà quel doit être son rôle dans la vie. Et si une femme qui a accepté ce rôle s'avise ensuite de transgresser les règles, elle se sent plus coupable que l'homme, car notre civilisation assigne à l'homme une tâche à accomplir et donc à faire passer sa vie privée au second plan. On l'excuse de n'être pas un très bon père, ou un très bon fils – tout ce qui touche à la vie du foyer.

Cependant la femme *gagne* quelque chose à ce rôle où on l'a enfermée. Elle y gagne une plus grande humanité. L'homme, dans son élan vers les idéologies, vers la science, vers la philosophie, vers toute forme objective de pensée, s'est coupé de sa vie personnelle. Il a tellement bien employé sa raison à bâtir des idéologies qu'il a complètement oublié que sa vie affective conditionnait sa réussite professionnelle et la réalisation de ses désirs. La femme n'a jamais perdu de vue cette vie affective, et ce qui, au début, était un handicap est devenu aujourd'hui une *qualité* qu'elle peut étendre à d'autres domaines. Il faut qu'elle conserve ce sens de la vie intime, qui nourrit son humanité. Qu'elle devienne avocat, philosophe, prêtre, cela importe peu. Ce que je souhaite, c'est qu'elle ne tue pas complètement ce qu'elle a mis des siècles à apprendre, c'est-à-dire la valeur de l'individu.

On nous a certainement inculqué très tôt des conceptions négatives de l'existence, qu'il s'agisse de culture, de race, de structure familiale. Mais, en dépit de ces obstacles, je vois des femmes qui commencent à être fières d'elles-mêmes et à découvrir qu'elles sont capables de talent. Autrefois, nous acceptions de passer pour incapables de faire certaines choses. Pendant des années, on m'a dit que j'étais incapable d'idées politiques ; et je le croyais. Je ne sais pas pourquoi. Mais un jour, je me suis rendu compte que je n'étais pas incapable de tout ce dont on m'accusait : je savais équilibrer un budget et faire toutes sortes de petites tâches auxquelles on me croyait inapte.

Imprimer, par exemple. Tout le monde s'est moqué de moi quand j'ai acheté la presse : on me disait que le chariot serait trop lourd pour moi, et qu'il était très difficile de placer les caractères. Mais, malgré ces difficultés *réelles*, j'ai appris à imprimer et à aimer ce travail. Voilà des façons de voir qui seront lentes à disparaître.

Mais aujourd'hui la femme se heurte à un nouveau problème : lorsqu'elle parvient à briser tous ces tabous, elle passe pour un phénomène. J'ai beaucoup étudié la vie des femmes ces dernières années – comme, du reste, pendant toute ma vie – et j'ai remarqué que les femmes qui réussissaient à vaincre tous ces obstacles n'avaient rien d'exceptionnel : elles étaient seulement entêtées. J'ai

87

moi-même commencé avec les mêmes handicaps, les mêmes inaptitudes, le même désarroi. Je n'essayais pas de gagner ma vie, j'avais peur du monde. Je ne parlais à personne quand j'avais vingt ans. J'ai appris (je sais que vous n'allez pas me croire) à parler *en écrivant*. J'ai appris à communiquer avec les autres, et c'est grâce à la publication du *Journal* que je peux aujourd'hui communiquer avec vous.

Je désire vous raconter l'histoire d'une femme qui a réussi à se libérer malgré des obstacles incroyables : il s'agit de Frances Steloff, qui possède la Gotham Book Mart à New York. Elle a aujourd'hui quatre-vingt-six ans. Issue d'une famille très nombreuse, elle a été élevée dans une ferme et n'a jamais pu aller à l'école. Aussi, comme beaucoup d'autres jeunes femmes, elle est partie un jour pour New York : elle a trouvé une place à la librairie Brentano, où il lui fallait rester près de la porte dans le froid. Elle l'a supporté quelque temps et, quand elle eut mis de côté cent dollars, elle décida d'avoir sa propre librairie. Le propriétaire de Brentano, qui avait de l'amitié pour elle, trouva folle son entreprise et lui prédit qu'elle ne pourrait pas tenir plus d'une saison, mais elle persista. À l'origine de sa décision, il y avait le désir de s'instruire, de vivre au milieu des livres, de trouver les livres dont on l'avait privée et qu'elle aimait sans même les avoir lus. Avec ses cent dollars, elle ouvrit sa librairie dans un minuscule sous-sol où il fallait descendre trois marches, dans le quartier des théâtres. Et les éditeurs, impressionnés par son audace, lui firent crédit et lui donnèrent des livres.

Elle réussit à faire de cette librairie un endroit si chaud, si accueillant, et elle se montrait si patiente et si hospitalière, que la librairie prit de plus en plus d'importance. Et pas seulement comme librairie ; elle devint un lieu de rencontres, pour les écrivains, les critiques, les peintres. Tout le monde y venait. Elle vous laissait feuilleter les livres. Il y régnait toujours un grand désordre ; impossible de trouver un livre, mais c'était chaque fois une grande aventure. Ensuite, elle ouvrit son arrière-cour et y déposa des tas de caisses en fer comme on en voit sur les quais de Paris. Elle faisait preuve d'une grande imagination ; elle remplissait ces caisses de livres, et les réunions se passaient dans l'arrière-cour. Adepte avant l'heure des aliments naturels, elle ne servait que du thé et des gâteaux de régime.

Cette librairie devint le centre de la vie littéraire de New York. La Joyce Society y tenait parfois ses réunions. Des étrangers y venaient aussi. Nous en avons entendu parler à Paris et, lorsque la guerre éclata, nous lui avons demandé si nous pouvions lui envoyer nos livres, afin qu'ils soient à l'abri hors d'Europe. Elle répondit aussitôt par un « oui » – elle ne savait pas qui nous étions ni de quels livres il s'agissait –, simplement « oui ».

Nous retrouvons là ces qualités d'instinct, d'intuition, de protection, desquelles les femmes voudraient s'éloigner. Or Frances Steloff a su créer quelque chose à partir de ces qualités. En quelques années, elle put faire son éducation. Edmund Wilson fréquentait sa librairie : tous les critiques y venaient et elle apprenait beaucoup grâce à eux. Quand ils lui demandaient un livre, elle en profitait pour l'étudier. Elle approfondit ses études au point que son université d'adoption – l'université de Skidmore – lui accorda un diplôme honorifique. Elle put offrir à cette université une collection très rare d'articles de Joyce – qu'elle s'était procurés grâce à son habitude de dire toujours « oui » et d'entasser les livres dans sa cave. Elle avait pour cela du flair et une intuition très sûre des valeurs humaines ; elle disait qu'elle jugeait un livre d'après ce qu'elle pensait de l'auteur. Elle fit de sa librairie un véritable centre littéraire, et c'est ce que j'appelle une femme créatrice. Aujourd'hui, à l'âge de quatre-vingt-six ans, elle est encore pleine de vie. Nous avons parlé ensemble des passionnantes aventures de certaines femmes que nous avions toutes deux connues. Elle en avait une liste, moi j'avais la mienne, et sur la route de Skidmore, pendant plus de trois heures et demie, nous n'avons pas cessé de parler des femmes merveilleuses que nous avions connues.

Elle est toujours là. Vous pouvez aller la voir. Elle a les cheveux blancs ; elle est encore très belle et mange des graines de tournesol ! C'est le secret de sa longévité.

Ensuite, j'ai découvert que la femme la plus audacieuse dans le domaine des idées, dans l'exploration intérieure, était Lou Andreas-Salomé. Vous avez peut-être entendu parler d'elle à cause de sa correspondance avec Freud – ce qui ôte un peu de sa qualité burlesque au livre que Kate Millet a écrit sur Freud. Freud avait un très grand respect pour Lou Andreas-Salomé. Leur correspondance témoigne de l'esprit d'égalité avec lequel il la traitait, prenant ses idées en considération, échangeant avec elle des opinions sur son œuvre ; il avait grande confiance en sa valeur. C'est dans l'une de ses lettres qu'il dit que la femme est plus près de l'inconscient que l'homme et le demeure, parce qu'elle a moins d'interférences et possède un sens moins développé de la rationalisation.

Lou Andreas-Salomé a été élevée en Russie d'une façon très conventionnelle : paralysée par un père général, sous l'emprise totale de la religion, et dominée par une famille aux principes rigides. Mais, dès l'âge de seize ans, elle démontra son indépendance. Je la considère comme une des rares femmes véritablement indépendantes, c'est-à-dire une femme capable de créer son indépendance dans les circonstances les plus défavorables.

Elle commença par renoncer à la religion, ce qui causa à sa famille un terrible choc : elle déclara qu'elle voulait étudier la philosophie, car elle avait perdu la foi. Ce fut le commencement de son voyage intérieur. Elle quitta sa famille et partit pour l'Allemagne où les femmes n'avaient pas le droit d'étudier la philosophie (à l'époque de Nietzsche, Rilke et Freud). Elle réussit cependant à se faire accepter à l'université et fut une étudiante brillante. C'est alors que commença son amitié avec Nietzsche. Elle était une muse pour les créateurs, mais créait aussi elle-même. Ses relations avec les hommes étaient toujours extrêmement fécondes. Rilke note un changement dans sa poésie pendant les six années où ils vécurent ensemble. Mais elle trouva bientôt que la philosophie n'apportait pas les réponses à toutes ses questions : après l'échec de la religion et de la philosophie, peut-être la clé de l'évolution se trouvait-elle dans la psychologie ? C'est alors qu'elle décida d'aller l'étudier avec Freud.

On sait très peu de choses sur elle. Une excellente biographie a été écrite par H.F. Peters[1], professeur au Reed College à Portland. Cette femme réussit à créer son indépendance à une époque où la femme

---

1. *Ma sœur, mon épouse*, Gallimard, coll. « Connaissance de l'inconscient », 1967. (Éd. américaine : Norton and Co., avec préface d'Anaïs Nin.)

n'était entourée que de tabous, où vous étiez expulsée d'Allemagne si vous viviez avec un homme sans être mariée avec lui. Or elle vécut non seulement avec un homme, mais avec *deux* ! Avec Nietzsche et son ami Paul Rée : ils aimaient pouvoir parler de philosophie toute la nuit. En un mot, elle *créa* son indépendance, sans le moindre sentiment de culpabilité. Elle ne se sentait pas coupable de quitter un ami ou un amant, quand leur relation n'avait plus de raison d'être. Enfin, à cinquante ans, elle devint la première femme psychanalyste ; elle a beaucoup écrit – un journal, des articles et des essais, et aussi un livre sur Nietzsche. Cependant, nous savons très peu de choses d'elle, ce qui découle de la méconnaissance qu'on a toujours témoignée à l'égard des femmes. Elle n'était connue que pour avoir été l'inspiratrice de Nietzsche, de Rilke, de Freud. On ne l'a jamais jugée d'après son œuvre, dont la plus grande partie n'est même pas traduite de l'allemand. Mais quelle femme remarquable ce fut ! Et quelle influence elle eut sur le mouvement féministe qui commençait à naître en Allemagne à ce moment-là !

Son exemple montre que l'on n'est pas obligé d'attendre les changements sociaux ou les réformes politiques pour exister. Bien évidemment, il est de notre devoir de tout faire pour changer les lois afin de donner les mêmes droits à la femme. Mais il faut avant tout insister sur notre liberté psychologique :

nous devons comprendre notre position de femme. Le désir de changement doit venir de l'intérieur, d'une source très profonde.

D'autres femmes m'ont également séduite par leur esprit d'aventure et d'indépendance : il s'agit de quatre jeunes femmes, nées à la fin du siècle dernier, dans une Europe dominée par les tabous. Le seul moyen pour elles d'échapper à une vie étriquée, c'était de rompre totalement avec la culture dans laquelle elles avaient été élevées, afin de toucher d'autres mondes et d'autres civilisations.

L'histoire de ces femmes est racontée par Lesley Blanch dans son livre remarquable : *The Wilder Shores of Love* (*Les Rives sauvages de l'amour*). La première est la femme de Richard Francis Burton[1], qui a rêvé pendant vingt ans d'être son épouse et l'a attendu. À cette époque, l'homme avait le monopole de l'aventure et de l'accomplissement personnel – attitude typiquement victorienne. Pour cette femme, le mariage avec Richard F. Burton était une façon de connaître d'autres civilisations. Elle l'accompagna dans tous les pays qu'elle avait aimés à travers ses lectures et fit de son rêve de voyages et d'exotisme une réalité, échappant ainsi à la culture victorienne. Elle le fit avec beaucoup de bonheur

---

1. Richard Francis Burton (1821-1890) : célèbre linguiste et explorateur anglais – notamment en Afrique et en Amérique du Sud. (*N.d.T.*)

et, pendant vingt ans, mena la vie réussie d'une épouse-aventurière.

La deuxième femme s'appelle Lady Jane Digby : elle aussi désirait échapper aux tabous et à l'étroitesse de la vie en Angleterre. Elle épousa un Arabe et mena la vie d'une Arabe, allant même jusqu'à participer à des raids contre des étrangers dans le désert, s'identifiant totalement à sa nouvelle civilisation. Cette aventure, pleinement réussie, lui permit d'élargir l'horizon de sa vie ; au Maroc, sa vie n'était qu'aventures, beauté, exotisme. Elle était adorée du cheikh Abdul Medjuel el-Mezrab. Pour elle, il renonça à son sérail et elle lui enseigna à consacrer sa vie à une seule femme. Voilà la très belle histoire d'une femme audacieuse, qui a osé braver les tabous de son époque et de son pays.

La troisième femme est Isabelle Eberhardt, une Russe émigrée dans le sud de la France. Très pauvre, élevée par son beau-père, elle connut une enfance très difficile. Elle aimait beaucoup son frère, presque trop, et souhaitait elle aussi échapper à l'existence étriquée et misérable d'émigrés dans le sud de la France. Elle partit pour l'Algérie et s'habilla en garçon. Les Arabes savaient très bien qu'elle n'était pas un garçon, mais ils la respectaient. Elle menait la même vie qu'eux, une vie de nomade – mode d'existence qu'elle avait dans le sang puisque ses ancêtres russes étaient des nomades. Elle possédait un cheval et se rendait partout, couvrant des kilomètres, fréquentant les cafés maures, écoutant de la musique arabe, et fumant du hachisch. Elle se plongea tout entière dans cette nouvelle civilisation et finit par l'assimiler. Elle s'y sentait heureuse, tout à fait à sa place. Et c'est parce qu'elle comprenait si bien les Arabes qu'elle devint l'amie du général Lyautey. Quand il avait besoin d'éclaircir la situation politique du pays, il la faisait appeler et tenait compte de sa connaissance de la psychologie de l'Arabe.

En plus du journal qu'elle tenait, Isabelle Eberhardt écrivit de nombreux articles sur ses voyages, qui, malheureusement, ne furent pas mis à l'abri à l'époque : ils furent retrouvés par un homme qui les remania, pour les rendre plus séduisants, ce qui en trahit l'esprit. Donc, nous savons très peu de choses sur elle, si ce n'est ce que nous dit Lesley Blanch sur sa véritable personnalité et son serment de se plonger tout entière dans une autre culture et d'atteindre ce qu'elle ressentait comme la beauté de l'espace et d'une existence plus largement ouverte. Elle mourut d'une étrange mort, prédite par l'astrologie : noyée dans le désert. Personne n'avait compris le sens de cette prédiction. Mais, alors qu'elle n'avait que vingt-quatre ans, lors de la crue soudaine d'un oued, elle fut noyée. Bien que ses œuvres aient été remaniées pour la publication, le manuscrit original de son journal et de ses notes est conservé à la Bibliothèque nationale. Lesley Blanch a trouvé dans ses écrits originaux de la pureté, de la simplicité et de la profondeur.

La quatrième histoire est celle d'Aimée Dubucq de Rivery, une jeune cousine de Joséphine, la femme de Napoléon. Revenant en France après un séjour à la Martinique, Aimée fut enlevée par les Turcs et vendue au harem le plus important de Turquie. Vous devez penser que, pour une femme, c'est la dernière des prisons, et qu'elle n'a jamais pu se sortir de cette situation ! Cependant, avec l'aide de son fils, élevé dans les idées républicaines de la France, elle réussit à faire éclater une révolution en Turquie. Un tel exemple, il me semble, montre bien qu'il n'existe aucun piège, aucune prison, aucune situation dont on ne puisse sortir. Elle fut à l'origine d'une très importante révolution qui changea complètement le cours de l'histoire de la Turquie.

De telles vies sont très stimulantes : elles m'ont permis de ne jamais perdre ce que j'appelle mon obstination à aimer l'aventure pour vaincre les difficultés qui, pour moi, ne sont que des défis lancés à notre talent et à notre force.

Ce que j'essaie de dire, c'est que personne n'est exceptionnel à ses débuts : ne sont exceptionnelles que notre obstination, notre soif d'évoluer qui doit être naturelle. Les obstacles existent, mais notre intelligence et notre prise de conscience des choses nous permettent de les analyser et de les combattre.

Chacun d'entre nous, à un moment ou à un autre, en prend conscience : croyances religieuses, croyances familiales, oppression de la famille, et le caractère dogmatique que nous avons donné au mariage. Je crois au mariage, mais non au dogme que nous en avons fait. Voyez-vous, c'est par peur que nous nous créons des contraintes, contraintes que nous ne pouvons plus supporter par la suite parce qu'elles nous étouffent. Nous aspirons à la sécurité, quitte à renoncer à notre liberté.

J'ai connu moi-même ce que nous connaissons tous un jour ou l'autre : des périodes arides, stériles ou dépressives. Ou même des périodes d'inaction ; très souvent, nous restons passifs en face de la destinée, oubliant que nous pouvons vraiment en être les maîtres. On nous élève dans cette forme de passivité ; notre culture nous a appris qu'une certaine passivité était une qualité féminine. Aussi, le jour où Otto Rank m'a dit que j'étais moi-même responsable de mes échecs, de mes défaites, qu'il était en mon pouvoir de les surmonter, fut un grand jour pour moi. Lorsque l'on vous dit que vous êtes le responsable d'une situation, cela laisse entendre que vous pouvez y remédier. Tandis que ceux qui rendent la société responsable (ou certaines féministes qui prétendent que l'homme est responsable de tout) n'ont que la ressource de se plaindre. Si vous rejetez l'accusation sur quelqu'un d'autre, *vous* ne pouvez plus *agir*. Or l'action est une telle libération contre la passivité et le fait d'être toujours victime !

Il est aussi très important que la femme laisse exploser parfois sa colère. Voyez-vous, certaines révoltes viennent d'un mal qui couve, ou d'un ressentiment inexprimé ou incompris. Ce sont des révoltes destructrices, parce qu'elles ne débouchent sur rien et ne résolvent rien. Nous devons savoir que c'est la répression de la colère qui lui donne sa force destructrice, et non la colère elle-même.

Je connais, à ce propos, une histoire très révélatrice. Judy Chicago, l'un des leaders du mouvement féministe, en voulait un jour à son mari pour une raison ou pour une autre : elle entra dans une colère si violente qu'elle était incapable d'en exprimer clairement les causes à son mari. Le lendemain, ayant remis de l'ordre dans ses idées, elle revint sur le sujet et son mari de répondre : « C'est tout ce que tu désires ? Mais c'est très simple ! » La colère ne permet pas de s'exprimer clairement. Elle dépasse souvent son but. Les femmes doivent pouvoir analyser les raisons de leurs mécontentements : qu'il s'agisse de contrariétés causées par leur propre passivité, ou bien d'un ressentiment justifié par les inégalités dont elles sont victimes dans leur métier, leur salaire, leur condition sociale ou légale. Dans ce dernier cas, la colère peut être transformée en énergie créatrice.

Je suis contre la suppression pure et simple de toute colère. Ce que je refuse, ce sont les emportements aveugles et violents, qui sont inefficaces dans la création. Même si les femmes ont connu des situations douloureuses, je ne voulais pas qu'elles se révoltent aveuglément. Comme tout le monde, j'ai souffert de contrariétés : de voir qu'on refusait de me publier, de voir le mariage me conduire à la passivité, de me voir incapable de gagner ma vie. Mais je sentis qu'il valait mieux remonter à l'origine de ce ressentiment, afin de savoir s'il était irréductible. Quel profit aurais-je eu à me battre contre les éditeurs, qui ne voulaient pas de moi ? Les éditeurs formaient un empire monolithique. Au lieu de me battre, j'ai acheté une presse à imprimer et j'ai employé dans l'action toute l'énergie que j'aurais gaspillée dans la colère. Je refusais de me laisser aller à des colères, qui n'auraient fait que les *blesser*, sans rien créer de positif. Je n'admettais pas que les femmes succombent à la colère, *simplement* pour exprimer leur révolte : je désirais qu'elles en fassent œuvre utile. Si la colère n'est pas transformée en action, elle peut devenir violence incontrôlée, comme on en a trop d'exemples aujourd'hui.

J'insiste tant sur la nécessité de connaître la nature de notre colère, afin qu'elle devienne éventuellement efficace, positive. Je me suis libérée de mes révoltes destructrices, parce qu'elles ne m'apportaient que déplaisir.

Selon moi, il existe deux moyens de parvenir à la libération : le premier est, bien entendu, politique – changer les lois et se battre pour l'égalité ; le deuxième est psychologique – surmonter les obstacles, afin d'être capable de créer sa propre liberté et de ne pas avoir à la réclamer. On n'a plus à attendre qu'elle vous soit donnée. Les femmes que je choisis pour héroïnes sont des femmes qui ont réussi à créer leur liberté. C'est par leur qualité intérieure qu'elles sont devenues des femmes indépendantes, et c'est cette forme d'indépendance que je recherche.

On a appris aux femmes à accuser la société, à accuser les hommes d'être à l'origine de la situation dans laquelle elles se trouvent. J'ai découvert, grâce à la psychologie, que rejeter la responsabilité sur les autres revenait à dire : « Je suis désemparée, je suis une victime. » Et quelle pensée déprimante ! Donc, le jour où j'ai voulu voir plus loin, grâce à l'analyse, j'ai réellement *vu* que j'étais maîtresse de ma destinée. Quand je me sens libre et indépendante, je peux donner la qualité que je souhaite à mes rapports humains ; par exemple, je peux avoir une influence sur mon éditeur. Il est très facile d'accuser la société, d'accuser l'homme, mais cela ne fait que nous affaiblir. Vous attendez que l'homme vous libère, ou bien le gouvernement, ou les événements. Et c'est très long. Cela prend des siècles, c'est trop lent pour moi. Nous n'avons qu'une vie.

Au début, j'avais l'impression que mon indépendance avait été facilitée par l'absence du père, et par une éducation presque inexistante. Mais, plus tard, cette formation m'a manqué, cette formation morale, et je me suis tournée vers un psychanalyste pour remplacer le père – bien que tout ce que j'aie pu apprendre grâce à la psychologie ait servi à mes propres fins. Je suis étonnée lorsque les femmes me disent que le psychanalyste nous fait du mal, qu'il nous impose ses idées. Dans mon cas, chaque fois que mon psychanalyste avançait une affirmation, je la remettais en question.

Aujourd'hui, la femme se trouve donc face à la tâche difficile de distinguer ce qui, en elle, est héritage de sa culture, de sa religion, de sa race (tout ce qui a été imposé), et ce qui est authentique. C'est ce que j'avais moi-même à faire. Il fallait que je me défasse de tous les rôles que l'on m'avait assignés et que je creuse tout doucement la voie pour m'en écarter. Dans ce cas, la psychanalyse est d'un grand secours, car elle vous confronte constamment avec votre vraie nature.

Évidemment, mon moi authentique était dans le journal. J'étais envahie par la peur chaque fois que je voyais la voiture des pompiers, car je me disais : « Le journal est en feu ! » C'était mon vrai moi qui brûlait, puisque j'en avais fait le dépositaire. Je commençai alors à comprendre que je ne coïncidais plus exactement avec la femme aux rôles imposés. Il fallait donc que je me dépouille de ces rôles, avant de mettre mon journal au grand jour. Et, lentement, j'ai commencé à abandonner ces rôles. Je ne conservais que ceux qui faisaient partie de moi. Séparer le moi authentique du moi fabriqué, voilà ce qu'il faut faire dès maintenant. Vous *seul* pouvez le faire. La psychologie peut nous y aider – et je ne veux pas seulement parler du traitement psychanalytique – simplement en nous faisant prendre conscience de nos masques. Dans le journal, je me suis souvent comparée à ce poète de la comédie de Gilbert et Sullivan, qui est paralysé par une crampe chaque fois qu'il essaie d'être quelqu'un d'autre. Quand vous jouez un rôle, vous devenez forcément maladroit. C'est ce que j'éprouvais lorsque j'essayais de jouer le rôle de la parfaite amie, ou de la parfaite épouse, de la parfaite fille ou sœur. Je me sentais mal dans ma peau, mal dans mon corps. Ces rôles de convenance tombèrent l'un après l'autre : le moi authentique était né.

Vous pouvez en lire l'histoire dans le *Journal*. Vous avez pu voir comment j'ai tout d'abord essayé d'être l'épouse idéale, et je n'ai pas réussi. Puis j'ai voulu être un miroir pour les autres, une muse qui aide les écrivains à écrire leurs livres. Je ne faisais même pas vivre mes propres révoltes, mais je protégeais les révoltés, et, ce faisant, j'exprimais, sans le savoir, par leur intermédiaire, mes propres ressentiments. C'est ainsi que je me suis associée à

Rank qui se rebellait contre Freud, à Artaud qui se rebellait contre les surréalistes, à Gonzalo qui était un révolutionnaire. Je me sentais entièrement responsable de leur sort et j'en arrivais à me demander pourquoi. Je trouvai la réponse chez Rank : d'après lui, nous projetons sur les autres le moi caché que nous refusons d'exprimer. Et nous nous sentons responsables d'eux, parce qu'ils font vivre, en fait, une part de nous-mêmes que nous renions ; nous sentons que nous devons les protéger du danger, car nous savons que le rebelle paie souvent pour sa rébellion. En d'autres termes, je les protégeais parce que j'étais moi-même incapable d'être une rebelle, comme je le suis aujourd'hui.

Vous voyez donc comment, lentement, nous émergeons. Ne jamais laisser les autres jouer nos rôles, ne jamais réclamer notre liberté, ne jamais exiger notre liberté des autres, mais la créer par nous-mêmes.

Nous recherchons des alibis à l'extérieur. Je refuse que les femmes regardent le monde comme elles regarderaient Goliath le géant – avec découragement, tant il est difficile de le modifier. Je veux qu'elles commencent par penser qu'à l'intérieur d'un cercle elles peuvent créer une cellule, une cellule plus humaine, une cellule créatrice, qui peut avoir plus d'influence que toute action collective. Nous essayons de combattre la solitude en nous joignant à des groupes de femmes : mais cela ne va pas nous guérir de nos traumatismes passés. Le groupe ne peut pas le faire à notre place. Il ne peut pas nous rendre notre confiance en nous, qui a été ébranlée par une expérience passée. Il ne peut pas nous remettre sur pied. Ce sont là des choses que nous devons accomplir nous-mêmes.

Notre culture connaît beaucoup trop de division, d'hostilité, de révolte plus ou moins contrôlées. Et je suis très troublée de voir apparaître ces mêmes formes de révolte à l'intérieur du mouvement féministe. J'ai remarqué que, lorsque je me rendais dans certaines universités pour y inaugurer des Women's Studies (des cours sur les femmes), il régnait déjà ce que j'appelle un esprit critique négatif parmi les femmes elles-mêmes ; elles créaient de nouvelles lois, de nouveaux règlements, de nouveaux dogmes pour essayer d'y enfermer les femmes. C'est, d'après moi, la dernière chose dont nous ayons besoin. Nous avons besoin d'être libérées, de penser individuellement. Les problèmes sont différents pour chaque femme et il ne peut y avoir une seule solution pour toutes... La libération de la femme doit revêtir plusieurs aspects : les problèmes de la femme jaune sont différents de ceux de la femme noire ; et ceux de la femme artiste sont encore différents. Impossible de les résoudre par une forme totalitaire de solution...

Il y a plusieurs façons de libérer la femme. Moi, je me préoccupe de la femme qui n'a pas confiance

en elle, en sa valeur, qui n'a pas le courage de créer.
J'ai beaucoup insisté, dans les conférences que j'ai
données aux Women's Studies, sur la valeur de la
vie personnelle, et, là aussi, j'ai été mal comprise.
J'ai dit que les femmes, dont le champ d'action
est plus limité parce qu'on les a toujours réduites
à leur vie privée, ont pu exercer tout leur talent et
toute leur habileté à rendre particulièrement belle
leur relation avec ce monde intime que l'homme,
de son côté, a toujours dénigré et traité de petit
royaume, de petit monde limité. J'ai essayé de faire
comprendre aux femmes que ce monde personnel
avait une très grande valeur à une époque où nous
sommes en danger de déshumanisation à cause des
progrès de la technique, de la science, à cause des
nouvelles dimensions de l'univers ; tout cela nous
a habitués à penser au nom de millions d'individus plutôt qu'au nom de chacun. Au cours d'une
discussion à l'université Columbia, une jeune
femme à ma droite m'a dit soudain : « Bien sûr,
vous n'êtes pas allée à Washington pour essayer de
persuader les hommes de faire telle ou telle chose
pour les femmes ! » J'ai regardé cette femme. Si
elle entrait maintenant dans cette pièce, ni vous ni
moi n'éprouverions le désir de l'aider : elle avait
l'air si furieuse, si hostile, si agressive ! C'était une
attaque. Je lui ai répondu : « Peut-être devriez-
vous voir Béatrice, qui dirige le groupe féministe et

qui est psychothérapeute, et moi je devrais aller à Washington : on aurait peut-être un résultat... »

J'ai trouvé ce genre d'affrontement entre femmes très difficile à supporter. Je ne sais pas pourquoi. Je trouve ces oppositions beaucoup plus difficiles à admettre. Avec un homme, on a l'impression d'un combat loyal – un combat entre des différences et je reconnais les différences. Avec les hommes, c'est une question idéologique, une différence de nature et de tempérament ; on peut parfaitement l'admettre. Mais il est plus difficile d'accepter de voir, en quelque sorte, une part de vous-même se retourner contre vous. Et voici la grâce que j'implore de vous : je voudrais que vous vous montriez plus tolérantes pour celles qui essaient de parvenir à la libération en empruntant d'autres chemins que les vôtres. Il existe tant de moyens et tant de problèmes différents que chaque femme peut avoir son rôle et son utilité...

Je pense qu'il est terriblement important à notre époque d'avoir une conception de la libération assez large pour que puissent y prendre part certaines femmes timides, craintives, toujours à l'arrière-plan, peu instruites et qui osent aborder mon œuvre parce qu'elle ne leur fait pas peur. Il est très important de se rendre compte qu'il nous faut des perspectives variées, et qu'à chaque catégorie de femme correspondra un niveau différent de développement. Certaines femmes ont besoin de tendresse, d'une approche en douceur ; d'autres préfèrent une approche indirecte. Elles accèdent très timidement à leur libération, en termes encore incertains et peu clairs.

La libération signifie ne pas agir en fonction de dogmes, mais en considérant que chaque femme est un cas particulier. Je ne crois pas que nous puissions généraliser. Certains problèmes de minorités peuvent être résolus par une action politique plus générale. Mais d'autres sont très individuels. C'est pourquoi je m'élève contre une certaine tendance dans le mouvement de libération de la femme à se montrer souvent trop sectaire. Le journal m'a enseigné deux choses : ce que l'on pouvait faire tout seul, et ce que l'on ne pouvait *pas* faire tout seul.

Quand je vivais sur la péniche, j'avais une domestique que j'appelais la « souris » tant elle était timide et craintive. Elle se trouva enceinte un jour, mais craignait de m'en parler, parce qu'elle était victime de la condition inférieure où l'on réduisait les domestiques en France. Malgré la gentillesse que je lui témoignais, elle ne voulait pas m'avouer qu'elle avait des ennuis. Elle essaya d'avorter toute seule. Mais quand la situation devint alarmante, elle finit par tout me dire et je fis venir un médecin que je payai moi-même. À cette époque, je ne voyais pas de solution politique à ces inégalités. J'ai appris plus tard, grâce au mouvement féministe, l'importance de l'action politique, qui m'a montré que l'histoire de la « petite souris » n'était pas une tragédie inévitable. Elle faillit en perdre la vie – de peur et d'isolement.

Cependant, je souhaite que beaucoup de militantes féministes apprennent à être plus tolérantes à l'égard de la tâche individuelle que la femme doit accomplir – et qui repose sur l'affectivité et la psychologie.

J'insiste sur la libération intérieure. Je ne parle pas de cette liberté, que vous pouvez obtenir grâce à des manifestations politiques – contre les lois répressives sur l'avortement ou contre la guerre.

Je parle de la nécessité d'un changement psychologique, de la nécessité de se débarrasser de notre sentiment de culpabilité, de la nécessité d'être conscientes du sens de notre évolution, de la nécessité de savoir que, parfois, l'obstacle n'est pas l'homme, mais un blocage que nous nous sommes créé en nous-mêmes dès l'enfance, quelquefois à cause de notre famille, quelquefois par notre propre manque de confiance en nous.

Tout cela pour dire que parfois nous n'avons pas à nous battre contre une situation monolithique, ni à nous sentir frustrées, à nous mettre en colère, à devenir amères et à nous croire vaincues. Nous combattons des Gullivers ; nous combattons des géants. Mais, si une partie de votre force peut se consacrer à ce lent et prudent développement de vous-mêmes, que je décris dans le *Journal*, alors vous apprendrez à vous émanciper, à vous libérer des fardeaux. Et cela peut être accompli sans que les hommes y voient un sentiment de rivalité. Nous devons considérer nos rapports avec les autres comme d'une importance vitale. Notre libération doit être synchronisée. Nous ne pouvons pas y parvenir seules. Il est impossible qu'un groupe soit libéré et l'autre pas. La libération doit s'accomplir simultanément entre les hommes, les femmes, les minorités et tous les autres.

Nous devons complètement renouveler notre conception de la libération. Et j'insiste sur les possibilités d'une libération psychologique, parce qu'elle est à notre portée. Et, une fois celle-ci obtenue, vous posséderez alors la force d'organiser des manifestations, de vous battre contre une loi ou contre le monde entier. Vous avez besoin pour ce combat d'être absolument convaincues que les choses peuvent changer, mais, si vous n'attendez de réformes que de l'extérieur, vous risquez de rester sur une impression d'échec.

Question. — Un écrivain a dit que les hommes, et aussi le destin du monde, dépendront des désirs des femmes. Qu'en pensez-vous ?

Anaïs Nin. — En réponse à cela, je vous parlerai d'un collage que m'a adressé Janko Varda, un artiste grec. Il ne m'avait jamais rencontrée, mais il me composa ce collage en guise de lettre d'admirateur et il l'appela : « Les femmes reconstruisent le monde ». Je sais que cela peut paraître très ambitieux et prétentieux, mais je pense que nous avons atteint cette ère nouvelle et que les femmes peuvent accomplir des changements positifs dans le monde si elles se mettent à mieux exprimer leurs désirs et à utiliser dans leur vie professionnelle les qualités humaines qu'elles possèdent dans leur vie privée. J'ai déjà observé des avocates. J'ai écouté l'une d'elles plaider au tribunal et j'ai eu l'impression qu'elle avait un tout petit peu fait fléchir la loi en la rendant plus humaine – elle s'appuyait moins sur ses qualités de juriste que sur ses qualités humaines.

Q. — Pouvez-vous nous dire ce que vous pensez du désir des femmes d'exercer une profession ? Croyez-vous que cela créera des conflits dans leur vie privée et que l'une sera sacrifiée à l'autre ?

A.N. — Je ne vois pas pourquoi. Je n'ai pas connu ce conflit. Malgré mon travail intense, je n'ai jamais eu à sacrifier ma vie intime, parce que je crois, fondamentalement, qu'elle n'a rien à voir avec ma profession. Cela dépend uniquement de votre capacité à vous concentrer sur ce que vous faites.

Quand vous travaillez, toute votre attention doit se concentrer sur votre travail et, ensuite, vous devez être capable de reporter la même attention sur votre vie privée C'est une question de disponibilité du moment.

Pour certaines femmes, ce double effort est difficile et éprouvant, surtout quand elles ont un métier absorbant – c'est le cas d'une de mes amies, Jill Krementz, qui est photographe. Elle travaillait le jour où éclatèrent les manifestations à Harlem : elle s'est aussitôt rendue sur les lieux pour prendre des photos. Le lendemain son patron lui laissa entendre que ce n'était pas la place d'une femme et qu'elle aurait dû faire appel à un homme. Malgré sa féminité et sa grande sensibilité, c'est une femme qui possède assez de courage et de cran pour faire son travail… Le tout est de savoir si vous pouvez vous consacrer à toutes vos activités avec autant de ferveur. Il n'existe pas de conflit réel. Notre vie professionnelle ne peut pas nous rendre heureuses si elle n'est pas accompagnée des joies d'une vie familiale et affective.

Q. — Pour vous, la créativité est un moyen de détourner la colère, et vous transformez votre mécontentement en œuvre d'art. Mais que doit faire une femme qui ne peut pas créer ?

A.N. — Il existe toujours une création possible. Pour moi, la création n'est pas seulement celle de l'artiste qui peint ou qui compose de la musique. On peut créer une pièce à soi, une robe, un enfant, une plante, un plat. Tout est création : vos rapports humains, votre propre personnalité afin qu'elle enrichisse les autres. Pour moi, la création a un sens très général et toute colère peut être transformée en création. Par exemple, il y avait une petite commune dans la sierra Madre où manquait une crèche pour enfants. Au lieu de brandir slogans et drapeaux, un de mes amis s'est rendu chez tous les commerçants et a demandé à chacun une contribution pour pouvoir construire une crèche et la gérer. Jamais les intéressés ne l'auraient obtenue du gouvernement, ni du gouverneur Reagan. Ils ont préféré agir eux-mêmes. Ils ont eu ce qu'ils voulaient. Voilà ce que j'entends par création : faire vous-même ce que l'on ne fait pas pour vous. Nous avons un peu trop pris l'habitude de tout réclamer et d'attendre qu'on fasse tout à notre place. Nous connaissons bien le gouvernement et nous savons très bien ce qu'il n'a *pas* fait. Et nous organisons des manifestations, alors que nous pourrions obtenir ce que nous voulons en utilisant à ces fins l'énergie gaspillée dans la colère.

Q. — Lorsque Gonzalo vous demanda, dans le *Journal*, pourquoi vous ne laissiez jamais « exploser » votre colère, vous lui avez répondu : « Ce n'est pas compatible avec ma condition de femme. »

excessif, il comprendra que nous le libérons de tabous et de contraintes étouffantes. C'est pourquoi nous devons agir avec intelligence et essayer d'avoir l'homme avec nous plutôt que contre nous. En effet, nous savons bien que les révolutions ne mènent nulle part, que les guerres ne mènent nulle part.

Si nous déclarons la guerre à l'homme, comme Millet et d'autres féministes ont commencé à le faire, nous créons un conflit. Nous créons un antagonisme, juste au moment où l'homme commence à se rapprocher. La psychanalyse, qui lui a permis de prendre conscience de ses masques et de son comportement irrationnel, l'interprétation des rêves, l'existence de la vie inconsciente – tout cela le rapproche de nous. Et nous avons choisi ce moment pour essayer de gagner notre cause par la *guerre* – en laquelle je ne crois pas.

Q. — Je viens de lire un livre d'Ingrid Bengis : *Combat dans la zone érogène*, et il apparaît qu'il est absolument impossible d'établir avec l'homme des relations qui aient un sens.

A.N. — *Certains* hommes ! Vous ne pouvez pas généraliser. Je ne suis pas du tout d'accord avec l'auteur, car elle s'est livrée à toutes les formes d'expériences sans nullement les sélectionner et en arrive ensuite à condamner tous les hommes. Elle n'a pas choisi ses hommes, elle s'est contentée de faire de l'*auto-stop* sans la moindre sélection et accuse l'homme s'il arrive un accident. Je ne crois pas que l'on puisse généraliser à partir de là...

Mes expériences malheureuses n'ont jamais provoqué de cassures. Elles ne m'ont jamais éloignée des hommes, des femmes ou des enfants. Et je crois que nous souffrons simplement d'une incapacité d'aimer. Ce n'est pas exclusivement un problème de relation entre hommes et femmes. Cela se produit dans tous nos rapports et j'ai l'impression que la génération actuelle essaie de surmonter ces difficultés. Les rapports ne sont jamais parfaits. Il faut admettre qu'il entre une part de créativité dans notre intention de mieux nous faire comprendre de l'autre. Les femmes ne sont plus disposées à faire cet effort, comme autrefois. Elles savaient alors comment maintenir de bons rapports avec l'homme, ce qui était parfois difficile, parce que ce dernier n'avait pas le temps, ou n'avait pas le désir de se pencher sur ces problèmes affectifs. Voici où est le danger pour le mouvement féministe : c'est de penser que nous ne pourrons être des femmes évoluées, émancipées et accomplies qu'en brisant nos relations avec les hommes.

Q. — Vous avez écrit que « l'amour devient tragique lorsqu'on essaie d'imposer un seul objet d'amour à un cœur capable d'aimer à l'infini ». Tout autour de moi, je m'aperçois qu'un amour n'est pas suffisant, que deux amours ne sont pas suffisants. Les femmes que je connais cherchent à ajouter un amour à un autre. Ce besoin d'« ajouter un amour à un autre » est-il compatible avec le mariage légal ?

A.N. — Je crois que dans quelques années nous nous passerons du mariage légal. Le mariage ou le divorce ne devraient pas être entre les mains de la loi et des avocats. La société devrait considérer tous les enfants comme égaux, qu'ils soient légitimes ou illégitimes. Et le mariage devrait être simplement le libre choix d'un être que l'on place au centre de sa vie. La possibilité de relations multiples a toujours été accordée à l'homme. Il faudra qu'elle le soit à la femme.

Q. — Vous avez dit souvent que « la seule chose anormale était l'incapacité d'aimer ». Est-ce que les homosexuels, hommes ou femmes, ont une affectivité et une créativité plus limitées que les hétérosexuels ?

A.N. — Non ! ce ne serait pas l'avis des psychologues ! D'après mes expériences personnelles, j'ai remarqué un manque de maturité et un plus grand narcissisme chez les homosexuels. Pour ce qui est de la créativité, ils sont comparables aux hétérosexuels. Que l'on soit homosexuel ou hétérosexuel, si nous nous développons mal, si nous ne nous épanouissons pas pleinement, nous en pâtirons aussi bien dans notre vie que dans nos créations.

Q. — Croyez-vous toujours que le viol soit, chez la femme, « un besoin érotique secret », comme vous l'avez écrit dans le tome II du *Journal* ?

A.N. — Cela fait peut-être partie de la condition primitive de la femme. La psychologie l'a analysé de plusieurs manières : d'une part, le viol est la preuve de la force de l'homme, d'autre part, il est un moyen d'éviter toute culpabilité sexuelle. Si une femme est « violée » par quelqu'un de moralement plus fort qu'elle, elle ne se sent plus responsable de l'acte sexuel. Peut-être ces fantasmes disparaîtront-ils lorsque la femme sera libérée de son sentiment de culpabilité à l'égard de l'acte sexuel.

Q. — Feriez-vous une différence entre un amour possible entre un homme et une femme, et un amour entre deux femmes ?

A.N. — Je ne ferais pas de différence. L'amour, comme toutes les relations humaines, est chose si complexe ! La plus grande difficulté est vraiment de trouver la personne qui vous convient, qui convient à votre tempérament. Peu importe s'il s'agit d'un homme ou d'une femme. Mais l'alchimie, l'équilibre, les ondes sont indispensables, de même que l'effort pour *créer* ces rapports. Je ne crois pas qu'ils soient miraculeux.

118

Q. — Croyez-vous que la bisexualité sera le résultat normal de la libération des hommes et des femmes ?

A.N. — Oui. Je pense que cette forme de liberté a toujours existé. Seulement, nous ne voulions pas l'admettre. Notre culture la cachait. Nous ne nous sommes jamais montrés très honnêtes sur notre sexualité, et je pense qu'il est merveilleux que soient enfin levés ces tabous – quelque direction que puisse prendre notre vie. Seule l'absence d'amour devrait être taboue.

Q. — Pourriez-vous nous parler de la monogamie ainsi que de ce qui se passe aujourd'hui dans ce domaine ?

A.N. — Nous sommes dans une période de transition. Nous cherchons à nous libérer, soi-disant, des liens artificiels qui unissent deux personnes. Mais, en réalité, je crois que nous essayons de nous libérer des tabous. On m'a élevée dans l'idée que le mariage était une institution stable, destinée à la sauvegarde de la famille et des enfants ; c'est pourquoi il ne fallait jamais le briser. Mais on avait le droit d'avoir des amants. La société française l'acceptait. Cependant, l'Amérique l'a toujours refusé. Il fallait donc choisir entre le mariage et l'union libre… Et nous nous trouvons en ce moment dans cette période d'incertitude où nous nous demandons ce qu'est la liberté, la liberté d'aimer. Il y a l'amour romantique, il y a d'autres formes d'amours, toutes sortes d'amours. Qu'allons-nous faire de toutes ces ramifications de l'amour et comment construire un amour durable ? Il arrive que l'on n'évolue pas à l'unisson ; parfois, au bout de dix ans, nos chemins divergent ; alors, on connaît des passions momentanées qui, je pense, sont légitimes. En d'autres termes, je pense que nous devrions pouvoir épuiser toutes nos possibilités d'amour.

Nous avons regardé le mariage de façon beaucoup trop dogmatique. Nous avons rendu le divorce trop humiliant, trop difficile. La loi ne devrait jamais se mêler de ces questions – *sous prétexte de protéger les enfants !* Chez les peuples latins, on a toujours protégé les enfants illégitimes autant que les enfants légitimes : la loi s'occupait de leur héritage. Il n'y a donc aucune excuse à avoir rendu ici le mariage si contraignant pour les époux sous prétexte des enfants.

Nous vivons une époque passionnante, mais très difficile. Comment allons-nous orienter notre propre liberté, en laissant l'autre également libre ? Nous sommes tous jaloux, nous avons tous peur, nous sommes tous possessifs. Certaines de mes amies tombaient toujours amoureuses, mais refusaient cet amour : « Si je cède à cette passion, disaient-elles, mes rapports avec mon mari ne seront plus les mêmes. » Elles craignaient qu'un nouvel amour ne vienne rompre la stabilité et la continuité de leur mariage. Les Latins ont toujours vu les choses d'une manière différente. Mais je ne pense pas que l'on puisse adopter aussi facilement d'autres usages : je ne crois pas que le mariage doive rester une institution stable, dont il ne tient qu'à nous de détourner les contraintes.

Mais je *veux* vous dire, pour vous donner un peu d'espoir, que vous *pouvez* trouver quelqu'un qui réponde à vos besoins. Vous le trouverez lorsque les multiples contradictions dont vous souffrez cesseront d'être en conflit et que vous aurez atteint un certain équilibre intérieur. Une fois que vous avez déterminé ce qu'est pour vous l'essentiel dans la vie, vous êtes alors prêts à de petits sacrifices. Je ne parle pas de sacrifices importants. Il arrive un moment où nous possédons cette unité intérieure, qui nous permet de trouver la personne dont nous avons besoin.

Lawrence l'a merveilleusement exprimé par sa métaphore de l'étoile. Il dit que les possibilités d'un amour sont comme une étoile à cinq branches, et que l'amour idéal est celui où les deux partenaires s'équilibrent dans chacune des branches. Mais, parfois, le contact ne se fait que sur une seule branche, c'est-à-dire avec une seule partie de nous-mêmes, ou sur deux branches, mais l'on trouve rarement

121

la fusion des cinq. C'est cependant possible. Il ne s'agit pas seulement d'un rêve de femme. Dans ce cas, la relation peut devenir monogame, car nous parvenons au plein accomplissement de nous-mêmes.

Q. — Croyez-vous à l'amour libre ?

A.N. — Je suis désolée ; je ne peux répondre à cette question. Elle est si personnelle. Je répondrais par une négative, en disant que le seul crime est de ne pas aimer. Donc, quelle que soit la forme d'amour que vous avez trouvée, faites-la vivre. La seule chose importante est d'aimer. Libre ou pas libre, marié ou pas, ce sont là des choses qui dépendent de chacun. C'est différent pour chaque individu. Certains sont plus expansifs, d'autres sont capables de plusieurs amours. On ne peut donner une seule réponse, une réponse pour tous.

Q. — Une des scènes qui m'ont le plus frappée dans le tome I du *Journal* est celle où vous allez dans un bordel avec Miller et que vous regardez deux lesbiennes. J'ai trouvé que c'était un bon exemple de votre aptitude à parler des gens sans porter de jugement moral. Mais quelle était votre impression sur ces deux femmes ?

A.N. — J'ai particulièrement senti qu'il y avait une complicité entre ces deux femmes, que c'était leur façon à elles de se détacher de leur vie de prostituées. Ne l'ai-je pas exprimé clairement ? Cela m'avait beaucoup frappée parce que, dans une certaine mesure, toutes les femmes y ont pensé. Quand j'ai rencontré June, j'aurais pu croire que l'amour entre femmes était la solution à toutes les difficultés que l'on connaissait avec les hommes, et j'étais tout près de le croire. Si June l'avait désiré aussi, peut-être me serais-je retrouvée dans une autre direction. Cela peut arriver à n'importe qui, n'importe quand. Car les rapports avec les hommes sont si compliqués. Mais June était plus âgée que moi et ne m'a pas initiée. Et, en quelque sorte, j'ai pris l'autre chemin.

Q. — En réaction contre la difficulté des rapports avec les hommes, certaines femmes prétendent qu'on ne peut avoir de bons rapports, et même des rapports idéaux, qu'avec les femmes, mais elles oublient totalement les problèmes qui accompagnent toute relation entre femmes.

A.N. — C'est pourquoi j'ai dit dans l'un de mes romans qu'en fin de compte, je trouvais ces relations très narcissiques. J'avais l'impression que mon amour pour June n'était, en réalité, pas *pour* June : elle était la femme que *je* désirais être. J'étais en fait attirée par une projection de moi-même. C'était une véritable identification ; je me rendis compte que nous n'étions pas deux personnes séparées, mais qu'elle était, en fait, la femme que je voulais être. C'était du narcissisme. Ce n'est donc pas une solution aux difficultés des relations amoureuses. Ces difficultés ne viennent pas du partenaire que vous choisissez. J'aurais connu avec June les mêmes problèmes, si je ne m'étais rapprochée d'elle que pour échapper aux rudesses de Henry, qui me choquaient déjà dans ses écrits. June est arrivée avant que je ne connaisse bien Henry. J'étais encore réticente à son égard, et June me paraissait beaucoup plus subtile. Elle faisait vivre tous ses fantasmes. Si j'avais été dans son sens, j'aurais rencontré d'autres difficultés, car elle se droguait et se montrait très destructrice.

Q. — En ce moment, je me sens, en général, beaucoup mieux avec mes amies femmes, plus prête à me confier. Même avec les hommes qui comprennent le mouvement féministe, je n'ai pas l'impression qu'ils me considèrent comme une personne, ma sexualité faussant toujours les rapports.

A.N. — Je comprends ; et c'est contre cette situation fausse qu'il faut lutter. J'y ai terriblement travaillé avec Henry. Sans aucun résultat. Il n'a rien changé à ce qu'il écrivait sur les femmes. Il voyait que je prenais toujours la défense de June, que j'essayais de considérer les femmes comme des êtres humains, que je cherchais à comprendre son attitude avec sa première femme. Mais tout ce que je

124

pouvais dire n'influençait en rien sa création, car il était beaucoup trop installé dans son optique. Quand je fus assez mûre pour comprendre qu'il n'était pas homme à considérer la femme comme un tout, je me suis tournée vers d'autres types d'hommes.

Q. — J'ai l'impression que Miller et d'autres vous idéalisaient ; ils n'avaient pas avec vous les mêmes rapports qu'avec les autres femmes ; ils vous traitaient comme une personne, ce qu'ils n'auraient pas fait avec d'autres femmes. Pourquoi était-ce différent avec vous ?

A.N. — Je me suis également posé la question. Était-ce parce que j'écrivais ? Ou parce que j'étais capable de partager leurs conversations ? Élevée en Europe, on m'avait appris à parler aux hommes, à parler sans me mettre en colère ni prendre peur. Était-ce cela, ou bien cette qualité dont je parlais à propos de Lou Andreas-Salomé : celle de pouvoir donner aux relations le niveau que je désire, car je me sens leur égale – qu'il y ait ou non des rapports sexuels ? J'ai souvent dit que les hommes nous traitaient selon l'estime que nous nous accordions nous-mêmes ; ainsi, ils ont accepté Lou Andreas-Salomé, elle qui brisait les relations à leur déclin sans le moindre sentiment de culpabilité. Personne n'aurait pu l'obliger à se sentir coupable. Personne n'a jamais pu m'amener à me sentir soumise.

Q. — N'était-ce pas tout simplement une autre façon de vous idéaliser et de vous mettre sur un piédestal ?

A.N. — Cela tenait également à l'époque. À ce moment-là, une femme était soit une prostituée, soit une femme idéalisée. Mais je pense que la femme a le pouvoir de transformer ces rapports. Pour moi, j'ai transformé ces sentiments en camaraderie, en créativité, en respect. J'ai pu échapper à ces préjugés. Peut-être étais-je une exception. Mais cela venait sans doute de ma propre attitude envers moi-même. J'avais en moi la fierté d'être femme.

June et Henry ont commencé le duel entre les sexes, le duel pour le pouvoir. June était une mythomane et sa prétendue sincérité, ses élans de jalousie ne relevaient que de sa nature instinctive. Je dirai aussi qu'écrivain moi-même, j'ai vraiment inspiré l'écrivain en Miller, j'ai inspiré l'écrivain en Durrell, et c'est de là que venait leur respect. Je possédais ce pouvoir particulier, grâce à ma grande dévotion pour la littérature, de susciter en eux le besoin d'écrire. Peut-être cela les a-t-il poussés à me répondre à ce niveau ?

Q. — Dans le tome IV du *Journal*, vous écrivez : « D. H. Lawrence s'est déclaré contre la fusion de soi-même en un autre. Pourtant, c'est cette fusion que je recherche et que j'aime. » Comment peut-on concilier ce désir de « se fondre » avec la recherche de sa propre personnalité ?

A.N. — C'est une tendance que les femmes ont toujours eue, celle de ne pas se fondre, mais de se laisser dominer par la personnalité des hommes qu'elles choisissaient. Cela peut être très dangereux, selon le choix du partenaire. D'autre part, certaines femmes préfèrent choisir des faibles, qui ne les gêneront en rien dans leur évolution. C'est une mauvaise façon de rechercher sa liberté.

Q. — Dans votre conception de l'amour, la fusion est-elle donc, parfois, indispensable ?

A.N. — Oui. Mais il faudrait faire très attention au sens que l'on donne à ce mot. Il faut qu'il contienne toutes sortes de choses : l'attrait, la sympathie, la compréhension intuitive de l'autre. D'autre part, le rythme joue un rôle très complexe et intéressant. La fusion ne peut pas être constante. C'est ce dont parle Lawrence. Il y a des moments où l'homme a besoin d'être seul, et d'autres où la femme a besoin d'être seule. Il faut que chacun conserve son âme.

Q. — Vous parlez de vos démons, et je serais curieuse de vous entendre sur celui de la jalousie. Vous a-t-il gênée dans vos relations ?

A.N. — Oui, mais même ce sentiment, ou ce que je pensais être de la jalousie à ce moment-là – comme

127

toute jeune femme séduite par une femme plus mûre et épanouie – à l'égard de June, je le transformais en amour. Pour moi, June était la plus belle femme que j'aie jamais vue. Je me mis à l'aimer et réussis à combattre ainsi ma jalousie. Mais cela me tourmentait. Tout le monde est jaloux. Je ne vais pas le nier. Tout le monde. Pourtant, Dostoïevski parle toujours de cette forme de jalousie qui finit par se transformer en amour, ce qui voudrait dire que l'on admire l'objet de notre jalousie. Je voyais en June un idéal de femme. Je ne pouvais donc que l'aimer ; cet amour était préférable à la jalousie.

Q. — Ce que je crains, c'est d'être délaissée – voilà mon sentiment de la jalousie. Je me sens frustrée.

A.N. — C'est que la relation n'est pas assez riche. On peut en effet éprouver le sentiment d'une perte. Au-delà de la jalousie, il y a la crainte de perdre – qui provoque, en fait, la jalousie.

Q. — À ce moment-là, le problème est donc d'être acceptée au lieu d'être rejetée.

A.N. — Il est très difficile à résoudre, et je n'en étais pas tout à fait consciente. J'avais le choix entre croire que June allait me faire perdre Miller, ou bien que j'allais essayer de l'accepter et de l'aimer. Une tendance inconsciente en moi me poussait à transformer la jalousie en amour, à transformer mes démons…

Colette raconte à ce sujet une très belle histoire. C'est l'histoire de deux femmes : l'une est l'épouse et l'autre l'indispensable secrétaire d'un célèbre dramaturge, gâté par les femmes et terriblement égocentrique. La secrétaire est toujours là, aux côtés de la femme, presque comme une sœur, indispensable. Un jour, l'épouse découvre que son mari a une aventure avec cette femme. Mais elle a besoin d'elle. Elle se dit : « Avec qui vais-je passer mes soirées à attendre le retour de mon mari ? » Et elles les passèrent ensemble à tricoter. Elle créa ainsi avec cette femme une amitié plus humaine que l'impossible rapport qu'elle vivait avec un mari don Juan. Un merveilleux sentiment remplaça la jalousie : elle éprouvait pour cette femme un réel besoin, fait de tendresse et d'attention. Son attitude fut extraordinaire, surtout lorsqu'elle décida : « Que faire ? la renvoyer ? et rester seule à l'attendre. On l'attendait si bien ensemble. » Je sais que cette réaction a un côté démodé – l'acceptation du mâle, la soumission au mari ; mais la relation entre les deux femmes est merveilleusement exprimée, avec beaucoup de délicatesse.

Q. — Le fait que nous fréquentions les universités, que nous ayons lu vos livres, que nous soyons là ce soir est déjà un reflet de notre évolution personnelle et de notre confiance en nous. Mais il y a des millions de femmes en Amérique qui ont besoin, bien plus que nous, d'en apprendre sur ces questions et rien n'est fait pour aller jusqu'à elles. Que pouvons-nous faire à ce sujet ?

A.N. — Eh bien, je pense que l'évolution se transmet. D'autres femmes, dans le passé, me l'ont transmise. Et elle se transmet jusqu'à vous. Maintenant, c'est vous qui allez la transmettre ; nous avons une influence sur beaucoup de gens, à notre insu. Tout ce que vous savez aujourd'hui, ce que je sais moi-même et que nous partageons, c'est quelque chose que vous allez transmettre à d'autres femmes, à un autre niveau, à des femmes qui n'y ont pas accès et qui n'ont peut-être pas été à l'université. Je trouve tout naturel de vouloir partager tout ce que j'apprends, de vouloir l'offrir. Je suis une éducatrice.

Il faut commencer par supprimer ce préjugé que l'on a appelé élitisme – qui veut que certaines femmes aient été favorisées par leur éducation et leur milieu. Ce sont à ces femmes-là de nous montrer la voie. Les femmes qui m'ont ouvert la voie en savaient plus que moi à l'époque. Nous avons tous besoin de guides. Nous ne devons jamais nous sentir coupables d'être instruites, et d'avoir atteint un certain niveau (que j'ai moi-même atteint très tard) ; nous devons, au contraire, essayer de communiquer avec les autres. Par exemple, je fais un effort pour répondre à toutes les lettres que je reçois. J'essaie d'être en contact avec des femmes qui habitent de petites villes de province, qui se sentent seules et coupées du monde ; *elles* ont vraiment besoin de dialogue. Je fais du mieux que je peux. Mais je pense que toutes, chacune d'entre nous, nous pourrions avoir encore plus d'influence sur notre entourage immédiat. Et, plus vous vous construirez vous-même, plus vous aurez d'influence sur les femmes qui vous entourent, et, en conséquence, sur un plus grand nombre de personnes.

L'influence n'est pas que directe. Par exemple, lorsque je vivais en France, je n'ai jamais fait partie du mouvement surréaliste. Mais il était dans l'air, comme l'est la psychanalyse aujourd'hui. Il était dans tous les livres, dans toutes les galeries de peinture, dans toutes les conversations, tout autour de nous. Donc, que nous le désirions ou pas, il nous influençait. Je suis certaine que vous, les femmes instruites, allez pouvoir apporter quelque chose aux autres femmes, même à leur insu.

Cet enseignement commence à se faire jour. Il s'écrit dans les livres et se transmet. Naturellement, il est déprimant de voir ce que les *médias* transmettent : ce sont eux notre plus grand ennemi. Mais les femmes *lisent*, et souvent même dévorent. Elles essaient de créer un cadre qui leur convienne. Mais il faut que quelqu'un commence, il faut que quelqu'un trace la voie – quelqu'un qui a eu le temps. Ma propre contribution a été de transmettre ce que je tenais de la psychologie… Il faut que chacun contribue à la libération de la femme, selon son talent et ses moyens. Moi, j'écris dans les magazines.

Nous pouvons avoir une influence et nous pouvons nous transformer. C'est presque le seul changement à notre portée : nous transformer nous-mêmes, et, en conséquence, changer les autres. Cette attitude se développera, comme les cellules : on commence avec une seule cellule, puis elle se multiplie. Vous n'avez aucune idée de l'influence que vous pouvez avoir, de votre rayonnement. Je remarque aujourd'hui des avocates, des historiennes, qui pratiquent leur métier avec un regard différent. On assiste à la création de nombreuses bibliothèques, qui collectionnent les œuvres de femmes ou sur les femmes. À Berkeley, l'une d'elles demande qu'on lui fasse don des livres de femmes parce qu'elle manque de trésorerie. Nous sommes en train de faire l'histoire, en essayant de donner à la femme une conscience d'elle-même et de ses aptitudes. Vous voyez comment une femme comme Frances Steloff peut devenir un symbole important : parce qu'elle a vraiment commencé sans aucun privilège, en construisant sa propre vie. D'où tenait-elle cette soif de connaître autre chose ?

Q. — Quand j'entends parler de la libération de la femme, cela me donne envie de discuter du contraire, de dire que les hommes souffrent tout autant que les femmes du manque d'évolution des femmes. Pourriez-vous un peu nous parler des *hommes* et de la libération de l'homme ?

A.N. — Oh ! ne vous méprenez pas. Dans le mouvement féministe, il y a plusieurs tendances. Il existe différents types de femmes, et différentes sortes de problèmes, et différentes façons de les résoudre. Certaines femmes sont, en ce moment, *tellement* soucieuses, tellement *sur leurs gardes*, qu'elles en deviennent agressives et hostiles. Que cela ne vous tourmente pas, parce que la majorité des femmes sont très conscientes que nous ne parviendrons à nous libérer qu'en faisant bloc ; que c'est en améliorant leurs rapports avec les autres – hommes, enfants, professeurs, pères, mères – que les femmes pourront atteindre enfin leur libération. Bien sûr, il *existe* certaines femmes si méfiantes et si craintives aujourd'hui qu'elles pensent parvenir à une véritable connaissance d'elles-mêmes en excluant l'homme de leurs débats. Mais il ne s'agit là que d'un stade temporaire et maladroit du mouvement de libération des femmes.

L'homme aussi s'est révolté contre les rôles qui lui ont été imposés et, lorsqu'on dit qu'un homme qui pleure n'est plus un homme, c'est là une affirmation ridicule. Les hommes ont été conditionnés, programmés, enfermés dans des rôles tout autant que les femmes. J'ai toujours ressenti, en tant que femme, la nécessité du dialogue, la nécessité de m'exprimer. Je me souviens que Rank me faisait écrire dans la marge des textes de ses conférences ce que j'en pensais à l'encre rouge. C'était si important de procéder ainsi, de travailler ensemble, de se convaincre et d'affirmer clairement chacun son opinion. Et je crois que, à la fin, les hommes sensibles et intelligents prennent conscience qu'ils pourront être libérés par une femme qui n'exprime pas qu'un besoin passif et qui ne demande pas à l'homme de créer un univers pour elle. Nous avons chargé les hommes du lourd fardeau de notre passivité.

En revanche, je crois beaucoup en ces femmes du mouvement de libération qui sont prêtes à prendre une responsabilité *totale* : elles savent qu'il faut être deux pour établir des rapports, qu'il faut être deux pour accepter ce que dit un psychanalyste, et que nous ne devons pas prendre pour argent comptant tout ce qu'on nous dit ; les femmes ne se sont pas encore mises assez à penser par elles-mêmes. C'est une période difficile pour les hommes, parce que les femmes prétendent avoir besoin de parler ensemble, d'*être* ensemble et de rassembler leurs forces. À mon avis, ce n'est qu'une période d'hésitation maladroite et beaucoup de femmes ont déjà dépassé ce stade...

Je pense que nous allons entrer dans une ère de plus grande plénitude, où chacun pourra *être* – voilà le sens véritable du mot libération.

Je parlais à un groupe de femmes à Los Angeles, et l'une d'elles me dit : « Vous vous considérez comme une femme libérée ? » Et je répondis : « Pourquoi ? En doutez-vous ? » Et elle me dit : « Mais vous n'êtes pas lesbienne. » Et moi de répondre : « La libération veut bien dire qu'il faut que je sois tout ce que je suis ? Tout ce que je suis, ou tout ce que vous êtes ? Elle ne signifie pas que je dois devenir autre que ce que je suis. »

Q. — Je dois avouer que la solution de l'homosexualité féminine commence à me paraître très déprimante. Je crois que les gens ont le droit de devenir ce qu'ils veulent, mais, maintenant, j'ai l'impression qu'on en arrive presque au contraire.

A.N. — Maintenant, cela devient une loi, une loi de plus. En d'autres termes, juste au moment où nous commençons à être libres, à penser en individus et à supprimer les tabous qui pesaient sur l'homosexualité, masculine ou féminine, sur toutes les formes d'amour, pourquoi devrions-nous soudain décider qu'il faut aller contre sa nature et devenir quelqu'un que l'on n'est pas ? C'est une contrainte aussi grande que celle que nous imposait le monde des hommes. Voyez-vous, c'est une faiblesse, lorsque vous avez connu un échec dans une relation avec un enfant, un homme ou une femme, que de se contenter de fuir, en disant que désormais vous n'aurez plus de relation qu'avec un autre genre de personne. C'est une faiblesse que de ne pas regarder l'échec en face. Et cette faiblesse nous poursuivra dans tous les rapports que nous pourrons avoir.

Q. — Si j'ai bien compris, beaucoup de lesbiennes refusent d'admettre que leur homosexualité vient d'un échec qu'elles ont connu avec les hommes. Elles le nient absolument. Elles prétendent que cela ne vient pas d'un échec avec les hommes, mais d'un attrait réel pour les femmes.

A.N. — C'est parfaitement plausible. Mais elles ne peuvent pas l'imposer à toutes les femmes. J'éprouve un très grand amour pour les femmes, mais l'homosexualité ne me semble pas la seule manière d'exprimer cet amour.

Q. — Oui, la question est de savoir si l'amour pour une femme doit nécessairement aboutir à l'acte sexuel. Voilà le problème. Si vous pouvez ou non aimer une femme sans en arriver à l'acte sexuel.

A.N. — C'est tout à fait possible. Absolument. Pleinement et très profondément, très, très profondément.

Q. — J'ai l'impression que certaines femmes sont si peu féminines qu'elles pourraient avoir les mêmes rapports qu'un homme avec une autre femme.

A.N. — Oh ! oui, je pense que cela est également vrai pour les hommes : les rapports sont souvent plus subtils que ceux d'un homme et d'une femme. Mais, généralement, l'homosexualité naît de l'admiration d'une jeune femme pour une autre plus âgée, à qui elle aimerait ressembler, ou bien d'un jeune homme pour un homme plus mûr. Il s'agit bien plus de l'admiration du héros que du sentiment de l'« autre ». Dans la Grèce antique, on voyait souvent le maître formant le jeune disciple.

Q. — Mais n'est-ce pas là l'aveu de ce qui vous fait défaut, cette attirance pour l'autre ?

A.N. — Oui, mais c'est néanmoins une partie de vous-même. Ce n'est pas détaché de vous. Si j'aime une personne à qui je souhaiterais ressembler, c'est toujours *moi* – et non quelqu'un de complètement différent de moi ou qui a quelque chose de moi tout en étant différent, c'est-à-dire l'*autre*. Plus tard, je pense que j'ai mieux compris ce que signifiait l'autre. June n'était pas vraiment l'autre ; June était une autre facette, une facette inconsciente de *moi-même*, que je n'arrivais pas à exprimer ou à faire

137

vivre. Elle aurait très bien pu être un homme. Il se trouva que ce fut une femme.

Q. — Pensez-vous que la soumission des femmes aux hommes vienne du type de société dans lequel nous vivons ?

A.N. — Oui, c'est un héritage. Cela s'est légué de l'un à l'autre. Ma mère m'a certainement transmis son idéal lorsque j'étais enfant. Je vous ai dit que j'avais fait une idole de ma grand-mère espagnole, parce que toute la famille disait qu'elle était merveilleuse, que c'était une femme extraordinaire. Et à force d'entendre cela, enfant, j'en étais arrivée à me dire : « Je dois devenir comme elle. » Elle se prénommait Angela – très symbolique ! Donc toutes ces choses finissent par peser sur nous, par jouer un rôle, et, bien entendu la seule façon de le découvrir est l'analyse – avec quelle force ces idéaux d'enfant sont ancrés en vous. Chaque fois que je ne me comportais pas comme ma grand-mère, j'avais l'impression d'être un monstre. Il fallut donc m'en débarrasser, et me forger des idéaux nouveaux. Non pas l'idéal de ma mère, et certainement pas l'idéal de femme de mon père, qui, comme vous avez pu le voir dans le *Journal*, était impossible. Puis la religion commença à ne plus cadrer avec mes lectures ; alors, à seize ans, je cessai d'être une catholique. Partout et à tout moment, je luttais contre les dogmes. Chaque étape que je franchissais sur la route devait d'abord correspondre à une évolution personnelle avant de devenir réellement efficace. Du moins, c'est ce que j'ai ressenti.

Q. — Que pensez-vous du mouvement de libération de la femme pour ce qui est des rapports de l'individu face au groupe ?

A.N. — Il n'était naturellement pas question de groupe à l'époque où je réalisais mon évolution personnelle. Mais nous le remplacions par une amitié très intime entre femmes. Sans former un groupe, nous avions de réelles conversations, en général à deux, sur nos problèmes, nos difficultés, nos vies – où nous nous exprimions le plus honnêtement possible. Conversations différentes de celles que nous pouvions avoir avec les hommes. Le travail du groupe aujourd'hui tend vers des buts différents – il essaie de trouver des solutions sociales. Par exemple, je ne savais rien des solutions que l'on pouvait apporter au problème de l'avortement. Je savais que certaines femmes en pâtissaient, risquaient et perdaient même leur vie pour cela, et que c'était une véritable tragédie pour la femme. Mais je ne voyais pas de solution, car, individuellement, il n'est pas possible d'en trouver.

Ce sont là des questions que seul un groupe peut résoudre, en se penchant sur les lois, sur l'histoire, car ce sont là des problèmes sociaux. Les seuls problèmes à ma portée sont les problèmes psychologiques, ceux que l'on peut résoudre soi-même, par une évolution consciente et en s'aidant les uns les autres. Les deux démarches sont valables. Mais ce que je ressens profondément, c'est que lorsqu'un individu a travaillé à son propre développement, il a alors vraiment quelque chose à apporter au groupe, et je crois que le travail le plus important doit se faire en dehors du groupe de façon à pouvoir lui apporter non pas ses propres problèmes, mais des solutions – celles auxquelles on a pu parvenir seul.

Q. — Mais croyez-vous que le groupe puisse aider l'individu à accomplir le développement auquel vous êtes parvenue ?

A.N. — J'ai toujours senti un danger dans le travail de groupe : est-ce qu'il renforce votre propre volonté créatrice, ou restez-vous dépendante du groupe pour ce développement ? Je ne regrette pas de l'avoir fait seule. Je me sentais plus isolée, et c'était plus difficile. Je suis sûre que j'aurais aimé être avec d'autres femmes écrivains ; nous nous serions encouragées les unes les autres. Mais j'ai pu trouver cette forme d'encouragement à Paris, parce qu'il existait une grande fraternité entre les écrivains, sans aucun esprit de compétition. Miller, Durrell et moi-même, nous nous donnions mutuellement courage et force. Nous avons un réel besoin des autres, mais le groupe peut également nous affaiblir. Car nous en arrivons à penser toujours comme lui et à ne plus savoir penser par nous-mêmes. Nous n'apprenons pas à supporter nos peines, à les surmonter seuls. Si bien que nous nous retrouvons seuls, comme Sylvia Plath, incapables de nous sauver.

Q. — Pensez-vous que si les femmes étaient élevées comme les hommes, si l'on attendait d'elles les mêmes choses – pensez-vous qu'elles seraient vraiment comme les hommes ou croyez-vous qu'il y aurait encore des différences entre hommes et femmes ?

A.N. — J'espère qu'il y aura une différence. Je crois qu'il y a une différence. Les contraintes que l'on a fait supporter à la femme et qui l'ont reléguée dans son univers personnel ont créé en elle une force, qui sera utile à l'avenir. Alors que les hommes pensaient nation, statistiques et idéologies abstraites, la femme, elle, se montrait plus humaine. Et maintenant qu'elle commence à déborder de ses frontières, je souhaite qu'elle donne au monde le sens de la valeur personnelle de chacun, qu'elle lui apprenne la sympathie et l'ouverture.

Q. — Voulez-vous dire que, alors que la femme aimerait entrer dans le monde des hommes à armes égales, vous préféreriez que les valeurs proprement féminines comptent davantage et aient une plus grande influence sur le monde ?

A.N. — Oui, je serais de cet avis. Et j'espère que la femme fera valoir ces qualités sur une plus grande échelle. J'ai observé des avocates, des journalistes (femmes) et je vois une différence (sauf parmi celles qui ne font qu'imiter les hommes). Les avocates prennent davantage en considération les problèmes purement humains, et les critiques littéraires sont moins péremptoires. Elles sont plus aptes à admettre les intentions de l'auteur. De longs siècles passés à écouter, à recevoir, ont développé leur réceptivité, laquelle, malgré son caractère parfois limitatif, n'en est pas moins une qualité.

Q. — Vous êtes une femme très belle et il n'y a aucun doute sur votre féminité ou votre désir d'être attirante. Mais certaines femmes aujourd'hui pensent que la beauté peut être une menace pour la femme intelligente, et que la femme intellectuelle ne devrait pas se soucier de son physique. Étiez-vous consciente de ce conflit ; cela a-t-il été pour vous un problème ?

A.N. — Non, j'ai toujours accepté la beauté comme une part de la féminité et je n'y vois aucune menace. Je n'ai jamais eu l'impression, par exemple, que cela pouvait gêner mes relations intellectuelles avec les hommes. Si je désirais placer la relation à ce niveau, j'ai toujours trouvé que l'on pouvait y parvenir aussi bien qu'avec une femme. Il n'y a pas de raison que le sexe soit une menace pour la femme. Quant au reste – la révolte des femmes contre l'obligation qu'on leur fait de paraître toujours à leur avantage –, c'est une rébellion tout à fait compréhensible contre la super-standardisation de la beauté, contre l'industrie de la mode, qui cherche à persuader les femmes qu'elles ne sont rien tant qu'elles n'ont pas atteint ce genre de perfection. Mais j'ai l'impression que c'est une attitude négative. Je pense que chaque femme doit mettre en valeur sa beauté naturelle, sans pour autant chercher à ressembler aux mannequins de *Vogue* ou de *Harper's Bazaar*. Cette condamnation systématique de l'esthétisme n'est pas une solution : elle ne fera que gauchir encore davantage nos rapports avec les hommes.

Q. — Je voudrais que vous en disiez davantage sur les rapports avec les hommes. J'ai de très bons rapports avec les femmes, mais ils sont désastreux avec les hommes. Et j'essaie vraiment de lutter, de me rapprocher des hommes, mais j'ai réellement du mal.

A.N. — Eh bien, ne brusquez rien. Ne brusquez rien. Commencez par vous construire vous-même, et ensuite vous serez plus apte à vous mesurer à l'homme, à nouer des liens, à créer des relations.

143

Vous savez, j'ai des amis qui avaient l'habitude de se moquer de moi lorsque je leur disais qu'une relation était une œuvre que l'on créait. Ils pensaient qu'un rapport entre deux êtres était un miracle, un hasard, une évidence. Mais ce n'est pas vrai. Jamais je n'ai trouvé que c'était vrai. Un ami s'étonnait de l'évolution qu'avaient pu connaître nos rapports à travers les années, et je lui dis : « Oui, c'est nous qui l'avons créé. Nous avons créé cette amitié, à force de conversations, de luttes, de crises. » Donc, attendez que vous vous sentiez bien en vous-même, et vous saurez alors comment vous comporter envers les hommes ; vous arriverez même à comprendre qu'ils ne se sentent pas mieux que nous.

Se confier à d'autres femmes n'est qu'une solution temporaire. Peut-être est-ce une nécessité pour le moment. Moi-même, j'ai dû lutter pour retrouver la confiance en moi que mon père avait détruite par ses critiques permanentes. C'était un perfectionniste, et Espagnol de surcroît – un curieux mélange ! Et il se trouve que ce sont les hommes qui m'ont aidée dans cette reconstruction. J'ai eu assez de chance pour que le mariage me rende ma confiance en moi.

Q. — Vous avez dit que les hommes sensibles ont toujours pu s'entendre avec les femmes. Mais les autres ? Peuvent-ils seulement entendre et comprendre les femmes ?

144

A.N. — Si nous les aidons. Il est certain que c'est nous qui faisons les hommes. Du moins nous élevons les garçons. Encore aujourd'hui, j'espère.

Q. — En arriverons-nous à une conception de l'homme androgyne et non plus à la différence des sexes ?

A.N. — Pas nécessairement. Il faut seulement considérer le point de vue de l'autre, être capable de parler le même langage. Comme je l'ai dit quelque part dans le *Journal*, il faut « traduire » la femme à l'homme et l'homme à la femme. Bien entendu, nous sommes tous androgynes en un sens. Nous avons tous en nous ce que nous appelons des qualités masculines et des qualités féminines. Seules les proportions sont différentes. En élevant nos fils, en enseignant aux hommes, il faudra avant tout respecter leur sensibilité. Certaines militantes ont effrayé les hommes, et je ne pense pas que cela soit très efficace.

Q. — L'ampleur qu'a prise le mouvement de libération de la femme vous a-t-elle surprise, ou pensiez-vous que cela faisait partie de l'évolution inévitable de l'humanité ?

A.N. — Non, j'ai lu un livre il y a très longtemps qui s'appelait *Cosmic Consciousness* (*La Conscience cosmique*). J'ai oublié le nom de l'auteur, mais c'était un homme avec une longue barbe blanche :

il avait prédit cette évolution sous une forme qui tenait du mythe et de l'occulte, ce qui avait fait sourire. Mais je m'en souviens bien, il avait prédit la révolution des Noirs et celle des femmes. Et, vous savez, *c'est déjà arrivé* dans l'histoire. Je veux dire qu'il y a toujours eu des époques où les femmes ont gagné d'extraordinaires positions, et j'ai attendu ce moment avec beaucoup d'impatience. Ce qui m'a surprise, c'est l'aspect parfois agressif du mouvement, aspect auquel je répugne. Mais j'admets tout le reste de leurs revendications.

Q. — Trouvez-vous des défauts au mouvement féministe ?

A.N. — Au début, j'étais frappée par sa confusion. J'ai vu des femmes hostiles, agressives, qui ne savaient pas trop contre quoi elles se révoltaient. Elles manquaient d'efficacité et se contentaient de bafouiller leur mécontentement ou d'éclater en brusques éruptions volcaniques. C'est beaucoup moins le cas maintenant. Je remarque plus d'unité, plus d'efficacité. Je ne sais pas exactement ce que vous entendez par défauts. La faiblesse était une faiblesse aveugle – la colère. La faiblesse, c'était de ne pas savoir donner une unité au mouvement. Aujourd'hui, la femme essaie d'élargir son horizon, et, après tout, on insiste beaucoup sur cette expansion. Mais je crois qu'à la fin, il y aura fusion. Nous

146

savons très bien qu'il existe des hommes qui possèdent des qualités humaines.

Mais nous vivons actuellement une période cruciale. Nous assistons au développement de la femme, qui reste à la traîne derrière celui de l'homme, et c'est pourquoi *lui* – l'homme – devra nous pardonner de penser avant tout à *elle* – la femme.

Q. — Ce que je pensais, c'est qu'il fallait que le mouvement coïncide avec cette prise de conscience de l'homme, ou bien il n'y aurait pas de mouvement du tout.

A.N. — Il faut que les deux coïncident. La preuve, c'est que *vous* êtes ici. Pour l'instant, l'action des femmes doit demeurer intense et continue – dans une seule direction, qu'elles ne doivent jamais perdre de vue. Il faut rattraper le temps perdu. Nous avons beaucoup à rattraper ; il faut remonter le courant. Nous ne connaissons même pas nos écrivains féminins. Nous ne connaissons pas nos artistes. Nous commençons à peine à découvrir les femmes. Donc, il y a beaucoup à faire et j'espère que les hommes se montreront patients pendant ce temps.

Q. — Une autre question : n'est-il pas vrai que ce n'est pas seulement à la femme de se pencher sur la situation de la femme, mais également à l'homme ?

A.N. — Les hommes doivent s'intéresser au problème de la femme, c'est pourquoi je ne veux pas les aliéner. Et je ne veux pas non plus que les femmes, les féministes dogmatiques, m'aliènent de leur côté. Je peux être utile. C'est une requête que je fais. Je ne veux pas être aliénée par un magazine qui prétend que si l'on n'est pas lesbienne, on n'est pas féministe, ou que l'on n'est pas féministe si l'on n'adopte pas leur langage, ou que l'on n'est pas féministe si l'on n'est pas d'accord avec tous les livres de Kate Millett. Je ne veux pas que l'on impose un dogme. Alors que j'ai passé ma vie à combattre tous les dogmes – de la religion, de la psychologie, de la psychanalyse – afin d'acquérir ma propre vision de femme, je ne vais certainement pas accepter maintenant que l'on me dise comment me libérer ou comment libérer les autres femmes.

4

La femme dévoilée

Notre époque est d'une importance extraordi-naire pour les femmes, car, sans qu'elles en soient pleinement conscientes, nos femmes occidentales ont été tout aussi voilées que les Orientales. C'est leurs pensées qu'elles ont voilées, obéissant à une longue tradition qui veut qu'elles gardent leurs sentiments toujours secrets ; elles ne se sont jamais exprimées. Elles ont écrit comme les hommes, peint comme les hommes, mais nous n'avons jamais su clairement ce qu'elles ressentaient. Le moment est venu d'ôter ce voile qu'on ne peut pas plus admettre que celui des Orientales. Nous dévoi-lons nos pensées, nous dévoilons nos sentiments : c'est pourquoi les femmes doivent être capables de s'exprimer et de se connaître elles-mêmes afin de savoir ce qu'elles ont à dire aux autres.

Cette époque, où les femmes essaient réellement de se découvrir, de se démasquer et de montrer

leur vraie nature, réclame d'elles la recherche d'un langage clair, afin qu'elles puissent se faire comprendre et échanger leurs idées. Je ne veux pas parler de ces conversations futiles que Ionesco rapporte dans *Le Banc*. Dans cette pièce, deux hommes sont assis sur un banc et parlent, parlent pendant des heures du temps, des impôts, de rien du tout... Je veux parler de cette autre forme de conversation, où s'exprime notre moi le plus profond.

J'aimerais que les femmes comprennent le mieux possible ce qu'elles ressentent, afin de pouvoir l'exprimer – il faut nous efforcer d'amener l'homme au point de vue dont nous voudrions qu'il soit conscient. Cette prise de conscience, à mon avis, a quelque chose à voir avec le langage. Il y a longtemps que nous dénigrons la culture, et ce que nous appelons littérature. Or la littérature nous apprend à communiquer : au lieu de combattre comme le font les hommes, je voudrais voir les femmes créer leur propre langage, un langage qui soit l'expression de leurs sentiments, un langage à elles pour parler du monde de l'inconscient et de l'instinct.

Pour le moment, cette nécessité d'un nouveau langage est presque aussi importante pour la femme que son évolution elle-même. Le journal m'a montré que plus j'écrivais, plus mes pensées devenaient claires ; plus je m'exprimais moi-même, plus j'étais capable d'exprimer aux hommes et aux artistes qui m'entouraient mes sentiments et mes opinions. Le langage, dans le premier tome du *Journal*, n'est pas aussi précis que dans le deuxième ou le troisième. Finalement, c'est en écrivant que j'ai appris à parler aux autres. Aussi n'insiste-rai-je jamais assez sur la nécessité pour la femme de savoir s'exprimer, de veiller à la langue qu'elle utilise. Ce qui peut faire d'elle un être incompris, aliéné, à l'écart, c'est en réalité son incapacité de parler, son incapacité d'écrire. Votre devoir est là : nous avons besoin de voir la femme non seulement se révéler à elle-même, mais encore être révélée aux autres.

Je dois tout à l'écriture. Je lui dois d'être assise ici à vous parler. Quand j'avais vingt ans, j'étais muette. Je sais que vous ne me croyez pas, mais cela est vrai – ce qui avait fait dire à une de mes tantes que j'étais une enfant anormale. À trente ans, j'écoutais toujours les autres sans dire un mot. J'étais vraiment muette. C'est alors que j'ai commencé à apprendre à m'exprimer, grâce à l'écriture. Je suis intimement persuadée de son importance et du sens qu'elle peut donner à notre vie.

Aujourd'hui, je peux communiquer avec des femmes du monde entier – du Japon, de Pologne, d'Italie, du Canada – parce que dans tous les pays, les femmes poursuivent la même lutte, cette lutte inconnue des hommes pour devenir une personne indépendante.

À mes yeux, expression et développement de l'individu sont liés ; je prétends que les femmes qui essaient de trouver leur identité, qui essaient de s'ouvrir, qui essaient de donner à leur vie d'autres dimensions, *ont besoin* de savoir s'exprimer clairement. De cette expression dépend toute prise de conscience. Donc, il est très important, en ce moment, que les femmes – ces êtres faits d'un mélange d'instinct, d'émotivité, d'intelligence et de réalisme, mélange auquel on a donné le nom d'intuition – apprennent à s'exprimer, à fixer leurs pensées.

Les femmes ont connu pour une bonne part ce que nous appellerions une vue trouble des réalités. Je veux parler d'une perception diffuse. C'est parce qu'elles possèdent des qualités sensorielles qu'elles sentent les choses avec tout leur corps : leurs sens fusionnent de façon plus marquée que chez les hommes, qui peuvent, eux, s'aventurer dans le monde des idées pures. Même si les femmes pratiquent aujourd'hui les mathématiques et les sciences exactes (loin de moi l'idée qu'elles en sont incapables !), elles ont l'habitude de s'engager par toutes leurs fibres dans ce qu'elles font, ce qui requiert un langage et une expression beaucoup plus complexes.

Les vues de la femme ont été beaucoup plus difficiles à exprimer que celles de l'homme. Si je peux dire, la femme ne fait pas passer ses sentiments

152

par le crible de la raison, comme le fait l'homme. Elle pense à travers ses émotions ; sa vision des choses est fondée sur l'intuition. Il lui arrive de ne pas pouvoir exprimer ce qu'elle ressent. Moi-même, il m'a été très difficile au début de décrire ce que j'éprouvais. Mais, en psychanalyse, on vous demande toujours : « Qu'avez-vous *ressenti* ? », et non pas : « Qu'avez-vous *pensé* ? » Très souvent, la femme en est restée au stade de l'émotion et ne sait pas exprimer son intuition – expliquer l'origine de celle-ci ; aussi est-elle incapable de se faire comprendre.

Voilà ce que j'ai essayé de faire (que j'y sois ou non parvenue). Comme, dans mon esprit, mon journal n'était pas destiné à être lu un jour, j'ai osé y noter toutes mes impressions sur les êtres et sur les choses, sans avoir à les expliquer. Par la suite, la psychanalyse m'a permis d'aller plus loin dans ma communication avec l'homme, en m'apprenant à trouver une logique de mes émotions, de façon à les rendre compréhensibles à l'esprit masculin. Je crois donc qu'il existe entre nos deux formes d'esprit une différence très profonde, mais que celle-ci commence peu à peu à disparaître. Les jeunes ont découvert aujourd'hui, à force d'analyse, que les rêves des femmes et ceux des hommes sont les mêmes, que l'inconscient est universel : c'est le domaine des émotions, des intuitions, d'où le raisonnement est absent – *là* est le royaume de la femme.

Maryanne Mennes, une excellente présentatrice de télévision, avait demandé qu'on lui confie un poste de commentatrice politique. Comme on lui avait objecté : « Les femmes n'ont aucune logique », elle avait répondu : « L'histoire et les événements actuels en ont-ils ? »

Je me demande si vous savez que Lawrence a beaucoup appris sur la femme à la lecture du journal que tenait son premier amour. Il était très curieux des sentiments féminins ; il les trouvait seulement très difficiles à comprendre. Mais nous avons envers lui une énorme dette pour l'effort qu'il a fait pour trouver un langage nouveau : ce fut un pionnier dans cette lutte pour découvrir un langage qui ne serait pas celui des idées – le plus facile, celui de l'intellect, des concepts –, mais celui des sentiments, des instincts, des émotions et des intuitions – le plus long à découvrir.

Les femmes se heurtent à un autre problème face à l'écriture, un problème inconnu des hommes : celui de la culpabilité. D'une certaine manière, la femme a toujours associé la création, la volonté créatrice à l'homme ; elle a toujours craint que cette créativité ne soit un acte agressif. Notre culture n'exigeait pas l'accomplissement de la femme. Elle exigeait celui de l'homme. C'est ainsi que l'homme ne se sentait nullement coupable de s'isoler pendant trois mois pour écrire un roman, sans se soucier de sa famille. Mais l'on a inculqué à la femme presque dès sa naissance qu'elle se devait avant tout à sa famille et qu'écrire était une occupation beaucoup trop personnelle. Pour elle, création se confondait avec subjectivité et narcissisme, alors qu'on ne dira jamais d'un écrivain masculin qu'il est narcissique.

Il existe des problèmes réels et la « chambre à soi » de Virginia Woolf est quelquefois impossible à avoir. Judy Chicago, dirigeante du mouvement féministe à Los Angeles, ayant rendu visite à toutes les femmes peintres de la ville, a découvert qu'aucune d'elles n'avait un atelier personnel. Le mari peintre avait, lui, un atelier séparé de la maison pour pouvoir y travailler sans être gêné par les enfants. Mais la femme peignait à la cuisine, avec les enfants, ou dans sa chambre. Elle restait toujours *dans* la maison. J'ai une amie écrivain. Elle et son mari se sont installés à Albuquerque. Lui, écrivain comme elle (spécialiste des Indiens d'Amérique), s'est fait bâtir un petit studio séparé de la maison. Mais elle doit travailler dans la maison, sans cesse dérangée par les enfants et les visites. C'est à la femme de s'en accommoder.

Je voudrais maintenant vous citer un exemple inverse. C'est l'histoire d'un couple d'artistes : elle est peintre, lui est sculpteur. Elle s'est mise un jour à fréquenter des groupes féministes et elle s'est rendu compte qu'elle s'était trop conformée à son rôle de bonne mère et de bonne épouse, toujours là, à l'heure, pour préparer le dîner. Ses devoirs familiaux la cernaient de toutes parts et l'étouffaient. Elle sentit qu'elle devait briser ces entraves. Aidée par un groupe de femmes, elle loua un studio et y resta seule pendant six semaines. C'est alors qu'elle se rendit compte soudain que ce mode de vie qu'elle croyait imposé par son mari et son fils l'était, en fait, par *elle-même. Eux* ne lui demandaient pas d'être à la maison tous les soirs pour préparer le dîner : ils pouvaient le faire seuls. Tous ces devoirs si stricts, toutes ces contraintes, qui, soi-disant, l'empêchaient de peindre librement, elle seule se les était imposés. Son mari était prêt à l'aider dans les tâches ménagères et acceptait qu'elle loue un atelier pour s'isoler. Le père et le fils consentaient à préparer le dîner. Elle découvrit ainsi, peu à peu, que la plupart des obstacles venaient d'elle. C'est une histoire toute récente. Elle me porte à croire que, nous penchant de plus près sur certaines de nos servitudes, nous nous apercevrons qu'elles ne nous sont pas imposées par autrui. Il faut faire notre éducation mutuelle. Il faut que chacun éclaire l'autre sur ce qu'il ressent, que chacun *connaisse* l'expérience de l'autre. C'est pourquoi je prie les femmes aujourd'hui de s'exprimer clairement : si elles se montrent capables d'expliquer leurs problèmes, elles finiront par obtenir la coopération des autres.

Personnellement, il m'a fallu très longtemps pour comprendre qu'au lieu de me préoccuper de mes conflits intérieurs – écrire le journal ou des romans, être une bonne épouse ou un personnage public, être ceci ou cela –, il valait mieux, tout simplement, passer à l'action. Je me mets à l'œuvre et, curieusement, dès que cessent les conflits, je découvre que j'ai assez d'énergie pour accomplir toutes les tâches désirées, alors que j'aurais cru devoir en éliminer certaines. Je trouve du temps pour écrire, du temps pour ma correspondance, du temps pour mes amis, du temps pour ma vie privée. J'écarte les conflits, je ne gaspille pas mon énergie en tergiversations. Lorsque je suis en train d'écrire, cela ne m'ennuie pas qu'un ami m'appelle s'il a besoin de moi. Ce sont les tiraillements, les conflits qui, en réalité, nous usent. C'est étonnant de voir tout ce que l'on peut faire sans avoir à éliminer quoi que ce soit.

La deuxième difficulté est de créer avec notre nature de femme, car nous avons une expérience et un regard sur les choses bien à nous. Nous avons été éduquées par les hommes, formées par les hommes. L'homme a inventé l'âme, il a inventé la psychologie, c'est lui qui nous enseigne les arts. Aussi est-il très difficile pour la femme d'écrire comme une femme. J'ai pu échapper à cette difficulté grâce à mon absence totale d'éducation formaliste, si bien que je me suis toujours orientée seule : j'avais à définir mes propres lois, à faire ma propre exploration. Et si, en un sens, ce fut plus difficile, cela me rendit service d'un autre côté : ainsi j'ai dû trouver moi-même mon langage de femme, un langage différent de celui de Miller ou de Durrell, ou des autres hommes qui m'entouraient.

Pour moi, George Sand représentait l'image même de la femme qui désire créer, mais qui pense en même temps que la création est un domaine réservé à l'homme. Vous vous souvenez, George Sand portait des pantalons, fumait le cigare et accrochait toujours un petit poignard à sa ceinture. Et lorsque je commençai à écrire mon livre sur D. H. Lawrence, il me semblait que je ne pourrais écrire à ce moment-là qu'en portant des pantalons, en empruntant un nom d'homme, un pseudonyme comme George Sand ou George Eliot. Mais je me suis vite débarrassée de ces complexes grâce à Otto Rank. Il me montra l'erreur de cette conception féminine de la création : les femmes, à tort, avaient l'impression de voler à l'homme le droit de créer et pensaient qu'elles ne pouvaient créer qu'en l'imitant. Préjugé désastreux pour les romancières d'une certaine époque ainsi que pour quelques écrivains contemporains. Ce que nous essayons en ce moment de mettre au jour et de reconnaître, ce sont nos qualités prétendument masculines : créativité, volonté, courage.

Ce dont il faut se rendre compte et qu'il faut absolument éviter, c'est qu'on nous force à jouer un rôle. Si une femme a en elle un pouvoir créateur comme George Sand, Rebecca West ou d'autres femmes dont je vous ai parlé, il faut qu'elle puisse lui donner cours sans aucun sentiment de culpabilité et sans penser qu'elle change de sexe ou qu'elle perd sa féminité. J'ai l'impression que j'en ai été capable, non pas tout au début de ma carrière, mais dans la dernière partie de ma vie. J'avais dû apprendre à distinguer entre ces fausses images de moi que m'avaient imposées ma culture et ma religion, et ma véritable féminité que je voulais préserver.

J'imagine que vous avez toutes lu la biographie de Zelda Fitzgerald. C'est un livre important pour les femmes. Le récit d'un épisode, à mon avis, des plus dramatiques de sa vie nous permet presque de saisir l'origine de sa maladie mentale. Zelda avait écrit son journal, qu'un critique très célèbre de l'époque désirait publier. Mais son mari s'y opposa en prétendant qu'il avait besoin de ce journal pour son œuvre et l'intention de s'en servir. Deux de ses biographies rapportent cet incident. Il m'a peut-être plus frappée qu'aucun autre, parce que j'ai eu l'impression qu'il avait détruit toute la carrière littéraire de Zelda Fitzgerald. Elle était vraiment subjuguée par le talent de son mari ; par admiration, elle renonça à son œuvre personnelle ; elle renonça à une nouvelle forme d'existence, à une activité créatrice qui l'aurait peut-être sauvée. Elle se tourna vers d'autres arts pour lesquels elle n'avait aucun talent – la peinture, la danse –, mais ce n'étaient que des palliatifs. La tragédie de Zelda est très intéressante à analyser ; je crois profondément que l'écriture lui aurait évité son drame, en lui permettant de mener, elle aussi, une vie d'artiste.

J'ai toujours lu les œuvres des femmes et je fus très choquée d'entendre Judy Chicago, dirigeante du mouvement féministe à Los Angeles, déclarer : « J'ai commencé à lire des œuvres de femmes il y a deux ans. » Je lui ai demandé : « Pourquoi depuis deux ans seulement ? Moi, je les ai toujours lues et j'ai toujours remarqué et respecté l'insistance que les femmes mettaient à parler de leur vie personnelle. »

Cette forme de littérature intimiste a été traitée avec mépris par les critiques masculins, parce qu'elle se limite à un petit royaume, un monde mineur, un monde sans grandeur puisque éloigné des grands courants historiques. Les hommes ont établi une distinction marquée entre le vaste monde et ce petit monde intime, que la femme savait pourtant rendre plus parfait, en raison même du rôle et des contraintes qu'on lui avait imposés.

À les lire, les femmes ont subi un discrédit certain pour s'être intéressées à cet univers.

Lorsque l'on proposa Colette, le grand écrivain français, comme membre de l'Académie française, personne ne contesta son style extraordinaire, mais on lui reprocha de ne pas traiter de sujets assez vastes. Elle parlait de l'amour d'un homme et d'une femme, elle parlait de sa vie de théâtre et des relations entre femmes ! Mais tout cela était considéré comme de peu d'importance ! L'erreur est immense, si vous réfléchissez, parce qu'à la source de toute vie humaine, à la source de notre bonheur, se trouve précisément ce monde personnel. C'est de lui que dépend notre inspiration, que dépend notre force ; les artistes eux-mêmes y puisent l'énergie de créer. Pour chacun de nous, c'est, en général, le centre de l'existence. La femme en avait fait le centre de sa vie, mais il n'en était pas moins important pour autant !

Alors que l'on me reprochait, quand j'avais vingt ou trente ans, d'être trop subjective, de ne m'occuper que de mon univers personnel, j'ai découvert, grâce à mon travail, que c'est en allant au tréfonds de soi-même que l'on touche à la source de notre vie humaine. Et mon plus grand espoir, à une époque aussi extraordinaire pour les femmes, est qu'elles se souviennent que l'un de leurs principaux atouts est d'être restées si proches de ce monde personnel, car c'est en lui que vivent les qualités de tendresse, de prévenance, de compassion, de pitié et de compréhension que la femme entretient chaque jour à l'intérieur de son royaume.

Le livre que j'ai écrit sur D. H. Lawrence fut vraiment un acte d'amour : il reflétait tout à fait ma propre façon de voir les choses. Je ne crois pas à la critique objective. L'homme a inventé une critique faussement objective pour prendre une distance avec le réel, mais cette objectivité ne nous rapproche pas plus de la vérité que de vivre celle-ci par le dedans. Cette attitude nous prive tout autant du fruit de l'expérience personnelle. Tout dépend de ce que nous voulons : ou bien faire une analyse froide et académique de l'œuvre, ou bien considérer celle-ci comme une expérience. Dans mon livre sur Lawrence, j'ai dit que le devoir d'un critique était de comprendre, puis d'éclairer une œuvre pour les autres, mais avant tout d'être amoureux de cette œuvre, de s'identifier à elle. Je n'ai pas écrit un livre objectif sur Lawrence. Ma critique répondait seulement à ce qu'on pourrait appeler un besoin d'analyse qui aurait pour effet d'éclairer le texte.

Une femme remarquable, Sharon Spencer, à peine âgée de trente ans, vient d'écrire un livre intitulé : *Espace, temps et structure dans le roman moderne*. Elle ne juge pas le roman contemporain suivant les critères classiques et en fonction des valeurs établies. Elle fait le contraire. Elle accepte, au départ, le dessein de l'auteur et la nouveauté de son genre. C'est ainsi qu'elle s'intéresse à tous ceux qui ont apporté quelque chose de nouveau au roman traditionnel, comme Cortázar – dont vous avez certainement lu *Marelle*. Elle étudie ce qu'elle appelle la structure « ouverte » – l'opposé de la structure à laquelle nous sommes habitués. Son livre est bien construit, très intellectuel, intelligent, et en même temps on y trouve une grande ouverture d'esprit : elle accepte les idées traduites dans l'œuvre au lieu de les soumettre à une critique fondée sur des concepts rigides…

Je dois aussi parler d'une autre femme critique littéraire : Bettina Knapp, qui a écrit un livre sur Artaud. Si vous désirez en savoir plus sur Artaud que ce que j'en ai dit dans le *Journal*, sachez qu'elle a fait une étude très complète et très pénétrante de sa vie et de son œuvre, en faisant ressortir comment l'une était liée à l'autre. Elle parle le français et s'est rendue partout en France où il lui était possible de recueillir des informations : chez les parents de l'écrivain, chez sa maîtresse, afin d'établir avec précision ce qui relie son œuvre et sa vie, sa vie et son métier de comédien. Vous le savez, Artaud a été acteur de cinéma : il a tourné dans la *Jeanne d'Arc* de Dreyer où il nous a donné une interprétation extraordinaire. Il a essayé de fonder le théâtre de la cruauté, qui n'est autre que celui que nous avons créé aujourd'hui – le théâtre en rond, où les acteurs sont si près des spectateurs qu'on a l'impression d'être soi-même sur la scène et de vivre l'action.

Une autre femme critique littéraire, Anna Balakian, a écrit sur le surréalisme et le symbolisme, ainsi qu'un livre remarquable sur André Breton. Elle aussi essaie de relier la vie et l'œuvre de façon intéressante. Tout ce que les critiques ont trouvé à dire, c'est que Breton n'avait pas apporté de révolution notable dans la littérature, mais nous savons tous – que nous le voulions ou pas – que le surréalisme nous a influencés.

Je pense également que la femme qui a depuis longtemps servi de muse – ce mot merveilleux était parfois simplement synonyme d'assistante – doit maintenant assumer la responsabilité d'être elle-même une artiste. Et jusqu'à un certain point, je pense que les *hommes* seront beaucoup plus libérés lorsque les femmes cesseront de vivre à travers eux. Quand j'étais jeune et sans la moindre assurance sur ma carrière d'écrivain – à vingt, vingt et un ou vingt-deux ans –, je me contentais de vivre dans l'ombre des auteurs que je connaissais avec l'espoir qu'ils allaient accomplir ces œuvres que je n'osais créer moi-même. Je les laissais se révolter à ma place, écrire à ma place. Puis, soudain, je me rendis compte que je n'avais pas le *droit* de leur demander d'écrire les livres que je devais écrire moi-même. C'est pourquoi, à mon avis, ce sera pour les hommes une libération, lorsqu'ils seront déchargés du fardeau d'une autre existence dont ils sont tenus pour responsables, par procuration. C'est à moi qu'il incombait de parler au nom des autres femmes.

Je me souviens qu'un soir, j'étais avec Durrell et sa femme. Celle-ci ne parlait pas ; puis, une légère dispute s'étant élevée entre eux, elle se tourna soudain vers moi et me dit : « Parle à ma place maintenant. » Elle avait l'impression que je saurais exprimer ce qu'elle ressentait. Nous avons toujours laissé aux autres le soin d'être l'artiste, l'écrivain, le philosophe, le psychologue. Cela parce que notre culture ne l'exigeait pas de nous. Elle l'exigeait de l'homme ; c'était à l'homme d'accomplir toutes ces tâches, et on attendait de lui qu'il le fasse bien. Mais on demandait seulement à la femme de bien remplir son rôle dans la vie privée. Je ne pense pas qu'il faille mépriser ce rôle. Je n'ai jamais voulu mépriser quoi que ce soit, et j'ai tenu à le remplir parfaitement. J'ai mené tout de front : ma vie de femme, mon rôle de muse, d'assistante, et ma propre carrière d'écrivain.

À propos du rôle que la femme joue dans l'ombre, il est très intéressant de remarquer que Mme de La Fayette (que l'on a pu découvrir par ses lettres publiées il y a quelques années à peine) a joué un rôle aussi important que celui de La Fayette lui-même dans les relations entre la France et l'Amérique. Pendant que son mari se battait en Amérique, c'était elle qui levait les armées, recevait les messagers américains et essayait de persuader les Français de participer à la révolution américaine. Elle joua donc un rôle de premier plan : La Fayette lui-même le reconnut, déclarant qu'elle était la moitié de lui-même, et que, pendant qu'il se battait ici, elle se battait en France, faisant pression sur le gouvernement pour qu'il envoie de l'aide.

Une femme qui comprend l'œuvre de l'homme, si celui-ci est un artiste, sera un plus grand soutien pour lui que ce que nous appelons la muse, qui, en réalité, n'est que son assistante. Dans la mythologie, le rôle de la muse était toujours un rôle d'inspiratrice. Et l'une des plus remarquables dans l'histoire de la littérature est Lou Andreas-Salomé. Elle fut véritablement une muse en ce sens que chaque fois qu'elle s'intéressait à un homme, il se sentait, d'une certaine manière, extraordinairement inspiré, éveillé – de Nietzsche à Rilke ou à Freud – et reconnaissait sa dette envers elle. Je ne pense pas qu'elle aurait pu jouer ce rôle si elle n'avait pas elle-même été philosophe, poète, écrivain et psychologue. Comme le dit Freud dans une de ses lettres, c'est parce que « vous comprenez toujours ce que j'essaie d'exprimer, au-delà de ce que j'ai dit ». Donc, c'est son propre développement qui lui a permis de nourrir de telles amitiés et d'avoir une telle influence sur les autres.

D'autre part, les quelques livres qui expriment, à notre avis, la vérité sur la vie des femmes ont

166

toujours été plus ou moins méconnus, soit par le public, soit par les critiques, soit par les femmes elles-mêmes. Je pense que la femme éprouvait des difficultés à exprimer ses sentiments parce que c'est un domaine dont s'est très peu occupée la littérature... et qu'il y avait chez la femme une certaine crainte à exprimer ce qu'elle était. Elle avait peur du jugement que la société porterait sur son œuvre.

J'aimerais vous faire remarquer la différence des jugements que l'on a portés sur deux Françaises écrivains, qui se présentent elles-mêmes comme des Henry Miller féminins. Françoise d'Eaubonne – que vous ne connaissez pas parce qu'elle n'a pas été traduite – a écrit un livre qu'elle a envoyé à Henry Miller, en lui disant qu'en France, on la considérait comme l'Henry Miller féminin. Ce livre, cependant, fut totalement condamné par ses lecteurs. Ce même public, qui avait tant apprécié Miller, ne pouvait supporter la même liberté d'expression de la part d'une femme. Violette Leduc a connu les mêmes difficultés. Je ne sais pas combien d'entre vous ont lu *La Bâtarde*. Ce livre est une confession extraordinaire, une révélation honnête, dépouillée, de soi-même. L'auteur ne fait preuve d'aucune complaisance ni du moindre désir d'embellir sa conduite ou sa personne. La critique n'a jamais considéré ses talents d'écrivain : elle s'est bornée à l'aspect moral de l'œuvre. Les articles ne parlèrent que du comportement de Violette Leduc et de la nature de ses mœurs. Ces inégalités existent toujours…

Il y a de très nombreuses années, une femme nommée Anna Kavan – dont le dernier livre, *Ice* (*Neige*[1]), a finalement été publié chez Doubleday – a écrit deux livres remarquables : *Asylum Pieces* et *The House of Sleep* (*La Maison du sommeil*). *The House of Sleep* est un roman construit entièrement à partir de rêves, comme *La Maison de l'inceste*[2], et il révèle le monde personnel d'Anna Kavan uniquement à travers ses rêves, ce que très peu d'écrivains ont fait. *Asylum Pieces* était une série de nouvelles, écrites dans le plus limpide des langages, mais qui s'aventuraient avec une extraordinaire justesse de ton dans le domaine de l'irrationnel. Dans les deux cas, l'héroïne se sentait séparée du monde qui l'entourait et essayait d'exprimer ce qu'elle ressentait. Elle s'efforçait de rendre clairs ces états dits irrationnels, qui nous sont aujourd'hui devenus plus familiers, à une époque où l'angoisse créée par les événements influe dangereusement sur notre santé psychique.

J'aimerais aussi vous parler de *Nightwood* (*Le Bois de la nuit*[3]) de Djuna Barnes. *Nightwood* est venu trop tôt. Il fut écrit en 1925. Tout notre

---

1. Stock, 1975.
2. Éditions des Femmes, 1979.
3. Le Seuil, 1978.

groupe l'a lu à l'époque et T.S. Eliot a déclaré, en le présentant au public, que *Nightwood* n'était pas seulement réservé aux poètes, mais que sa lecture réclamait une certaine initiation au langage poétique, un certain raffinement de la sensibilité. Aussi *Nightwood* ne fut-il lu que par un petit nombre de lecteurs. Djuna Barnes a aujourd'hui quatre-vingts ans et l'université de Kent a fini par publier une anthologie de critiques, essais et études sur son unique et extraordinaire livre. Pourquoi ce livre fut-il à ce point négligé, je me le demande ; c'est un chef-d'œuvre de style, débordant de poésie. C'est l'histoire de la relation entre deux femmes et un personnage fabuleux, qui est médecin, et j'aimerais vous en lire un passage. Djuna Barnes est merveilleuse car elle fut l'une des rares à savoir que ce monde nocturne qui est en nous ne peut se décrire que par des métaphores poétiques ; on ne peut pas pénétrer l'inconscient ou la vie irrationnelle des émotions sans ce langage subtil, qui a une double signification et se lit sur deux plans. Voici donc la lecture d'un chapitre de *Nightwood* qui s'intitule : « Gardien, où en est la Nuit ! »

(*Lecture du chapitre de* Nightwood.)

Je désire tout spécialement vous présenter la plus grande de toutes les rêveuses. C'est une femme qui a fait pour la littérature américaine ce que Joyce a fait pour la littérature irlandaise. Je veux parler de Marguerite Young, qui a écrit *Miss Macintosh, My*

169

Darling. C'est un livre océanique, un livre presque entièrement nocturne. L'auteur a pris pour personnages les figures les plus typiques du Middle West, les plus familières, les plus ordinaires que vous puissiez imaginer et, en plongeant dans leur inconscient, il a montré que toute vie revêt un intérêt extraordinaire, si l'on s'y plonge assez profondément. Nous y rencontrons le médecin de campagne, la suffragette, la vieille servante, la gouvernante, le bourreau, tous ces gens que l'on imaginerait à une seule dimension. Mais brusquement, grâce à l'utilisation qu'elle fait du monologue intérieur, grâce à sa façon d'explorer l'inconscient océanique, le médecin de campagne devient un personnage fascinant. Et tous les personnages prennent une dimension extraordinaire. Elle y parvient sans les jeux de mots de Joyce ; elle le fait par une sorte de floraison du langage, de prolifération d'images.

Si jamais un écrivain parmi vous se sent en mal d'écriture, je pense qu'en lisant simplement quelques pages de Marguerite Young, il se trouvera en face d'une suite de vagues, de vibrations, d'images dont la richesse est telle qu'elle ne pourra qu'être contagieuse. C'est un livre difficile à lire et vous n'irez peut-être pas jusqu'à la page 1000 comme je l'ai fait ; choisissez simplement quelques passages et lisez-les à voix haute. Les phrases possèdent le rythme berceur d'une vague qui se déroule, montant, puis roulant sur elle-même, mais revenant toujours mourir sur la grève. Je pense que Marguerite Young est notre Joyce ; l'héroïne, une jeune fille, pose tout au long du livre la question de la réalité et de l'illusion d'une manière très convaincante pour la femme. Elle poursuit l'image de la mère, de la gouvernante, et ne parvient pas à trouver chez cette dernière une réalité assez substantielle, assez chaleureuse. M. Young utilise la perruque comme symbole du déguisement suprême. Tout le livre est fondé sur la recherche du contact humain à travers un très, très long voyage au pays du rêve, de la rêverie, du rêve éveillé, avec une extraordinaire utilisation de l'image.

Il y a un autre livre intitulé *The Sweet Death of Candor*, de Hannah Lee, qui, lui aussi, a été écrit trop tôt et qui traitait d'une façon remarquable des différences des besoins sexuels de l'homme et de la femme à l'intérieur du couple. Le mari avait réussi à donner l'impression à sa femme qu'elle était anormale, et celle-ci l'avait cru pendant de nombreuses années. Mais un jour elle découvrit qu'elle ne l'était pas, qu'il existait simplement un désaccord entre eux, un manque d'harmonie dans leur mariage. L'auteur a écrit un livre plein de courage et de beauté il y a environ dix ans, mais il fut considéré alors comme scandaleux.

La lecture du *Journal* de George Sand ainsi que celle de sa biographie par Maurois peuvent être très stimulantes pour les femmes. *Voilà* une femme indépendante, que personne ne pouvait dompter, que personne ne pouvait freiner, dont personne ne pouvait arrêter l'élan. Elle commença très jeune à exprimer sa soif de liberté en écrivant ; elle se moquait des conventions et faisait preuve d'un courage, d'une énergie et d'une vitalité que beaucoup d'hommes auraient pu lui envier. Mais, en dépit de cela, elle montra toute sa vie de très forts sentiments maternels, que ce fût envers d'autres écrivains, envers des enfants ou envers des artistes. Elle possédait ce sens des relations humaines ; elle n'était jamais plus heureuse que lorsque sa maison était pleine d'amis qu'elle pouvait aider ou protéger.

En s'intéressant surtout aux rapports entre les êtres, Maude Hutchins a beaucoup de points communs avec Colette qui a longuement écrit sur sa mère, sur son enfance, sur les rapports entre hommes et femmes. Dans tous ses livres, elle se penchait sur une forme toute particulière de relation qu'elle analysait et démêlait avec une grande délicatesse. C'est ce qu'a fait Maude Hutchins dans *Diary of Love* où elle exprime superbement un érotisme délicat. Dans *Victorine* et *Love is a Pie*, elle traite des mêmes thèmes sur un ton de comédie. Maude Hutchins a écrit un nombre assez important de livres qui sont tous excellents.

Marianne Hauser est un autre écrivain célèbre qui a écrit d'étonnantes nouvelles ainsi que des romans avec une grande maîtrise de la langue. Elle est aujourd'hui professeur à Queen's College et tous ses livres valent la peine d'être lus, plus particulièrement *Ishmael*, dans lequel elle reprend la légende de Gaspard Hauser qu'elle traite, pour la première fois, du point de vue de la femme, ce qui la rend complètement différente de ce qu'elle est dans le livre de Wassermann.

Une des choses qui m'ont le plus surprise, lorsque j'ai fait des conférences devant des groupes de Women's Studies sur la littérature féminine, fut de me rendre compte que les femmes n'avaient aucune idée de leur potentiel. Je leur ai expliqué comment les femmes écrivains avaient développé en elles une aptitude extraordinaire aux relations humaines dans leur entourage immédiat et comment cette qualité pouvait s'étendre à un domaine plus large. Or cette aptitude est qualifiée de sentimentale lorsqu'il s'agit des femmes, et de diplomatique lorsqu'il s'agit des hommes. À mon avis, nous pouvons et nous devons transformer cette aptitude en diplomatie, toujours dans l'espoir de mettre fin à la guerre. Je fus étonnée de voir que cette révélation ne semblait pas intéresser les femmes ; celles-ci réagissaient presque comme des hommes – pour elles, l'univers personnel reste limité. Elles ont l'habitude de dire : « Quel intérêt présente la vie d'une seule femme ? » Je réponds à cela que la vie d'une seule femme n'est pas différente de celle de millions de femmes. Ce n'est jamais une voix isolée. L'une parle, l'autre peint pour toutes celles qui ne peuvent pas le faire.

Le but final – que ne veulent pas voir bon nombre de féministes – pour les femmes est de découvrir et d'aimer la véritable essence de leur féminité, et de l'affirmer encore plus. Il ne faut pas qu'elles deviennent des hommes, ni qu'elles créent le même monde que ceux-ci. Nous serons au bout de la lutte lorsque les femmes auront trouvé leur féminité et qu'elles auront admis, au sens de Jung, que nous avons tous en nous des qualités masculines et féminines ; nous devons avoir le droit de les faire vivre toutes, comme elles se présentent. En général, l'artiste accepte son côté féminin, intuitif, et vit plus près de l'inconscient. C'est pour cela que mes rapports avec les artistes ont toujours été faciles. Mais plus tard, lorsque les femmes se comprendront mieux elles-mêmes, les hommes ne seront plus troublés en découvrant la force créatrice de la femme et la laisseront poursuivre son chemin sans considérer cette évolution comme une menace ou une tyrannie.

Lorsque je disais autrefois que je préférais être la femme d'un artiste qu'être moi-même une artiste, ce n'était que par fuite et par lâcheté. Je voulais aider l'artiste, sans essayer d'*être* moi-même une artiste. Il n'y avait ni grandeur ni sacrifice dans cette attitude. La muse est un personnage très suspect : la vérité est que je refusais de prendre moi-même la responsabilité de créer. J'avais donc décidé d'être l'aide, l'assistante ; c'était beaucoup plus facile. Aussi, quand les femmes se plaignent de ce qu'on les force à jouer ce rôle, je suis très sceptique. J'ai, en effet, joué ce rôle. Mais, au bout de quelque temps, je me suis rendu compte que Miller n'allait pas écrire le livre que je voulais écrire, que Durrell n'allait pas écrire le livre que je voulais écrire. C'était à moi à le faire. Et il me fallut du temps pour prendre cette responsabilité et dire : « Très bien, je resterai la muse et l'assistante, mais je ferai également mon œuvre. »

J'ai toujours dit que j'aimerais être entourée de bons écrivains ; je me sentirais beaucoup mieux dans un univers peuplé de bons écrivains et de gens qui savent s'exprimer. J'aime la créativité chez les autres. J'ai senti que plus elle était universelle, plus elle était riche. Je ne l'ai jamais considérée sous l'angle de la compétition. Durant toute notre amitié – Durrell, Miller et moi –, nous n'avons pas une fois pensé à une compétition. Nous pensions simplement à nous enrichir mutuellement, à nous donner le soutien dont chacun avait besoin, et nous sentions vraiment que nous nous donnions l'un à l'autre. Aujourd'hui, j'aimerais voir plus de femmes écrivains, beaucoup plus. Je les encouragerai, je les nourrirai, afin de leur donner plus de force. La compétition affaiblit. Je me sens plus forte chaque fois que je découvre une autre femme qui exprime des idées qui sont les miennes. Je me sens plus forte lorsque vous parlez un langage qui est pour moi transparent. Cela enrichit mon univers ; j'ai l'impression de recevoir un cadeau.

Je suis désolée qu'il faille passer par cette phase de « travail au féminin » et nous appeler des « femmes écrivains », parce que cela nous ramène aux discriminations premières. J'aimerais que nous ne fassions aucune distinction. Mais nous devrons compter avec elles, tant que nous ne figurerons pas dans les anthologies littéraires, dans les musées et les expositions, tant qu'on ne nous rangera pas parmi les meilleurs artistes. Je suis désolée qu'on ne puisse pas faire autrement, mais, d'après moi, il ne s'agit que d'une étape.

Question. — Edmund Wilson a dit que son attrait pour les femmes intelligentes fut, pour lui, la source de bien des difficultés, car elles étaient toutes terriblement névrosées. Pensez-vous également qu'une femme sensible et créatrice soit, en général, plus névrosée qu'une autre ?

Anaïs Nin. — Non, je ne le crois pas. À cette époque, nos différends, nos divergences d'opinion sur la création littéraire étaient pour moi très frustrants et provoquaient parfois des réactions quelque peu névrotiques de ma part. Aujourd'hui, je me contenterais de dire : « Voyez-vous, votre conception de la littérature est différente de la mienne, et je crois en la mienne. » Mais à ce moment-là, je n'étais pas sûre de moi. J'avais encore besoin du père ou du critique important qui déclarerait : « Vous faites du bon travail, vous êtes un bon écrivain. » J'avais besoin d'être rassurée et je voyais en celui qui ne répondait pas à ce besoin une forme de menace : c'était là une réaction de névrosée. Wilson essayait de me faire *douter de moi-même*, alors que j'avais passé toute ma vie à travailler pour parvenir à un certain genre de littérature. Si j'avais été à ce moment-là aussi sûre de moi que je le suis aujourd'hui en ce qui concerne mon œuvre, je n'aurais même pas eu à me fâcher. J'aurais pu me contenter de dire : « Vous vivez au XVIIIᵉ siècle et j'essaie de trouver quelque chose de nouveau en littérature, au XXᵉ siècle ; j'écris en tant que femme. » Je n'aurais été touchée en rien. Nous n'avons des névroses que lorsque nous nous sentons blessés.

Q. — Le symbole de l'inspiration créatrice pour l'homme a toujours été la muse, les anges ou bien la femme. À quoi les femmes doivent-elles faire appel pour se sentir inspirées ?

A.N. — La même chose, je pense, mais à l'inverse. Je ne sais pas pourquoi personne n'a jamais parlé de l'homme inspirateur de la femme. Nous n'avons jamais eu de M. Muse. Cependant, j'ai moi-même été inspirée, stimulée, formée par l'homme, et je reconnais que les hommes, tout comme les femmes, peuvent stimuler la créativité. Je ne sais pas pourquoi nous avons doté la muse d'un sexe féminin. Mais je sais que des femmes créatrices ont déclaré que certains hommes les avaient inspirées de la même manière. J'ai toujours dit que je n'aurais jamais créé si je n'avais pas eu une vie amoureuse riche et profonde.

Q. — Les femmes peuvent-elles inspirer d'autres femmes et les hommes d'autres hommes ?

A.N. — Absolument. Pourquoi pas ? C'est évident. L'inspiration est – je n'aime pas utiliser le mot « abstrait » – une qualité pure et n'a rien à voir avec le sexe. Certaines femmes peuvent inspirer d'autres femmes : quand j'étais jeune, une femme pouvait représenter pour moi le symbole de ce que je désirais être moi-même. Alors je m'attachais profondément à la femme que je voulais être. Comme June. J'avais l'impression que June était libre et que je ne l'étais pas. Je me sentais liée à une culture conventionnelle et j'enviais la liberté à laquelle elle était parvenue en laissant libre cours à ses fantasmes. Je ne me rendais pas compte à quel point sa liberté était dangereuse. Donc les femmes peuvent avoir cette influence les unes sur les autres. Nous ne savons jamais ce qui va stimuler notre créativité.

Q. — Pourriez-vous nous parler davantage de ce qui vous apparaît comme des qualités féminines ou des qualités masculines, et de la relation qui peut exister entre elles ?

A.N. — Je pense qu'en ce moment règne une grande confusion à ce sujet. Nous avons voulu tout répertorier ; nous avons voulu définir ce qui était masculin et ce qui était féminin. Ainsi, nous avons interdit à l'homme de pleurer et nous avons demandé à la femme d'être faible et passive, de ne jamais être active ni agressive. C'est nous qui avons établi ces distinctions artificielles. Mais je pense que nous sommes en train de comprendre ce que Baudelaire disait : En chacun de nous il y a un homme, une femme et un enfant. La réussite dans les relations humaines dépendra de l'équilibre de ces trois composantes. George Sand était une femme très forte, un écrivain très solide, mais elle avait des difficultés à s'associer, à trouver quelqu'un qui correspondait à sa nature particulière... Il y a des femmes courageuses, et il y a aussi des hommes

tendres qui savent pleurer... et d'autres qui font de
très bonnes mères !

Nous sommes en train de nous débarrasser de
tous ces schémas stéréotypés. Nous ne croyons
plus – comme le croyait encore ma mère – qu'une
femme ne peut s'épanouir que dans son rôle
d'épouse et de mère. Tous ces préjugés dispa-
raissent. Nous nous trouvons dans une période de
transition : c'est pourquoi nous devons nous montrer particulièrement lucides et clairvoyantes. Nous
devons séparer ce qui est authentique de ce qui ne
l'est pas : c'est là un devoir que chacune d'entre
nous doit accomplir séparément. Les groupes
peuvent aider les femmes à se sentir moins seules ;
ils peuvent résoudre certains problèmes, mais ils
sont totalement inefficaces lorsqu'il s'agit de guérir
des traumatismes très profonds de l'individu.

Q. — Avez-vous quelquefois utilisé un pseudonyme ?

A.N. — Non, jamais. Oh ! peut-être une fois dans
un article très court pour un magazine canadien,
quand j'étais très jeune et que je n'osais pas signer
quoi que ce soit de mon nom. Mais je n'ai jamais
utilisé de pseudonyme. Je sais que mon nom en a la
consonance.

Q. — Vous êtes une femme de premier plan et je
trouve vos idées particulièrement stimulantes et

totalement féminines. Mais pensez-vous qu'en Amérique, la femme soit bien représentée en littérature ?

A.N. — Oui. Chez des écrivains que nous connaissons à peine. Alors que nous avons toujours préféré, pour des raisons diverses, des écrivains féminins qui imitaient les hommes. Je considère que Mary McCarthy, Susan Sontag, Simone de Beauvoir ont des esprits virils. Mais nous avons eu des femmes comme Djuna Barnes... Maude Hutchins... Marguerite Young... que nous ne lisons pas, parce que nous le voulons bien – mais elles existent.

Q. — Pensez-vous que le mâle en tant que tel a été l'un des principaux et des plus douloureux obstacles pour la femme créatrice ?

A.N. — Oui. Mais parce que *nous* avons créé cette situation. *Nous* avons accepté que l'homme soit le philosophe, *nous* avons accepté qu'il soit l'historien, *nous* avons accepté qu'il soit le psychologue. *Nous* avons accepté son influence sur notre éducation. *Nous* lui avons donné ce pouvoir. La psychanalyse nous a permis de nous rendre compte qu'il ne faut jamais donner à quiconque le pouvoir de décider ce qui est bien et ce qui ne l'est pas. Je veux dire qu'il n'appartient pas à votre entourage de juger, la critique ne relevant que de vous ; c'est quand vous atteignez la maturité (j'ai dû l'attendre de très nombreuses années) que vous découvrez, comme je le fais aujourd'hui, que vous êtes seul juge de votre œuvre. J'ai besoin des opinions, des réactions des autres, mais elles ne sont pas décisives. Elles ne m'empêcheront pas d'aller de l'avant.

Q. — Deux écrivains à qui l'on vous associe fréquemment sont D. H. Lawrence et Henry Miller. Pensez-vous qu'il y ait une contradiction entre la façon dont vous encouragez les femmes à devenir indépendantes et le fait d'être toujours liée tout spécialement à ces deux écrivains masculins ?

A.N. — Je n'y vois aucune contradiction. Je pense que toute expérience se produit au moment où vous êtes prêt pour la vivre. À cette époque-là, à Paris, il n'y avait pas de femmes artistes ou écrivains auxquelles on aurait pu m'associer. Moi-même je me serais associée à elles comme je l'ai fait pour eux, car j'ai toujours connu de très profondes amitiés avec les femmes. Mais elles se situaient à un autre niveau : c'étaient des épouses d'artistes. Djuna Barnes, la seule femme écrivain que j'ai vraiment désiré connaître et qui a eu une grande influence sur mon œuvre, n'a pas répondu à mes lettres. Ce ne fut donc pas le hasard qui présida à mon choix : autour de moi, c'étaient les hommes qui écrivaient, qui créaient, qui peignaient, et c'est pourquoi ils m'intéressaient. À ce moment-là, je n'ai jamais rencontré un Artaud féminin, ou un Miller féminin, ou un Durrell féminin. Je me serais aussi bien rapprochée d'elles. J'ai toujours lu les livres des femmes. Maintenant que les femmes commencent à s'exprimer, j'ai des amies peintres, des amies écrivains, qui ont tout autant de talent que les hommes. Aussi mes amitiés s'équilibrent entre les hommes et les femmes et je ne fais aucune discrimination.

Q. — Beaucoup d'écrivains accusent D. H. Lawrence d'être de parti pris et sectaire au sujet des femmes. Je me demandais si vous aviez la même impression.

A.N. — Non, je ne pense pas que l'on puisse condamner ainsi un écrivain parce qu'il fait preuve d'étroitesse sur un point particulier. Je crois qu'il faut avant tout reconnaître à Lawrence sa grande contribution à la recherche du langage des émotions, des sensations, des instincts. Il a essayé de comprendre la femme. Mais il appartenait à son époque. Il avait en vérité des limites, mais qui tenaient à son temps. On ne peut pas ainsi le balayer et le condamner en raison de ce seul défaut. Voilà ce que je n'aime pas. Voilà ce que j'appelle du sectarisme. Lawrence m'a apporté beaucoup en tant que femme. C'est lui qui a dit que les femmes devraient faire leurs propres lois, car, jusque-là, leur personnalité avait été la création des hommes.

Si vous le voulez, vous pouvez trouver des aspects négatifs et du parti pris presque partout. Certaines féministes se sont tenues à cette image incomplète. Vous pouvez priver n'importe quel écrivain de son contexte et le condamner pour telle ou telle raison, pour certains préjugés ou étroitesses de vues. Mais il faut considérer Lawrence dans son ensemble et voir surtout son apport à la littérature. C'est lui qui m'a ouvert la voie du langage des émotions, de l'instinct et des sensations.

Q. — Voudriez-vous un peu nous parler de Henry Miller et de la façon dont vous le percevez du point de vue du mouvement de libération des femmes ?

A.N. — Voilà un sujet très délicat, parce que vous êtes victime d'une fausse image que vous a donnée Kate Millett. C'est une femme en pleine révolte. Il est toujours facile de faire des citations hors du contexte. Il est toujours facile de ne pas voir à quelle époque les livres sont écrits. Les idées de Lawrence sur les femmes sont très démodées, mais elles dépendaient de son époque, de sa vie de fils de mineur : son expérience était très limitée. Il avait des idées très naïves et très étroites sur les femmes. Miller était un enfant de Brooklyn. Son expérience était aussi très limitée. Il se méfiait des femmes. Millett a eu tort de prendre au sérieux des descriptions qui ne relevaient que du comique et de l'humour, sans se rendre compte qu'il s'agissait d'une satire. Il voulait avant tout exprimer sa révolte contre le puritanisme en étant un auteur picaresque, comme le fut Rabelais en France. Tout le monde a considéré Rabelais comme un auteur comique. Et personne ne comprend que Miller, dans la vie, traite la femme tout autrement que dans ses livres où il prend une attitude qui était celle de son temps, qui était celle de Hemingway, ou de Mailer aujourd'hui. Il faut donc distinguer entre l'attitude empruntée par Miller dans ses livres, où il se veut comique, et ses rapports véritables avec certaines femmes, y compris moi. Je n'aurais certainement jamais accepté d'avoir des relations avec un homme plein de préjugés !

Millett ne voit qu'un seul côté des choses. Pourquoi a-t-elle consacré si généreusement son temps, son argent et ses soins à la seule condamnation des hommes pour ce qu'ils n'ont pas fait ? Je ne me suis jamais attendue à ce que Miller fasse un portrait subtil, délicat, nuancé de la femme. Pourquoi Millett n'a-t-elle pas écrit sur les femmes ? Pourquoi n'a-t-elle pas dépensé toute cette énergie à écrire sur les femmes qui, elles, *ont* fait des portraits de femmes, qui ont *vraiment* parlé en leur nom et qui ont écrit des biographies et des journaux intimes ? Voilà mon opinion sur Millett. Je désire l'exprimer clairement, parce qu'il y a eu trop de déformations à ce propos. Il en est de même pour Freud. Freud a vécu les débuts de la psychanalyse. Il ne pouvait échapper à certaines limites ! Chacun de nous a ses barrières. Et ce que les femmes doivent faire, c'est prendre conscience de ces barrières, comme je l'ai fait au cours de mon analyse avec Allendy. Un jour, comme je lui demandais : « Qui suis-je réellement ? », il se lança dans une description absurde qui me fit beaucoup rire. Il voyait en moi l'image qu'il se faisait des femmes créoles, assises dans un rocking-chair avec un éventail et une longue robe blanche. C'était là sa propre image, mais nous devons en savoir assez sur nous-mêmes pour dire : non, ce n'est pas moi. Et dans le cas de Miller, je pense que Millett a perdu tout sens de l'humour et n'a rien compris au comique anti-puritain qu'il a voulu exprimer.

Q. — J'ai l'impression, vu l'absence de femmes dans le *Journal*, que vous avez été plus influencée dans votre évolution par les hommes que par les femmes.

A.N. — Il y avait des écrivains comme George Sand, Djuna Barnes, George Eliot. Il y avait des femmes artistes. Mais les femmes qui m'entouraient étaient surtout les épouses des artistes et elles avaient depuis longtemps renoncé, et se contentaient de rester dans l'ombre de leurs maris. Cependant, j'ai eu avec des femmes de très solides amitiés de toute une vie. Tout est écrit dans le *Journal*. Mais pour ce qui est de mon éducation et de ma formation artistique, vous ne devez pas oublier que j'ai été privée de père et également de professeur, puisque j'ai dû quitter l'école très tôt et n'y suis jamais revenue. Donc, j'ai dû pallier cela en faisant mon éducation auprès de différents artistes et psychanalystes. Il n'y avait pas de femmes psychologues à cette époque en France. Nous n'avions pas de femmes philosophes. Nous commençons à peine à en avoir – de même pour les historiennes.

Donc, nous n'avions pas de guides féminins. Les femmes que je connaissais n'en étaient pas capables. Ce n'étaient ni des psychologues, ni des philosophes, ni des peintres. Ce sont les artistes qui ont fait mon éducation, et il se trouve qu'à cette époque les artistes étaient surtout des hommes. Les femmes étaient des amies ; elles jouaient le rôle de la sœur – celle qui console, qui assiste, qui comprend, qui est loyale et avec qui on peut partager ses peines. Mais elles ne pouvaient me servir de *guides*. Dans la vie, je ne pouvais me passer d'elles et je les aimais ; dans le domaine de l'art, j'ai choisi de me laisser guider par des hommes qui, à cette époque, semblaient plus forts que les femmes que je rencontrais.

Par exemple, je désirais rencontrer Djuna Barnes, qui eut une influence considérable sur mon œuvre ; mais elle n'a jamais voulu me recevoir et n'a jamais répondu à mes lettres. Aussi, n'oubliez pas que même les femmes s'isolaient parfois. Pas de la même façon qu'aujourd'hui. Par exemple, Djuna Barnes aurait pu répondre à ma lettre, tout comme je réponds à toutes celles que je reçois. Je le fais précisément parce que j'ai trouvé dur de sa part de ne pas répondre à ma lettre si enthousiaste sur son œuvre, sur *Nightwood*. Elle n'a pas changé, vous savez : elle est absolument inaccessible.

À cette époque, vous devez vous en souvenir, les femmes *commençaient* à peine à se frayer un chemin comme artistes. Dans le cinquième tome du *Journal*, par exemple, je parle de Cornelia Runyon, sculpteur, de Frances Field, peintre, et de Peggy Glanville-Hicks, une des premières femmes compositeurs à avoir été reconnues. Leur seule préoccupation à ce moment-là était d'être reconnues. Peggy était très malheureuse, très frustrée et très amère. C'est pourquoi il lui était impossible d'aider une autre artiste. Elle devait se concentrer sur son travail et j'avais seulement la possibilité d'écouter ses créations. Mais une femme comme elle ne pouvait pas jouer un rôle de guide.

Q. — Croyez-vous que si la femme avait inventé l'âme, celle-ci aurait été différente ? Pensez-vous que nous l'aurions vue alors sous un autre angle ?

A.N. — Je crois que tout cela reste encore à découvrir – le point de vue féminin sur tous ces sujets – la religion, la métaphysique, la science. J'ai déjà fait une très importante rencontre à Stanford où j'avais été invitée par des savants qui travaillent sur les circuits intégrés. Je pense que vous savez ce dont il s'agit : ce sont des composants d'ordinateurs que l'on a miniaturisés. J'ai d'abord observé tout le processus en laboratoire ; ensuite les professeurs désiraient me poser des questions sur le processus de la création – quelles en étaient les sources, les étapes – afin de pouvoir comparer mes réponses avec celles de l'ordinateur. J'ai accepté cet interrogatoire à cause de mon désir de communication entre les hommes. J'ai essayé d'analyser le processus de création : non pas en partant du *Journal*, parce que le *Journal* était une écriture spontanée. Il n'y a *jamais* eu *une seule* rature dans le *Journal*. Il était pour moi une habitude, une habitude instinctive, presque de l'écriture automatique. En revanche, mes autres œuvres, par exemple *Le Roman de l'avenir*, procèdent d'une démarche analytique. Nous ne savons pas encore comment la femme va exprimer toutes ces vérités, mais je pense que cela rapprochera les hommes des femmes. Surtout grâce à l'étude de l'inconscient, car c'est là où le comportement de l'homme ressemble le plus à celui de la femme, avant qu'elle ne devienne à son tour intellectuelle.

Q. — En qualité de femme artiste, douée d'une forme de sensibilité que les critiques ont souvent qualifiée de « triviale », avez-vous rencontré des difficultés particulières ?

A.N. — Oui, mais lorsque nous aurons des critiques femmes, les écrivains femmes se trouveront alors dans une position plus solide. Les articles et critiques sur les œuvres des femmes ont essentiellement été écrits par des hommes. Certains étaient merveilleux, mais d'autres avaient de nombreux préjugés. Ils pensaient que la sensibilité de la femme était superficielle et limitée. Mais je connais quelques critiques femmes qui ont défendu certaines œuvres avec une telle énergie et une telle clarté que j'ai l'impression que quelque chose va se passer dans la littérature féminine.

Q. — Si les critiques femmes ont la sensibilité qui convient pour comprendre les œuvres des femmes, comment expliquez-vous que vos romans aient été aussi violemment attaqués par les femmes elles-mêmes, à leur sortie dans les années 1940 ?

A.N. — Je pense que les femmes qui m'attaquaient en 1940 ne faisaient qu'imiter les hommes. Elles voulaient avant tout se démarquer par rapport à ce que les hommes appelaient la littérature « féminine » et, pour montrer qu'elles n'en faisaient pas partie, elles l'attaquaient.

Q. — Pensez-vous qu'il y ait un critique qui, selon vous, comprenne le mieux votre œuvre ?

A.N. — Le premier critique de mon œuvre fut un homme, Oliver Evans, et son livre s'appelait

190

Anaïs Nin. Mais il n'a pas compris mon œuvre ; il l'a prise trop à la lettre, sans y voir une autre dimension, sans en saisir les symboles. Le meilleur critique est une femme, Evelyn Hinz, qui a écrit une étude objective – pleine de retenue, sans être froide – de toute mon œuvre. Le titre de son livre est *The Mirror and the Garden* (*Le Miroir et le Jardin : Réalisme et réalité dans l'œuvre d'Anaïs Nin*). Ce titre trouve son origine et sa signification dans *Ladders to Fire*[1] où le problème de l'illusion et de la réalité est symbolisé de façon dramatique, en respectant l'esprit de la femme. Evelyn Hinz a très bien compris D. H. Lawrence et son projet initial était d'écrire un livre sur cet auteur. Mais en lisant mon propre livre sur Lawrence, qui insiste sur les efforts accomplis par lui pour comprendre la femme, elle s'est mise à s'intéresser à mon œuvre et a écrit son livre.

Q. — Ce qui vous rend unique comme écrivain est-il dû au fait que vous vous aventuriez dans des domaines spécifiquement liés à la situation de la femme et à son expérience ?

A.N. — Ma vision totalement subjective de la réalité était mon seul moyen de connaissance – ce que je voyais et ce que je sentais. J'ai beaucoup

---

1. Paru en France sous le titre *Les Miroirs dans le jardin*, Stock, 1962.

lu, mais je n'ai pas imité les écrivains masculins. Je voulais dire ce que je voyais. Il en ressortit une vision féminine de l'univers, une vision très personnelle. Je désirais traduire la femme pour l'homme et l'homme pour la femme. Je ne voulais pas me détacher complètement du langage de l'homme, mais je savais qu'il y avait une différence de niveau.

Q. — Comment gagniez-vous votre vie lorsque vous écriviez à Paris ? Aviez-vous un travail ?

A.N. — Non, à ce moment-là, j'étais dépendante.

Q. — Étiez-vous mariée ?

A.N. — Oui. Mais j'écrivais tout autant avant mon mariage, lorsque je posais le soir pour les artistes ou que je travaillais comme mannequin pour le fourreur Jaeckel's, afin de venir en aide à ma mère et à mes frères. J'écrivais autant. À seize ans, je gagnais ma vie et j'avais l'habitude de me passer de déjeuner pour écrire. Aussi, il n'est pas juste de prétendre que j'ai pu écrire parce que je n'avais aucune difficulté d'argent. Nous n'avons pas à nous poser ce problème, car nous pouvons nous consacrer à notre œuvre quelles que soient nos conditions d'existence.

Q. — Vous mettez continuellement l'accent sur les différences entre la créativité de l'homme et celle de

192

la femme. En d'autres termes, vous ne croyez pas au caractère androgyne de l'homme dont parlent beaucoup de femmes. Vous semblez insister sur l'inverse.

A.N. — Si je peux donner cette impression, c'est parce que nous *courons* toutes en ce moment vers une seule forme de libération. Nous renions totalement la féminité, en croyant que cela nous libérera, puisque, pour nous, le passé présente l'image d'une femme opprimée, étouffée, rétrécie. Mais il ne tient qu'à nous de changer cette image, sans pour autant renoncer à notre féminité.

Je pense, pour en revenir à Jung – au yin et au yang, le positif et le négatif –, que tout est lié. Donc, il n'y a pas de raison pour que nous réprimions ce côté féminin auquel nous sommes liées par nature et qui nous rapproche le plus de l'instinct, de l'intuition. Nous n'avons pas développé nos facultés de raisonnement comme l'a fait l'homme ; nous ne nous sommes pas plongées dans les sciences ni dans la philosophie, nous n'avons pas cherché à rationaliser nos sentiments pour aboutir à l'abstraction. Le sort n'a pas voulu que nous passions par là, et j'aimerais que la femme se rende compte que c'est une chance extraordinaire en un sens : en nous empêchant d'être à la tête des grandes compagnies pétrolières ou des banques, on nous a sauvées de la corruption, de l'abstraction, de la déshumanisation.

À cause des limites qu'on a imposées à sa vie, la femme a développé – comme le font les animaux, comme le font les insectes lorsqu'on les prive d'un de leurs sens – un sixième sens. Nous avons développé en nous un très grand sens de l'humain, de la profondeur, de l'intimité, comme je l'ai dit dans le *Journal*. Je ne savais pas à quel point ce sens était fort jusqu'à la publication du *Journal*, qui me permit de me rendre compte que ma propre histoire était également celle des autres. L'homme ne cesse de nous dire : « Écrivez quelque chose d'objectif, soyez objectifs, devenez objectifs. » En réalité, ils ont fini non par devenir objectifs, mais par perdre toute humanité. Ils sont vraiment allés sur la Lune et certains y sont restés ! Aussi je ne voudrais pas que nous rejetions d'un seul coup ce que nous avons mis des siècles à développer… C'est une honte de tout rejeter et de parler d'unisexe. Ce n'est pas ce que nous voulons. Ce que nous voulons, c'est qu'on nous accepte telles que nous sommes, qu'on reconnaisse que certaines femmes sont viriles, d'autres plus enfantines, et d'autres seulement féminines. Ce que nous voulons, c'est qu'on accepte comme authentiques toutes nos qualités.

Q. — Le fait d'être, traditionnellement, plus proche de ses enfants que ne l'est l'homme donne à la femme un caractère plus humain parce qu'elle doit penser au futur. Si les femmes en venaient à penser qu'il n'y a pas de place pour leurs enfants dans l'avenir, elles en seraient tellement désespérées qu'il y aurait des suicides en masse.

A.N. — C'est une idée très intéressante. Il s'agit là d'une grande préoccupation des femmes. Mais il faut penser aussi – et c'est bien le sens de votre remarque – à ce que dit Ellsberg dans son commentaire sur les dossiers du Pentagone : pas une seule fois on n'y a parlé des Vietnamiens comme d'*êtres humains*. Et je sais que pour une femme, voir quelqu'un tué – peu importe qui – est toujours très douloureux. Je ne pense pas que la femme puisse y voir seulement un chiffre abstrait. Elle a un sens plus développé de ce que représente un corps, c'est-à-dire du caractère précieux de la vie humaine.

Q. — Cette qualité, cette aptitude à la souffrance, rend-elle la vie plus difficile pour la femme, et plus particulièrement pour la femme créatrice ?

A.N. — Cela a rendu la vie plus difficile pour la femme créatrice. La femme manquait de confiance en elle ; elle avait besoin des compliments et de l'approbation des autres, ce qui, à mon avis, la rendait très vulnérable. Ce que j'appelle aujourd'hui « névrose » n'est pas autre chose que ce qu'on appelait autrefois « romantisme » : c'est-à-dire désirer l'impossible et constater ensuite avec douleur que ce désir est irréalisable. Non seulement je désirais accomplir mon œuvre, mais je souhaitais également être approuvée, être aidée, être admirée, être inspirée par l'homme, et cela n'arrivait pas toujours. Je dois cependant avouer que, pour la plupart, les hommes m'ont aidée dans mon travail.

Q. — Pensez-vous qu'aujourd'hui, vous auriez besoin de l'approbation masculine ?

A.N. — Non. Je pense qu'une part de notre maturité – ce que j'appelle sortir de la névrose grâce à notre évolution – consiste à être capables de faire notre travail et de croire en nous-mêmes sans avoir besoin d'être approuvées. Mais je ne crois pas qu'une seule d'entre nous en soit capable. Il y a toujours quelqu'un autour de nous, dont le jugement compte.

Q. — Nous aimerions parler de ce qui manque dans l'art aujourd'hui et voir ce que peuvent faire les femmes à cet égard. La femme possède-t-elle des qualités particulières qui pourraient rendre l'art plus significatif pour tout le monde ?

A.N. — Ce que j'ai trouvé en général (et je ne me considère pas comme un critique d'art), c'est que la peinture du désespoir, de la misère, de la bassesse – c'est-à-dire de l'aspect complètement négatif de notre vie – ce culte de la laideur – des bas-fonds

196

– ce monde purement satanique est une création de l'homme.

Il n'est pas familier à la femme. Son amour de la vie est peut-être plus vivace, plus obstiné, plus rattaché à ses sens et aux rapports humains. Elle ne veut pas ouvrir la porte au désespoir. L'homme a hérité de ce désespoir à cause de l'histoire, des idéologies et de la politique. Il ne donne pas autant de valeur à sa vie personnelle. Pour moi, la vie intime est la nourriture qui rend la vie digne d'être vécue. Je n'ai jamais pu supporter l'histoire parce qu'elle m'a toujours semblé n'être que guerres, avidité du pouvoir et basses intrigues. C'est terrifiant de lire de l'histoire. J'aime lire des autobiographies, dans lesquelles l'auteur aime la vie et finit par réussir. L'histoire n'est que catastrophe générale, comme celle que nous vivons actuellement. Je pense que la femme n'est pas encore gagnée par ce mal. Elle n'est pas en contemplation devant la destruction et devant la mort, comme l'est l'homme dans l'art moderne, et plus particulièrement dans la peinture contemporaine.

Q. — Vous avez parlé du rôle de la femme, de son rôle d'agent, presque de catalyseur pour le reste de la communauté ; je crois que vous l'avez exprimé en ces termes : « La femme est nature, la femme est miroir, le femme est poésie et art », et vous avez ajouté que le miroir est également l'expression d'une peur, d'une peur de la vérité. « Le miroir nous permet de contempler sans danger la nature. » Cela m'a semblé une image extrêmement forte pour décrire le rôle de la femme.

A.N. — Cette image a plusieurs significations : il m'arrive d'utiliser le miroir comme une forme d'art qui nous permet de refléter la nature sans nous mettre en danger ; celle-ci n'est jamais plus mortelle, comme peut l'être l'expérience ; mais il y a également le miroir que la femme a toujours été pour l'homme artiste, et le miroir que je suis dans le journal lorsque je fais le portrait des autres.

Q. — Cela signifie-t-il aussi qu'en un sens, les souffrances de la femme permettent au reste des hommes d'aller plus loin au fond d'eux-mêmes et de voir certaines valeurs mystiques qui se cachent sous les choses sans se faire du mal, sans devenir névrosés pour ainsi dire ?

A.N. — Il y a une différence entre la souffrance véritable et la souffrance névrotique. Par exemple, je pense que la femme souffrait réellement des conditions très difficiles de sa vie artistique. Elle connaissait dans ce domaine beaucoup plus d'obstacles que l'homme. Voilà la véritable souffrance. La souffrance névrotique vient d'une frustration de cette créativité, de ce développement, soit à cause de conditions sociales défavorables, soit à cause de sa famille ou de son éducation. C'est alors que naît la névrose : tout devient négatif. Mais je pense qu'à notre époque, la névrose est presque collective. Nous avons connu une frustration collective de la créativité et de l'expansion de l'individu.

Q. — Et, bien entendu, le danger est de basculer dans une forme de névrose ou de renoncement au lieu de canaliser cette souffrance et de la rendre créatrice.

A.N. — Oui, mais cela peut arriver aux hommes également. Beaucoup de poètes sont devenus fous ; Rimbaud a abandonné la poésie ; Artaud est devenu fou. Et, récemment, nous avons eu Sylvia Plath, poète et auteur de *La Cloche de détresse* – tous ces suicidés qui n'arrivaient pas à s'accomplir et qui ont choisi la mort. Mais, en général, les femmes préfèrent se retirer d'une vie active de manière moins spectaculaire, c'est-à-dire en se consacrant à leur foyer et en abandonnant le piano, la peinture ou la littérature.

Q. — Mais pensez-vous qu'il s'agisse du même cas ?

A.N. — Oui. C'est ce qu'a fait Rimbaud en s'éloignant du monde littéraire. C'est seulement moins dramatique. La femme ordinaire se contente de se consacrer à sa vie personnelle, à ses enfants, à son foyer, et renonce à toute autre épreuve.

Q. — Et, à la fin, cela représente la même perte ?

A.N. — Oui, je le crois. Je pense que c'est une très grande perte pour la culture et pour l'histoire. Parce que la femme avait vraiment un rôle à jouer. J'ai trouvé l'autre jour une très belle phrase de Maryanne Mennes qui disait que la culture était fondée essentiellement sur des principes masculins et que lorsque la femme pourra travailler en accord avec l'homme, nous aurons alors quelque chose de merveilleux.

Q. — Mais ce n'est pas encore arrivé !

A.N. — Non, pas encore. Mais c'est en bonne voie. La balance a trop penché du côté de l'homme qui a imposé sa conception du monde, et maintenant les femmes essaient de la redresser en la faisant pencher trop loin de l'autre côté, en s'isolant, en se séparant de l'homme, avec leur propre fanatisme dans leurs préjugés. Mais ce n'est que transitoire. Peut-être, lorsque les deux partis se sentiront chacun assez solide, travailleront-ils à l'unisson, et la femme n'aura plus l'impression d'être menacée. Si je ne m'étais pas sentie si menacée par Wilson, nous aurions pu vivre une amitié intéressante, une amitié entre esprits contraires.

Q. — Mais une des choses les plus intéressantes dans votre œuvre, à mon avis, est que vous n'avez jamais eu l'air *trop* menacée. Il y a toujours en vous une force que l'on devine et qui nous permet de savoir que, quoi qu'il arrive, vous ne sombrerez jamais. Je pense que c'est ce que vous avez exprimé en disant : « Je me soucie de ce qui arrive. Je m'en soucie beaucoup, mais je n'en mourrai jamais. » Alors que d'autres écrivains, comme Joan Didion ou Dore Previn, peuvent très bien en mourir. On a l'impression que la frange qui les sépare de la mort est extrêmement mince. À votre avis, quelles sont les qualités qui vous éloignent du danger ?

A.N. — À l'origine, il y a, je pense, la conception que je me faisais de l'artiste. Par exemple, je refusais toutes les expériences négatives, comme la drogue ; j'avais l'habitude de dire : « Parce que je suis un écrivain – je dois rester lucide. » Je suis déterminée à transformer les chagrins. Quoi qu'il ait pu m'arriver d'amer, de difficile, de frustrant, j'en ai fait une création et ce fut là mon salut. Même aujourd'hui, si j'ai à combattre une très profonde dépression, je m'assois à mon bureau à sept heures et demie et je me mets au travail : la dépression disparaît. Donc, en un sens, mon salut a toujours été mon travail.

Q. — Pourriez-vous nous parler davantage de Sylvia Plath ?

A.N. — À propos de Sylvia Plath, ce qui vous éclairerait le mieux n'est pas ce que je pourrais vous

201

dire, mais un article paru dans le magazine *MS* et que j'aimerais que vous lisiez. Il s'agit d'une étude très juste qui met en relief le contraste entre la beauté de sa poésie et la fragilité de sa personnalité et de son caractère. Ce qui explique sa reddition immédiate.

Q. — Pourriez-vous nous dire ce que vous pensez de Virginia Woolf comme écrivain ?

A.N. — J'ai beaucoup d'admiration et de respect pour Virginia Woolf, mais je n'ai pas pour elle l'amour que je devrais avoir. Pour moi, il manque un aspect dans sa vie, l'aspect passionnel, l'aspect sensuel. C'est pourquoi je n'ai pas avec elle la grande affinité que j'ai avec D. H. Lawrence.

Q. — Diriez-vous que Virginia Woolf explore les régions nocturnes ?

A.N. — Oui, beaucoup. Elle fut vraiment une visionnaire – un poète visionnaire, qui utilise le roman, mais le roman pour traduire un état de vision poétique.

Q. — Mais cela ne l'empêcha pas de faire de la dépression ?

A.N. — Effectivement. Les hommes ne sont pas les seuls à en faire. Nous pensons toujours aux poètes qui ont perdu leur équilibre, mais nous oublions ceux qui l'ont gardé. Il est vrai que Virginia Woolf a perdu son équilibre, mais nous ne savons pas vraiment pourquoi – si l'origine était physiologique ou psychique. Nous n'en savons pas assez sur elle. En réalité, on ne nous a jamais rien dit sur son état. Son mari a publié son journal, mais il a voulu garder secret cet aspect de sa vie, ce que l'on n'a pas fait dans le cas d'Artaud. Artaud s'est expliqué, lorsqu'il a fait sa descente en enfer. En revanche, cette confession est absente du *Journal* de Virginia Woolf – comment, tour à tour, elle perdait son équilibre, puis guérissait, et comment elle finit par ne plus pouvoir supporter cette instabilité mentale. Aussi ne connaissons-nous pas vraiment la nature de son mal. Aujourd'hui, son journal, le manuscrit de son journal, a été offert à la bibliothèque de la 42e Rue à New York et non pas à une université, ce qui est étrange. Je ne sais pas s'il sera un jour publié dans son intégralité, parce que la première édition parue a subi de sérieuses coupures.

Q. — Donc, selon vous, l'art d'aujourd'hui souffre avant tout d'être morcelé et vous pensez que le rôle de la femme serait de lui apporter plus d'unité en lui offrant sa vision plus intuitive et totale des choses ?

A.N. — Oui. Chez la femme, la cassure ne s'est produite que lorsqu'elle a découvert qu'elle ne pouvait jouer tous les rôles à la fois – mère, muse, épouse, artiste et avoir un métier. Le jour où elle sera capable d'être tout à la fois, le résultat sera merveilleux. Notre tâche est donc immense, nous avons davantage à accomplir. Mais je pense que l'on nous a dotées de qualités supplémentaires, de qualités intuitives, pour y parvenir.

Q. — Qui sont, d'après vous, les meilleurs écrivains, ceux qui apportent le plus, les plus nourrissants ?

A.N. — Les plus nourrissants ? Je pense qu'ils sont différents pour chacun de nous. Je crois que nous lisons de façon très subjective. Nous lisons ce dont nous avons besoin. Il y a presque une force obscure qui nous guide vers un livre particulier, à un moment particulier ; et puis nous souffrons de vouloir tout rationaliser, de dire pourquoi un écrivain est bon et un autre mauvais. Je n'ai jamais pu le déterminer.

Par exemple, je ne peux pas dire que Simone de Beauvoir soit un mauvais écrivain, mais elle ne me nourrit pas. Ce sont deux notions absolument différentes. J'ai établi une liste des écrivains femmes dont les livres ont été pour moi une nourriture. Mais ce n'est pas une sélection littéraire. C'est une sélection purement subjective et la vôtre pourrait être totalement différente.

On me demande souvent mon avis sur Simone de Beauvoir, et j'ai toujours beaucoup de mal à répondre. Je n'ai jamais trouvé ses livres enrichissants, car ils se contentent de me montrer comment sont les choses et non pas comment je peux les transformer. Lorsqu'elle écrit un livre sur la vieillesse, elle ne tient compte que de la chronologie, et déclare qu'à partir d'un certain âge, nous sommes vieux. Mais il nous arrive d'être déjà vieux à vingt ans. L'âge est encore une notion qu'il nous appartient de dépasser. Il ne correspond pas au nombre des années. J'éprouve la même frustration lorsque les écrivains se contentent de décrire la réalité telle qu'elle est, sans laisser d'ouverture, sans expliquer comment on peut en sortir, comment on peut la dépasser – qualité que je trouve chez les écrivains qui sont, à mes yeux, « nourrissants ». C'est pourquoi, lorsque je n'aime pas un écrivain, je peux toujours dire que je respecte ses idées, mais qu'elles ne me donnent pas cette énergie qui me pousse vers la vie.

J'ai été découragée par l'abondance de détails chez Doris Lessing, ce qui me l'a peut-être fait abandonner trop tôt. J'ai peut-être commis la même erreur que Gide avec Proust – Gide qui avait prétendu qu'il ne pouvait pas lire l'œuvre d'un écrivain qui a besoin de quinze pages pour décrire son réveil, au matin. Il faut quatre pages à Doris Lessing pour décrire une tasse à thé avec une tache dessus, et je l'ai donc abandonnée. Je n'aurais peut-être pas dû, mais, pour moi, il y a trop de détails, trop de fignolage.

Q. — Les femmes sculpteurs, peintres, metteurs en scène disent souvent qu'elles n'ont pas de maîtres. Si vous allez au musée Whitney ou au Guggenheim, vous n'y trouverez aucune représentation de l'art féminin sur les murs. Considérez-vous que cela est moins vrai pour les femmes écrivains, et, d'autre part, pourriez-vous nous parler des artistes femmes qui ont eu une influence sur votre œuvre ?

A.N. — Il est évident que, étant écrivain, ce sont avant tout des femmes écrivains qui m'ont influencée. Mais je pense aussi à certaines femmes peintres que j'ai beaucoup admirées ou à des musiciennes, à des compositeurs et aussi à une chorégraphe comme Martha Graham. Ses créations ont eu une influence sur mon œuvre… Le problème, pour les femmes peintres, est de n'avoir pas été considérées par les critiques avec la même attention. Pensez à Georgia O'Keefe. Je suis sûre qu'il lui a fallu beaucoup plus de temps pour être reconnue qu'à certains hommes. Nous manquons également de critiques femmes qui pourraient aider à découvrir certaines artistes. J'ai parlé de Judy Chicago, artiste et féministe, qui a déclaré n'avoir commencé à lire les femmes écrivains qu'il y a deux ans. Et je lui ai répondu : « Mais pourquoi ? Je les ai toujours lues, elles m'ont nourrie, j'en avais besoin. » Elles me donnaient une autre vision du monde. À une époque où tous les romanciers ne parlaient que d'aliénation, je pouvais citer cinq ou six femmes qui écrivaient sur les liens entre les hommes.

Q. — Vous avez dit que Martha Graham vous avait influencée. Pourriez-vous préciser davantage ?

A.N. — J'avais l'habitude d'observer la façon dont elle composait les tableaux de ses chorégraphies, et la manière symbolique avec laquelle elle traitait certaines scènes qui, si elles avaient été traitées par le théâtre grec, l'auraient été d'une manière plus directe et moins tragique. Elle usait du symbolisme. C'est à elle que je pensais lorsque j'écrivis la dernière partie des *Miroirs dans le jardin* – la scène de la réception, avec son mouvement, ses déplacements. J'ai décrit cette réception, que j'ai appelée la réception la moins « présente » de la littérature, dans laquelle chacun, à cause de ses propres obsessions et préoccupations, est finalement absent ; certains peut-être par manque de confiance en eux, d'autres parce qu'ils attendaient quelque chose qui ne s'est pas produit. Chacun était véritablement transporté loin de cette réception. Seuls leurs corps se mouvaient sur la scène. Et c'est grâce à Martha Graham que j'ai appris à décrire ces mouvements, ces entrelacs que dessinent les existences humaines.

Q. — Vous citez une autre femme dans le *Journal* : Maya Deren. Pourriez-vous nous parler davantage de son œuvre et de l'impression qu'elle vous fait ?

A.N. — Maya Deren est une femme pleine de courage et de talent qui fut vraiment à l'origine du cinéma underground, en réussissant quelque chose de tout à fait spectaculaire. Elle était mariée à un très gentil caméraman, Sasha Hammid, qui a tourné *Le Village mexicain*. Mais elle a eu beaucoup de difficultés. Il a fallu qu'elle engage ses amis comme acteurs – ils n'étaient pas toujours très bons – et nous avons dû construire de faux décors, aller à Central Park, aller au bord de la mer. Il fallait utiliser tous les moyens dont nous disposions. Mais elle avait beaucoup d'imagination et un réel talent.

Le seul avantage qui lui fût jamais accordé fut une bourse Guggenheim pour faire un film sur Haïti. Elle y séjourna pendant deux ans et put y acquérir une connaissance très profonde des pratiques vaudoues. Mais, à son retour, il se trouva qu'elle avait encore besoin d'argent pour le montage du film, car le laboratoire coûtait très cher. Elle n'a pas pu obtenir de seconde bourse, et je ne sais pas si, à ce jour, le film a pu être terminé. En compensation, elle a dû écrire un livre sur Haïti et le vaudou, un très beau livre.

Q. — Y a-t-il certaines choses que vous n'auriez jamais crues possibles et que vous pouvez voir aujourd'hui ?

A.N. — Par exemple, je n'aurais jamais pensé que les femmes auraient leurs propres maisons d'édition, leurs propres journaux. Je n'aurais jamais cru qu'il y aurait si vite des cours dans les universités sur la littérature féminine. Dans le passé, toutes ces professions étaient injustement monopolisées et les femmes ne pouvaient *pas* trouver la place qui leur convenait parce que les critiques étaient des hommes, de même que les professeurs. C'est pourquoi je pense que cette activité nouvelle des femmes donnera naissance à une culture plus intéressante et mieux équilibrée. Il y aura bien entendu des excès ; il y en a dans toute révolution.

Q. — Quels sont les écrivains contemporains qui traduisent l'homme pour la femme et la femme pour l'homme ?

A.N. — C'est une question difficile. Je pense à de nombreux écrivains. J'insiste sur les femmes écrivains parce qu'elles écrivaient déjà des livres sur les rapports entre les êtres alors que les hommes de la même époque se préoccupaient d'aliénation. Lorsque Paul Bowles écrit un livre qui se termine par un meurtre et ajoute que ce n'est que par le meurtre que l'homme peut trouver le contact avec un autre homme, voilà le genre de réflexions dont les romanciers ont abusé – des écrivains comme Mailer, par exemple. Pendant la même période, les femmes se penchaient sur les liens qui unissent les hommes.

D'un autre côté, les femmes commencent à peine à dire à l'homme ce qu'elles pensent de lui. Elles l'écrivent. Elles expriment ce qu'elles éprouvent. Et j'aimerais qu'elles s'expriment de mieux en mieux. Je persiste à croire que c'est grâce à la recherche que m'imposait l'écriture des romans que j'ai appris à m'exprimer de plus en plus clairement dans le *Journal*. Nous avons donc besoin d'avoir du métier ; nous devons nous préoccuper du langage. Nous avons besoin de nous expliquer aux autres. Nous avons besoin de savoir nous exprimer afin que l'homme comprenne ce que nous ressentons.

Q. — En d'autres termes, c'est à nous qu'incombe la responsabilité de savoir exprimer ce que nous sommes, parce que nous avons été, en réalité, complices dans la mystification de la femme.

A.N. — Absolument. Absolument. Voilà ce que je crois. C'est pourquoi, partout où je suis allée, j'ai dit : « Je vous en prie, écrivez bien, sachez exprimer ce que vous sentez », et cela d'autant plus fort que mon royaume est la littérature. C'est mon métier ; c'est quelque chose que je peux transmettre, que je peux enseigner, que je peux communiquer. J'insiste sur ce fait, parce que je voudrais que les femmes soient profondément persuadées qu'il s'agit d'une nécessité, que nous avons besoin de cette aisance dans l'expression.

Q. — C'est pourquoi, à l'heure actuelle, la femme artiste est ce qu'il y a de plus important ?

A.N. — Elle doit parler, elle doit parler pour les autres femmes.

5

Partir du rêve

Quel mystère que nous puissions encore continuer de rêver ! Nous vivons dans un monde de plus en plus scientifique, de plus en plus rationnel, de plus en plus abstrait, mais nous continuons à rêver et à user de symboles. C'est pourquoi je dis toujours : « Eh bien, autant apprendre ce langage symbolique, car il n'est pas près de disparaître ! » Peu importe si nos concepts se modernisent – moi-même, je n'hésite pas à utiliser des métaphores scientifiques, comme celle des circuits intégrés... En dépit de cette tendance, si vous avez à parler d'un rêve, vous utilisez tout naturellement un langage symbolique, le langage d'une *autre époque*... Pourquoi croyez-vous que nous ait été donnée cette vie nocturne, cette vie dans le rêve ? C'est étrange, quand on y pense. Quelle est sa signification ? Est-ce pour nous faire sentir qu'une autre vie existe en nous, que notre devoir est de connaître ?

C'est ce que la psychologie a essayé de nous enseigner, et je crois que nous en sommes aujourd'hui conscients. C'est pourquoi il existe tant d'études sur le rêve, beaucoup plus qu'autrefois. On croyait alors que les rêves étaient le monopole de la civilisation persane ou de la Cour du Japon. Mais si de nos jours paraissent tant d'études sur les rêves, c'est que nous sommes pleinement conscients que les rêves sont la révélation d'une vie qui continue, qui fait partie de nous-mêmes, et nous savons que plus tôt nous la comprendrons, plus tôt nous trouverons force et plénitude dans notre existence.

Les primitifs l'ont compris. Les primitifs ont compris leurs rêves ; ils en ont compris la fonction prophétique. Ils n'avaient pas besoin d'interprétation. Et ils avaient d'autres modes de perception que les nôtres. Ils croyaient en l'esprit, ils croyaient au symbolisme. Rien ne gênait leur réceptivité. Mais nous avons perdu ce pouvoir. Aussi devons-nous réapprendre à interpréter nos rêves, à interpréter la vie de l'esprit, à trouver le chemin qui mène à la vie intérieure, au voyage intérieur, chemin que nous avons perdu et dont nous sommes privés aujourd'hui par excès de rationalisme et de logique. On nous avait dit que les rêves étaient la partie irrationnelle de nous-mêmes et qu'il fallait les réprimer et les supprimer.

Il existe des livres merveilleux écrits par Laurens Van der Post, écrivain issu d'une famille hollandaise qui est allée vivre en Afrique. Il a été élevé avec les Africains et se considère comme un « Africain blanc ». C'est également un psychanalyste jungien et un poète. Il prétend que l'âme africaine est une part de nous-mêmes que nous avons niée, et que chaque fois que l'on renie une minorité, ou que l'on nie une qualité, quelle qu'elle soit, chez quelqu'un, c'est à une partie de nous-mêmes que nous interdisons de vivre. Donc, nous sommes les perdants ; c'est nous qui sacrifions ce qu'il appelle notre âme nocturne, dont il trouve le symbole chez les Africains à cause de leur croyance au mythe. Il explore en profondeur la signification de la vie africaine, la beauté et la noblesse de ses croyances particulières.

Dans un très beau chapitre de l'un de ses livres, il explique que les Africains n'ont jamais souffert de la solitude comme nous en avons souffert ; ils n'ont jamais souffert du sentiment de l'absurdité de la vie, comme nous avons pu en souffrir. Et cela parce qu'ils connaissent la fraternité, le partage. Ils ont des codes d'honneur que nous avons complètement oubliés. Tout cela efface l'impression de solitude. D'autre part, ils ont toujours eu le sentiment que l'existence avait un sens, parce qu'ils sentaient au-dessus d'eux une force et une puissance qui les prenaient en charge. C'est pourquoi ils n'ont ni peurs ni angoisses : pour eux, la vie a une signification...

Van der Post va au-delà de la politique et affirme qu'en réalité nous avons essayé de tuer notre âme nocturne, notre moi profond. Nous avons voulu tuer notre esprit primitif ; nous avons voulu oublier notre origine ; nous avons voulu oublier où nous sommes nés. C'est ainsi qu'il rapproche la politique et la psychologie : « L'Africain appartient à la nuit. C'est un enfant de l'ombre qui possède une part de la sagesse car il connaît le secret de l'obscur. Il entre dans la nuit comme chez un ami, et dans l'obscurité comme dans sa demeure. Comme si la Perle noire de la nuit était le dôme de sa hutte. Et les spectres de l'esprit européen sont encore chauds des souvenirs de complicité de l'Africain avec la nuit… C'est une ironie si caractéristique de notre irréalité fondamentale que d'avoir rejeté sur lui le problème, de l'avoir chargé du poids de nos craintes et de nos péchés et d'avoir qualifié cela de problème noir, de problème indigène, de problème africain. C'est là une ironie frappante, efficace, et plausible, mais ce n'est pas la vérité. Le problème est bien nôtre… Nous avons piétiné notre propre nature nocturne et nous n'avons fait qu'ajouter à notre irréalité et nous rendre moins qu'humains. Alors cette face obscure de nous-mêmes, ce jumeau de l'ombre, doit tuer ou être tué. Si nous pouvions nous réconcilier avec notre moi profond, devenir l'ami de notre obscurité, nous n'aurions plus d'ennuis venant de l'extérieur. »

Cependant, il ne peut y avoir de retour en arrière dans un sens littéral ou historique. D. H. Lawrence l'a exprimé de façon très claire. Toute sa vie, il a cherché ce qu'il appelait une vie primitive, pure et païenne. Il l'a cherchée à travers l'Italie, l'Espagne, le Mexique et le Nouveau-Mexique. Il désirait profondément faire à nouveau partie de la communauté primitive, d'une communauté d'avant la civilisation, qui n'aurait rien du monde moderne. Mais, naturellement, il a vu que c'était impossible. C'est un paradis perdu pour nous. On ne peut pas revenir en arrière : c'est ce qu'il découvrit au Mexique. Le désir y était, le désir de pénétrer la vie des Indiens, de devenir semblable à eux, de ne faire qu'un avec la nature. Je pense que nous avons tous ce genre de désirs, mais je ne crois pas que l'on puisse les réaliser. Cependant, nous pouvons réaliser en nous la même unité, pour employer des termes occidentaux. Et *voilà* pourquoi j'insiste tant sur la psychologie. Je pense que lorsque nous vivons en harmonie avec notre esprit, nous trouvons l'unité. Nous retrouvons le sens religieux, nous retrouvons le sens de la communauté – nous trouvons tout ce que nous souhaitons *dans l'inconscient.*

Ce n'est pas au poète que nous devons notre harmonie, parce que nous n'avons jamais écouté le poète. Nous *aurions pu* l'obtenir du poète. Mais nous ne l'avons jamais écouté, nous n'avons jamais écouté l'artiste. Un artiste comme Varda aurait pu nous apprendre comment il fallait vivre. Si j'avais rencontré Varda à quinze ans, j'aurais appris à vivre par lui, par sa philosophie. Mais nous n'avons jamais écouté. Donc, le mieux était de faire de la psychologie une philosophie, qui nous aiderait à vivre dans une civilisation très dure. Nous oublions toujours que nous vivons dans une civilisation moribonde et corrompue.

Ce qui empêchait aussi notre retour aux sources était le tabou que notre culture avait fait peser sur l'introspection – qui n'est autre que le voyage intérieur, le chemin à suivre. C'est pourquoi nous avons dû recourir à la drogue. Nous avons dû recourir à des moyens artificiels. Ou bien nous réfugier dans le vocabulaire pseudo-scientifique de la psychologie. Tout cela parce qu'on nous avait appris à ne penser qu'en termes scientifiques, et puisque la science nous disait que l'on pouvait explorer l'inconscient sans danger, nous étions plus près de croire Freud que le mystique ou le poète. Donc, notre culture ne nous a pas préparés à recevoir le poète, parce qu'elle ne lui a pas donné de statut. Or, celui qui voit n'est autre que l'artiste : c'est l'homme qui a une vision de son subconscient et qui essaie de nous la transmettre. Mais nous n'aimons même pas le nom d'« artiste ».

218

Nous parlons à ce propos d'élitisme ! Pourtant, l'artiste est simplement celui qui s'est tourné vers son monde intérieur et qui essaie de l'exprimer, par la peinture, la musique ou toute autre forme d'art, afin de vous l'offrir. Notre civilisation a répudié ce monde intérieur, décrié et dévalué l'artiste. Aussi la génération actuelle doit-elle retrouver le chemin du voyage intérieur. Si vous avez assez de chance pour y parvenir grâce à l'art, vous ne rencontrerez ni difficultés ni obstacles. D'autre part, ces obstacles peuvent être surmontés grâce à la psychologie (dans ce qu'elle a de meilleur et non pas dans son aspect négatif) qui nous apprend à savoir voyager dans les rêves.

Ce qui m'attriste, en un sens, c'est de remarquer que lorsque les gens parlent de psychanalyse, ils ne se réfèrent qu'à ses débuts, c'est-à-dire Freud. Ils paraissent totalement ignorer son développement. Le dernier psychanalyste que j'ai lu est R. D. Laing, qui est vraiment un poète de la psychanalyse. C'est un écrivain remarquable qui a élargi les frontières, a brisé les barrières étroites de la psychanalyse. C'est pourquoi je suis navrée de voir que l'on continue à parler de celle-ci en se référant à ses *origines*, qui sont aujourd'hui lointaines, plutôt que de considérer son évolution. J'ai lu beaucoup de psychologues contemporains qui ne sont plus du tout dogmatiques, qui ne sont même plus freudiens, ou rankiens, ou jungiens, mais qui se contentent d'exprimer leur vision personnelle. Donc, lorsque nous pensons à la psychanalyse, nous devons considérer ses potentialités, ses possibilités et son développement. Les femmes, par exemple, soulèvent de nouvelles questions, apportent des éléments nouveaux ; elles veulent fouiller leur propre psychologie, elles veulent explorer les profondeurs de leur âme pour nous montrer combien on sait peu sur elles. Il faut toujours penser que les sciences évoluent, qu'elles changent. Nous ne devons jamais considérer les choses comme figées. La psychanalyse n'est pas Freud.

Si l'on considère notre évolution dans sa totalité, on a pu remarquer que chaque fois qu'un artiste ou un savant est venu bouleverser les connaissances admises, a exploré un nouveau domaine, on l'a regardé comme un ennemi. Personne n'est prêt à vous suivre sur une terre inconnue.

C'est là un curieux paradoxe, car nous devrions craindre bien davantage une chose que nous ne connaissons pas. Nous devrions avoir peur d'un inconscient qui nous habite, qui nous guide, qui influence notre vie et dont nous ne connaissons ni le visage ni le message. En fait, j'ai beaucoup moins peur depuis que j'ai regardé mes craintes en face. Ce qui m'effraie, ce sont ces gens qui sont menés et même détruits par l'inconscient et qui refuseront toujours de le regarder en face. C'est le Minotaure qui hante le labyrinthe et que certains ne rencontrent jamais face à face. Le remarquable compositeur percussionniste Edgar Varèse s'est toujours moqué de la psychologie, de la psychanalyse, de la psychiatrie. Il se montrait toujours plein d'ironie à ce sujet et ne voulait pas l'aborder. Cependant, toute sa vie révélait une tendance évidente à l'autodestruction. C'était un inventeur et un musicien extraordinaire. Mais il avait des blocages. On vient de publier sa biographie, qui permet de mieux comprendre ses tendances. On peut voir le démon qui le menait, et son origine. Il semblait être un homme sans peurs, fort, au tempérament puissant et terrible ; il ressemblait même à un bandit corse. Mais il n'avait aucun pouvoir sur les forces qui le faisaient avancer. Voilà ce qui m'effraie. Je trouve beaucoup plus effrayant d'ignorer que d'affronter ses propres démons.

Voilà donc ce que je voulais dire lorsque j'ai déclaré avoir fait de la psychologie un guide qui dépasse son rôle premier ; j'en ai fait une philosophie. C'est la psychologie qui m'a appris à respecter les rêves, à savoir m'en servir, à comprendre ce qui m'arrivait dans la vie. Elle m'a enseigné d'autre part à surmonter les obsessions. Vous pouvez être toute votre vie l'esclave d'un traumatisme de l'enfance. J'aurais pu rester toute ma vie l'esclave de l'image du père. Mais la psychanalyse m'a montré que les traumatismes pouvaient être analysés et vaincus, de façon à passer à l'étape suivante. Je ne prétends pas que vous serez heureux le restant de vos jours – totalement libérés de l'image du père –, mais cela vous permet de continuer à vivre d'autres cycles. Telle est la vie : entrer dans d'autres cycles et affronter de nouvelles situations et de nouveaux problèmes.

Certains écrivains sont, toute leur vie, obsédés par le même thème. J'ai rencontré un jour Richard Wright à Greenwich Village, et il m'a dit : « Il faut que je quitte l'Amérique, si je ne veux pas m'enliser dans un seul thème. Je dois partir si je veux briser ce cercle, si je ne veux pas, toute ma vie, me préoccuper de la façon dont quelqu'un m'a traité aujourd'hui dans la rue. » Il voyait là une contrainte qui l'obsédait et l'empêchait de devenir un grand écrivain. C'est pourquoi il a quitté les États-Unis et s'est installé en France.

Si j'avais été obsédée toute ma vie par la relation avec le père, ou si j'avais cherché à remplacer le père comme je l'ai fait avec Rank et les autres psychanalystes quand j'avais vingt ans, j'aurais été un écrivain très limité. Il fallait que je me débarrasse de ce traumatisme ainsi que de celui du déracinement, de l'éclatement de la famille, que beaucoup d'entre nous ont connu. Il a donc fallu que je surmonte ces traumatismes un par un. C'est là que la psychologie m'a aidée comme une philosophie. La philosophie de la mobilité, le devoir de se débarrasser des traumatismes qui peuvent nous enfermer dans un moule d'où l'on ne peut plus s'échapper.

Tout l'art de la psychologie, ou la science de la psychologie – si vous préférez l'appeler ainsi – est fondé sur le renversement du principe d'objectivité. Non pas que nous ne puissions pas *devenir* objectifs, mais nous ne le serons qu'*après* avoir analysé nos comportements non objectifs, nos comportements irrationnels. Pour prétendre à une véritable objectivité, il faut que nous sachions ce qui, en nous, est préjugé, ce qui est défense, ce qui déforme les choses. Il faut faire preuve d'une profonde honnêteté envers soi-même pour commencer à se débarrasser de ces déformations et pour clarifier notre vision. La base fondamentale de la psychologie est de reconnaître que la partie la plus profonde de notre être n'a pas encore atteint la conscience claire et que plus elle s'en approchera, plus nous pourrons être honnêtes et objectifs. Nous ne voyons pas les autres avec clarté, car notre vision est obscurcie par les préjugés dont les personnes soi-disant objectives refusent d'admettre l'existence. Quelqu'un d'objectif dirait qu'il n'est pas responsable de la guerre, mais celui qui a fait un peu de psychologie sait que chacun de nous en est responsable parce que chacun a en lui une part d'agressivité qui, en pareil cas, devient collective.

Il faut donc une immense honnêteté pour reconnaître, avant tout, que nous ne sommes pas nés objectifs. Il existe une sagesse objective, état supérieur qu'il n'est possible d'atteindre que lorsque nous connaissons de quoi sont faits l'appareil photographique et le magnétophone que nous sommes – où sont nos zones obscures et où sont nos régions vulnérables. Ce dont je souffris le plus, lorsque je pris conscience de mes tendances névrotiques, fut de constater qu'elles m'empêchaient d'avoir une entière confiance dans les autres. Le départ de mon père avait laissé en moi une blessure, et si jamais quelqu'un touchait à cette part douloureuse de mon être – un critique ou toute autre personne pouvant représenter l'autorité –, il n'obtenait de moi qu'un comportement incohérent. Il m'a fallu clarifier cette part de moi-même afin d'avoir une pensée plus objective à l'égard du père, du critique ou de tout autre représentant de l'autorité. Mais on ne peut pas y parvenir par la rationalisation.

Hier soir, nous parlions de la manière dont on peut dépasser la psychologie, ce que désirait Rank : pour lui, nous avons tous une volonté créatrice et la névrose vient de ce que nous nous réfugions dans nos côtés négatifs et ne voyons que les obstacles à notre développement. En ce sens, il faut dépasser la psychologie et se rendre compte que nous avons tous en nous un potentiel de création qui n'est pas entièrement névrotique.

Dans les débuts de la psychanalyse, chaque fois que quelqu'un faisait preuve d'obstination, Freud qualifiait cela de résistance. Mais Rank est allé plus loin en disant que c'était là une preuve très prometteuse de la volonté créatrice et qu'il faut la laisser se manifester. Depuis Freud, le domaine de la psychologie s'est beaucoup développé, s'est beaucoup étendu, et ce qui intéressait avant tout Rank était cette force de la volonté créatrice, qui anime tous ces gens différents dont je vous ai parlé. Il a eu sur ma vie une grande influence. Lorsque je l'ai rencontré, vers trente ans, il a senti que la créativité était ma force salvatrice et il a préféré la développer plutôt que d'essayer de résoudre tous mes problèmes affectifs.

Aussi, je voudrais insister sur l'importance du *désir*. Le véritable élément magique est le *désir*, et si nous n'en avons aucun, c'est alors que nous trébuchons et que nous acceptons l'engrenage, parce que nous ne savons pas où nous désirons aller. Nous n'avons plus ni force ni inspiration. Moi, j'ai pris les rêves pour guides. Il arrivait que le rêve fût prophétique : c'était un avertissement, ou le symptôme d'une angoisse. Mais très souvent, il s'agissait d'un rêve *dynamique*, le vrai rêve créateur qui vous pousse en avant et illumine le désir. Et une fois que l'on a eu la vision du désir, on peut alors aller vers lui.

Pour vous donner un exemple de désir qui m'a fait avancer, je vais vous parler de celui qui est né alors que je visitais la maison de Maupassant en Bretagne avec des amis. Dans la cour de la maison, j'aperçus un bateau qui avait été entraîné jusque-là par la tempête. J'exprimais le désir d'y dormir, mais mes amis refusèrent, sous prétexte qu'on en avait fait un hangar à outils. Mais le désir était né, à ce moment précis ! Cette nuit-là, j'ai rêvé que j'étais sur un bateau et que je voyageais pendant vingt ans – un immense, incroyable, formidable voyage. Après ce désir et ce rêve, je suis retournée à Paris et – moi qui ne lisais jamais les journaux – je suis tombée sur une annonce qui proposait : « Péniche à louer » ! Tout me montrait le chemin. Ainsi, parce que j'avais fait ce rêve, et parce que j'avais eu ce désir, je suis allée voir la péniche. Elle appartenait à Michel Simon, le comédien : il désirait la louer parce qu'il ne pouvait pas l'habiter lui-même. Elle se trouvait en plein centre de Paris, symboliquement entre la rive gauche et la rive droite. Le désir m'avait donc guidée, le rêve m'avait guidée, et j'ai ainsi réalisé une chose qui aurait pu sembler un désir impossible si j'en avais parlé. Et ce désir, qui, en fait, me coûtait dix dollars par mois, non seulement transforma ma vie pendant les deux années qui précédèrent la guerre, mais m'inspira également une nouvelle.

La vie sur la péniche me fit faire bien d'autres rêves de voyages, parce que je sentais sous moi le mouvement du fleuve, ce qui affectait l'écoulement de ma vie. J'avais l'impression d'une vie mouvante, changeante, fluide, comme si le bateau pouvait partir à tout instant – alors j'en rêvais. Nous n'allions que d'un pont à l'autre, mais cela suffisait pour nourrir l'imagination. C'est ainsi que j'écrivis un roman, et ce roman décida Varda à vivre sur son bateau ; il incita également un jeune homme à venir habiter Paris sur un bateau pour y vendre des livres. Ses livres prirent l'humidité et il dut s'installer sur les bords de la Seine ; sa librairie est devenue très célèbre et c'est un endroit où tout le monde aime aller. Ainsi un rêve en engendre et en nourrit un autre.

Quand j'avais seize ans et que je n'avais encore jamais eu à gagner ma vie, la seule chose dont je me suis sentie capable fut de me faire engager comme modèle dans un atelier. J'étais de loin la moins belle de tous les modèles – je peux le dire en toute franchise – et cependant c'est moi qui avais le plus de travail. On se demandait pourquoi et un jour j'ai trouvé la raison. Les peintres me disaient que lorsque j'arrivais, cela leur donnait envie de travailler parce que, au lieu de m'ennuyer et de regarder sans cesse ma montre pour savoir combien de temps devait encore durer la séance, j'étais très intéressée par le tableau et je tenais à ce qu'il soit fait et à ce qu'il soit beau. Je participais à la création. Sans le savoir, j'aidais vraiment le peintre. Et, en plus de cela, j'ai appris tout ce que je sais sur les couleurs grâce à ces séances de pose parce que j'observais la façon dont on les mélangeait. Donc, la magie n'est rien d'autre que la participation psychique et la réalisation du rêve – se laisser entraîner dans les rêves des autres, dans les œuvres des autres, cette aptitude à pénétrer dans un autre monde et à participer. Tous les mondes nous sont ouverts, pourvu que nous désirions y entrer avec ce fond de magie qui permet à l'œuvre de se créer.

On pense souvent que je ne choisissais mes amis que parmi les gens célèbres. Mais je connus mes amis bien avant qu'ils ne soient célèbres, et tous ne devinrent pas célèbres ! Ce que j'aimais et ce qui m'obsédait au plus haut point, c'était le potentiel que je sentais chez certains jeunes écrivains, chez de jeunes poètes, chez un écrivain non encore formé, un écrivain que l'on qualifie parfois de « pas né ». J'étais toujours à la recherche de ces potentiels, parce que la créativité des autres nourrit la vôtre. C'est un mouvement de va-et-vient. Ce que vous y mettez, vous le recevez des autres en retour. Aussi étais-je prête à découvrir et à recevoir autant qu'à transmettre tout ce que j'avais appris – toujours réceptive mais également émettrice. Voyez-vous ce que je veux dire – cette interaction des énergies psychiques ?

Même Freud, homme de science, était sur le point de publier une étude sur le transfert des âmes. Mais, au dernier moment, il a craint que les savants ne le prennent jamais plus au sérieux après cette publication. Cependant, un de ses disciples n'hésita pas à le faire, ce qui le contraria beaucoup. Il avait longtemps étudié le pouvoir de la transmission de pensée – terme plus moderne pour désigner ce transfert des âmes. Si vous insufflez au peintre l'envie de peindre, il peindra. Si vous croyez – comme c'était notre cas – au talent de l'autre – je croyais en Miller et Miller croyait en moi, je croyais en Durrell et il croyait en moi –, cela vous aide à avancer. Nos certitudes nous ont aidés à Paris alors que personne autour de nous ne s'intéressait, à ce moment-là, à ce que nous faisions.

Il y a donc tout un mystère de la croissance, de l'expansion, de la délivrance des pièges que la vie met sur notre route, parce que la vie aime à nous voir ligotés pour regarder si nous sommes capables de nous en sortir. C'est un jeu, un jeu de courage mental, un jeu merveilleux de courage mental, un jeu de magie. Toutes les situations difficiles dans lesquelles on nous jette parfois ont toujours une porte de sortie quelque part, même s'il faut recourir au rêve – à la manière dont j'ai transformé mon enfance, puis mon adolescence, puis mes amitiés. J'ai écrit sur mes amis ainsi que sur moi-même, en pensant autant à nos potentialités qu'à ce que nous étions vraiment. J'ai essayé d'imaginer l'avenir, tout comme Ira Progoff, en vous enseignant à tenir un journal intime, vous aide à imaginer le vôtre, c'est-à-dire, en fait, à le créer, à orienter votre esprit vers quelque chose que vous souhaitez, même si ce désir semble impossible à réaliser.

Les romantiques étaient, bien entendu, des absolutistes. S'ils ne trouvaient pas ce qu'ils désiraient, ils se laissaient mourir de tuberculose. J'ai lu autrefois toute l'histoire des romantiques. De tous. Et tous ont déclaré, d'une manière ou d'une autre : « Je ne peux obtenir ce que je désire, alors je mourrai. » C'est ce que fait un névrosé, en prenant des chemins plus détournés. C'est pourquoi les Chinois ont dit que la sagesse commence par le *refus* de tout idéal. Cela m'avait beaucoup impressionnée quand j'avais vingt ans, parce qu'à cet âge, on bâtit des idéaux.

D'autre part, je pense que nous avons besoin de porter en nous le calque ou l'image d'un but que nous désirons atteindre. Je ne parle pas de rêves impossibles, de l'idéal absolu, romantique, névrotique, narcissique comme d'essayer de trouver son double, celui qui dirait « oui » à tout. Mais, une fois que vous avez accepté la réalité des autres, vous avez besoin d'un but. Le rêve peut nous aider à nous guider vers ce que nous voulons. Il nous faut absolument désirer quelque chose – non pas une chose irréalisable, mais nous devons avoir quelque idée de ce vers quoi nous allons, parce que cela nous guide.

Par exemple, lorsque adolescente je lisais des biographies, je me disais toujours : « Ça, c'est la vie, c'est la vie que je désire mener », ou bien : « Voilà le pays que je veux connaître. » Alors, je faisais tout pour y arriver et, lorsque l'occasion se présentait, je savais la saisir. J'avais tellement lu sur le Japon que lorsqu'on m'y invita pour la parution de mon roman, j'ai aussitôt accepté. Ce n'est pas là un de ces désirs impossibles pour lesquels nous nous battons vainement. Il s'agit seulement de la création d'une vie avec l'art pour appui, avec sa forme et sa structure. Je donne toujours l'exemple de la péniche : j'en ai rêvé, je l'ai vue, je l'ai louée, j'y ai vécu et enfin j'ai écrit quelque chose sur elle. Le rêve a éclairé mon chemin.

Il nous faut donc une idée, même vague, de notre but. Par exemple, Shirley Clark, cinéaste new-yorkaise sans argent, avait toujours rêvé de partir en Inde pour photographier des enfants. À ce moment-là, pauvre comme elle l'était, à Greenwich Village, cela semblait un rêve tout à fait impossible. Mais cette idée ne la quittait pas, aussi, lorsque l'UNESCO lui demanda d'aller photographier des enfants en France, elle accepta parce que c'était un peu plus près de l'Inde. Et, après avoir travaillé en France, on lui proposa de le faire en Inde. Ainsi son rêve sans espoir fut vraiment réalisé. Bien des miens le furent également. Vous savez, en lisant des biographies, j'étais séduite par certains genres de vie et je désirais y parvenir : ils me servaient de guides. C'est pourquoi il importe d'avoir une idée de sa vie ou de suivre un rêve, car si l'on ne sait pas vers quoi l'on se dirige, on ne peut rien réaliser.

Après vous avoir parlé du rêve comme guide et comme reflet des différents mondes de notre esprit, j'aimerais maintenant vous souligner un autre aspect du rêve, qui peut aider à la créativité. En effet, outre son rôle d'éclaireur du monde spirituel, rôle très important, le rêve offre un autre aspect dont nous profitons une fois que nous avons surmonté notre résistance et que nous lui accordons toute notre attention – je veux parler de son pouvoir d'inspiration. Moi-même, j'ai toujours utilisé mes rêves de deux façons : à la fois pour m'aider à vivre et pour m'aider à créer. Ensuite, je suis allée au-delà.

Pendant toute une année, j'ai consigné mes rêves par écrit et, à la fin, j'ai écrit *La Maison de l'inceste*. L'idée de départ est que le premier amour, né au sein de la famille, est, d'un point de vue affectif, toujours incestueux. Mais ce que je découvris, c'est que si vous vous contentez de noter vos rêves, sans essayer de les rattacher à votre vie ou à un but, vous finissez par les aimer pour eux-mêmes. Vous vous laissez séduire par les images et vous découvrez un langage nouveau. Non pas le langage intellectuel et rationnel, mais le langage des images. C'est pourquoi j'ai noté tous ces rêves et, comme je ne cherchais pas à les relier à ma vie, ils gardaient l'apparence incohérente des images d'un poème en vers, ou en prose. Très tôt, j'avais appris, grâce à l'analyse, à ne pas trop me préoccuper de logique, à ne pas chercher tout de suite la relation entre les choses, mais à laisser venir et flotter les images, à les aimer, à les regarder, comme on pourrait regarder un tableau, afin de leur permettre d'exister. En général, à moins que nous ne trouvions une utilisation directe à nos rêves, à moins qu'ils ne nous servent de guides à un moment difficile, nous ne prenons pas la peine de les écouter ou de les mettre en réserve.

Je les ai donc conservés, et ils semblaient former un ensemble très chaotique. Mais, peu à peu, j'ai commencé à les relier à ma vie affective, et, curieusement, tous s'ordonnaient autour de sentiments qui me dominaient à ce moment-là. Puis la thérapie m'a aidée à trouver le traumatisme dont je me sentais la victime – échec de la famille et de l'amour d'enfant. Mais ce n'était là que l'explication : l'analyse m'aida également à trouver une orientation dans l'art. Je me mis à écrire des poèmes en prose. Je commençais par décrire le rêve, puis je rêvais sur le rêve, je rêvais à partir du rêve. C'est alors que naissait une merveilleuse image, qui n'était pas du tout une interprétation du rêve en fonction de ma vie. C'était comme écrire le premier vers d'un poème, puis le second, et ne découvrir le sens et la structure du poème que lorsqu'il est terminé.

Ainsi, si vous croyez aux merveilleux canevas de votre inconscient, si vous lui permettez de construire ses images, et si vous faites confiance à ces images, elles finiront par former un tout parfois très inattendu. J'ai commencé à me fier à cette alchimie de l'inconscient dans la mesure où, travaillant à un roman, il m'arrivait d'être interrompue par une image qui me venait à l'esprit. Celle-ci semblait n'avoir aucun lien avec mon histoire et je n'arrivais pas à comprendre d'où elle provenait. Mais je lui obéissais.

Cela m'arriva alors que j'étais en train d'écrire *Les Miroirs dans le jardin* : j'en fus très impressionnée. J'avais l'impression qu'il fallait que je poursuive ce roman et je n'aimais pas que me reviennent à l'esprit des images totalement hors du sujet. Mais l'image était très tenace : elle avait un rapport avec un concert auquel j'avais assisté à Paris. J'avais regardé dans le jardin et j'y avais vu un miroir à trois faces, ce qui est plutôt inhabituel. J'avais médité là-dessus en écoutant la musique. Mais, à l'époque, l'image ne m'avait pas particulièrement touchée ; cependant, elle avait dû faire sur moi une forte impression pour que

234

je m'en souvienne dix ans après. Et pourquoi me revenait-elle à l'esprit à ce moment précis ? Mais j'ai accepté le retour de ce souvenir et je le notai. J'écrivis sur la musique. J'écrivis sur le miroir à trois faces, objet que l'on trouve rarement dans un jardin, et, soudain, je pris conscience de l'évidente association jardin-nature, miroirs-artifice ; névrose – reflet de la réalité plutôt que la réalité elle-même. Je continuai ainsi cet enchaînement et, avant même de le savoir, mon roman était terminé. Par la métaphore, par l'image, je donnais la clé du roman qui est la lutte de ces femmes contre leur nature, contre l'irréalité de leur vie, et le reflet de la nature dans le miroir. C'est parce qu'il fait confiance à l'image que le poète écrit le premier vers de son poème, et le reste suit. Depuis ce jour, tous les romans que j'ai écrits ont commencé par un rêve, et, parfois, j'ignorais où il me mènerait.

Il arrive que l'imagerie naisse d'une lecture ou d'une conversation. Par exemple, on m'avait un jour parlé des barques solaires sur lesquelles les pharaons voyageaient après leur mort. On enterrait toujours deux bateaux avec eux : l'un pour voyager le jour vers le soleil, et l'autre pour voyager la nuit vers la lune. Il s'agit, bien entendu, d'un symbole du conscient et de l'inconscient. Une pareille image, même si elle est empruntée à l'histoire, peut, si elle me frappe vraiment, si elle me pénètre, se

235

relier ensuite à un mythe que j'essaie de clarifier en moi. Pour une fois la métaphore n'est pas née d'un rêve ; elle est venue de l'extérieur, d'une lecture que j'avais faite. Cependant, parce que j'ai senti en elle certaines vibrations, parce que j'en ai été profondément pénétrée, j'ai su qu'elle avait une signification particulière. Alors j'ai commencé à écrire l'histoire du voyage d'une femme à travers le Mexique et j'ai découvert que c'était tout à fait l'image qui convenait pour donner au roman son unité. En effet, lorsqu'on écrit un roman impressionniste, fait de libres associations d'images, le plan est très difficile à trouver parce qu'il ne s'agit pas de raconter une histoire. On essaie plutôt de découvrir l'intérieur du personnage, explorant toujours plus profond. Ce qui me guida fut le sentiment que le voyage de Lillian était double. C'était un voyage en plein jour à travers les beautés du Mexique, mais c'était également un voyage nocturne à la découverte d'elle-même. Je me rendis compte alors que l'image de la barque solaire était idéale pour structurer le roman et éclairer sa signification.

Le rêve peut donc être à l'origine d'un poème, d'un roman, d'une intrigue, d'une recherche. J'ai écrit un roman qui commence par le récit d'un rêve que je faisais régulièrement et que j'explorais à travers tout le livre jusqu'à en découvrir la signification. Dans ce rêve, j'étais en train de pousser un bateau dans les rues d'une ville sans eau, et pendant tout le rêve je faisais des efforts désespérés pour tirer et pousser ce bateau à travers la ville. Il ne pouvait pas flotter. Ce rêve m'avait poursuivie pendant plusieurs années et je n'en voyais pas la signification, à part celle de ne pas vivre en accord avec ce que me dictait mon inconscient. Je n'étais pas libre, je n'avais pas trouvé le niveau d'eau qui me convenait, je n'avais pas encore trouvé mon vrai voyage. Et ce voyage, je le trouvai ensuite au Mexique : je décrivis mon premier contact avec la mer, l'harmonie dans laquelle je me sentais avec cette civilisation, et, soudain, je me mis à flotter. Cette image devint, elle aussi, l'image clé du roman. Et après avoir écrit le roman, je ne fis plus jamais ce rêve. Il avait été utile pour moi-même, mais il m'avait également permis de construire un roman dans un genre très difficile à écrire, qui se rapproche de la poésie. Il s'agit d'un roman sans intrigue où vous ne décidez pas à l'avance de ce qui va se passer : c'est le récit du voyage intérieur et personne ne peut prédire où il vous mènera. Tout est fondé sur une confiance infinie dans la signification du rêve.

C'est également grâce à l'imagerie du rêve que j'ai découvert qu'il existait une autre forme de langage, le langage inspiré, celui qui pénètre directement dans l'inconscient et n'a pas besoin d'être analysé ou interprété. C'est un langage qui nous pénètre comme la musique, par les sens. C'est ce langage dont je parlais avec les étudiants et qui fut à l'origine de certains malentendus. Les étudiants ont dit : « Nous avons trop de mots, trop de langage, trop de bavardage. » Mais j'ai répondu : « Non, le langage est une chose précieuse, merveilleuse ; cela dépend de la façon dont on l'utilise. » S'il est imagé, s'il est inspiré, s'il naît directement de l'inconscient, il devient alors libérateur et nous permet de flotter. Mais il faut qu'il emprunte ses images au rêve, parce qu'elles sont pures, elles viennent de l'inconscient : c'est la seule façon dont l'inconscient s'exprime.

Un jour, un étudiant m'a demandé pourquoi nous rêvions en symboles, pourquoi nous ne rêvions pas directement des choses, et pourquoi les écrivains ne disent pas exactement ce qu'ils veulent dire. Je lui répondis : « Les rêves sont un langage qu'il faut apprendre. C'est encore un langage indirect qui vient de ce que nous n'osons pas affronter la vérité : c'est pourquoi le rêve prend la forme de symbole ou d'une métaphore. » Si vous désirez écrire un roman qui se situe à ce niveau, un roman où l'on explore l'intérieur d'un esprit, il faut recourir à l'image, au rythme, à tout ce qui touche le corps et que l'on perçoit par les sens. Aussi, lorsqu'une étudiante, ce matin, a parlé de composer de la musique à partir des thèmes de Jung, j'ai trouvé cette idée fascinante…

Je pense que l'artiste a toujours eu ce contact avec le symbole, et a toujours su que là était la source de sa peinture, de sa musique et de tous les arts. Mais, pendant un moment, cette source s'était tarie, à cause de notre culture. Elle imposa un tabou sur le rêve, déclarant que c'était une perte de temps, une fuite, dépourvue de toute signification. Un jour, j'ai entendu des Orientaux discuter d'emploi du temps avec l'armée américaine, et ils disaient : « Voulez-vous dire que, dans votre emploi du temps, vous n'avez pas un moment pour rêver ? » Mais notre culture avait rendu le rêve tabou, de même que l'introspection, le désir de chercher un sens à la vie, ce qui nous a fait perdre un nombre incroyable d'écrivains. C'est également pourquoi je pense que la drogue s'est tellement développée. Elle offrait le moyen pratique de démanteler cet immense tabou dont on avait frappé le rêve, l'image, la sensation. Mais c'était un moyen tragique d'atteindre le monde intérieur. Et la différence entre se droguer et faire ce dont je parle est celle-ci : dans le rêve et la méditation, vous engagez votre volonté créatrice, il y a une participation active de vous-même, vous créez quelque chose à partir de l'image, alors que les drogues vous rendent passif. C'est ce que j'appelle être un touriste au pays des images. C'est une manière passive de recevoir le rêve : il n'est relié ni à la vie, ni à l'art, ni à un poème. Il n'y a aucune connexion avec la vie. C'est comme s'étendre et fumer de l'opium en laissant aller son imagination, sans aucun lien entre les images et leur accomplissement, qui doit être l'étape suivante, la création de votre vie.

Avant de terminer, je veux vous lire un extrait d'un livre qui a signifié beaucoup de choses pour moi, intitulé *Dream Power* (*Pouvoir du rêve*), d'Ann Farraday. Elle voit le rêve non seulement comme un symptôme d'un esprit troublé, d'un état névrotique ou d'un état d'angoisse, mais aussi comme un message de ce qui va arriver dans l'avenir, de ce qui peut arriver. Elle utilise le rêve comme une force dynamique, tout comme, dans le journal, j'ai utilisé le rêve, d'abord pour exprimer l'angoisse et ensuite pour y voir une indication du genre de vie que je désirais mener ; c'était une sorte de calque. Ann Farraday dit : « Il y a une croyance très répandue parmi les jeunes : que l'humanité est entrée dans une ère nouvelle au cours de la dernière décennie. Ils se réfèrent, pour l'identifier, à l'astrologie qui parle de l'ère du Poisson, ère traditionnellement dominée par la recherche de l'unité spirituelle... Je ne connais rien en astrologie, ajoute-t-elle, mais j'espère qu'elle a raison lorsqu'elle parle d'une ère nouvelle. En effet, si les hommes ne commencent pas à se pencher sur les sources profondes de leur comportement et à rechercher un moi plus authentique, il y a peu de chances pour qu'ils puissent prétendre à un avenir tolérable. »

Question. — Vous employez souvent le mot « psychique », et comme c'est un mot très utilisé, je me demande ce qu'il signifie exactement pour vous.

Anaïs Nin. — Par « psychique », j'entends la signification intérieure. J'ai toujours employé le mot « psyché » pour parler de l'inconscient, de notre vie spirituelle, et de notre vie émotionnelle. En grec, psyché signifiait l'âme, le papillon qui brise son cocon et s'envole. Et pour moi, psyché est un terme qui résume à la fois l'idée de l'âme et celle de l'inconscient. La psyché, c'est l'âme qui, comme l'ont fait remarquer Jung et d'autres psychanalystes, existe d'une manière collective et individuelle ; elle est révélée par les rêves. C'est pourquoi il faut apprendre le symbolisme – pour comprendre ce qui se passe en nous. La psyché représente le double courant de notre vie ; c'est d'elle que viennent la richesse, le lien avec le monde universel, et tout le potentiel de création.

Q. — À plusieurs reprises, vous avez parlé de méditation et je me demande si, pour vous, celle-ci revêt une forme particulière.

A.N. — Non, il ne s'agit pas de ce que *vous* appelez méditation. C'est ce que j'appelais, dans le journal, mon heure d'opium, c'est-à-dire le moment où, l'action achevée, la journée finie, je passais et repassais dans mon esprit les événements, je les revivais, j'en faisais l'objet d'une méditation, parce que je désirais comprendre. C'est une autre forme de méditation, qui ne consiste pas à dire : « Maintenant, je vais méditer. » C'est la méditation du journal, lorsque j'écris la nuit ; *après* un événement et non pas *pendant*. Et puis il y avait cette méditation sur les événements dont je ressentais la nécessité lorsque je ne voulais pas vivre plus d'expériences que je ne pouvais en digérer.

Q. — J'aimerais savoir ce que vous pensez de la valeur, pour notre culture occidentale, de la pensée et de la discipline de vie orientales.

A.N. — Je n'en ai pas parlé, parce que je n'y crois pas. Je ne pense pas que l'on puisse adopter une religion, une discipline ou une philosophie totalement étrangères à notre civilisation. C'est à nous de gagner notre salut, de trouver notre monde spirituel, dans la pensée de l'Occident. J'ai parlé avec de très bons amis qui ont vécu en Orient, qui ont pratiqué la méditation au Japon, qui ont séjourné dans des monastères bouddhistes. Mais aucun n'a pu s'y tenir. Cela parce que cette culture n'a pas été créée par *vous* ; ces endroits ne sont pas conçus pour que vous y viviez. Si je voyais quelqu'un rester dans un monastère bouddhiste pendant toute sa vie, je pourrais croire à cette forme de contemplation. Mais ce n'est pas notre cas. Nous essayons de transplanter chez nous une autre culture. Un ami me disait qu'il éprouvait là-bas la plus parfaite sérénité. Je l'ai moi-même ressentie au Japon. Vous êtes là et vous savez que tout est beau et serein. Mais c'est une chose que vous ne pouvez pas transporter pour la faire vivre *ici*.

Q. — Pourriez-vous nous dire alors ce que, selon vous, la civilisation occidentale peut nous offrir pour nourrir notre spiritualité – ce que nous avons à opposer à la pensée orientale ?

A.N. — Il est très difficile de répondre à cette question, parce que c'est si différent pour chacun de nous. Je pense que l'on peut atteindre ce que l'on appelle la sérénité, ou le moi religieux, ou le moi spirituel, ou le moi mystique, peu importe le nom – disons la vie de l'esprit –, avec les moyens qui nous sont offerts. Mais sans avoir recours aux dogmes. Parce que je crois que nous nous sommes enfin libérés aujourd'hui du dogme religieux. Nous avons cessé d'être dogmatiques, même en ce qui concerne la psychologie. Nous n'avons plus ces barrières. C'est pourquoi je pense que nous sommes sur le chemin de l'unité, d'une libération de l'esprit et de la psyché – tout cela à condition que nous vivions ici. Nous ne perdons pas pour autant l'aide précieuse que nous avons reçue de l'Orient, le secours de la sérénité et de la philosophie ascétique du Japon. Tout cela nous aide à atteindre notre propre sérénité. Mais il est impossible de transplanter ici le mode de vie de l'Orient, parce qu'il faudrait bouleverser toute notre civilisation, toute la civilisation occidentale.

Q. — Mais, vous-même, n'êtes-vous pas passée d'une culture à une autre ?

A.N. — C'est tout à fait différent. On m'a déracinée et j'ai planté mes racines ici, en Amérique. Il a fallu aussi que je change de vie, et que je *m'adapte* à une nouvelle culture. Mais ce n'est pas la même chose que d'*adopter* une culture totalement différente.

Q. — Mais certains professeurs japonais vivent ici. Ne pensez-vous pas qu'il y aurait une possibilité d'échange et de mélange des cultures ?

A.N. — Oui, mais sans adoption. Il faut faire la distinction entre les dogmes et les racines d'une civilisation. On peut certainement s'inspirer d'une culture qui a toujours été plus spirituelle que la nôtre. Mais on ne peut pas l'adopter. Vous découvrirez qu'elle ne peut être permanente, parce qu'il faut la gagner tous les jours. En Orient, vous profitez, en naissant, de siècles de tradition spirituelle. C'est une question de race, dont la mémoire couvre des millénaires. S'y intéresser est une chose – je m'intéresse énormément à l'Orient –, mais l'adopter en est une autre.

Q. — Mais si vous vous y intéressez, est-il impossible de chercher peu à peu à l'adopter ?

A.N. — Mais alors, il faudrait aller vivre en Orient. Parce qu'en Occident, vous ne pouvez pas vivre la vie d'ascétisme et de sérénité des Japonais, et eux-mêmes ne peuvent pas adopter notre culture.

Q. — Je serais curieuse de savoir si vous vous êtes intéressée au tarot et avez utilisé ses symboles ?

A.N. — Non, j'ai toujours opposé une résistance obstinée aux religions, sciences occultes ou rites. J'ai toujours voulu créer ma propre religion. Je voulais avoir ma propre mythologie. Quelqu'un me demandait l'autre jour comment j'avais utilisé le mythe du Minotaure. J'ai inventé ma propre histoire du labyrinthe. Je suppose que tout créateur a besoin de fabriquer son propre univers, en harmonie avec sa propre foi. Par exemple, je n'ai jamais rien lu sur l'astrologie ou sur le zen, bien que certains de mes amis aient essayé de m'y initier. En quelque sorte, il faut que tout soit créé par moi, de même que les enfants aiment écrire leurs propres poèmes.

Q. — Vous intéressez-vous à la méthode d'exploration de l'inconscient de Carlos Castenada – qui consiste à provoquer les états psychiques ?

A.N. — Non, je n'aime pas avoir recours à la drogue. Ce n'est pas ma méthode d'exploration. Dans le journal sur lequel je suis en train de travailler, je décris ma seule et unique expérience de LSD. J'ai toujours considéré cette aventure comme une simple expérience, ce qui en fait tout l'intérêt. On m'avait invitée parce que j'étais un écrivain : il y avait aussi un savant, un compositeur et toutes sortes de gens. Mais, après ce long rêve qui dura environ huit heures, je découvris qu'en réalité toutes les images provoquées par le LSD étaient déjà dans mes livres. Ce qui prouve que si l'on travaille à partir d'images inconscientes, à partir des rêves, si on laisse libre cours à son inconscient, on n'a plus besoin de drogue. Bien entendu, je me suis disputée avec Huxley qui affirmait : « Vous avez de la chance ; il vous est possible d'entrer et de sortir de votre inconscient, mais certains n'ont pas cette chance et ont besoin de LSD. » Mais, voyez-vous, c'est une expérience intéressante que de découvrir cette similitude dans la richesse de l'image. Je pouvais me rendre maîtresse de ce monde imaginaire. J'en ai conclu que nous avions fermé la porte à l'artiste, du moins en Amérique. Nous avions fermé la porte à une forme de perception que l'artiste aurait pu nous apprendre.

Q. — Votre expérience de LSD fut-elle effrayante ?

A.N. — Effrayante ? Non, je n'ai pas fait un mauvais « trip », comme ils disent. Pendant un court instant, j'ai eu la désagréable impression de ne pas très bien respirer.

Q. — Quelle dose aviez-vous prise ?

A.N. — Je ne sais pas. Mais je n'y crois pas vraiment et j'ai l'impression que le monde d'images que l'on traverse nous rend de plus en plus passifs. Comme je l'ai dit dans *Le Roman de l'avenir*, je ne veux pas être une touriste dans le monde des images. Je désire créer quelque chose grâce à elles. Si je vois l'image d'une péniche, je désire vivre sur une péniche et je trouve la péniche. Faites-le ! Mais la drogue ne fait que saper complètement votre activité créatrice ; elle vous rend passif. Voilà pourquoi je n'y crois pas. Vous voyez des images, mais c'est comme si vous regardiez un film ; cela ne change rien à votre vie, cela ne vous incite pas à créer. Vous perdez votre puissance créatrice.

Q. — J'ai remarqué que les hommes prenaient beaucoup plus de drogues – marijuana, alcool – que les femmes que je connais. Et un de mes amis m'a expliqué pourquoi, en se référant au yin et au yang : les femmes sont yin, et les hommes yang ; or les drogues sont yin. Donc il peut arriver que la drogue intensifie certaines réactions chez la femme, au point de provoquer de grandes frayeurs.

A.N. — Je n'ai jamais remarqué cette différence entre l'homme et la femme. Je crois que si vous avez en vous un cauchemar inexprimé, la drogue le fera remonter en surface. Tout ce qui gît dans l'inconscient ressort à ce moment-là.

Q. — Quelle place donneriez-vous au rêve dans votre œuvre, et quelle est la signification de ce constant va-et-vient entre le conscient et l'inconscient ?

A.N. — Malheureusement, nous avons tendance à tout séparer. Nous séparons l'âme du corps. Nous séparons le rêve de notre vie quotidienne. La psychologie m'a enseigné leur relation et j'ai toujours voulu laisser la voie libre, afin de pouvoir passer d'une dimension à l'autre. Ensuite, j'ai cherché à restituer le rêve et le réel dans le roman : je commençais le roman par un rêve, qui devenait le thème du roman, thème que je développais, afin de l'éclairer et si possible de l'amener à une conclusion, avant de pouvoir passer à l'expérience suivante.

Q. — Dans le *Journal*, vous insistez sur une phrase de Jung : « partir du rêve vers l'extérieur ».

A.N. — C'était une phrase très importante et qui trouvait sa place au cœur même du genre d'œuvre que je désirais créer. Mais, à l'époque, je m'intéressais beaucoup moins à Jung qu'à Otto Rank. Car ce dernier se préoccupait beaucoup de l'artiste et fut directement responsable de ma prise de conscience de ce que j'appelle la volonté créatrice, la transformation de la vie, la transcendance, la métamorphose de toutes choses. Je n'ai découvert Jung que très récemment. Il me fallait d'abord résoudre le problème de la volonté créatrice, qui était la grande idée de Rank.

Q. — Dans votre œuvre, vous semblez croire profondément que l'homme peut se développer au-delà de la névrose. Quelle est la source de votre optimisme ?

A.N. — Je n'ai jamais pensé à la source. J'ai toujours senti cet élan en moi, comparable à celui des plantes pour grandir. Nous possédons tous cet élan, mais il arrive qu'il se brise. Les enfants l'ont, n'est-ce pas ? Ils savent se servir de leur force, de leurs dons, pour tout explorer, pour voir tous les possibles. Je crois que l'on peut prendre conscience des dégâts subis le long du chemin et les réparer. Nous avons tous nos empêchements, nos découragements, nos traumatismes. J'ai rencontré de jeunes écrivains qui ont cessé d'écrire à la première critique. Donc, il s'agit seulement de savoir à quel point nous désirons nous battre afin de surmonter les obstacles.

Q. — Mon problème, c'est d'essayer de me rappeler mes rêves : je me réveille toujours avant qu'ils ne soient finis.

A.N. — Nous avions découvert, à une époque où nous notions tous nos rêves et désirions en avoir le plus possible, que si nous mangions quelque chose de très indigeste, nous dormions très mal et nous nous souvenions de tous nos rêves ! Alors, on buvait beaucoup de vin le soir, et on mangeait beaucoup de fromage pour mal dormir et nous rappeler nos rêves. C'est un fait : si le sommeil est léger, on dirait que le rêve se maintient à un niveau plus superficiel de l'esprit – des études ont même été déjà faites sur ce phénomène.

Q. — Ce qui m'ennuie, c'est de constater à quel point mes rêves sont terre à terre ! Et même s'ils ont eux aussi une signification, ce qui me manque, c'est ce genre de rêve aux images étranges et d'un autre monde ; pourriez-vous nous en parler ?

A.N. — Cela dépend des nourritures que vous donnez à votre esprit. Cela dépend des livres que vous lisez, des films que vous voyez, des tableaux que vous regardez. Certains de mes rêves ont été influencés par mon amour pour *Le Soleil*, un tableau de Lippold. De telles œuvres peupleront vos rêves d'images poétiques, et si vous désirez des rêves poétiques, vous les aurez. Mais je comprends ce qui vous arrive. Parfois, cela m'irrite de voir que ce que j'écris, les rêves que j'invente, sont plus beaux que ceux que je fais la nuit. Mais c'est un point de départ. Comme nous l'avons dit toutes deux, ils ont une signification symbolique. L'acte le plus banal cache un autre sens. Il n'existe pas d'acte terre à terre.

Q. — Votre vie « rêvée » est-elle passée par des stades différents ?

A.N. — Oui – actifs et parfois inactifs. Nous connaissons tous des périodes de passivité. Lorsque l'extérieur nous noie sous trop de nourriture, notre vie intérieure devient plus calme. D'autre part, lorsque je travaille, l'écriture est pour moi un rêve éveillé, un rêve que je dirige, que je développe, que je transforme en prose poétique. À certaines périodes de ma vie, mes rêves m'influençaient beaucoup – il y avait interaction. Les périodes d'activité mettent fin, en général, à la rêverie, mais si je commence à travailler, le rêve me dépasse à nouveau. Je crois que la littérature tient beaucoup du rêve éveillé, du moins la littérature que j'écris, qui n'est que libre association d'images.

Q. — Notiez-vous vos rêves par écrit quand vous habitiez Louveciennes ?

A.N. — Oui, je notais un bon nombre de rêves et de conversations avec des amis sur nos difficultés et nos ennuis. Mais je trouvais que les rêves n'avaient d'intérêt que s'ils étaient reliés à la vie. En eux-mêmes, ils ne présentaient aucun intérêt. Je l'ai appris en lisant Michel Leiris. Il se contente de publier ses rêves, ce que je trouve très ennuyeux. Je ne sais pas pourquoi. C'est la raison pour laquelle j'ai supprimé du *Journal* le récit de nombreux rêves dont je n'avais pas trouvé la signification.

Q. — Pensez-vous que l'on puisse avoir peur de poursuivre un désir, peur de ne pas arriver au but ?

A.N. — Nous connaissons tous cette peur. La peur de ne pas réaliser notre souhait, la peur de ne pas avoir les capacités de le réaliser. Les désirs dont je vous ai parlé n'étaient pas très difficiles à satisfaire ; la péniche, par exemple, n'était pas très difficile à trouver. Mais d'autres désirs, comme celui de devenir un écrivain capable de transmettre aux autres des impressions, des sentiments, tout en découvrant parallèlement qu'il est impossible d'y parvenir avec un esprit rationnel, avec des plans et de la logique, mais qu'il faut, au contraire, explorer toutes les richesses de son inconscient – voilà qui est difficile. Mon désir était que mes phrases soient reçues comme une musique. Il m'a fallu vingt ans pour y parvenir. Mais, comme vous le dites, nous avons tous peur. Vous avez peur, vous avez des doutes. J'ai certainement eu des doutes pendant les vingt années où l'Amérique a complètement ignoré mon œuvre. Les critiques avaient créé en moi des doutes, et j'avais besoin du soutien de mes amis pour pouvoir continuer à travailler lorsque, en face, il n'y avait pas le moindre écho. Dans ces cas-là, il faut que le désir soit plus fort. Mais ce n'est pas une question de courage : il ne s'agit pas de devenir un héros. Il n'y a rien d'héroïque dans cette attitude. C'est une question d'obstination. J'étais très obstinée.

Q. — Ce que vous écrivez ressemble parfois beaucoup à un rêve, selon moi. Est-ce là votre vision de la réalité ?

A.N. — Non, c'est qu'une partie de notre vie *est faite* de rêves, et j'ai soudé les deux parties pour qu'elles forment un tout. Il y a le rêve nocturne et la rêverie diurne – l'écriture étant ce que j'appelle un rêve éveillé. C'est pourquoi elle ressemble à un rêve, mais ce n'est pas un rêve. C'est, en fait, la manière dont nous vivons. Nous vivons en partie consciemment et en partie inconsciemment. Nos fantasmes et nos rêves influencent notre vie, de même que notre vie influence nos rêves. Il s'agit d'un véritable mariage des deux.

Q. — Vous parlez des avantages d'être en accord avec notre inconscient et vous dites que toutes nos difficultés viennent de ce que notre culture a toujours ignoré l'inconscient. Mais, à mon avis, cette hypothèse est quelque peu trompeuse, car elle fait fi de certaines pulsions instinctives, à l'origine de nos angoisses, contre lesquelles l'ego doit établir des systèmes de défense afin de ne pas être détruit – défense qui, dans le passé, consistait à vouloir ignorer sa vie inconsciente.

A.N. — Non, je comprends ça. Mais, voyez-vous, vous ne tenez pas compte du fait que nous en savons beaucoup plus aujourd'hui sur ces questions que par le passé. On ne parle plus de possession ou de sorcellerie. Nous savons que nous pouvons explorer l'inconscient et déterminer ce qu'il peut avoir de mauvais ou de destructeur. Il nous est possible – non pas de le dominer (parce que ce n'est pas ce que nous voulons) – mais de l'orienter. Vous voyez donc qu'il a cessé d'être un lieu obscur et effrayant, un enfer de Dante. C'est aujourd'hui une région que les savants, tout comme nous-mêmes, peuvent étudier avec objectivité et qu'ils sont capables de comprendre. Vous ne tenez aucun compte des progrès que nous avons faits dans cette connaissance. Vous niez son côté positif.

Q. — Comment faites-vous pour équilibrer l'écriture de votre journal et la poursuite de votre analyse ? L'un ne gêne-t-il pas l'autre ?

A.N. — Gêner l'autre ? Non, ma foi en la psychanalyse a toujours eu des bases très solides et les a conservées. J'en ai fait une philosophie. J'en ai fait la pierre de touche de toute mon œuvre. Et, dans le *Journal*, vous pouvez constater qu'à des moments critiques de ma vie, je me suis tournée vers elle, parce que ma confusion était immense – je ne savais plus si je devais jouer les rôles que les hommes m'avaient imposés, ou bien mon propre rôle. Dans tous ces conflits, la psychanalyse m'a été d'un grand secours.

Q. — Vous ne vous êtes tournée vers la psychanalyse que dans ces moments critiques ?

A.N. — Oui. Je ne crois pas que l'on puisse aller vers elle si l'on ne traverse pas une période critique. Par exemple, mon premier traumatisme venait de ma relation au père : il fallait absolument que j'en guérisse si je ne voulais pas passer ma vie à rechercher un autre père. Puis ce fut le tour de la relation à la mère : c'était une autre forme de névrose, je désirais être la mère du monde entier. Après il y eut d'autres étapes. Ma dernière angoisse concernait la publication du *Journal*. Il m'était difficile d'en sortir. Je devais surmonter ma peur du jugement, ma crainte d'être mal comprise, mal aimée. L'analyse m'a permis, à chaque étape critique, de ne pas m'enferrer dans mes contradictions et de résoudre mes problèmes – contrairement à de nombreux écrivains, qui, obsédés par un seul thème, n'en changent pas de toute leur vie.

Q. — Mais l'analyse est si longue que je me demandais comment vous aviez réussi à tout faire.

A.N. — La mienne ne fut pas trop longue, parce que je me séparai très vite de mon analyste freudien, puis Rank procéda à ce qu'il appelait une analyse dynamique. Il voulait qu'elle dure beaucoup moins longtemps, pas plus de deux ou trois mois. C'était là ce qu'il croyait, mais je ne suis pas sûre qu'il y soit parvenu. Ce qu'il a réussi, c'est à rendre plus forte l'artiste en moi, à faire vivre ma volonté créatrice et à me faire comprendre que, par la création, je pouvais résoudre tous les problèmes secondaires qui pouvaient se présenter.

Q. — Ce n'est pas seulement la question du temps, mais aussi la question d'argent qui me gêne. Si la psychanalyse est une nécessité, c'est également un luxe.

A.N. — Oui, c'est très juste, mais ce n'est plus vrai, aujourd'hui, aux États-Unis. Nous avons des cliniques gratuites, en psychanalyse et en psychiatrie ; l'analyste ruineux est en voie de disparition. Les personnes qui, aujourd'hui, ne peuvent pas payer leur analyse travaillent en groupe. Je connais trois analystes, à Los Angeles, à San Francisco et à New

York : ils ont tous trois des patients qui paient et d'autres qui ne peuvent pas payer. Aussi, je pense que cette opinion n'est plus fondée. Du moins en Amérique.

Q. — Ne pensez-vous pas quelquefois que les psychanalystes font plus de mal que de bien, et que beaucoup sont avant tout des commerçants ?

A.N. — Oui, c'est possible. Mais quand vous parlez d'analyse, il faut que vous vous rendiez compte qu'il existe de mauvais analystes tout comme il existe de mauvais médecins, qui font des erreurs et tuent des gens. Nous en avons conscience. Mais il ne faut pas toujours voir l'aspect négatif des choses et le grossir, comme l'a fait Kate Millett à propos de Freud, qui, après tout, ne connut que les débuts de la psychanalyse. Et vous devez également être conscient que la psychanalyse s'est infiltrée *librement*, pour sa plus grande part, dans notre culture ; nous avons une plus grande conscience de nous-mêmes qu'il y a vingt ans ; la psychanalyse nous a beaucoup apporté – non pas directement, comme patients, mais par les livres, où nous avons appris sa philosophie ; elle s'est infiltrée dans la littérature et dans la vie, tout comme, à Paris, en 1930, nous avions subi l'influence du surréalisme sans même nous joindre au mouvement lui-même. C'était dans l'air, nous le respirions, nous le regardions dans toutes les galeries de peinture, nous nous en imbibions, même sans le vouloir. De même, vous vous êtes imbibé de la psychanalyse sans même le savoir. Et vous ne pouvez pas vous permettre de nier un phénomène qui fait partie de notre conscience moderne. Vous ne pouvez pas le balayer ainsi et le qualifier d'inutile pour la société parce que ce fut autrefois un luxe.

Q. — Mais est-ce néanmoins accessible à la grande majorité des gens ?

A.N. — Il ne faut pas trop se préoccuper de la majorité. Ceux qui en ont besoin savent trouver la psychanalyse qu'il leur faut. Et ceux qui n'en veulent pas sont ceux-là mêmes qui ont reproché au bras droit de McGovern, vous vous souvenez, d'avoir eu une dépression nerveuse. Faire appel à un psychiatre était, pour eux, un handicap. Ce sont eux qui, par ignorance, refusent l'entrée de la psychanalyse dans l'éducation. Je me suis rendu compte que la plupart des problèmes des écrivains ne venaient pas d'un manque de talent, mais de blocages affectifs et de tabous. Nous avons donc bénéficié de la psychanalyse, même si nous ne voulons pas le reconnaître.

Q. — Vous croyez beaucoup à la psychothérapie, mais pensez-vous qu'aujourd'hui elle puisse aider la femme à se trouver et à évoluer, alors qu'elle l'avait jusqu'ici plutôt forcée à s'adapter aux conditions imposées ?

A.N. — C'est là une conception très démodée de la psychanalyse. Je suis persuadée qu'il existe encore des psychanalystes aujourd'hui qui pensent qu'il faut s'adapter à une réalité imposée. Mais il faut lire les plus modernes ; il faut lire les femmes psychologues ; il faut suivre les progrès de la psychanalyse et savoir ce qu'elle est devenue pour pouvoir la comprendre. Elle reste toujours notre seul moyen pour nous débarrasser du conditionnement, des dogmes et des règles. Il n'y en a pas d'autre.

Q. — On peut parler avec d'autres femmes !

A.N. — Non, parce qu'elles n'ont ni l'objectivité ni la sagesse d'un professionnel. Vous n'iriez pas consulter un ami si vous souffriez d'une maladie physique. De même, lorsque vous souffrez d'une névrose due à des traumatismes, à des complexes, à un manque de confiance en vous, vous avez besoin de l'aide d'un professionnel. Vous ne pouvez pas vous aider les uns les autres.

Q. — À mon avis, votre œuvre a permis aux femmes de voir plus clair en elles et de se rendre compte qu'elles n'étaient pas seules à éprouver certaines angoisses. C'est une forme de thérapeutique qu'elles n'avaient jamais pu essayer, parce qu'elles n'avaient jamais parlé avec d'autres femmes.

259

A.N. — C'est vrai. Mais *pourquoi* n'avaient-elles jamais parlé avec d'autres femmes ? J'ai toujours noué des amitiés profondes et durables avec des femmes. Pourquoi pas elles ? Parce que ce blocage faisait partie de la névrose et de ce manque de confiance dont j'ai déjà parlé.

D'une certaine manière, parce que j'avais une mère très dévouée, j'ai toujours eu confiance dans les femmes. Je ne me méfiais jamais d'elles. Leur amitié m'a beaucoup apporté. Nous nous tenions la main, nous nous aidions dans les moments difficiles. Je n'ai jamais dit que les femmes ne pouvaient pas s'aider entre elles. Mais je dis que lorsque nous traversons une crise très grave, que nous ne savons plus où nous en sommes, c'est comparable à une maladie du corps. Et nous avons alors besoin de quelqu'un de sage et d'objectif pour surmonter notre traumatisme. Parler avec mes amis ne m'a jamais permis de surmonter ma timidité et ma peur de parler en public.

Voyez-vous, j'ai dû creuser plus profondément. Il a fallu que je remonte loin dans mon enfance pour trouver l'origine de mes craintes. Nous avons encore besoin de l'aide des professionnels, et je *prie* les femmes de ne pas être arrêtées par les vieux concepts freudiens. Nous les avons dépassés depuis très, très longtemps. Il y a des progrès en psychologie. Les femmes commencent à explorer ce domaine et écrivent des choses remarquables. Je reçois presque un livre par semaine écrit par une psychologue afin d'aider les autres femmes. La psychanalyse est notre seul recours si nous voulons nous débarrasser de nos masques.

Q. — Il s'agit pour les femmes de trouver leur identité, comme vous le soulignez dans le tome IV du *Journal*. Mais les femmes peuvent-elles trouver leur identité propre alors que quatre-vingt-dix pour cent des analystes sont des hommes et que la plupart sont enfermés dans une vision stéréotypée de la femme et de ses limites ?

A.N. — J'ai rencontré ce genre d'analyste qui dresse des limites au monde de la femme et ne prend pas son art très au sérieux. Mais j'ai également été traitée par un analyste très créateur, Otto Rank, qui s'intéressait tout particulièrement à l'artiste et reconnaissait la créativité de la femme au même titre que celle de l'homme. Les plus grands analystes sont avant tout préoccupés par l'évolution, que le patient soit un homme ou une femme, et ils ne feront rien qui puisse limiter, réduire ou empêcher toute forme d'évolution : affective ou psychologique. Le problème est donc de trouver cette qualité chez un analyste. Le patient sent tout de suite si son analyste est de ceux qui encouragent l'épanouissement de l'individu.

Q. — Pourriez-vous nous parler de la différence entre votre expérience personnelle et celle de Freud explorant l'inconscient de ses patients ? En d'autres termes, je me demande quelle est la différence entre votre façon d'explorer la vie intérieure et la méthode psychanalytique.

A.N. — Je ne pourrais vraiment pas les comparer parce que je n'ai pas du tout employé la méthode psychanalytique dans le journal. J'ai cependant pratiqué la psychanalyse sous le contrôle du Dr Rank pendant cinq mois, mais je n'étais pas une psychanalyste accomplie. Ma manière d'approcher un individu était de chercher à toucher les profondeurs ; je voulais connaître le moi inconscient de chacun. Je voulais aller loin en profondeur ; je ne voulais pas avoir une connaissance superficielle des gens. Mais c'est une tout autre méthode que celle de Freud. Et tout d'abord, ceux qui venaient le voir étaient malades, alors que tous mes amis ne l'étaient pas.

Q. — Quelle est la différence entre votre propre découverte de votre âme et celle que Jung a faite de la sienne ?

A.N. — Il n'y a pas de différence, sauf peut-être que j'ai pu noter les degrés de mon exploration pendant plus longtemps et avec plus de détails. D'autre part, c'est l'histoire d'une femme et c'est une différence. Beaucoup de femmes ont écrit des journaux intimes, mais rares sont celles qui ont commencé aussi jeunes et qui ont poursuivi dans cette voie avec autant de persévérance. Mais, comme je vous l'ai dit, tout ce que j'ai appris sur l'exploration intérieure qui vous permet de vous découvrir, je le dois à la psychologie.

Q. — Lorsque vous répondez à des lettres de femmes, je suppose que vous leur parlez de vos propres sentiments et opinions. Mais vous arrive-t-il de les encourager, soit à aller voir un psychanalyste, soit à prendre conscience d'elles-mêmes ?

A.N. — Cela dépend de la lettre. Certaines femmes ont déjà du talent, sont de bons écrivains, mais manquent simplement de confiance en elles : tout ce qu'elles désirent, c'est un jugement, un commentaire sur leur œuvre, ou bien une aide ou un encouragement. Il y a d'autres femmes qui traversent une période de *profond* trouble affectif et qui me demandent même des conseils thérapeutiques. Les lettres sont différentes. Certaines femmes m'ont écrit pour me dire que je leur avais permis de surmonter leur dépression – mais que cela ne durerait pas toujours, qu'il y aurait un lendemain. D'autres sont au bord du suicide, et il faut que je réponde et que je les aide.

Q. — J'ai toujours essayé de savoir si les groupes qui travaillent à éveiller la conscience des femmes ne pourraient pas rendre le même service, apporter la même aide aux femmes que les psychanalystes – et moins les soixante-quinze dollars !

A.N. — Les soixante-quinze dollars sont vraiment une question ridicule. Parce que, aujourd'hui, il existe de nombreuses cliniques gratuites, ainsi qu'un très grand nombre d'analystes qui partagent leurs honoraires entre ceux qui paient et ceux qui ne paient pas. Donc, ce n'est plus vrai aujourd'hui.

Q. — Des psychologues libéraux, honnêtes et *féminins* ?

A.N. — Oui, vous pouvez trouver ça dans les cliniques, et il y a aussi beaucoup de femmes psychologues. Et puis la psychologie elle-même a changé. Nous ne vivons plus à l'époque de Freud. C'est pourquoi il est tellement ridicule de dépenser toute notre énergie à vouloir ignorer Freud à tout prix. L'ère freudienne est dépassée.

Q. — Nous ne sommes pas davantage à l'ère de Laing. Il n'a pas le même pouvoir que beaucoup d'autres.

A.N. — Oui, mais nous avons tous lu Laing. Nous avons subi son influence, nous l'avons entendu parler. Il faut vivre avec la psychologie de son temps. Laing représente une grande force libératrice. Il ne fait pas de distinction entre l'homme et la femme. Et je connais un très grand nombre de psychologues et psychanalystes qui aident en ce moment la femme. Notre drame est de vouloir faire supporter la responsabilité de la situation dans laquelle nous nous trouvons soit au psychologue, soit au mari, soit à la société. Mon premier psychanalyste était une combinaison très limitée de Marx et de Freud – pouvez-vous imaginer quelque chose de plus dogmatique et de moins approprié à ma personnalité ? Eh bien, je l'ai abandonné ! Il m'a appris certaines choses, mais, lorsque j'ai découvert ses limites, je suis partie.

Q. — Que pensez-vous de l'atelier de journaux intimes qu'a créé Ira Progoff ?

A.N. — C'est très intéressant. En fait, c'est le seul homme que j'ai rencontré cette année qui m'ait intéressée, parce qu'il a su développer l'écriture du journal intime. Pour moi, il s'agissait d'une chose si naturelle que je ne peux pas toujours bien l'expliquer. Mais Progoff nous apprend à le faire, et je trouve cela merveilleux. J'ai lu tous ses livres.

J'aime aussi la façon dont il vous fait imaginer votre avenir. La seule chose sur laquelle je ne sois pas d'accord – peut-être que l'on s'en débarrasse à la longue –, c'est la dissociation qu'il fait entre vos rêves ou votre passé et votre présent. Parce que, dans mon journal, tout remontait ensemble. C'était comme une grande rivière entraînant tout dans son courant, à la fois les images passées et les rêves prophétiques. La manière dont tout est séparé dans le journal de Progoff m'a beaucoup gênée – les rêves, les événements de la journée, l'avenir que vous imaginez ou les personnes avec qui vous avez envie de parler. Mais je trouve que c'est un homme merveilleux, un homme qui vous fait avancer, et bien au-delà de la psychologie.

Q. — Pensez-vous que pour l'artiste, en proie à une angoisse et à une confusion permanentes et dont l'énergie est comprimée par cette tension qui ne peut se relâcher qu'à travers la création de l'œuvre, pensez-vous que, pour lui, l'œuvre d'art ait le même effet qu'une bonne séance d'analyse ?

A.N. — Non, nous avons trop d'exemples de vies tragiques parmi les artistes, et l'œuvre d'art n'est pas toujours ce qui a sauvé les autres. L'œuvre enrichit l'art, mais elle ne délivre pas l'artiste de ses tourments. Nous parlons en ce moment de vies humaines, ce qui fut souvent sacrifié. Comme Artaud. Il est passé de l'autre côté. Donc, là n'est pas vraiment la réponse. Je crois que c'était une idée romantique : l'art naissait de la souffrance, et l'artiste ne devait pas être soigné. Certaines souffrances sont positives. Mais il existe une souffrance inutile qui use l'être humain.

266

Q. — Quelles qualités doit avoir, selon vous, un bon analyste ?

A.N. — Je vais vous le dire. Mais, tout d'abord, je pense que nous pouvons déjà nous aider si nous savons choisir ce qui nous convient et laisser le reste de côté, sans pour autant rejeter tout d'un bloc, sous prétexte que ce n'est pas fait pour vous – et ne plus voir que l'aspect négatif d'une expérience. J'avais, en quelque sorte, un don pour retirer de ce que m'apprenaient les hommes, les psychologues, uniquement ce dont j'avais besoin. J'isolais ce qui pouvait m'aider dans ma vie, de femme ou d'écrivain. Je n'ai jamais décidé, par exemple, d'abandonner la psychanalyse parce que Allendy, mon premier analyste, était un être limité et un freudien démodé. J'ai tiré quelque chose de son enseignement, et l'ai quitté ensuite. Je pense que l'on pourrait tous en faire autant – dans la mesure où l'on connaît sa voie. C'est comme l'abeille qui sélectionne ce dont elle a besoin. Puis Rank fit également certaines erreurs – parce que, comme il l'a dit lui-même, nous ne savions pas grand-chose des femmes à cette époque : elles n'avaient jamais approché la psychologie et la plupart des patients étaient des hommes. Il avait aussi déclaré – et là il se trompait – que toutes les femmes qui réussissaient à guérir leur névrose par

l'analyse retournaient à une vie normale et ces-
saient de créer. Naturellement, il avait tort. Mais
cela ne me gênait pas.

Le pourcentage d'erreur humaine dans un
domaine n'est pas, pour moi, une raison pour
renier l'ensemble de la science. J'y puisais ce qui
était bon, ce qui me nourrissait, m'enrichissait, et
je continuais plus avant mes recherches. Je crois
que cette attitude ouverte nous permet d'aller toujours plus loin, au lieu de tout condamner. Ainsi,
lorsque nous nous trouvons en face d'une science
nouvelle, nous continuons à l'explorer, à étudier
de nouvelles découvertes, à faire de nouvelles expériences. Il faut poursuivre jusqu'à rattraper le présent, et ensuite envisager de créer une psychologie
de l'avenir.

Q. — Lorsque vous insistez sur le rôle d'interprète
que doit avoir le psychologue, quel sens donnez-
vous au mot « interprète » ? Le psychologue
comme analyste ? Je comprends l'importance de
l'analyse dans des cas précis et de la psychologie sur
une plus grande échelle, mais je déteste l'idée que
la psychanalyse puisse être une nécessité, qu'il est
impossible aux gens de s'en sortir seuls.

A.N. — On peut voir trois aspects. Il y a d'abord
l'analyse quand elle apparaît nécessaire, quand
vous êtes complètement paralysé ; il y a ensuite la
psychologie dont vous vous nourrissez chaque jour

268

par les livres, par votre éducation : elle est dans l'air ; et enfin il y a la philosophie de la psychologie, qui est très profonde et va beaucoup plus loin que la pure philosophie. Cette femme que j'admire, Lou Andreas-Salomé, a étudié la philosophie et l'a trouvée insuffisante pour comprendre les êtres humains. C'est pourquoi elle s'est tournée ensuite vers la psychologie.

Donc, nous en avons besoin ; et il n'y a rien d'humiliant à cela. Nous allons voir le médecin lorsque notre corps est malade, et autrefois on croyait à certaines pratiques religieuses de guérison. Aujourd'hui, nous avons la psychologie. Il existe toutes sortes de moyens pour résoudre les problèmes. Mais la psychologie est *notre* moyen de nous guérir, c'est celui de l'*Occident*.

6

Vivre en profondeur

Je sais que vous pensez m'avoir découverte lorsque j'ai publié le *Journal*, mais en réalité c'est moi qui *vous* ai découvertes. Quand je l'ai publié, je croyais qu'il racontait l'histoire d'une seule femme – on a souvent l'impression d'être ainsi, solitaire et unique. Mais je me suis soudain rendu compte que mon journal ne m'appartenait pas, que c'était également celui d'autres femmes. Et lorsque les lettres commencèrent à affluer, j'ai vraiment découvert toute une population de femmes que je ne connaissais pas. J'avais eu de longues amitiés avec des femmes auparavant, des amitiés profondes et solides, mais je ne savais rien de la vie et de la lutte de ces femmes qui m'écrivent dans leurs petites villes de province. J'ai véritablement découvert des milliers de femmes et j'ai pris conscience que toutes les femmes étaient en train de vivre un moment éblouissant, un merveilleux moment.

Je m'étais mise à nu et j'avais fait partager toutes mes difficultés, comme on fait partager un secret : c'est pourquoi j'ai reçu autant de lettres. Pas la moindre censure : je n'avais jamais eu l'impression que quelqu'un regardait par-dessus mon épaule, aussi avais-je été parfaitement sincère. Je n'écrivais pas pour un lecteur, même si le journal, à l'origine, était une lettre adressée à mon père qui nous avait quittés. Le journal devait décrire le nouveau pays dans lequel je venais d'arriver, l'Amérique, pour l'inciter à revenir, parce que je ne voulais pas croire qu'il était parti pour de bon. Ainsi, en un sens, le journal fut d'abord écrit pour quelqu'un d'autre. Mais ma mère ne me laissa pas l'envoyer et c'est ainsi qu'il devint un secret. Il devint une chose que j'écrivais pour moi-même. D'autre part, à onze ans, je ne parlais pas l'anglais et n'avais pas d'amis : le journal devint mon compagnon. Et ainsi, toute ma vie, il joua des rôles différents : tantôt un carnet de notes d'écrivain, tantôt un refuge pour mes rêves, et j'y dressais aussi tous les portraits de ceux qui m'entouraient.

Je faisais de nombreuses découvertes lorsqu'il m'arrivait de le faire lire. La plus importante a été qu'on ne pouvait créer de lien profond avec les autres que si l'on offrait son moi le plus secret, le plus authentique – ce que l'on fait très rarement. Mais si j'ai pu vous offrir le mien, c'est que j'avais eu la possibilité de construire ma personnalité dans cet abri, dans cette demeure de l'esprit où je me sentais protégée de la censure, de la critique et des blessures. Ce moi secret est enfin devenu assez solide pour que j'en arrive, en 1966 – très tardivement, comme vous pouvez le voir –, à sentir qu'il pouvait affronter le monde. Et cependant j'avais très peur. J'avais peur de ce dont nous avons tous peur. J'avais peur d'être condamnée, mal jugée, critiquée, incomprise.

Pour vous montrer jusqu'où allait ma peur, je vais vous raconter un cauchemar que j'ai fait juste avant la publication. J'ai rêvé que j'ouvrais ma porte d'entrée et que j'étais aussitôt frappée par une radiation mortelle. J'ai néanmoins ouvert ma porte et ce que j'ai découvert a été tout au contraire un sentiment d'union avec le monde entier et de communication avec d'autres femmes. Au lieu de ma destruction, j'ai trouvé la communion avec le monde.

En fait, il s'était produit ce qu'Ira Progoff décrit dans sa métaphore du puits, ce puits dans lequel on creuse toujours plus profondément afin d'atteindre les couches les plus cachées de notre moi. Car, dit-il, si l'on creuse assez profondément, on finit par trouver l'eau que tout le monde partage, l'eau universelle, l'inconscient collectif. Nous atteignons les rivières qui alimentent les puits. Il existe une connexion dans les profondeurs, une connexion que l'on ignore toujours si l'on se contente de rapports superficiels avec les autres. Aussi mon désir était-il de trouver ce moi le plus profond, ce moi véritable qui était responsable de tout.

R. D. Laing a lui aussi abordé ce sujet lorsqu'il a dit que nous ne pourrions jamais avoir des rapports authentiques si nous ne nous débarrassions pas des traditions, de l'éducation, des masques, et du faux visage que nous offrons au monde afin de mieux nous protéger. Car, pour nous protéger du monde, nous bâtissons une forteresse et, dans cette forteresse, nous dépérissons et nous mourons ; nous mourons de solitude comme ces femmes qui m'ont écrit toutes ces lettres des petites villes de province. En voulant nous protéger, nous nous enterrons vivants.

Moi-même, lorsque j'ai abandonné toutes ces défenses, lorsque j'ai jeté les masques et que j'ai montré ce que j'étais à vingt, à trente, à quarante ans en publiant le *Journal*, j'ai découvert que la communication était possible parce qu'elle se situait au niveau le plus profond, celui de la sensibilité. Peu importait alors si vous aviez une culture différente ou si vous n'aviez pas le même genre de père. Peu importaient les faits. L'important, c'était cette recherche du moi, c'était l'évolution affective, c'était la victoire sur les obstacles, c'étaient les peurs que nous partagions, la timidité, le trouble, les conflits, et la lutte pied à pied pour arriver à en sortir et à trouver la liberté et l'harmonie. J'ai donc

274

découvert que tout le secret des relations humaines était de livrer son moi le plus profond, seul moyen de recevoir en retour celui des autres.

Cependant, quand j'écrivais mon journal, j'avais le sentiment de faire quelque chose de très égoïste, égocentrique et narcissique – parce qu'on ne cessait pas de me le répéter. J'ignorais même à l'époque qu'il existait une tradition du journal intime, qui nous venait du Japon du Xe siècle, à une époque où les femmes n'avaient pas d'autres moyens d'exprimer ce qu'elles ressentaient. Elles cachaient leurs journaux sous leur oreiller : c'est pourquoi on les appelait des « livres pour l'oreiller ». La rédaction d'un journal intime a donc toujours joué un rôle important dans le développement de la femme. Et mon journal est tout particulièrement centré sur cette évolution dont l'idée m'obsédait.

C'est ainsi qu'autrefois j'avais un jardin où je semais des graines. J'aimais ensuite creuser la terre autour de la plante pour regarder ses racines pousser. Naturellement, cela tuait les pauvres plantes. Mais j'étais obsédée par le phénomène de croissance, et peu à peu je pris conscience que je pouvais assister à ma propre croissance.

Peut-être n'ai-je pas été très honnête en choisissant de faire débuter la partie publiée du journal au moment où ma vie s'épanouissait et devenait plus intéressante. J'ai fait là un choix de romancière. Je ne vous ai pas parlé des périodes sans histoire, des périodes vides, des périodes d'impuissance. Donc, en un sens, vous n'avez pas pu suivre mon évolution, mon passage d'une vie étriquée à une vie plus large. On m'a souvent dit : « Bien sûr, à Paris, avec les amis que vous aviez, tout était si facile, si riche, si ouvert. » Mais ce n'est pas ainsi que les choses se sont passées. Ces moments-là ne formaient que la dernière étape du voyage, qui avait commencé d'une façon bien plus médiocre.

Je suis souvent surprise et souvent même désorientée par certaines de mes opinions et attitudes à vingt ans. Peut-être est-ce la raison pour laquelle je n'ai pas fait publier le journal de mes quinze ans. Il y avait des choses que j'aurais aimé n'avoir jamais pensées, n'avoir jamais dites, mais elles étaient écrites et je devais les accepter : je devais accepter cette confrontation avec moi-même, avec mes changements. Il faut accepter l'idée de la métamorphose ; il faut comprendre que l'on peut changer, et se défaire de certains corsets, de certains héritages. Ma culture latine et ma religion m'avaient inculqué certaines idées contre lesquelles je regrette de ne pas m'être révoltée plus tôt. Je n'aimais pas relire ce que j'avais écrit à une époque où j'en étais l'esclave.

Je fus également surprise en relisant le journal de mes onze ans de découvrir que je réinventais la réalité, disant que j'avais pour père le plus merveilleux pianiste du monde, et pour mère la plus grande cantatrice. Je transformais tout selon mes désirs. C'était sans calcul et inconscient : mais tout était pure fiction. Ce n'est qu'en regardant en arrière et en parlant de cette époque comme je le fais avec vous que j'ai pu découvrir la vérité. Le journal intime présente donc le danger de ne pas toujours exprimer certaines vérités que l'on trouve pénibles. À onze ans, je ne voulais pas voir la réalité de ma vie en famille. Même adulte, nous éprouvons de la difficulté à écrire sur des sujets douloureux et nous essayons de les transformer. Mais je pense que notre plus grand problème – je suis sûre que vous l'éprouvez aussi – est la peur que quelqu'un lise par-dessus notre épaule, la peur du jugement que d'autres peuvent porter sur ce que nous avons de plus intime.

À ce sujet, j'ai fait un autre rêve très significatif. Après la mort de ma mère, j'ai rêvé que je publiais le journal et qu'elle le lisait. Ce qui indiquait que la personne dont je craignais le plus le jugement était ma mère. Elle avait dit un jour : « Depuis que tu écris sur ce monstre de D. H. Lawrence, tu n'es plus la gentille petite fille qui écrivait de si jolies choses dans son journal à neuf ans. » Elle m'avait jugée définitivement comme écrivain et n'avait jamais plus voulu rien lire de moi. Vous voyez que c'est une peur qui dure très longtemps ; les tabous durent si longtemps.

Comme vous le savez, je tenais également un journal par peur d'affronter le monde avec des romans. Je craignais de me lancer dans une œuvre que j'appelle un « travail de composition », et l'idée de m'asseoir devant ma machine à écrire et de dire : « Je commence un roman » suffisait pour me glacer jusqu'aux os. Le journal, autant qu'un acte créateur, était aussi le reflet d'une timidité.

C'est pourquoi je passais tant de temps à écouter les conversations des autres dont je remplissais mon journal. J'étais une observatrice, mais je ne me croyais pas capable d'écrire une œuvre personnelle, jusqu'au jour où je me décidai à le faire, en hommage à D. H. Lawrence, que j'aimais beaucoup. C'est une réaction assez courante chez les jeunes. Ils ont besoin d'un modèle ; et j'avais trouvé un modèle. J'avais trouvé quelqu'un dont je désirais approfondir l'œuvre, parce qu'il avait essayé de trouver le langage de la femme. Son écriture était souvent féminine. Puis j'écrivis un livre à partir de rêves, mais j'avais toujours peur d'une œuvre structurée, j'avais peur d'affronter le monde et de dire : « Je suis un écrivain, je suis une romancière. » C'est pourquoi je me cachais toujours derrière le journal ; les journaux intimes peuvent servir de retraite pour les personnes timides qui ne veulent pas s'exposer à la face du monde.

Je tins mon journal avec une régularité qui confinait à l'obsession, lorsque Rank me demanda un jour de m'arrêter pendant quelque temps afin que je ne sois pas, selon ses propres termes, possédée par le journal au lieu de le posséder. Il pensait que le journal était devenu une contrainte et il désirait que je m'en libère. Il me le confisqua et je me sentis très désemparée et très malheureuse. Je me comparais à un fumeur d'opium privé de sa drogue. Rank espérait ainsi me faire passer du journal à la fiction, à une œuvre plus imaginative, plus créatrice. C'était pour moi si reposant d'écrire un journal ! C'était si facile et si libre que j'y prenais plaisir et refusais de me lancer dans la vraie littérature, ce qu'il pensait que je devais faire.

Mais je mis au point une ruse efficace : puisque je ne pouvais plus écrire dans mon journal, je me suis mise à composer un portrait de Rank que je lui fis lire et il me dit : « Soit, continuez à écrire votre journal ! » Mais cette expérience m'avait délivrée de tout sentiment de devoir et d'obligation, ou plutôt de l'obsession du journal. Et, sur ce point, il avait raison. À partir de ce moment-là, je me suis sentie beaucoup plus libre de choisir et de ne raconter que les expériences dignes d'intérêt ; j'avais ainsi de plus en plus de temps pour mon œuvre. Je ne me sentais aucune obligation d'écrire ce qui se passait chaque jour. Rank essayait donc de libérer mon imagination : pour lui, ce récit quotidien était le contraire de la création.

Cependant, je découvris par la suite qu'il avait tort. Même s'il y a eu conflit, au début, entre le journal et les romans – parce que je craignais que ce rapport quotidien des événements ne me gêne pour une œuvre de fiction –, je me rendis compte que les deux formes d'écriture se nourrissaient l'une l'autre : écrire des romans améliorait l'écriture du journal, qui elle-même me permettait d'approcher plus près la vérité des émotions. Je ne me souciais pas d'être réaliste dans le sens que l'on donne à ce mot lorsqu'on parle de roman réaliste, mais je tirais mes romans de la réalité, de la réalité affective. Il finit par y avoir harmonie entre les deux.

C'est parce que je me méfiais de la fidélité de la mémoire que j'avais noté aussi scrupuleusement, depuis l'âge de onze ans, tout ce que je voyais ou entendais. J'avais vraiment l'impression que la mémoire transformait le vécu et que chaque événement était restitué en fonction de nos valeurs présentes. Moi, au contraire, je désirais suivre le déroulement d'une vie, sa croissance et son développement continus, observer ses transformations. Suivre ainsi l'évolution d'une personnalité, d'un écrivain, d'un artiste comme j'ai pu le faire avec une si grande attention et un tel souci du détail m'a fait prendre conscience du fait que la mémoire trahissait et que ce portrait instantané apportait quelque chose, qui ne se trouvait pas dans les livres de souvenirs et encore moins dans les romans. Comme l'a dit D. H. Lawrence, la difficulté de la fiction est de faire passer l'essence même de la vie et de l'expérience dans une forme artistique pré-établie, car le danger de cette transposition, de ce passage de l'expérience à la fiction est de faire mourir l'essentiel pendant le voyage. Or le jour-nal ne présente pas ce danger, parce qu'il n'y a pas en lui de distance. Le moment vécu est saisi sur le vif, et, à force de détails accumulés, une personna-lité finit par émerger avec toutes ses ambivalences, ses contradictions, ses paradoxes, en un mot avec sa vie.

En Europe, le journal a toujours été une forme littéraire très respectée. Tout écrivain tenait son journal ; le journal semblait presque nécessaire à son développement. Il n'a jamais été considéré comme une occupation purement privée ; il fai-sait partie de la vie littéraire, c'était une contribu-tion culturelle. Amiel, Gide, George Sand, Virginia Woolf – tous nos écrivains tenaient leur journal. En revanche, en Amérique, il y en avait très peu. La tradition américaine n'avait pas encouragé à tenir son journal. Mais aujourd'hui nous nous rat-trapons, avec cependant un but différent ; nous voyons dans la tenue d'un journal un moyen de parvenir à une meilleure connaissance de nous-mêmes, à la création de notre personnalité.

C'est ainsi qu'on a demandé à un groupe de jeunes futurs psychanalystes d'écrire leur journal pour compléter leur formation. Au bout de six semaines, ils m'ont fait appeler : ils se prétendaient paralysés de peur. Je leur ai dit : « Comment est-ce possible ? Vous qui êtes en contact permanent avec les complexités de la nature humaine ! Vous êtes des psychologues et votre métier sera de résoudre tous les problèmes et difficultés psychologiques des autres. Comment pouvez-vous avoir peur ? » Et ils m'ont répondu : « Eh bien, nous avions l'habitude de débattre de ces questions en groupe, mais nous ne nous étions jamais assis seuls à une table devant une feuille blanche, en face de nous-mêmes. » Ils étaient mûrs, mais ils avaient peur.

Cependant, cette peur est tout à fait naturelle parce que nous avons grandi avec la pensée constante du regard jeté par-dessus notre épaule : l'œil des parents, ou l'œil du professeur, ou même, dans certains cas, l'œil de Dieu, qui, nous disait-on, voyait tout ce que l'on faisait. Ces terreurs d'être observés font partie de l'enfance et elles sont certainement fondées sur une réalité. C'est cette pensée même d'être observés qui nous oblige à nous tourner vers quelque jardin secret où nous pouvons enfin nous regarder en face sans crainte d'être vus. Nous avons beaucoup trop vécu avec cette hantise d'un monde qui nous regarde. Nous croyons que c'est une qualité, mais cela cesse d'être une vertu si cela nous empêche d'être sincères ou d'évoluer.

Cependant, nous ne sommes jamais complètement sincères lorsque nous écrivons quelque chose qui risque d'être lu par quelqu'un : c'est toute la valeur du secret. La condition nécessaire à la sincérité est le secret. J'ai acquis assez de maturité pour sentir que mon journal n'avait plus besoin d'être secret, mais au début il fallait que je sois sûre que personne ne le lirait un jour, et c'est à cette condition que j'étais absolument sincère avec moi-même. Le journal m'aida également à trouver mon identité véritable. Je n'étais plus seulement une femme à qui l'on faisait jouer des rôles, des rôles imposés par ma culture – par mes deux cultures, d'abord latine, puis américaine – et que je remplissais. Je faisais ce que j'appelais mon devoir. Mais, parallèlement, le journal permettait à mon autre moi de vivre ; il révélait ce que je désirais vraiment, ce que je ressentais vraiment, ce que je pensais vraiment.

La raison pour laquelle je crois aujourd'hui si profondément au journal, et qui fait que j'en parle avec autant de ferveur, c'est qu'il m'a aidée à ma propre découverte. En bâtissant graduellement cet abri que constituait le journal, j'ai créé du même coup un endroit où je pouvais toujours dire la vérité, où je pouvais parler de mes amis en toute sincérité, où je pouvais mieux endurer les phases critiques de certaines relations qui nous donnent souvent envie de fuir. Le journal m'obligeait à rester là, à rester entière et à continuer à sentir. Il fallait que je raconte tout au journal. Je ne pouvais pas me permettre de relâchement ; je ne pouvais pas me permettre de devenir insensible, sinon je n'aurais plus rien eu à dire au journal.

À cet égard, il se produit un phénomène curieux. On a tendance à vouloir rendre sa vie intéressante afin que le journal ne soit pas ennuyeux. On en parlait souvent avec des amis. Il y a une période, dans le tome III du *Journal*, où je me rappelle avoir pensé : « Que se passe-t-il ? Je n'ai vraiment rien d'intéressant à dire, il faut faire quelque chose. En fait, c'est ma faute, c'est à moi de créer ma vie. » La création littéraire, voyez-vous, est donc liée à la création de la vie elle-même.

L'exploration du monde intérieur est donc une chose nécessaire : ne laissez jamais dire qu'il s'agit là d'une occupation égoïste et narcissique. Un critique, Leon Edel, a dit que le journal n'était rien d'autre qu'un étang pour Narcisse. Ce à quoi j'ai répondu : « Je n'ai jamais vu un étang pour Narcisse où se reflètent en même temps un millier de personnages. » Et c'est la vérité ; je les ai comptés ! Mais notre culture a toujours regardé d'un œil soupçonneux ceux qui se tournaient vers l'intérieur. Peut-être les hommes avaient-ils peur de se tourner vers l'intérieur – comme s'il s'agissait d'un coquillage – et de ne jamais ressortir. Parfois, nous avons de bonnes raisons de ne pas ressortir. Mais j'ai découvert que je suis sortie de l'autre côté, et que le coquillage possède une ouverture.

Je pense devoir à mon journal ma réceptivité aux autres : il m'a préparée à recevoir le visage, la voix, la présence ou les mots des autres. C'est une forme d'amour, une forme d'attention. Et lorsque certains étudiants me disent : « Mais vous connaissiez tant de gens célèbres ! », je réponds : « N'oubliez pas qu'ils n'étaient pas célèbres au moment où nous nous sommes rencontrés ; nous nous sommes trouvés ensemble par hasard et nous n'avions rien créé ni les uns ni les autres ; nous nous sommes choisis pour des raisons profondes, pour des potentiels que nous sentions en chacun de nous. » Nous n'étions ni des écrivains accomplis ni des écrivains célèbres ; nous étions comme des étudiants assis sur le même banc. Mais nous faisions attention à celui qui était assis à côté de nous. Nous ne recherchions pas les écrivains célèbres en France. Nous nous contentions de nous encourager et de grandir par nos propres moyens. Ainsi, nous avons appris à vivre avec les autres, à aider les autres à créer, à aider les autres à accomplir leur œuvre. Nous nous montrions très encourageants, très fraternels. Et ensuite, naturellement, j'écrivais dans mon journal tout ce que j'entendais. C'est comme ces petites fleurs japonaises que l'on met dans l'eau. J'appris peu à peu à les laisser éclore. Au lieu de me montrer impatiente dans mes descriptions, je voulais descendre toujours plus profond.

À notre époque où nous vivons à un rythme si rapide, où nous avons l'impression que les rapports avec les autres ne sont que passagers, transitoires et superficiels, nous avons plus que jamais besoin de nous pencher sur les craintes qui nous empêchent de nous dévoiler. Une part de cette crainte a trouvé une issue dans le roman. Cependant, les femmes ont continué à écrire leur journal et nous savons que George Sand, qui a pourtant écrit tant de romans, a toujours éprouvé le besoin de tenir un journal dans lequel elle pouvait parler de sa vie personnelle.

Ainsi, ce secret que j'ai gardé pendant tant d'années avant de me décider à le partager avec vous m'a révélé une chose qui s'applique à nous tous. Il m'a révélé la peur que nous avons tous de montrer ce que nous sommes au fond, et c'est cette peur qui est en grande partie à l'origine de ce que nous appelons notre société aliénée. La cause n'en est pas extérieure : elle n'est pas dans le caractère éphémère des éléments de la vie américaine, dans les trop nombreux déplacements ou dans nos fréquents déracinements. En effet, mon propre déracinement m'a, au contraire, incitée à me tourner une fois de plus vers la littérature.

Lorsque je suis arrivée en Amérique, je ne parlais pas l'anglais, et n'avais aucun ami. Le journal devint mon ami et mon confesseur. Il remplaçait aussi le père. C'est ainsi que j'appris la source vitale que pouvait représenter ce qui semblait n'être qu'un monologue, un monologue intérieur. Or c'était plus que cela. C'était le moyen que j'allais utiliser pour reconstruire le pont brisé par la séparation de mes parents, qui avait entraîné le départ dans un pays étranger. J'ai donc commencé à écrire pour trouver un sens à ma vie, ce qui n'avait rien à voir avec la littérature. Le journal n'était donc plus seulement le compagnon qui me permettait de ne pas me sentir perdue dans un pays étranger dont je ne parlais pas la langue, mais il était également mon miroir. C'était l'endroit où je pouvais dire la vérité sans crainte d'être regardée.

Et cette habitude, née accidentellement à la suite d'un traumatisme psychologique, devint l'un des moteurs de ma vie et prit, après quelques années, une tonalité différente. Ce n'était plus seulement ma propre histoire, mais également mon aventure en pays inconnu. Il devint le journal d'une aventurière. Il me permettait de regarder ma vie objectivement et, dans les moments les plus pénibles, les plus destructeurs, il me rappelait que ce n'était qu'une aventure, que ce n'était qu'un conte. D'une certaine manière, l'écriture donnait à ma vie le petit peu de distance dont j'avais besoin pour supporter les expériences les plus douloureuses. Donc, il y a toujours eu ce double mobile. L'un était la croissance : je voulais me voir grandir ; et, ensuite, me voyant moi-même évoluer, il était naturel que j'observe l'évolution de ceux qui m'entouraient. Ainsi, votre attention, votre observation permanente, votre réflexion, de même que votre analyse des événements et l'intérêt que vous portez à votre propre évolution et à celle des autres – tout cela finit par devenir indispensable à votre existence. En effet, ce que nous ne prenons pas la peine d'écrire reste souvent très flou. Et, aujourd'hui, tout particulièrement au moment où les femmes essaient de trouver leur identité, j'ai découvert que ce qui manquait le plus, c'était l'expression : être capable d'exprimer ce que vous sentez, ce que vous pensez, ce que vous croyez et que vous désirez faire partager aux autres.

Ce soir, on m'a demandé de parler de l'écriture, non pas de l'écriture littéraire, mais de celle qui est directement liée à notre vie – je dirais même nécessaire à notre vie… Je vais vous dire comment, depuis le début, l'écriture a toujours eu un lien si étroit avec ma vie, et comment elle est devenue indispensable à mon existence. Lorsque j'avais neuf ans, un médecin avait fait à mon sujet une erreur de diagnostic en déclarant que je ne marcherais jamais plus. Ma première réaction fut de demander un crayon et du papier et de commencer à faire des portraits de tous les membres de ma famille. Puis j'ai continué sous forme de notes que je rassemblais dans un petit carnet sur lequel j'avais même écrit : « Membre de l'Académie française ». Cette réaction montrait, de toute évidence, que je me tournais vers les mots pour y trouver une raison de vivre, puisque je pensais alors ne plus jamais être une enfant et une adolescente comme les autres. Je me sers de cet exemple pour vous montrer surtout comment l'écriture peut devenir un moyen d'apprendre à vivre : en effet, lorsque j'ai pu à nouveau marcher, l'écriture est néanmoins restée pour moi cette source de contact avec moi-même et avec les autres.

Autre exemple : lorsqu'un jour, à l'occasion d'un bal masqué, on nous avait proposé de revêtir un costume exprimant notre propre folie, j'avais choisi d'enfermer ma tête dans une cage d'oiseau, d'où se dévidait une sorte de serpentin de l'inconscient – longs rubans de papier sur lesquels j'avais écrit une suite de phrases. C'était là un symbole très clair de la manière dont j'espérais sortir de ma cage.

Cependant, vous pouvez encore dire en lisant le *Journal* : « Pour vous, c'est très facile ; vous écrivez bien. » Néanmoins, j'aimerais que vous sachiez qu'à vingt ans je n'écrivais pas bien, et c'est délibérément que j'ai donné mon premier roman à la bibliothèque de Northwestern University pour que les étudiants puissent comparer la façon dont j'écrivais à vingt ans et celle dont j'écris maintenant.

L'erreur que nous commettons quand nous prenons quelqu'un comme modèle est de le prendre à son point d'arrivée. Nous oublions toutes les difficultés qu'il a dû surmonter – la timidité, l'impuissance à parler en public (je ne pouvais même pas parler aux gens que je connaissais). Au début, nous ne voyons que le résultat final et concluons : « Inutile d'imiter tel ou tel écrivain, nous n'en avons pas le talent. » À vingt ans, je n'avais pas de talent particulier. Je ne possédais pas de qualités exceptionnelles. C'est la persévérance et l'amour de mon art qui ont fini par devenir une discipline et qui m'ont fait apprendre mon métier d'écrivain.

Si j'ai pu exprimer exactement ce que je ressentais, c'est que, comme le pianiste qui fait ses gammes quotidiennes, j'écrivais tous les jours. Il n'y a pas d'autre raison. Pas d'études, pas de discipline littéraire : rien que la lecture et la disponibilité à l'expérience. Je devais me montrer ouverte, car il fallait que j'écrive tout dans le journal.

J'aimerais donc faire cesser ce préjugé qui veut que l'écriture soit le privilège de quelques gens doués. Je veux que l'on élimine cette idée… Vous ne devez pas croire que toute personne qui se réalise par l'écriture, et même celle qui fait preuve de talent littéraire, ait nécessairement, au départ, des dons exceptionnels. J'ai toujours dit qu'elle devait avoir une obstination exceptionnelle. Rien ne m'a jamais empêché d'écrire chaque soir, après tous les événements de la journée.

Ce ne sont pas seulement les gens doués qui peuvent écrire sur leur vie d'une manière intéressante. Il n'est pas question ici de valeur littéraire. Ce qui importe, c'est que chacun pénètre chaque jour plus profondément dans les couches de sa conscience et de son inconscient. Je notais tout. Je notais les intuitions, les prémonitions, tantôt imaginant l'avenir, tantôt me replongeant dans le passé que je réanalysais.

Je ne désire pas faire de vous tous des écrivains : je veux que vous preniez conscience de votre voie. Sachez d'abord jusqu'à quel point vous vous connaissez. Souvenez-vous, dans les premiers cahiers du journal, je parlais souvent de l'impression que j'avais de jouer des rôles – rôles que l'on a toujours demandés à la femme –, mais je savais aussi qu'une part de moi-même existait ailleurs et aspirait à une autre forme de vie plus authentique. R. D. Laing pense que la recherche de cette authenticité revient à se débarrasser constamment de ses faux rôles. Il y a plusieurs façons d'y parvenir, mais vous pouvez commencer par vous observer parce qu'il existe en nous tant de choses que l'on *ne veut pas* voir. Je ne voulais pas voir où j'en étais exactement à Louveciennes avant de nouer certaines amitiés, avant d'entrer dans le monde littéraire, avant d'écrire mon premier livre. Je ne voulais pas voir que je n'étais nulle part ; vouloir regarder les choses en face est très important pour notre orientation. Et pour trouver cette orientation, je me suis servie de tous les moyens possibles. Non seulement l'amitié, la psychologie, l'analyse, mais également les livres, la recherche, l'écoute des autres – tout cela a contribué à la découverte de celle que j'étais vraiment. Ce n'était pas, à l'époque, aussi précis et aussi défini que cela peut le sembler aujourd'hui : cette révélation ne se fait pas en un jour. C'est une progression continue, qui dure toute votre vie. Mais quand j'ai pu au moins être sûre d'être sur la voie qui me convenait, les obstacles ont commencé à disparaître. Ce n'était pas un bonheur que quelqu'un pouvait me donner, c'était quelque chose que je devais trouver en moi.

Je vous parle donc du journal, non pas comme œuvre littéraire, mais comme d'une nourriture nécessaire à la vie, comme un moyen de trouver sa voie qui mène à l'intérieur. Peu importe la forme que vous lui donnez, que ce soit une méditation, un exercice d'écriture ou simplement un moment de réflexion sur la direction, sur le courant de votre vie. C'est une façon d'arrêter la vie un moment pour en prendre conscience. Et c'est cette forme de conscience qui est menacée dans notre monde d'aujourd'hui, à cause de son accélération, de sa mécanisation.

Dans son introduction au premier tome du *Journal*, Gunther Stuhlmann dit que ma vie réelle d'écrivain et de femme est tout entière dans les pages de ce journal. Je dois ajouter à cela que ce que j'entendais par ma vie réelle, c'étaient les deux rôles que j'avais à jouer : l'un dans le monde, où je cherchais à être agréable, à inspirer les autres, à donner le meilleur de moi-même ; et l'autre dans le journal, où j'écrivais toute la vérité, toutes mes impressions sur mon entourage et sur les événements. Et, dans une certaine mesure, ce dédoublement m'avait amenée à voir que la vérité est destructrice. Du moins, je croyais que certaines formes de vérité étaient destructrices et qu'il fallait garder secrets tous ces démons dans le journal. J'ai cependant changé d'avis, car je me suis rendu compte que ces pensées que j'avais crues condamnables avaient, en réalité, plus de valeur que les autres ; j'ai découvert que ces réflexions intimes et secrètes que je faisais sur moi-même et sur autrui étaient beaucoup plus profondes et plus révélatrices que l'image extérieure que les gens voulaient donner d'eux-mêmes. Seuls n'ont pas compris le *Journal* ceux qui sont restés persuadés que toute introspection, toute observation, toute analyse des conflits individuels n'était que narcissisme. Nous avons assisté à l'éclosion de nombreux mouvements de masse, hystériques et irréfléchis, parce que notre époque nous a fait renoncer à l'individu. L'individu doit se fondre avec les intérêts collectifs ou de l'humanité, mais d'abord il faut qu'il *existe*, afin de pouvoir faire un choix et apporter sa contribution. La perte de l'identité, la dépersonnalisation, a conduit à un état dangereux de déshumanisation dont nous avons vu quelques manifestations dans la vie américaine. Ceux qui, en cette période, se sont tournés vers le journal intime l'ont fait pour trouver un noyau en eux-mêmes, ou bien quelque chose à partir de quoi ils pouvaient créer, à quoi ils pouvaient se raccrocher : une compréhension partie de la base, une aptitude au jugement, un sens des valeurs, toutes ces qualités que nous avions laissées se perdre, dans une sorte d'abrutissement collectif.

Je n'ai pas publié le *Journal* par nostalgie du passé. Je me suis rendu compte à un certain moment qu'il avait des liens très profonds avec la vie contemporaine. Je ne pense pas que je l'aurais publié s'il n'avait été fait que de souvenirs de personnages morts ou disparus et n'ayant aucun lien avec le présent. Mais j'ai trouvé que la pensée de Rank, l'œuvre de Henry Miller, la forte influence d'Artaud comptaient encore beaucoup dans la pensée contemporaine. Si bien que le *Journal* n'est pas une *Recherche du temps perdu*. C'est, en fait, une tentative d'unifier le passé, le présent et l'avenir. Ma vie aujourd'hui est la même qu'à l'époque où j'écrivais le journal ; elle est toujours pleine et riche. J'explore sans cesse de nouveaux domaines, avec une curiosité permanente, toujours prête à l'aventure.

Je ne souhaitais pas rattraper le passé. Mais je fus ravie de découvrir que les choses, les gens, les endroits que j'avais aimés pouvaient vivre à jamais. Je fus heureuse de voir que je les avais ranimés pour toujours. C'est cette découverte qui me poussa vraiment à publier le *Journal*. Je n'y voyais pas une preuve d'orgueil parce que j'avais l'impression que ce n'était pas plus une autobiographie qu'une galerie de portraits. Évidemment, il est nécessaire d'avoir soi-même une identité si l'on veut être le miroir qui convient à d'autres. Dans mon effort permanent pour cultiver une sensibilité toujours plus étendue, j'ai toujours utilisé la comparaison du miroir. Le miroir doit avoir une identité, une existence, une intelligence dans ce qu'il reflète. Et je suis fière de cette qualité dans le journal ; j'y ai vraiment reflété des choses essentielles.

La vie individuelle, vécue en profondeur, nous amène au-delà de l'individu. C'est la découverte que j'ai faite en publiant le *Journal*, qui était jusqu'alors mon secret. J'ai compris qu'il appartenait à tout le monde et pas seulement à moi.

Au lieu d'être découverte grâce à la publication du *Journal*, c'est moi qui ai découvert des milliers de femmes que je ne connaissais pas, et toute une partie de la vie américaine que je ne connaissais pas. Voilà peut-être le seul avantage qu'apporte la célébrité : elle vous permet de toucher un monde plus large. C'est donc moi qui ai fait une découverte, qui ai fait votre découverte.

Question. — La publication du *Journal* a-t-elle changé votre attitude à son égard – après l'avoir fait lire, vous sentiez-vous une autre lorsque vous vous asseyiez à votre table pour écrire ?

Anaïs Nin. — N'oubliez pas que j'ai commencé très jeune. C'est très important. J'ai commencé à onze ans. C'était une habitude si solide et que j'ai si longtemps tenue secrète que même aujourd'hui, lorsque j'écris sur le présent ou sur le passé, je me dis que mes mots ne seront jamais lus et j'y crois ! J'y crois parce que le journal est demeuré secret si longtemps !

Q. — Votre *Journal* est une œuvre si personnelle que je m'étonne de voir que sa lecture me rapproche plus de vous qu'elle ne m'en sépare. Comment se fait-il que tant de femmes puissent s'identifier à lui, se retrouver en lui ?

A.N. — Je pense que cela n'a rien à voir avec la littérature ni avec mon métier d'écrivain. Cela vient de ce que j'ai essayé d'exprimer plus haut :

en vivant votre vie personnelle en profondeur, vous dépassez le cadre personnel. Vous rejoignez le collectif. En d'autres termes, en explorant aussi profondément ma vie personnelle, je n'ai pas décrit une expérience unique ou un type particulier de femme, mais j'ai touché l'identité affective de chacun de mes « personnages ». Mes lectrices avaient l'impression que, même si leurs pères ne ressemblaient pas au mien, même si elles n'étaient pas nées en Europe, même si les événements n'étaient pas tout à fait les mêmes, elles n'en avaient pas moins la même sensibilité. Dans leurs lettres, les femmes ne me disent pas : « J'aime votre style », mais : « Votre *Journal* est *mon* journal. » Ou bien : « Je vous sens comme une amie à qui je peux tout dire. » C'est un peu ce que Jung disait : en allant au fond de l'individu, nous devenons plus qu'un individu. Je ne suis pas un phénomène unique. Je croyais en être un quand j'avais vingt ans. Parce que personne autour de moi ne lisait ou ne pensait les mêmes choses que moi, je me croyais excentrique. Mais, voyez-vous, ce que j'ai découvert, c'est qu'en allant au fond de soi, la vie personnelle est dépassée et atteint l'universel.

Q. — Je ne tiens pas un journal en ce moment, mais j'éprouve souvent le besoin de noter certaines de mes impressions. Je décide alors de tenir un journal : je prépare tout, j'ouvre mon cahier, mais aussitôt se pose la question : par où commencer ?

A.N. — Placez-vous dans le présent. C'était mon principe lorsque j'écrivais mon journal – écrire la chose qui m'avait le plus frappée le jour même. Commencez par là, et ensuite tout se démêle, parce que tout a des racines dans le passé et des ramifications dans l'avenir. Le principal est ce que vous avez éprouvé avec le plus de force aujourd'hui, c'est de savoir où vous vous *situez* aujourd'hui : c'est *là* le but même d'un journal. Autrement, vous écririez des Mémoires ; j'écrirais aujourd'hui sur mon passé. L'important, c'est *maintenant*, c'est saisir la vie *maintenant*, c'est l'endroit où vous êtes aujourd'hui, ce que vous ressentez aujourd'hui, ce que vous ressentez le plus fortement. J'ai toujours procédé ainsi ; c'est pourquoi tout n'est pas dans le journal. Je choisissais l'événement le plus frappant de la journée, celui qui m'avait fait l'impression la plus vive, la plus chaude, la plus forte, la plus proche. Voilà comment je sélectionnais. Il est impossible de noter toutes les pensées qui nous traversent en une journée, car on refait l'univers en une journée ! L'important c'est *aujourd'hui*. Il peut arriver qu'un souvenir remonte à la surface. De temps en temps, dans le journal, un souvenir se présentait à mon esprit et je le notais. Ou bien un rêve peut

298

parfois vous replonger dans le passé comme vous projeter dans l'avenir.

Q. — Cela ne ressemble pas à la façon dont on imagine traditionnellement le journal intime. Tous les adolescents sont censés tenir des journaux qu'ils veulent garder secrets.

A.N. — Ce ne sont plus des journaux, mais des calendriers.

Q. — Dans mon journal, j'essaie de me délivrer de sentiments déprimants dont je n'arrive pas à me délivrer en les exprimant de vive voix. Mais je remarque que ça ne me soulage pas toujours. Parfois, j'ai l'impression qu'il faudrait que j'aille plus loin et cela m'effraie. Comment puis-je faire la distinction entre ce que je peux résoudre par le journal et ce que je dois résoudre directement avec la personne concernée ?

A.N. — À mon avis, après une première approche clairvoyante de notre colère dans le journal, les raisons profondes nous en apparaissent plus évidentes. Et lorsque nous devons nous en expliquer avec la personne, nous pouvons nous exprimer avec plus de clarté. Le journal m'a aidée à analyser les situations. Au lieu de me battre avec mes jeunes frères pour ce qu'ils avaient fait, j'analysais ce qui avait provoqué ma colère et, ce faisant, la colère s'apaisait, la colère aveugle : j'étais alors capable de leur parler et d'améliorer la situation.

Mais je sais que l'on peut également se servir du journal à des fins négatives. Je me souviens, autrefois, chaque fois que j'entendais une voiture de pompiers, je pensais : « Mon journal est en train de brûler ! » J'ignorais pourquoi, mais un jour, en parlant à un médecin, je me suis souvenue que mes amis m'avaient demandé la veille où siégeait mon démon : de toute évidence, mon moi démoniaque était dans le journal – et donc, si jamais le journal brûlait, une part de mon vrai moi s'envolait avec. Je n'ai plus jamais cette impression aujourd'hui. Mon vrai moi n'est plus dans le journal, il est ici ! Mais cela fait partie de tout un processus. Nous avons tendance à nous plaindre, à nous lamenter, à geindre, comme je l'ai fait dans le journal – image que je ne voulais vraiment pas offrir au monde. Mais peu à peu, on commence à faire la synthèse des choses.

Ce qui est si merveilleux dans le journal, c'est qu'il vous permet d'accomplir votre voyage intérieur et de faire la synthèse de toutes les parties de vous-même afin qu'elles forment un tout. Le journal nous aide vraiment dans cette tâche. Sans cela, nous pouvons vivre des expériences négatives sans possibilité de nous en sortir.

Q. — Il m'est très difficile d'écrire sur mon mari, si je veux rester absolument honnête. Je ne peux parler que des bons côtés et je suis sûre que cela vient de la peur que mon journal ne lui tombe sous les yeux.

A.N. — Évidemment. C'est même la peur d'y *penser* tout simplement. Mais le fait de pouvoir l'écrire prouve que vous l'analysez plus clairement et plus complètement.

Q. — Pourtant, j'aimerais qu'il soit capable de le lire. Jusqu'ici, nos rapports ont été d'une honnêteté totale et j'ai peur de l'entacher en gardant des secrets.

A.N. — C'est très difficile. Dans l'idée conventionnelle que nous nous faisons de la loyauté, il peut sembler déloyal de vouloir analyser avec une honnêteté totale la personne que l'on aime. Mais je me suis rendu compte que c'était beaucoup moins destructeur que de ne pas être honnête. Parce que les pensées existent, les impressions demeurent. On ne fait que les réprimer. Et elles ressortent sous une forme plus agressive. Comme je vous l'ai dit, lorsque j'en voulais à mes deux frères, le fait d'exprimer dans mon journal les raisons de ma colère me montrait souvent que celle-ci était stupide ou injustifiée, ce qui clarifiait les rapports au lieu de faire du mal. Vous pourriez penser que je faisais du mal en écrivant mes doléances, en racontant ce qu'ils avaient fait de méchant, mais, en réalité, cela faisait du bien. C'est une autre forme de loyauté. Si vous exprimez avec sincérité ce que vous ressentez, vous n'aurez jamais ces tendances destructrices et cachées qu'il nous arrive d'avoir en étouffant nos sentiments.

Q. — Cachiez-vous votre journal ?

A.N. — Oui. Du jour où j'ai trouvé mes frères en train de le lire et d'en rire, parce que j'y racontais toutes mes colères contre eux. Je ne voulais pas les frapper parce qu'ils étaient plus jeunes. Aussi lisaient-ils cela avec délice. C'est alors que j'ai commencé à le cacher.

Q. — Malgré tout, j'éprouve une drôle d'impression lorsque je le cache.

A.N. — C'est nécessaire J'ai entendu certains jeunes dire qu'ils voulaient tout partager, tout montrer. Ils essaient de communiquer, d'être ouverts et confiants tout en écrivant quelque chose de secret. Mais je pense que pour la création de soi-même, pour refléter sa véritable image et se créer une identité et une personnalité, on doit commencer par le secret. J'ai toujours senti qu'il fallait que j'accomplisse seule cette tâche, parce que, autrement, j'aurais adopté les idées de mes parents ou celles du livre que j'étais en train de lire. J'ai vraiment senti qu'il me fallait un endroit à moi, où je pourrais me créer, sans la moindre interférence. Je dirais donc qu'au commencement, phase la plus vulnérable, il est dangereux de partager, dangereux d'écrire pour un autre. Plus tard, c'est, bien entendu, différent. Aujourd'hui, je suis heureuse de pouvoir nouer des relations grâce au *Journal* : ainsi, parce que vous me connaissez, je finirai par vous connaître mieux que d'autres. Mais, au début, c'est un danger, car nous n'avons pas une conception bien définie de ce que nous ressentons.

Q. — Lorsque vous relisez quelque chose que vous avez écrit dans le passé, le trouvez-vous peu pertinent et sans importance ?

A.N. — Pas si vous le regardez sous l'angle de la croissance de l'être, c'est-à-dire de l'évolution. À vingt ans, il m'arrivait de rire de certaines pensées que j'avais pu exprimer dans le journal. Je n'aimais presque rien de ce que j'y lisais. Mais je sais que c'était une étape dans le processus de l'évolution – l'âge arrogant, l'âge timide, époques où nous sommes toujours maladroits. Je n'ai jamais trouvé un texte du passé sans pertinence. Je l'ai trouvé parfois pathétique, sans l'approuver. Mais cela fait partie d'un tout : un pas entraîne l'autre. On y lit votre désir de suivre votre progression pied à pied, votre désir d'analyser votre développement.

Q. — Faut-il que vous sortiez un petit peu de vous-même pour regarder en arrière ?

A.N. — Oui. Et le fait que tout soit écrit vous permet de regarder en arrière.

Q. — Lorsque vous avez pris la responsabilité de tenir secret votre journal, avez-vous eu l'impression que vous deveniez plus vulnérable, de risquer de vous trahir – non pas nécessairement dans le fait de tenir un journal, mais dans l'attitude que vous alliez adopter avec les autres ?

A.N. — Non. Il n'y avait pas une très grande différence entre mes pensées et mon comportement ; il n'y avait de séparation qu'entre ce que je pensais, ce que je ressentais et ce que je disais ouvertement – ou ne disais pas ! Mais, curieusement, en commençant à tenir un journal, vous vous mettez aussi à vous confier aux gens. Vous vous apprenez à parler. J'ai souvent parlé de l'écriture, non pas comme art, mais comme quelque chose qui a une influence vitale sur votre existence, parce qu'elle vous apprend à vous exprimer et à dire aux autres ce que vous voulez réellement leur dire. Ainsi, j'ai appris à parler à mes amis en écrivant, et l'écriture m'entraînait à exprimer mes sentiments.

Mais il fut une époque où j'avais peur de dévoiler certains sentiments ou de me confier, parce que j'avais vraiment l'impression que je devais vivre conformément à une image, adopter un masque. On s'attendait plutôt à ce que je sois le confesseur, celle à qui les autres viennent se confier. Personne n'attendait de confession de moi. Ce rôle semblait m'être imparti, rôle qui s'équilibrait avec la confession du journal. Et je me souviens d'un psychologue qui m'avait beaucoup impressionnée en disant : « Que ressentez-vous lorsque les gens s'ouvrent à vous et vous racontent leur vie ? » À qui je répondis : « Je les aime parce qu'alors je les connais et je ne les juge pas. » Et lui me dit : « Pourquoi n'avez-vous pas envie de faire comme eux ? » En d'autres termes, j'aimais ceux qui s'ouvraient à moi parce que je les connaissais alors de façon intime. À l'époque, je ne me rendais pas compte que les autres pouvaient éprouver la même chose à mon sujet.

Q. — Ma propre expérience m'a fait trouver le journal très futile, parce que je m'éloignais des autres pour tenir mon journal, et en le tenant, je me cachais, en même temps, ma vraie personnalité.

A.N. — Eh bien, je pense que vous n'avez pas attendu assez longtemps pour que les deux choses se rejoignent. Le journal commence par vous aider à créer votre véritable moi. Lorsque vous sentez que vous pouvez vraiment le faire vivre, l'utilité du journal disparaît en un sens. Si vous aviez attendu assez longtemps, il se serait certainement produit une fusion entre le rôle que vous jouez dans le monde et le moi plus profond que vous exprimez dans le journal. Chez la plupart des gens, cette fusion ne se produit jamais. Mais cela ne vous empêche pas de garder votre moi secret quelque part. Et, un jour, ce moi du journal va rencontrer l'autre et va vous faire parler ou agir dans la vie comme vous le faites dans le journal. C'est pourquoi Ira Progoff vous demande d'établir un dialogue avec un écrivain disparu ou un parent qui n'est plus, ou quelqu'un que vous n'avez jamais rencontré – de parler avec eux afin d'aller plus loin dans vos désirs. Ce dialogue vous incite à rapprocher les deux choses, si bien que vous finissez par ne plus faire qu'un avec le journal.

Q. — En observant ainsi votre évolution, en recherchant qui vous êtes, avez-vous eu déjà envie de renier ou de critiquer ce que vous pensiez alors, ce que vous pensiez être votre vrai moi ?

A.N. — Le processus de création *est* une critique permanente de vous-même. On ne peut pas évoluer sans critique. Vous n'évolueriez pas si vous ne pensiez pas profondément que celui que vous étiez la veille n'était pas assez grand. Si vous acceptez de perdre quelque chose, c'est parce que vous croyez vraiment que vous pouvez aller plus loin. Et la critique fait partie de ce processus. Vous en avez de constants exemples dans le *Journal*.

Q. — J'ai beaucoup souffert parce que les autres me disent que je suis égoïste et asociale, que je me coupe du monde et de la vie en pensant trop à moi-même, et cela me trouble beaucoup.

A.N. — Ne soyez *pas* troublée, parce que, en vous isolant, non seulement vos buts personnels vous semblent plus clairs, mais, de plus, vous les dépassez. Il est vrai que certaines personnes se cantonnent dans leur petit monde subjectif. Et y restent. Mais j'ai découvert qu'en ayant résolu mes problèmes personnels, ceux qui m'empêchaient de me lier aux autres – craintes, angoisses, méfiance (comme cette décision que j'avais prise enfant de ne plus aimer personne, parce que mon père nous avait quittés) –, je suis allée vers les autres et j'ai dépassé le cadre personnel.

Q. — C'est un raisonnement sensé. Mais, pour l'instant, je me sens si occupée avec moi-même qu'il n'y a de place pour personne d'autre.

A.N. — Si vous êtes sincère dans votre intention – comme je l'étais en voulant reconstruire le pont que mon père avait rompu –, c'est que vous désirez vraiment aller vers les autres et vous ne devez pas vous sentir coupable. Mais je comprends que si les autres vous le répètent sans arrêt, vous finissiez par le croire. À l'époque, je ne savais pas ce que je faisais. Je n'étais pas assez forte pour penser : « Je suis en train d'accomplir quelque chose qui dépasse ma personne. » Cependant, de temps en temps, il m'arrivait de me douter que je parlais également pour d'autres femmes. Si votre but est vraiment de vous dépasser, vous finissez toujours par sortir de vous-même. Mais vous ne pouvez y parvenir si vous souffrez d'une névrose, car si vous n'en guérissez pas, si vous ne résolvez pas vos difficultés personnelles, vous n'avez rien à apporter au monde. La douleur de la névrose est comme une douleur physique. Quelqu'un de blessé physiquement ne peut pas faire attention aux autres parce qu'il souffre de sa blessure. Les abcès de l'âme sont les mêmes. Vous savez très bien qu'une personne malade se replie exclusivement sur elle-même et ne fait pas attention aux autres. Donc, si nous souffrons d'une maladie de l'âme, c'est la même chose. Il faut commencer par guérir de cette maladie avant de pouvoir être altruiste, de donner aux autres, de sortir de soi.

Q. — J'ai l'impression, lorsque je parle avec des gens qui tiennent un journal et qui lisent le vôtre, que, pour eux, écrire un journal consiste avant tout dans l'abandon de toute faculté critique, alors que je pense que votre attitude constamment critique a été essentielle dans votre développement, pour atteindre à la fois une clarté de pensée et de style.

A.N. — Oui, je vois ce que vous voulez dire. Mais mon attitude critique n'était pas un entraînement forcé. D'abord parce que j'ai commencé le journal quand j'avais onze ans : c'était un acte spontané et irréfléchi. Les gens ont raison de dire que la source principale du journal est un courant émotionnel. Le côté critique est loin de ce que vous pensez : rien à voir avec la critique académique.

Q. — Oui, mais je ne parle pas de critique académique. Je parle de critique subjective sur la qualité d'expression de ce qu'on écrit et sur la nature de ses expériences.

A.N. — Lorsque vous commencez, vous avez peur de rompre l'unité que vous formez avec les choses, en prenant de la distance et en formulant des critiques. Avant que les Miller entrent dans ma vie, je me souviens d'avoir pensé que je devenais trop objective, trop claire – que j'usais trop de cette faculté sans avoir assez d'expérience pour l'étayer. Aussi ai-je été heureuse de ce que j'appelle ce clair de lune et ce chaos. J'étais heureuse de voir des gens qui vivaient leur nature, de façon très irrationnelle, et qui n'avaient pas cette logique. Mais j'ai toujours été très ambivalente à ce sujet : l'analyse claire ou la passion. Si vous vivez d'une manière passionnelle, vous connaîtrez obligatoirement des états de confusion. C'est inévitable. Mais j'avais également besoin de prendre de la distance pour comprendre cette passion. Vous avez raison lorsque vous parlez de ce besoin de comprendre, de clarifier. Il vous permet d'avancer. Dans la confusion et l'ambivalence, il y a toujours stagnation. Si vous êtes la proie de l'ambivalence, vous n'avancez plus : hésitation, par exemple, pour moi, entre continuer à n'écrire que le journal ou écrire un roman – j'étais alors paralysée.

Q. — Ce que je veux dire vraiment, c'est que si le journal ne devient qu'un instrument servant à vous découvrir vous-même, il peut être un piège au même titre que d'autres. Vous devez être capable de vous juger objectivement, ou bien vous ne pourrez jamais adopter une autre forme de création artistique.

A.N. — Vous avez tout à fait raison. Je réussis, dans le journal, à réaliser une forme de synthèse que je pense devoir à la psychologie. L'expérience nous ébranle, mais la psychologie nous aide à rassembler ces éléments apparemment irréconciliables. La psychologie nous apprend à nous défaire des conflits intérieurs où s'opposent deux choses entre lesquelles il faudrait obligatoirement choisir – par exemple, mon dilemme entre l'écriture du journal et celle des romans. J'ai découvert que je pouvais faire les deux, qu'ils se nourrissaient et s'aidaient mutuellement. Écrire des romans m'a permis d'améliorer mon style dans le journal, et écrire le journal me permettait de conserver une forme de spontanéité dans le roman. Ce que nous considérons comme des conflits peut être résolu pour notre propre enrichissement.

Q. — Lorsque j'ai commencé à me séparer de ma famille pour aller m'isoler dans ma chambre pour écrire, mes parents se sont fait beaucoup de souci pour moi : je crois qu'ils avaient peur des conséquences de trop d'introspection. Je me demandais comment votre mère avait réagi lorsque vous avez commencé à écrire votre journal.

A.N. — Oh ! très, très mal. D'abord, elle m'a dit ce que disent tous les Latins – qu'une femme ne doit pas être une intellectuelle. Puis elle a prétendu que je m'abîmais les yeux et que je ne trouverais jamais de mari. Que je devrais apprendre à coudre, et apprendre à faire la cuisine – ce que je n'aimais pas –, apprendre à tenir une maison afin de me préparer à être une épouse et une mère. Donc ma mère pensait comme la vôtre que l'écriture était une menace pour mon avenir, pour mon avenir de femme. Je ne sais pas ce qu'en aurait pensé mon père, parce que je ne vivais pas avec lui. J'ignore quelle aurait été sa réaction, mais je me souviens que lorsque je lui avais dit que la danse m'intéressait, il avait répondu : « Les femmes de notre famille n'ont jamais dansé ! » J'étais donc entourée de tabous, de tabous très conventionnels. Les Espagnols ont un proverbe qui dit que la femme doit compenser son manque d'intelligence par son charme, afin qu'on lui pardonne.

Q. — Quel temps de votre vie avez-vous consacré au journal ?

A.N. — J'écrivais toujours le soir, quand ma journée était terminée. Le jour, je le consacrais aux romans ou à d'autres tâches, et à la vie de ma maison. Ce n'est que lorsque tout était fini que le reste de la soirée m'appartenait. Donc, ce n'était pas beaucoup. Cela ne durait pas des heures et des heures.

Q. — Vous parlez de spontanéité et je pense qu'elle est absolument nécessaire pour aller au fond de ses pensées. Mais votre journal est si bien écrit que je me demande si vous n'y revenez pas ensuite et ne réécrivez certaines pages.

A.N. — Non, pas dans le journal ; dans les romans, oui.

Q. — Pas dans le journal ? Parce que vous semblez trouver chaque fois le mot précis qui convient, vous exprimez toutes les nuances que vous désirez. Cela semble impossible de pouvoir le faire d'un premier jet.

A.N. — Eh bien, je comparerais cela à ces femmes qui font la danse du ventre et qui ont commencé à l'âge de trois ans. Leur technique fait tellement

312

partie de leur corps qu'elles en sont inconscientes. Je pense que cela vient de ce que j'ai commencé *si tôt* à relier les mots à l'expérience, à exprimer par des mots ou par des images ce que je vivais. Je crois que ma spontanéité provient de ce que l'écriture est devenue pour moi une habitude.

Q. — Croyez-vous que si vous vous étiez relue pour arranger les phrases, vous auriez transformé certains passages et vous auriez commencé à rationaliser ce que vous auriez écrit ?

A.N. — Oui, cela aurait acquis une qualité différente. Je ne sais pas pourquoi j'ai choisi de préserver l'authenticité. Il m'est arrivé de penser que cela pouvait être lié au fait que je fréquentais beaucoup d'artistes et beaucoup d'écrivains. Je les ai vus transformer la réalité presque sur l'instant, inventer des histoires, refaire le présent, se forger un personnage. En tant que femme, je désirais, pour je ne sais quelle raison, conserver l'authenticité de mes impressions ; je préférais la perspicacité à l'imagination. Je rencontrais beaucoup d'imagination chez tous les écrivains que je connaissais et je voulais, de mon côté, ne consigner que les vérités. Je ne sais pas exactement pourquoi, mais pour moi c'était un but, une attitude féminine dont j'ai souvent parlé avec les psychologues. Rank prétendait que si l'homme créait plus que la femme, c'était parce qu'il n'avait pas peur de couper le cordon ombilical et de se servir de son imagination, alors que la femme redoutait cette séparation. C'est pourquoi j'ai transformé cette attitude de peur en volonté créatrice. Ne pas me séparer de la vérité de la vie est devenu une des bases de mon art.

Q. — Est-ce qu'il vous arrivait de modifier votre journal ?

A.N. — Non, jamais – parce que cela aurait tué toute sa spontanéité. Cela aurait masqué les changements dans mon style au fur et à mesure de mon évolution. Vous remarquerez que le premier tome est moins bien écrit que le deuxième ou le troisième. Il y a une progression dans la technique. Mais il m'était impossible d'y toucher parce que cela en aurait changé le caractère.

Q. — Et simplement modifier certaines phrases au moment même où vous écriviez ? Commenciez-vous par écrire une chose sur laquelle vous reveniez ensuite, ou bien cherchiez-vous seulement à vous exprimer spontanément, sans vous soucier du style ou de la forme ?

A.N. — Non, je ne raturais jamais. Dans l'original, rien n'est raturé, rien n'est arrangé. C'est là où j'ai appris la spontanéité. Je pense que la timidité est la cause première de notre incapacité à créer. Tous les enfants créent de manière spontanée jusqu'à ce qu'on leur dise que ce n'est pas bien, ou autre chose du même genre. Ils dansent, écrivent des poèmes, dessinent. Le journal m'a permis de conserver cette spontanéité : personne ne devait le lire. Je l'ai pensé et cru pendant très longtemps. Si je le donnais à lire à un ami, ce n'était toujours qu'un fragment. Cela me permit de surmonter la peur du « censeur ».

Q. — N'hésitiez-vous pas à dire que vous écriviez un journal, et vos amis étaient-ils au courant du rôle qu'ils y tenaient ?

A.N. — Oh ! oui, j'en parlais souvent. Et comme toujours, vous savez, lorsque vous avez un secret, vous aimez bien qu'il soit découvert ! Parfois des amis me disaient : « Ne mets pas ça dans ton journal ! » Mais à d'autres moments, il fallait que je le cache, parce que mes frères me le volaient et s'en amusaient. Au commencement, je n'en faisais aucun mystère. Je pensais que ma famille saurait tout ce que j'étais en train d'écrire. Mais à l'adolescence, on commence à vouloir cacher certaines choses à sa famille, et je me suis mise à l'enfermer à clé. Quant à mes amis, il m'arrivait souvent de leur lire leur portrait lorsqu'ils s'en inquiétaient, comme je le fis à Henry Miller – ce qui le rassura.

Q. — Je voudrais savoir si le fait de raconter un événement dans le journal peut modifier la nature de l'expérience et l'effet qu'elle a sur vous.

A.N. — Cela dépend si vous écrivez de façon spontanée, en écoutant votre subconscient, ou bien si vous faites une analyse intellectuelle et consciente. Il y a une différence. Dans le journal, s'il m'arrive d'analyser, c'est que je suis troublée, perdue, en plein conflit, et l'écriture est alors un moyen de m'en sortir. Mais lorsque je décris une expérience dont je suis tout entière imprégnée, comme la description de Fez, par exemple, au Maroc, une ville dans laquelle je me suis totalement noyée, l'écriture n'est plus alors un acte conscient – si vous avez appris, à force d'exercice, à être spontané. Cela fait vraiment partie de moi-même comme si je chantais. Comme lorsque quelqu'un chante après un événement. C'est alors une forme naturelle d'expression, une manière de vivre.

Q. — Vous avez dit qu'en écrivant votre journal, vous vous sentiez un peu mise à l'écart, parce que votre entourage trouvait cette occupation égoïste. Cette introspection faisait-elle naître en vous d'autres craintes ?

A.N. — Nous sommes toujours en conflit parce que nous voulons à la fois être différents des autres et être proches d'eux. Si bien que lorsque vous travaillez à votre développement, vous avez toujours peur que cela ne vous sépare des autres, crée une distance. Vous essayez d'être au diapason avec les autres, de garder vos amis, mais en même temps vous essayez d'être différent – c'est le problème des adolescents d'aujourd'hui. Par exemple, j'aimais lire, contrairement à la plupart de mes camarades de classe. Et cette différence me tourmentait, parce qu'elle créait une séparation. Je désirais trouver des occupations que tout le monde aimait, afin de pouvoir les partager On patinait ensemble, on dansait ensemble, mais on ne lisait pas ensemble. Nous éprouvons tous cette crainte, ce conflit : nous aimerions être nous-mêmes, nous voudrions être différents, mais nous voulons aussi être proches des autres et voir les autres penser comme nous et lire ce que nous lisons.

Q. — Conseilleriez-vous à tous les jeunes d'écrire ?

A.N. — Je ne vois pas pourquoi ils ne le feraient pas, car, même s'ils ne deviennent pas de grands écrivains, leur vie s'en trouvera, de toute façon. enrichie. Il ne faut pas vouloir la perfection en tout. Au début, je ne considérais pas l'écriture du journal comme un accomplissement. Je n'avais jamais imaginé ma situation présente, par exemple. Ce n'était pas là mon plus cher désir. Je désirais simplement reconstruire le pont que mon père avait rompu entre moi et le monde. Parce que j'étais traumatisée, timide, paralysée, parce que j'étais une étrangère dans un pays étranger, je voulais construire ce pont, et il fut construit grâce à mon travail. Mais je ne pensais pas à la littérature.

Q. — Pensez-vous que cette recherche intérieure ne puisse être faite qu'à travers un journal, ou y a-t-il d'autres moyens ?

A.N. — Oh ! oui. Ce voyage intérieur peut être entrepris de bien d'autres manières. Écrire nous aide, parce que cela nous oblige à savoir nous exprimer : c'est un miroir de notre vie. Il n'est pas question de s'asseoir à une table et d'écrire de belles phrases. On ne doit pas y mêler la littérature. Il faut y voir un moyen d'accomplir notre voyage intérieur. Mais il existe d'autres moyens, bien entendu. Certains y sont parvenus par la médita-tion, par la religion, ou même en adoptant une autre culture.

Q. — Votre journal est à la fois recueil de pensées et journal de bord, ce qui fait de lui, à mes yeux, un super-journal. La plupart des journaux, ou du moins de nombreux journaux se contentent de consigner les faits, les événements, mais vous écri-vez aussi ce que vous en pensez.

A.N. — Oui, on devrait l'appeler plutôt un « jour-nal » – le mot français *journal*. Je ne sais pas pour-quoi l'on a traduit ce mot (*diary*).

Q. — Avez-vous coupé beaucoup de choses dans le *Journal* publié ?

A.N. — Les coupures ont été faites suivant deux critères. Le premier était moral : je n'avais pas le droit de révéler la vie de ceux qui ne le désiraient pas. Certaines choses étaient confidentielles et je ne pouvais pas les faire partager. La deuxième raison de mes coupures tenait à l'existence de nombreuses répétitions. C'est un peu comme un peintre qui fait plusieurs esquisses d'un personnage avant d'en achever le portrait. Ainsi, dans l'original, je donnais mes impressions sur telle personne un jour, puis le lendemain et ainsi de suite. Et je finissais par dresser le portrait définitif. Il y aurait donc eu des tâtonnements et ces coupures ont été faites dans votre intérêt. Il y a toujours des répétitions dans un journal, parce que vous recommencez chaque jour. Mais un jour, vous le découvrirez dans sa totalité.

Q. — Les romans sont-ils des ramifications du journal ?

A.N. — Oui. Ils représentent la réalité portée à sa dimension mythique – la dimension qui va au-delà. Lorsque vous êtes fidèle à un portrait, vous ne pouvez pas le dépasser – et la fidélité est nécessaire au journal. Mais, dans un roman, vous pouvez donner à votre découverte de nouvelles dimensions. Cela n'a plus d'importance, vous êtes libre. C'est cette liberté que prend l'artiste et que j'ai appris à ne pas craindre, parce que la vérité était consignée dans le journal. Je pense que si je n'avais pas eu cette impression d'être reliée ainsi à ma réalité humaine, j'aurais toujours eu peur de ce monde mythique, de ce monde des images.

Q. — Écrivez-vous encore des romans ?

A.N. — Je n'aime plus beaucoup le roman. Parce que le roman est trop indirect. Il représente la mythologie de la femme ; ses personnages sont fabriqués. Mais je pense qu'aujourd'hui, nous avons besoin de connaître les autres mieux que par le roman. Nous voulons démasquer. Dans le roman, une part est toujours laissée à l'interprétation, qui est parfois hasardeuse. Alors qu'à mon avis, on ne peut pas faire de contresens sur le journal. Nous avons besoin de cette expression directe : c'est là ma seule explication. Nous ne lisons pas les œuvres littéraires avec objectivité : nous les lisons pour y trouver ce dont nous avons besoin. Et, pour l'instant, nous avons besoin de savoir que l'évolution est parfois lente, mais qu'elle est organique.

Q. — Écrivez-vous le journal en vous référant à des critères artistiques différents ?

A.N. — En écrivant le journal, j'ai essayé de dominer et d'oublier toutes les techniques de l'écriture. Je ne voulais pas avoir à me demander si c'était bien ou mal écrit. Je voulais oublier toutes ces considérations et j'y suis parvenue parce que j'avais l'impression que le journal ne serait jamais lu.

Q. — Les premiers romans anglais n'étaient-ils pas écrits à la manière d'un journal intime tenu par une femme, un roman comme *Pamela*, par exemple ?

A.N. — Oh ! oui, j'avais oublié cela. Autre chose : saviez-vous que D. H. Lawrence, en dépit de ce que peut dire Millett, avait appris par une femme tout ce qu'il savait sur les femmes ? Sa première fiancée tenait un journal et il l'avait lu. Et nous savons aussi que Fitzgerald a beaucoup emprunté au journal de Zelda.

Q. — Quel est le sentiment de ceux dont vous publiez le portrait dans le *Journal* ?

A.N. — Il a d'abord fallu que je le fasse lire. C'était une des règles à respecter avant la publication. Pour chaque portrait important – non pas pour les portraits mineurs –, je devais avoir l'autorisation de l'intéressé avant de pouvoir publier. Mais comme mes intentions n'étaient jamais mauvaises, la plupart des personnages ne changèrent rien à leur portrait : ils avaient l'impression que plus il serait long, plus il serait juste, car les lecteurs sauraient rétablir l'équilibre, sans porter de jugement. Très peu de choses ont été supprimées.

Q. — Beaucoup de femmes s'identifient à vous en lisant le *Journal*. Certaines même changent l'orientation de leur vie, comme une jeune femme que j'ai rencontrée et qui était partie de chez elle avec son amant, après avoir lu le *Journal*. D'autres se mettent à écrire leur journal. Comment expliquez-vous cela ?

A.N. — Je fais pour elles ce que certains livres ont fait pour moi. Ils m'ont réveillée. Pendant toute mon adolescence, je lisais énormément. Et je continue.

Q. — N'hésitez-vous pas à livrer au jugement du monde entier tant de vos pensées et de vos expériences ?

A. N — Non, parce qu'à un certain niveau, le journal cesse d'être personnel et appartient à tout le monde. Le journal parle de l'évolution, de la recherche d'un sens à la vie. C'est pourquoi il parle au nom de tous et l'identification est possible.

Q. — Certains lecteurs furent déçus parce que votre *Journal* ne dévoilait rien de votre vie intime, rien de scandaleux. Qu'est-ce qui a déterminé votre censure ?

A.N. — Certains aspects intimes d'une vie doivent toujours être préservés. Le scandale voile plus qu'il n'éclaire le sens profond de l'expérience.

Q. — Comment certains événements du *Journal* ont-ils pu être transformés par l'alchimie de l'art ?

322

A.N. — La fonction même de l'art est de rechercher l'essence et la signification des choses. En
partant de la réalité, vous parvenez par le talent,
le travail, l'expérience, la technique, à une perception toujours plus profonde et plus universelle des
choses.

Q. — Dans le *Journal* publié, les événements sont
classés par mois. Dans le manuscrit original, datiez-
vous chaque jour ou bien seulement les mois ?

A.N. — Au début, c'était tous les jours. À onze
ans, si je manquais un jour, je faisais mes excuses
au journal. J'avais l'impression de l'avoir négligé.
J'étais alors obsédée par les dates ; je ne voulais rien
perdre. Mais, plus tard, je m'en suis libérée et je
n'écrivais que lorsque j'avais quelque chose à dire ;
il m'arrivait de ne pas écrire pendant plusieurs
jours. Le journal n'était pas très fidèlement tenu.

Q. — Dans le manuscrit original, inscriviez-vous
la date du jour où vous écriviez ou bien vous
contentiez-vous du mois, comme dans l'édition
publiée ?

A.N. — Oui, parce qu'il aurait été assommant
d'avoir à inscrire chaque fois le 6 octobre ou le
8 octobre. Très lourd. Aussi je ne me souciais pas
du jour lorsqu'il n'avait, en lui-même, aucune
importance. En revanche, si la date était mémo-
rable, si elle correspondait, par exemple, à la

parution d'un livre d'un ami ou à une rencontre importante, alors je l'inscrivais avec précision. Mais si j'avais toujours inscrit la date, cela aurait surchargé le journal. Si vous avez lu l'autobiographie de Stravinski, vous comprendrez ce que j'entends par surcharge.

Q. — Vous avez dit qu'avant la parution du *Journal,* vous ne vous étiez pas rendu compte que vous partagiez tant de choses avec d'autres femmes et que vous aviez peur de vous dévoiler. Pour quelle raison, alors, avez-vous décidé de le publier ?

A.N. — Parce que j'ai pris soudain conscience que le journal n'était pas le rappel nostalgique d'un passé, mais que, au contraire, il était par certains aspects d'une actualité brûlante pour les jeunes, pour la nouvelle génération. Tout ce que j'avais souhaité pour l'Amérique est en train de se produire maintenant, et les personnes que j'y ai décrites tiennent, en ce moment, le devant de la scène. Artaud a beaucoup influencé le théâtre ; on redécouvre l'œuvre d'Otto Rank. Toutes les expériences que j'ai pu vivre à l'époque sont tout à fait contemporaines. J'ai écrit, voilà de nombreuses années, sur des problèmes qui sont maintenant d'actualité. Je me suis rendu compte que le passé (que nous rejetons si souvent, en prétendant que les années 1930 n'ont rien de commun avec notre époque) avait soudain des liens étroits avec le présent. J'ai ainsi pris conscience que le journal était quelque chose de vivant, de dynamique. Je me décidai à le publier, parce qu'il avait un lien avec le présent. S'il n'avait exprimé que nostalgie, je ne l'aurais pas fait : j'aurais attendu qu'on le fasse après ma mort.

Q. — Pensez-vous qu'il y ait contradiction entre vos lecteurs, qui sont surtout des femmes, et votre vie privée, qui est surtout marquée par vos rapports avec les hommes ?

A.N. — Vous voulez dire que dans le *Journal* les rapports entre l'homme et la femme sont très importants. Je me soucie peu de voir que le *Journal* est apprécié par beaucoup plus de femmes que d'hommes. C'est, sans doute, parce que les femmes sont en train de chercher leur identité. Les hommes s'en préoccupent beaucoup moins ; là n'est pas leur problème. Mais pouvoir lire l'histoire de l'évolution d'une femme, d'une croissance plus ou moins organique et presque totale, est très important pour la femme. C'est, à mon avis, la raison pour laquelle le *Journal* touche beaucoup plus les femmes : les femmes, aujourd'hui, cherchent à définir ce qu'elles ressentent.

Q. — Lorsque vous avez relu le journal pour la publication, vous est-il arrivé de supprimer ou de changer certains passages, uniquement pour des questions de style ?

A.N. — C'est une question qu'on ne devrait même pas me poser ! Si vous avez lu le *Journal*, vous ne devriez pas me poser cette question. Il est évident que le *Journal* n'est pas une création artificielle.

Q. — Non, mais je pensais que vous trouviez aujourd'hui sans intérêt certaines choses que vous aviez écrites, et que, pour la publication, vous désiriez les supprimer.

A.N. — À ce moment-là, ce ne serait plus un journal. Je me devais de restituer la vérité, même si je n'étais plus d'accord avec ce que j'avais pu écrire ou penser.

Q. — Pourriez-vous nous parler de ce que nous allons lire dans le prochain tome du *Journal* ?

A.N. — Vous me prenez de court, je ne le sais vraiment pas ! Parce que je ne lis jamais à l'avance, pas plus que je ne relis après. Je veux me surprendre, je veux avoir quelque chose à espérer. Je n'ai jamais relu à l'avance, je relis au fur et à mesure. Donc, je ne sais pas de quoi sera fait le prochain tome.

Q. — Continuez-vous à tenir votre journal ?

A.N. — Non, et c'est votre faute. Je réponds à vos lettres. Mais je crois que cela peut être l'issue naturelle

326

d'un journal. Je ne m'en soucie pas, parce que j'ai reçu d'autres journaux ; j'ai reçu des lettres qui ressemblent à des journaux intimes ; j'ai reçu des confessions personnelles et j'y ai répondu. Peut-être est-ce l'ultime *raison d'être*[1] du journal : il cesse d'être un travail solitaire pour devenir une œuvre universelle. Peut-être est-ce ainsi qu'il doit finir. Je continue à noter certaines impressions mais j'écris beaucoup moins qu'avant. Préféreriez-vous que je ne réponde pas aux lettres ?

J'ai parlé de la continuité du journal, même si sa forme change au cours des années. À vingt ans, il n'est pas le même qu'à trente ans, et à trente ans, il n'est pas le même qu'à quarante. Aujourd'hui, il est encore différent ; cette année, il s'est transformé en correspondance avec le monde entier, et c'est là une fin qui convient bien à un journal, telle une rivière qui finit par se jeter dans l'océan et devenir un échange de nos vies les plus secrètes et les plus intimes – comme le prouvent les lettres que je reçois et auxquelles je réponds. Je ne m'inquiète donc pas de la métamorphose du journal qui est aujourd'hui devenu universel ; il est, en un mot, devenu *notre* journal.

---

1. En français dans le texte. *(N.d.T.)*

7

L'artiste magicien

Tôt ou tard on demande toujours à un magicien quelles sont les sources de sa magie. Quels mots, quelles formules, quelles facultés m'ont permis d'acquérir non seulement ce sens de la magie de la vie, mais aussi ce pouvoir de le communiquer aux autres ? Comment se fait-il qu'à la parution du *Werther* de Goethe succéda une série de suicides, alors qu'à celle de mon *Journal* succéda une série d'« anti-suicides » ?

Je me souviens qu'enfants, mes frères et moi souffrions beaucoup des disputes entre mes parents. Mon père était pianiste et ma mère cantatrice. Leurs querelles envahissaient la maison et nous terrorisaient. Mais, soudain, le piano se mettait à jouer, ma mère commençait à chanter : la paix revenait. Nous nous mettions alors à danser avec une joie profonde. Ces scènes devinrent pour moi un symbole : elles firent naître en moi un immense sentiment d'amour et de gratitude envers ce que j'appelle les génies de l'art. Peu importent nos conditions de vie, peu importent l'enfer et les guerres : il nous reste toujours cette porte de sortie, ce pouvoir de transcender, de transformer, de transfigurer.

Cette expérience m'a appris que si l'on voulait résister à la tristesse de notre condition humaine, il était nécessaire de faire vivre un autre monde. Malheureusement, notre culture a toujours vu dans ce monde de l'art une fuite devant les réalités, ce qu'elle trouve répréhensible. C'était pour elle ne pas prendre part à la vie, ne pas s'engager. Je ne comprends pas très bien l'origine de cette attitude, mais elle faisait vraiment partie de notre idéologie, et on considérait comme coupable celui qui réussissait à échapper au malheur. On ne voyait pas que le fait d'échapper au malheur, aux blessures, aux laideurs ou à toute autre forme d'inhumanité était une chose *nécessaire*, comme un *contrepoison*. Nous avons besoin de ce contrepoison, nous avons besoin d'un endroit où nous puissions nous retrouver nous-mêmes, un endroit où nous puissions nous reconstruire après certaines expériences éprouvantes. J'en ai pris clairement conscience, et ma magie n'est rien d'autre que ce pouvoir de m'abstraire de toute expérience paralysante et destructrice.

Ce fut tout d'abord grâce à la lecture. À l'époque où ma mère sous-louait des chambres et où je m'activais aux travaux ménagers, j'avais toujours un livre sur moi, parce que c'était le lieu où je désirais vivre vraiment. J'ai appris à changer, condition première au développement de la personnalité. Mais notre culture a considéré le changement comme un crime ; nous devions rester là où on nous avait placés. C'est pourquoi nous avons également créé une littérature qui posait en principe que les choses resteraient ce qu'elles étaient, que tout était immuable.

Cela m'amène à penser à toute une liste de mots magiques que j'aimerais que vous notiez et que vous conserviez toujours comme des recours : les mots magiques commencent tous par le préfixe *trans* qui signifie changement ou mouvement – transformer, transposer, transcender, translucide, transfigurer, transmettre. Tous ces mots commençant par *trans* nous font sortir du présent, de la douleur, de la paralysie de notre vie. Et lorsque les gens disent que je n'aime que les artistes, je leur réponds que je ne préfère pas les artistes aux autres hommes, mais que ce sont néanmoins les artistes qui m'ont appris à transmuer. Les musiciens m'ont enseigné qu'au milieu des chagrins, de la guerre, de la dissidence, du divorce, de la séparation, la musique pouvait encore nous transporter, nous soutenir, nous nourrir. C'est ce que nous ne devrions jamais oublier et nous l'avons fait cependant en dépréciant la qualité de l'art dans notre vie, en niant sa nécessité.

J'ignore pourquoi nous avons soudain prétendu que la lecture ne nous aidait pas à vivre, que la musique ne nous aidait pas à vivre, que la peinture ne nous aidait pas à vivre. Pendant très longtemps, nous avons dévalué l'artiste. Je sais que vous ne l'avez pas fait ; je sais que votre génération essaie de redonner à l'art sa valeur ; je parlais du passé. En ce moment, nous entrons dans une ère nouvelle. Et, à mon avis, les raisons véritables du suicide de Sylvia Plath ne sont pas celles que vous avez étudiées dans les livres. Elle s'est suicidée parce qu'elle ne possédait pas ce pouvoir de transcender le présent et de voir plus loin que l'instant de désespoir.

Ainsi, ce *trans* – *trans*mission, *trans*position, *trans*cendance – est d'une importance vitale non seulement pour la réussite de notre vie personnelle, mais aussi pour notre créativité. Et la créativité est absolument nécessaire dans la vie, parce qu'elle nous révèle que le changement est toujours possible. Dans certaines circonstances politiques, lorsque nous désespérons de pouvoir changer quoi que ce soit aux réalités extérieures, nous ne devons jamais perdre cela de vue ; et, le moment venu, d'autres hommes pourront voir le jour, qui ne nous feront plus vivre l'enfer que nous traversons actuellement. Mais, pour cela, il faut croire à l'existence d'une vérité supérieure ; il faut croire que notre vie n'est pas seulement une série de crises, de traumatismes, de malheurs qui nous donnent l'impression que nous ferions mieux de disparaître, de renoncer, de tout oublier. Nous devons croire qu'il existe une continuité, que la vie se poursuit. Et c'est l'artiste, et en premier lieu le musicien, qui m'a enseigné cette croyance, qui m'a appris à me consoler, à me délivrer du présent, afin de rassembler mes forces ou de conserver la force spirituelle qui me permettra d'entreprendre le voyage intérieur.

Non moins important est le pouvoir de raconter des histoires – la magie de la fiction – qui nous permet de ne jamais succomber au désespoir terrible de celui qui ne peut pas voir au-delà des événements présents. La magie de la fiction vient du plaisir que l'on prend à l'envol du langage qui nous transporte dans un autre monde. Nous entrons au royaume de la poésie ou de l'art et nous découvrons la joie de posséder le don de nous envoler. Le poète nous enseigne la lévitation, il nous enseigne à voler un peu plus haut et à dépasser tout ce qui d'ordinaire nous force à vivre un quotidien désolant et étouffant, à mener une vie complètement prisonnière de l'histoire.

Nous avons en nous ce merveilleux pouvoir de nous échapper, mais il ne s'agit pas d'une fuite négative. C'est une fuite semblable à celle d'Olivier Messiaen, qui, prisonnier dans un camp de concentration, composa ce merveilleux morceau pour clarinette appelé *L'Âme d'un oiseau*. Voilà le genre de fuite dont je parle. La composition de cette musique l'a sûrement aidé à survivre à cette expérience – et je ne peux pas en imaginer de plus terrible. Tandis que lorsque les gens sont incapables de regarder par-dessus le mur, qu'ils n'ont pas ce pouvoir d'imagination, cette perspective, lorsqu'ils sont incapables de s'extraire des événements, commencent alors la désintégration et le désespoir. Nous renonçons, ou bien nous nous suicidons, comme Sylvia Plath. Lorsque nous sommes incapables de voir au-delà du malheur qui nous frappe, nous abandonnons la lutte et nous mourons.

Si vous tendez au néant, vous vous trouverez toujours des raisons à cela. Vous vous fabriquerez une excuse, parce que vous ne manquez pas d'intelligence. Vous êtes même plus intelligents que vous ne pensez. Vous trouverez des excuses pour justifier vos humeurs. Si vous êtes persuadés que vous n'arriverez à rien, si vous voulez abandonner, vous allez trouver des raisons pour le faire. Mais si, au contraire, vous désirez trouver des raisons de vivre, vous les trouverez également.

Pour moi, il ne suffisait pas de pleurer tous les jours parce que la guerre avait éclaté. Je sentais qu'il fallait trouver un antidote, créer un autre monde, ce que l'on considérait comme une désertion et l'on détestait les déserteurs. Cependant personne ne parle de désertion à propos de *L'Âme d'un oiseau*, et pourtant, c'en était une, c'était le plus beau poème de désertion – la preuve que l'on ne peut pas tuer l'esprit. En plein milieu de la guerre et de l'horreur, on avait créé une œuvre de beauté qui se dressait contre ces horreurs et ces monstruosités.

J'ai une amie peintre qui m'appelait souvent pour me dire : « Je viens de lire les journaux et il m'est impossible de peindre aujourd'hui ; trop d'horreurs se passent dans le monde » ; et je lui répondais : « Commence par peindre ; tu liras les journaux après. »

L'art est ce qui m'a toujours permis de conserver mon unité, et c'est pourquoi j'ai toujours aimé les artistes, parce qu'ils m'ont appris à créer à partir de rien. Varda composait des collages avec des morceaux de tissu. Un jour, il m'avait fait couper la doublure de mon manteau pour en faire un collage, et il est certain qu'elle était plus belle en collage qu'en simple doublure de manteau. Tinguely s'était rendu dans un dépôt d'ordures et avait fabriqué avec des morceaux de métal une satire de la machine. Vous avez peut-être vu au musée d'Art moderne *La machine qui se suicide*. C'était une parodie de machine qui, au lieu de boucher les bouteilles, les cassait ou bien se détruisait elle-même. Il a créé différentes machines de ce genre avec de vieux débris et nous en avons beaucoup ri. Varda est allé lui aussi dans un dépôt d'ordures et, à partir de vieux bateaux abandonnés, a construit un magnifique voilier grec. C'est cette capacité de créer à partir de rien que nous devons faire renaître en nous. À New York, quand je me sentais un peu déprimée, j'allais au Metropolitan Museum pour regarder *Le Soleil* de Lippold ; certains d'entre vous l'ont peut-être vu : il couvre tout un mur et, en vérité, il a plus de rayonnement que notre soleil dans le ciel ; il suffisait que je le contemple pour que ma mélancolie se dissipe aussitôt. C'est pourquoi je dis que l'artiste est un magicien, parce qu'il détient les antidotes qui peuvent nous guérir quand nous sommes perturbés, ou bien quand les événements extérieurs nous désespèrent ou nous affligent. Être capable de créer quelque chose à partir de la glaise, du verre, de morceaux de tissu, d'ordures, de n'importe quoi, est la preuve de la créativité de l'homme et de la magie de l'art.

J'ai vu un livre récemment qui n'a fait que renforcer ma foi dans la nature humaine et dans son pouvoir inné de créativité. Il s'agit de *Handmade Houses : A Guide to the Woodbutcher's Art* (*Faites vous-même votre maison : guide de l'art du bûcheron*), d'Art Boericke et Barry Shapiro. C'est un livre, rempli de photos, sur tous les gens qui ont bâti eux-mêmes leurs maisons sans l'aide d'un architecte. Les maisons sont très belles, avec des formes à la fois naturelles et pleines de fantaisie. Certaines ressemblent à des maisons de conte de fées, d'autres sont d'une originalité fantastique. Les constructeurs ont donné libre cours à leur imagination. L'un d'eux a construit un salon de thé suspendu au-dessus d'une rivière dans l'Oregon. Ce livre a son prix : il est la preuve de ce merveilleux pouvoir de création que nous avons tous en nous. Ces gens-là, en partant du bois brut, ont tout naturellement construit de belles maisons.

Ceux qui rejettent toute notion d'esthétique sous prétexte que la beauté n'est pas démocratique se privent, en réalité, d'une consolation, d'un remède, d'un enrichissement. Si vous vous sentez triste, seul ou désespéré, cela vous aide à réagir de rencontrer une personne habillée avec goût. C'est pourquoi il est honteux d'avoir rejeté les belles choses en parlant à leur propos de luxe, de symbole de différence de classes, car, en réalité, elles ne coûtent pas d'argent. Dans le tome V du *Journal* que je rédige en ce moment, j'évoque des artistes que j'ai beaucoup admirés et qui, pour la plupart, ont créé de belles œuvres sans argent ou presque. Il ne s'agit pas de luxe et il serait faux de parler de différence de classes ou de privilèges. Il s'agit d'un monde qu'il nous faut créer de nos propres mains, ce que font beaucoup de jeunes d'aujourd'hui – soucieux de tout embellir et de travailler avec art tout ce qu'ils touchent de leurs mains.

Je me sens très proche de la génération actuelle parce que, comme elle, j'ai toujours voulu transformer et embellir les pièces où je demeurais. Un jour, j'ai même eu envie de dessiner sur une toile de parachute le décor dans lequel j'aimerais vivre et de l'emporter à travers le monde, de l'accrocher au lustre des chambres d'hôtel minables. Simplement pour avoir quelque chose de beau autour de moi, comme des tableaux. Mon idée était vraiment d'essayer d'embellir mon environnement – d'une manière très extravagante – mais aussi de transporter mon univers avec moi afin de le modifier et de faire disparaître l'influence corrosive de la laideur. Je pense réellement que la laideur est une menace pour notre bonheur. Elle nous déprime, nous diminue, nous désespère.

C'est une telle ironie, une telle contradiction, que nous soyons toujours à la recherche d'une élévation, alors que l'élévation est là, dans toutes ces choses qui enchantent notre regard. Nous sommes ravis quand nous voyons une jolie robe, nous sommes ravis chaque fois que nous croisons quelque chose de beau. Nous avons renoncé à tous ces moyens naturels de nous élever et avons commencé à chercher d'autres manières d'y parvenir. Or tout est là, à notre portée, en pleine réalité, même si nos conditions de vie sont difficiles.

Bien entendu, le magicien doit commencer à s'exercer très jeune. Il doit essuyer beaucoup d'échecs et vivre beaucoup d'expériences. Après une lecture de Dumas à l'âge de neuf ans environ, j'ai voulu faire pousser une tulipe noire. Vous vous souvenez que dans Dumas, il est question d'une tulipe noire. Je me suis mise aussitôt à verser de l'encre et des teintures sur les racines de la tulipe. Et j'ai réussi à faire pousser une tulipe noire, ou presque noire. Malheureusement, j'ai perdu la formule.

Les enfants sont capables de ça. Ils obéissent à leurs instincts créateurs. Ils dansent, chantent, écrivent des poèmes. Et soudain, il se passe quelque chose dans notre éducation qui annihile ce jaillissement créateur. J'ai toujours eu l'impression que nous l'avons tous, ce jaillissement, au fond de nous, mais nous avons trouvé le moyen de le neutraliser et c'est pourquoi toute une génération s'est abandonnée à la drogue.

Si vous avez observé les enfants comme j'ai pu le faire, vous avez remarqué les merveilles extraordinaires qu'ils peuvent créer, et avec quelle spontanéité ! Plus tard, on ne sait pourquoi, cette qualité disparaît : c'est sans doute la faute de notre culture qui refuse de la développer. Je me souviens d'une petite fille qui peignait avec un art extraordinaire à l'âge de six ans et à qui l'on demanda, à l'école, de décalquer des animaux. Elle *décalqua* des dessins au lieu de dessiner librement. Je pense donc que nous sommes tous nés avec des dons qui finissent par disparaître complètement.

Certains n'ont pas la chance dans leur enfance de vivre au milieu des livres, ce qui aide beaucoup à découvrir la créativité. Mais si l'enfant possède cette créativité alors qu'il ne vit pas dans un milieu artistique ou cultivé, c'est que celle-ci doit être innée.

Je crois que l'artiste est celui qui sait conserver l'enfant en lui. C'est une qualité que l'on peut reconnaître chez un Picasso, ou un Varda, ou d'autres artistes que j'ai connus. Comme l'a dit Wallace Fowlie : « L'artiste est celui qui conserve l'innocence de l'enfant dans sa vie d'adulte. » Aussi, nous avons besoin de l'artiste pour une raison essentielle, car lui seul perpétue cette qualité d'innocence que possède l'enfant. Et, de plus, il l'enrichit.

En effet, la maturité nous apporte une chose que ne possède jamais l'enfant et qui est la conscience des souffrances des *autres*. Nous savons reconnaître une personne malheureuse, l'enfant ne le sait pas. L'enfant est spontané, imaginatif, il a toutes les libertés qu'il désire, mais il est réellement incapable de se mettre à la place de quelqu'un d'autre. Mais c'est après être passés nous-mêmes par toutes ces difficultés que nous commençons à comprendre ceux qui n'ont pas réussi à les surmonter. Cela vient avec la maturité. Nous possédons donc là une qualité que l'enfant n'a pas. Nous avons la liberté, mais, en plus, nous avons le sens de ce dont les autres ont besoin. Nous éprouvons de la compassion, ce qui est si important, parce que nous savons ce que nous avons traversé, nous connaissons notre propre histoire.

La première fois que j'ai rencontré le sens réel de la fraternité, c'était en France, parmi les artistes. Si l'un d'eux ne pouvait pas payer son loyer, les autres l'aidaient à déménager ; si quelqu'un tombait malade, tous les autres lui venaient en aide ; si un peintre vendait un tableau, on organisait une grande fête. C'est la première fois que j'ai connu la fraternité et, depuis, j'ai conservé une grande foi en elle. C'était une fraternité universelle : à Paris, elle touchait un artiste cubain, protégé de Picasso, un poète japonais, un Arménien – et des artistes de toutes races et de toutes nationalités, le lien entre tous était extraordinaire. Le lien, c'était l'écriture, la peinture, la musique – avec un sens naturel de la communauté et de la responsabilité mutuelle. J'en ai fait un idéal : l'union fondée sur la créativité.

Comme écrivain, je désirais utiliser dans l'écriture toutes les autres formes d'art, car je croyais que chaque art devait en nourrir un autre, chacun devant ajouter quelque chose à l'autre. Et je faisais vivre dans la littérature ce que j'avais appris de la danse, de la musique, du dessin, de l'architecture. Dans toutes formes d'art il y avait quelque chose que je voulais faire passer dans l'écriture – dans une écriture poétique qui me permettait de tout exprimer à la fois. En effet, pour moi, l'art n'a jamais été seulement un baume, une consolation, mais aussi un acte suprême de magie.

L'art est en partie langage, car, pour moi, le langage est la découverte d'un nouveau monde, d'une conscience nouvelle. Chaque mot nouveau était une sensation nouvelle. Lire le dictionnaire, ou n'importe quoi, peut enrichir non seulement nos connaissances, mais aussi notre perception. En lisant quelque chose sur les phoques, j'ai découvert une couleur nouvelle, une couleur différente de celles que nous connaissons. La connaissance des fleurs peut faire naître une sensation nouvelle ou créer un sixième sens. Et le langage, en lui-même, peut faire beaucoup pour stimuler de nouvelles perceptions.

Je me souviens d'avoir utilisé un jour le mot « rutilant » et les critiques américains me sont tombés dessus en disant : « Pourquoi utilisez-vous un vocabulaire sophistiqué ; pourquoi ne pas dire tout simplement rouge ? » Eh bien, « rutilant » n'est pas rouge ! C'est un mélange de rouge et d'or. Vous voyez, en découvrant un mot, vous découvrez en même temps une perception nouvelle. Nous ne devons pas déprécier le langage en disant : « N'utilisez pas de mots savants. » Ce mot-là exprimait exactement ce que je voulais dire : mélange de rouge et d'or. C'est là, bien entendu, un privilège des étrangers. Comme étranger, vous explorez une langue, parce que vous ne l'admettez pas aveuglément. Vous devez l'étudier. C'est pourquoi j'ai fait tant de découvertes : l'anglais était une langue nouvelle pour moi et j'étais tentée de rechercher toujours des mots nouveaux, qu'ensuite je m'étonnais de ne voir employés par personne.

Nous oublions tous les rôles du langage, nous oublions que les primitifs lui attribuaient un pouvoir magique. On s'en servait pour enchanter, on s'en servait pour séduire, pour faire partager ce que l'on ressentait. On s'en servait pour un million de communications beaucoup plus subtiles que celles que permettent des affirmations explicites et directes.

C'est pourquoi il fut un temps où je m'inquiétais beaucoup du sort de la littérature américaine, parce que nous ne voulions voir qu'une seule dimension des choses en prétendant que le seul moyen de communiquer était d'utiliser les clichés, de parler de la pluie et du beau temps, de simplifier le langage, de le rendre plus neutre et plus familier. Vous connaissez cette période, n'est-ce pas, où l'on voulait dépouiller le langage de toute nuance, de tout rythme, de tout pouvoir d'inspiration. Nous avons vraiment ôté toute sa magie à la littérature américaine, en décrétant nous rapprocher, par ce biais, de la réalité. Mais nous ne faisions que nous en éloigner davantage ; il n'y avait plus aucun rythme. Vous vous souvenez que Jack Kerouac a voulu restituer le rythme du jazz dans la littérature. Tout ce qui touche nos sens, comme le fait la littérature dans ce qu'elle a de meilleur, était vraiment oublié à cette époque où nous cherchions à simplifier le langage pour mieux nous comprendre. Comme si nous-mêmes étions simples !

Gaston Bachelard, le philosophe français, a dit quelque chose de très frappant : selon lui, ce dont nous avons le plus souffert c'est du *silence*. Le silence qui entoure nos actes ; le silence où baignent nos relations ; les pensées que nous ne pouvons pas exprimer, que nous ne pouvons pas dire aux autres. J'ai craint un moment, en Amérique, que les gens ne lisent jamais plus, qu'ils ne veuillent plus dépendre de la littérature, qu'ils ne veuillent même plus parler. J'en étais très troublée jusqu'à ce que je me rende compte que ce qu'ils réprouvaient était le bavardage et non pas le dialogue ; ce qu'ils réprouvaient, c'était une littérature qui ne les nourrissait que d'abstractions et non de vie. C'est pourquoi, afin que le roman ne meure pas – afin que la littérature ne meure pas –, il a fallu que nous retournions aux sources mêmes de la vie, ce qui pouvait être le fait de l'autobiographie, ou des romans fondés sur des événements vrais, mais sans oublier qu'il appartient ensuite à l'art de transformer cette vérité en poésie.

Nous avons deux besoins distincts. L'un est un besoin humain de se sentir proche des événements, de coller à l'expérience. Et nous pensons pouvoir satisfaire ce besoin grâce aux médias. Je crois, pour ma part, que c'est une illusion, mais je sais que certaines personnes écrivent des lettres, des documents, et pratiquent une forme de journalisme qui leur donne cette illusion de participation. Et puis, l'homme a un second besoin : celui de créer quelque chose ; c'est un besoin beaucoup plus permanent, qui constitue le mythe de notre vie, et qui donne à la vie sa signification symbolique et spirituelle. Et ce besoin, nous ne pouvons le satisfaire qu'avec un seul mot – que, je le sais, vous n'aimez pas employer : l'*art*, qui peut être littérature. Il s'agit alors de transformer notre expérience, par une technique élaborée, en une création durable qui ait un sens pour d'autres que nous-mêmes – de sorte qu'elle échappe au temps. Ce sont là les deux besoins fondamentaux de la nature humaine. Nous avons besoin de sentir la réalité de notre existence en collant à cette réalité, mais nous avons également besoin du mythe, parce que, comme l'a dit Malraux, l'art nous a été offert afin que nous puissions nous échapper de la condition humaine, pour pouvoir la dépasser.

Nous avons besoin de faits ; nous avons besoin de psychologie ; nous avons besoin de connaître notre vie de tous les jours, d'accomplir le voyage intérieur, ce que le journal intime peut nous permettre de réaliser ; mais nous avons aussi besoin de la fiction, parce que la fiction est mythe. Je peux vous donner un exemple des limites du journal et de la dimension supplémentaire du roman en vous racontant l'histoire des chiffonniers. Dans le journal, j'ai décrit, à la manière d'un journaliste, la vie des chiffonniers dans les banlieues de Paris. J'ai rapporté exactement ce que je voyais – les bidonvilles, les sacs et les objets par terre, les conditions de vie, les enfants, les meubles cassés, les objets qu'ils ramassaient. Mais c'était là tout ce que je pouvais dire. Je pouvais dire exactement ce que je voyais, mais, dans le journal, je n'ai pas pu aller plus loin, comme je l'ai fait plus tard lorsque j'ai commencé à écrire une nouvelle sur ce sujet. J'ai alors vu la métaphore. J'ai découvert que les chiffonniers pouvaient être le symbole de notre désir de jeter les objets du passé sans parvenir cependant à nous en débarrasser, puisque les chiffonniers les ramassent et les rapportent chez eux. Les chiffonniers étaient le symbole même de notre incapacité de nous débarrasser du passé. Ainsi, vous vous rendez compte que la fiction peut mettre en évidence le mythe qui se cache derrière l'expérience, et nous avons besoin des deux. Nous avons besoin du mythe, du poème, mais nous avons également besoin de cette réalité humaine qui nous met en contact avec notre propre existence et notre vie intérieure.

Les deux formes d'expression nous sont nécessaires : l'expression directe que nous appelons documentaire, récit historique de notre vie, et l'autre, qui est la transformation de cette réalité, et qui nous permet de ne pas rester *toujours* prisonniers de notre condition présente, qui nous offre une perspective différente, la perspective littéraire. C'est une grande consolation, et, à mon avis, la perte de cette croyance, la dévaluation de l'écrivain ou de l'artiste dans notre culture américaine ont été à l'origine de notre désarroi. Nous n'avions plus personne pour nous dire que notre vie avait une autre signification, au-delà de la réalité, au-delà de la routine quotidienne que nous inflige la télévision. Il nous manquait une autre forme de perception, parce que nous ne laissions pas l'artiste jouer son rôle. Car voici son rôle : nous entraîner au-delà de la routine plutôt désespérante et destructrice de la vie quotidienne. C'est un rôle qu'a trop longtemps dénié notre culture. Le poète n'avait aucun prestige ; ni l'écrivain ; ni la littérature. Et même aujourd'hui le mot « artiste » est dévalué.

Par exemple, lorsque j'ai prononcé ce mot à l'« Art Institute » de Chicago, les auditeurs l'ont relevé ; ils avaient un préjugé contre le mot « artiste ». Ils ont dit : « Nous sommes des artisans. » Ils n'aiment pas dire : « Nous sommes des écrivains. » Je n'en connais pas l'origine, mais je sais que notre culture a dévalué et diminué le rôle de l'artiste dans la société, le rôle utile de l'artiste.

Nous oublions que chez les Incas, ancienne communauté indienne du Pérou, le poète occupait une place très inhabituelle. C'était un demi-prophète ; c'était lui qui permettait de voir au-delà des fardeaux quotidiens de l'existence. Nous avons perdu cela ; nous y avons renoncé. Nous avons pensé que seuls importaient la routine politique, l'immédiat, le prétendu utile, oubliant que pour exister nous avons besoin d'une autre conception de l'existence, sinon le désespoir nous gagne.

C'est ainsi que je me suis rendu compte que l'artiste devait être quelqu'un de « consacré », qu'il n'était jamais sûr de la reconnaissance universelle, qu'il aurait longtemps à attendre, et qu'il avait la plus difficile des tâches à accomplir : celle (comme l'a dit Otto Rank) d'assurer l'équilibre entre nos deux désirs – celui d'être proche des autres et celui de créer quelque chose qui risque de nous aliéner de notre culture. L'artiste est celui qui doit prendre le risque de l'aliénation, comme je l'ai fait pendant des années, parce que ce que j'écrivais n'était pas dans l'esprit du moment. J'ai dû attendre très longtemps ce synchronisme entre moi-même et les sentiments, les idées et les valeurs de cette génération. Cette attente est difficile, mais la plupart des écrivains doivent la subir. Ils doivent, à la fois, se distinguer des autres et comprendre et refléter leur culture. Ils doivent être contemporains tout en voyant au-delà de leur époque. Car c'est à ce moment-là qu'ils commencent à entrevoir l'avenir à notre place, à lui donner ses contours, l'avenir de l'architecture, ou l'avenir de la musique. C'est le moment le plus difficile où il nous arrive de les répudier, de les ignorer ou de les traiter avec une grande indifférence. Mais l'artiste persévère, parce qu'il a la volonté de créer : là est le pouvoir magique qui peut transformer, transcender, transposer la réalité, et qui finira par être transmis aux autres.

L'écrivain, l'artiste, sont, en un sens, *poussés* vers l'extérieur. Comme l'a dit Rank : le névrosé est celui qui cache ses rêves à lui-même ; l'homme normal est celui qui cache ses rêves aux autres ; l'artiste est celui qui se sent obligé de rendre ses rêves publics. Il a l'impression que c'est, en quelque sorte, une manière de justifier sa création : il faut l'offrir. C'est pourquoi écrire mon journal n'était pas suffisant pour moi. Il fallait que je l'offre.

Bachelard a dit aussi que l'artiste nous a permis de croire en ce monde, d'aimer le monde, et de créer un monde. Et je le crois profondément parce que, lorsque j'ai commencé la création du journal, je ne savais pas que j'étais en train de créer un monde à l'opposé de celui qui m'entourait, de ce monde rempli de souffrances, de guerres, de difficultés. J'étais en train de créer un monde qui correspondait à mes désirs, et une fois ce monde créé, c'est alors que vous pouvez y inviter les autres,

349

y attirer ceux qui vous ressemblent, et il finit par devenir un univers ; il n'a plus rien de privé ; il dépasse l'individu et devient un lien. Bachelard dit que nous souffrons du silence : le *Journal* a parlé et vous m'avez répondu. J'ai reçu des journaux intimes, des confessions, des lettres et le dialogue s'est établi, cet échange de nos intimités. Tout artiste peut créer ainsi un lien universel, s'il s'entête dans sa création individuelle et s'il ne craint pas d'aller à contre-courant.

Tout artiste doit se battre non pas pour se conformer à la culture, mais pour enrichir cette culture, pour construire l'avenir. Et si vous lisez la vie de Léonard de Vinci, vous noterez comment à chaque frustration, au lieu de se sentir plus amer, il cherchait au contraire un nouveau terrain d'étude et de création. S'il n'était pas satisfait de sa recherche sur la scène tournante, encore utilisée aujourd'hui, il entreprenait l'étude des oiseaux et du vol. Il changeait sans cesse, et il nous a appris à être toujours prêts à nous remettre en question, mais pour aller toujours de l'avant et ne jamais désespérer.

Lorsque l'artiste s'engage sur sa route, celle-ci semble désolée, mais il a le courage de la suivre. C'est ce courage qui importe, ce sens de l'aventure. En commençant par le journal, j'avouais déjà par là que la vie serait pour moi plus supportable si je la considérais comme une *aventure* et un conte. Je me racontais l'histoire d'une vie, et transformais en aventure toutes mes épreuves. Cela devient alors un voyage mythique que nous devons tous entreprendre – le voyage intérieur, le voyage à travers le labyrinthe. C'est alors que nous commençons à considérer les événements comme autant de défis à notre courage. Je ne dis pas que nous devons tous nous comporter en héros : nous devons seulement accomplir ce voyage et croire qu'il y a une sortie au labyrinthe.

Voici maintenant une histoire que je tiens à vous raconter, puisque nous parlons de la magie, et de sa nécessité. En 1970, j'avais un début de cancer et l'on m'avait fait des rayons au Presbyterian Hospital de New York pendant deux semaines – six minutes par jour. Je me suis retrouvée dans une salle jaune un peu miteuse avec une horrible machine au milieu. C'était absolument terrifiant, comme dans un roman de science-fiction. Il fallait s'étendre sur un lit et on faisait un petit dessin sur votre corps pour indiquer l'endroit où les rayons devaient frapper ; de plus, la machine faisait un bruit infernal. Comment supporter tout cela ? Ce n'était pas facile, mais je décidai de m'imaginer que cette machine était un projecteur et que, pendant six minutes, j'allais véritablement assister à la projection du film des plus beaux, des plus gais, des plus heureux jours de ma vie. Aussi, dès que la machine se mettait en marche, je fermais les yeux et le film commençait à se dérouler, image par image, me révélant tous les endroits, toutes les occasions où j'avais été heureuse. En général, je voyais la mer, la plage, Tahiti, le midi de la France et le Mexique. Le paysage ne changeait pas beaucoup, mais les situations étaient toujours différentes et je les choisissais. Au bout de six minutes, quand le bruit cessait, le film cessait avec lui, et je rentrais chez moi.

Ma seule crainte était de ne pas avoir assez de film, mais l'enchaînement automatique des images devint bientôt si réel qu'à un moment donné je me suis vue dans le sud de la France et, dans mon souvenir, j'allais rendre visite à Durrell, lorsque, soudain, je m'arrêtai et pensai : « Cette visite n'a pas été très agréable ; je pense que je vais aller de l'autre côté. » Et le film se poursuivit ainsi pendant quinze jours, six minutes par jour, et je fus complètement guérie. Aujourd'hui, je suis absolument convaincue que j'ai aidé, psychiquement, à la guérison. C'est ce que j'appelle la magie. Parce que, depuis, je n'ai plus eu le moindre ennui.

Ainsi, je voulais que vous sachiez qu'il n'est pas de situation, qu'il n'est pas d'occasion, où la force de l'esprit, l'amour de la vie, la joie de vivre ne puissent nous transporter au-delà des réalités et transformer un événement jusqu'à ce qu'il devienne agréable au souvenir. Cela m'a montré que ce que j'aimais le plus, c'était la vie naturelle, que la nature était à la base de tous mes désirs : jamais je ne me revoyais dans une ville, ni même en train d'écrire.

Certains de mes amis me reprochaient mon amour des artistes et me disaient : « Mais n'aimes-tu pas aussi les "non-artistes" ? » Et je répondais : « Mais je donne au mot artiste un sens très large ; pour moi, un artiste est celui qui fait preuve d'une quelconque volonté créatrice, celui qui crée n'importe quoi – un jardin, un enfant, une amitié, une vie. »

Tels sont donc les contrepoisons : ce sont des pensées qui nous permettent de créer à partir de n'importe quoi. Elles peuvent créer des villes merveilleuses ; elles peuvent créer, recréer ces dons que chaque enfant porte en lui, celui d'écrire un poème, de danser ou de peindre, ces dons que l'on semble perdre plus tard, mais que l'on peut maintenant retrouver. Et il est important pour nous de reconnaître qu'en privilégiant l'artiste, nous favorisons tout simplement la création – contre la destruction. Nous encourageons les intentions de l'artiste, ses motivations, plutôt que celles des autres, qui, elles, ne sont pas toujours dictées par une force qui les dépasse. La création finit toujours par être offerte, et nous avons besoin de ce don. Car, comme l'a écrit si merveilleusement le Dr Kuntz dans *Art as Public Dream* (*L'Art, rêve public*) : « Ce n'est que si les rêves sont rendus publics par le truchement de l'art qu'ils pourront avoir une influence sur les cauchemars que nous vivons chaque jour. »

Question. — Je me demande si vous avez découvert chez certains artistes des caractéristiques tout à fait spéciales, qui leur auraient permis de se créer une personnalité et d'accéder à la célébrité – de même que nous entendons parler de Jésus-Christ ou de Hitler plus que de tout autre. Qu'il s'agisse d'une force destructrice ou positive, qu'est-ce qui donne à ces hommes cette capacité de se faire connaître du monde entier ? À votre avis, est-ce une forme de narcissisme ou bien une certaine inadaptation qui les pousse dans cette voie, qui les amène à croire qu'ils ont un destin à accomplir, un message spécial à transmettre ?

Anaïs Nin. — C'est une question à laquelle il serait trop long de répondre, mais je peux vous dire que vous prenez les choses à l'envers. L'artiste ne cherche pas à être connu ; il fait son travail et il lui arrive de mourir inconnu, ou bien célèbre. Mais là n'est pas son but. Vous faites de la célébrité un but délibéré ou un choix de l'artiste. Un nombre incalculable d'artistes sont morts inconnus et dans l'ombre.

Q. — C'est pourquoi je me demande ce qui rend les uns célèbres et les autres pas.

A.N. — Cela vient de la malhonnêteté des médias. Je ne veux même pas me mêler de ces questions. On choisit un artiste plutôt qu'un autre, et le choix est parfois déplorable. À mon avis, tout se fait à l'aveuglette et il faut souvent une centaine d'années pour reconnaître les qualités prophétiques de certains artistes. J'aimerais répondre à cette question d'une manière différente. J'ai toujours pensé que l'artiste avait un pouvoir d'alchimiste, qu'il avait le don de transformer la vie de tous les jours, la condition humaine. Il possède ce que Rank appelle la volonté créatrice, et que j'avais l'habitude d'appeler l'obstination créatrice. Pour moi, l'artiste est celui qui peut transformer en or les scories qu'on lui offre.

Q. — Les écrivains écrivent-ils donc pour eux-mêmes ou pour avoir des lecteurs ?

A.N. — Vous n'écrivez ni pour vous-même ni pour les autres. Vous écrivez poussé par un besoin intérieur profond. Si vous êtes un écrivain, l'écriture est pour vous une nécessité comme de respirer, ou comme pour le chanteur de chanter. Mais vous n'avez pas conscience de le faire pour quelqu'un d'autre. En moi le besoin d'écrire était aussi fort que le besoin de vivre. J'avais besoin de vivre, mais j'avais tout autant besoin d'exprimer ce que je vivais. C'était une seconde vie, c'était pour moi une façon de revivre les événements à un autre niveau, de les rehausser. Ainsi, vous pouvez dire que vous le faites pour vous, mais où est la différence ? Vous êtes une part de moi-même tout comme je suis une part de vous tous. Vous écrivez donc également pour les autres.

Q. — Quel est, d'après vous, le rôle de l'art dans la société ? Vous semblez avancer qu'il représente pour l'artiste une forme de thérapie.

A.N. — Non, je n'ai jamais dit ça.

Q. — Mais qu'y a-t-il de plus qu'une réponse personnelle de l'artiste, un besoin personnel de créer ?

A.N. — Je ne crois pas que l'artiste ait besoin de créer dans le sens où vous l'entendez. Je pense que l'artiste crée parce qu'il espère ainsi communiquer avec le monde, atteindre ce que j'appelle le niveau océanique et parvenir à la communication universelle dans le domaine qu'il a choisi. Je n'y vois pas la moindre thérapie. Toute action qui répond à un besoin n'a pas pour autant un caractère thérapeutique.

Q. — L'art est-il le seul moyen de percevoir la réalité profonde des choses ?

A.N. — Non, ce n'est pas le seul. L'artiste nous aide dans cette voie parce qu'il exprime, par son art, cette réalité profonde dans le but de vous la

356

communiquer. De même que le violoniste apprend à jouer du violon pour vous, de même l'écrivain essaie de s'exprimer de mieux en mieux pour être compris. Il y consacre tout son temps. Mais il existe d'autres moyens – la religion, la philosophie, etc. – pour donner à votre vie une dimension nouvelle.

Q. — Cependant existe-t-il, dans notre vie quotidienne, un moyen d'échapper à la routine ?

A.N. — *Pas d'échapper ! pas d'échapper !* C'est le mot que l'on a utilisé pour nous condamner. C'est l'argument de l'*ennemi*. Il y a une différence entre échapper à une chose et la dépasser.

Q. — Mais il n'y a rien dans notre vie quotidienne qui nous permette de dépasser ce que nous considérons comme le vide de cette vie, rien d'autre que la philosophie, la religion ou l'art ?

A.N. — Si vraiment nous pensions que la vie n'a aucun sens ? Un des plus graves problèmes auxquels les étudiants ont eu à faire face – non pas ceux de votre génération, mais ceux de la génération précédente – venait de cette croyance en l'absurdité de la vie. Pour eux, rien n'avait de sens, tout ce qui se passait dans le monde n'avait aucun sens, à commencer par leur propre vie. Mais ce pessimisme venait de leur incapacité de voir au-delà des faits. Nous avons besoin de quelque chose, qui donne un sens à la vie, ou plutôt qui le révèle.

Q. — Ce sens est-il absolu ou universel, ou bien est-il individuel ?

A.N. — Je pense qu'il est individuel, mais l'individuel finit par rejoindre le collectif. C'est la même chose. Nous sommes tous individuels et collectifs. Les deux se confondent. Mais le rôle de l'artiste est un rôle très difficile : l'artiste est censé représenter son époque et en même temps la dépasser : c'est pourquoi il lui arrive de créer une œuvre pour laquelle son époque n'est pas encore prête. Il voit loin. Et si souvent nous ne l'avons pas compris, c'est parce qu'il a vu un peu plus loin que nous dans l'avenir – c'est le cas de la science-fiction. J'ai été élevée avec Jules Verne et je pensais alors que son univers était pure imagination : or il est en grande partie devenu aujourd'hui réalité. Ainsi, il nous arrive de nous méprendre sur l'artiste, parce qu'il vit à contre-courant, disons contre le courant habituel.

Q. — Mais il arrive aussi souvent d'avoir affaire à des artistes dont les idées visionnaires ne se réalisent jamais.

A.N. — C'est là un point de vue négatif. Les savants aussi ont commis des erreurs, vous savez. Il leur arrive de ne pas prévoir l'avenir et de n'avoir aucun plan. Nous commettons tous des erreurs.

Nous avons tous nos aveuglements, pas seulement l'artiste. Souvent, la situation est plus difficile pour l'artiste parce que *lui* possède une vision des choses. Par exemple, supposez que je me sois soumise aux idées des années 1940, contre lesquelles je me suis toujours révoltée. Supposez que j'aie renoncé, que j'aie abandonné, et que je sois devenue un genre d'écrivain comme on les aimait à l'époque. Je n'aurais pas eu à attendre vingt ans pour être reconnue, j'aurais pu me laisser porter par le courant. Mais, en revanche, je n'aurais jamais pu prévoir ce que serait, d'une certaine manière, notre conscience d'aujourd'hui. Nous ne nous serions pas rencontrés. Le fait que la rencontre ait lieu vingt ans après importe peu. Voyez-vous, si tous les écrivains cédaient à leur temps et se conformaient à ses désirs, nous n'aurions jamais l'écrivain dont nous avons besoin, celui qui fait naître une conscience nouvelle.

Q. — Vous mettez l'accent sur le caractère subjectif de l'art. Mais pensez-vous qu'il soit possible de créer quelque chose objectivement ?

A.N. — Ce que je pense de l'artiste qui ne se met pas dans sa création ? Nous avons découvert que c'est souvent le cas, par exemple, dans l'art abstrait. Mais le moi est toujours là. Même une œuvre abstraite correspond à une vision strictement individuelle. Nous en revenons donc toujours à la vision personnelle de l'artiste. Le fait que cela n'apparaisse pas dans l'œuvre finale ne prouve rien. Il y a toujours une personnalité derrière une abstraction. L'artiste est celui qui rend son rêve public : peu importe si ce rêve prend une forme abstraite comme en science ou en peinture. L'œuvre naît d'une vision personnelle de l'artiste. Et si sa vision est pauvre, il ne verra rien du tout.

Q. — Ce que je veux dire, c'est que, par exemple, je considère votre *Journal* comme une expression sans détour de vous-même, et je me demande s'il est possible de créer quelque chose hors de soi-même.

A.N. — Oh ! oui ; je n'ai jamais dit que tout le monde devait écrire des journaux intimes – ce n'est pas ce que je veux dire. Pour moi, le journal peut vous aider à vous rapprocher de vous-même et des autres. Il peut être utile, en dehors de toute valeur littéraire, de toute valeur artistique. Cela dépend de ce que vous cherchez. Si vous recherchez l'objectivité, c'est aussi très bien. Nous la trouvons dans les sciences, dans toutes sortes d'occupations et de professions, ainsi que dans l'art abstrait.

Q. — Je pense qu'il est possible de réfléchir sur soi-même et de parvenir au même résultat, sans avoir besoin de l'exprimer.

A.N. — Vous posez maintenant la question de la valeur de l'expérience personnelle par rapport à l'expérience objective. Est-ce ce que vous voulez dire ? Vous n'avez pas très bien compris ce que je disais. Je disais que nous avions besoin de l'expérience personnelle parce que notre monde devenait trop objectif, trop scientifique, trop technique, et que nous nagions dans les abstractions. Ce que j'ai dit, et, apparemment, vous ne l'avez pas senti, c'est qu'il était nécessaire d'avoir une vie personnelle. Que vous l'exprimiez ou non au travers d'un art a peu d'importance. Mais il est nécessaire de la vivre parce que nous vivons dans un monde trop abstrait.

Q. — Je suis d'accord là-dessus. Mais je pensais qu'il était possible de créer en partant d'un moi objectif plutôt que subjectif.

A.N. — Votre question ne me paraît pas très claire. Voulez-vous parler d'une séparation entre un moi intérieur subjectif et un moi purement objectif qui refuse de se tourner vers l'intérieur ? Est-ce ce que vous voulez dire ?

Q. — Non, je veux dire que l'on peut créer une œuvre d'une authentique valeur artistique sans pour autant qu'elle contienne votre moi profond.

A.N. — Eh bien, laissons cela aux critiques d'art – juger de la valeur d'une œuvre et de la possibilité d'un art totalement objectif.

Q. — En ce moment, nous semblons vouloir établir une distinction très nette entre le roman qui serait pure fiction et l'autobiographie purement personnelle. Pensez-vous que dans le roman de l'avenir, nous réussirons à dépasser cette distinction ?

A.N. — Oui, je l'espère. J'espère que les deux genres finiront par se fondre et que notre fiction ne sera plus si loin de la vérité, de la réalité psychologique, qu'elle se développera sur plusieurs dimensions. Pour moi, il y a une différence entre la réalité de ce qu'on appelle le roman réaliste et la réalité psychologique de certains romans ou de certains films. Si l'on arrivait à les rapprocher, la fiction serait de nouveau lisible car elle trouverait ses racines dans la réalité psychologique. Tant de nos romans prétendument réalistes sont absolument illisibles, parce qu'ils sont tout simplement invraisemblables. Ils n'ont *aucune réalité* psychologique.

Q. — Comment êtes-vous passée du journal au roman ?

A.N. — Il y a toujours eu en moi un écrivain qui avait envie d'affronter le monde avec son art, et le journal, à mon avis, devait rester secret à jamais. Alors que le névrosé est celui qui désire se cacher ses rêves à lui-même et l'homme « normal » celui qui désire cacher ses rêves aux autres, l'artiste est celui qui veut rendre ses rêves publics. Il fallait donc, d'une manière ou d'une autre, que je trouve un moyen de vous parler – et ce moyen, ce fut le roman, parce que j'avais l'impression que le journal devait rester secret. Je ne savais pas comment briser les règles de la morale, comment parler des secrets qui m'avaient été confiés. À cette époque, je ne voyais pas comment résoudre ce problème et je pensais que mon journal ne serait publié qu'après ma mort.

Q. — Aujourd'hui, préférez-vous lire des ouvrages de fiction, des autobiographies ou des journaux ?

A.N. — Je suis plus attirée par les biographies. Mais je pense qu'il y a une tendance dans le roman actuel à se rapprocher du journal intime, pour trouver sa source dans la réalité de base. Le roman imite le journal, se rapproche de l'autobiographie, afin de retrouver des forces neuves. Il s'était tellement éloigné de la vie qu'il ne signifiait plus rien.

Q. — C'est intéressant. Vos critiques vous accusent d'être une romantique, de vivre dans votre tour d'ivoire, d'être détachée de la vie, et pourtant vous dites que vous êtes attirée par les romans qui ressemblent à des biographies parce qu'ils sont plus proches de la vie.

A.N. — Cette contradiction apparente vient des critiques qui m'ont classée parmi les écrivains détachés de la vie. Je ne m'en suis jamais éloignée.

J'étais comme Cousteau, à un niveau qui approche le fond de l'océan, et ils ne pouvaient pas me suivre.

Q. — Dans le *Journal*, vous racontez qu'un jour Dalí s'est présenté à une conférence en costume de plongée sous-marine.

A.N. — Oui, cela m'avait beaucoup amusée. Il n'en avait pas donné la raison mais, pour moi, cela voulait dire que l'artiste devait vivre dans une atmosphère différente – souvent inaccessible aux critiques.

Q. — Cela me rappelle également Varda qui disait que l'artiste cherche avant tout à recréer l'eau. Cette atmosphère aquatique, que ce soit pour Dalí, pour Varda ou pour vous-même, est donc très importante ?

A.N. — Oui, l'eau est à l'origine de la vie et l'eau a toujours symbolisé l'inconscient. L'artiste doit avant tout y trouver ses racines. Et c'est cela qui a créé ce malentendu, qui a fait croire aux critiques que mon œuvre était très éloignée de la vie, parce que ces profondeurs ne ressemblent en rien à la réalité dans laquelle ils vivent eux-mêmes.

Q. — Pensez-vous que la littérature romanesque soit liée aux valeurs et aux conceptions culturelles ?

A.N. — Oui. À un certain moment, dans la culture américaine, l'individu est presque devenu tabou.

En Europe, c'était le contraire. Quand la guerre éclata, l'Europe possédait des écrivains de la vie intérieure comme Proust, mais aucun écrivain d'action, de violence, de guerre. C'est pourquoi ils se sont tournés vers la littérature américaine. Sartre écrivit même un essai sur ce sujet – à quel point la France s'était rendue dépendante de la littérature américaine parce que la littérature américaine était la seule qui savait parler d'action et de guerre. C'est à cette époque que les Français se mirent à lire Hemingway. Ils se tournèrent vers la littérature américaine, parce qu'ils étaient allés aussi loin que possible dans la littérature d'introspection. De notre côté, nous avions exploré à fond le roman d'action, si bien qu'il ne restait plus de place pour la réflexion, car l'action s'accélérait toujours. Ni les uns ni les autres n'étaient dans le vrai : les extrêmes ont toujours tort. Nous ne pourrions plus vivre avec Proust aujourd'hui. Proust ne pourrait pas nous aider à vivre : ni le rythme ni la totale subjectivité de son œuvre ne nous conviendraient.

Q. — Que pensez-vous d'un écrivain comme Céline dont on prétend qu'il a influencé de nombreux écrivains américains contemporains ? Les a-t-il vraiment influencés ou n'est-ce qu'un mythe ?

A.N. — Non, il les a réellement influencés. Il a influencé Henry Miller, et il fut le premier des écrivains français réalistes. Il était médecin dans les quartiers pauvres, mais, même dans son domaine, il n'a pas montré la même force que les écrivains américains. C'était encore un intellectuel avant d'être un homme d'action.

Q. — Dans le troisième tome du *Journal*, vous dites que la poésie américaine devenait de plus en plus sèche et prosaïque, contrairement à la poésie française ou espagnole. Je me demande si vous avez toujours le même sentiment.

A.N. — Je ne peux renier ce que j'ai dit, mais ce n'est plus vrai aujourd'hui. À cette époque, la littérature se voulait unidimensionnelle et j'avais l'impression que les poètes essayaient d'écrire en prose. On a toujours fait cette distinction : la prose était terre à terre, la poésie lévitation. Je n'avais pas l'impression que la poésie de l'époque nous élevait beaucoup. Aujourd'hui, la situation a changé.

Q. — Je sais que vous ne voudriez pas blesser certains de vos amis, mais y a-t-il des poètes, disons ces dix dernières années, qui vous ont transportée ?

A.N. — Je peux difficilement parler des poètes car j'ai toujours cherché à amener les poètes à la prose et les romanciers à la poésie. Je suis devenue une spécialiste de la prose poétique. Je m'écartais vraiment de la poésie parce que je voulais que les poètes écrivent des romans. Dans *Le Roman de l'avenir*, je

366

parle de tous les écrivains qui, à mon avis, savent allier les deux dimensions : l'envol de la poésie et l'imagerie de l'inconscient avec la force d'action et de conscience de la prose. J'ai parlé de William Goyen, dont les œuvres, pendant des années, ont été épuisées. Toutes les œuvres des écrivains que je mentionnais étaient épuisées et tout le monde s'en plaignait. Mais on les a rééditées, ce qui est très significatif. On réédite William Goyen, on redécouvre Anna Kavan. Je l'avais découverte dans les années 1930, et elle vient de publier un livre intitulé *Neige*. J'ai également parlé de Nathanael West, qui, ce que je ne savais pas à l'époque, a vécu en France et a été influencé par les surréalistes. C'est un écrivain que j'ai toujours aimé, parce que je lui trouvais plusieurs dimensions.

Q. — Pensez-vous qu'un poète puisse aussi créer une musique dans ses poèmes ?

A.N. — Oui, ils le peuvent. Je ne peux pas penser à un poème précis. Je n'en lis pas beaucoup, je ne les étudie pas. Mais le poète a toujours eu une musique, sauf lorsqu'il essayait de faire de la prose. Et cela m'inquiétait à l'époque. La poésie était vraiment très terre à terre. Les poètes refusaient la métamorphose. Ils refusaient de transformer, de transposer, de transfigurer, de transcender, d'être symboliques. Mais c'est fini.

Q. — Lorsque vous-même, Henry Miller et quelques autres écriviez des histoires érotiques pour un collectionneur privé et que Miller vous demandait d'en éliminer toute poésie, cela ne vous avait-il pas coupé toute inspiration ?

A.N. — Non. Je n'ai jamais réussi à supprimer totalement la poésie, et, au bout de quelque temps, on ne me donna plus de travail.

Q. — Que sont devenus ces textes[1] ?

A.N. — Eh bien, ils sont toujours là. Nous en avons parlé dans le groupe féministe, parce que nous disions que des textes érotiques écrits par une femme devaient être différents de ceux que les hommes écrivent. J'ai écrit environ un millier de pages et je les ai toujours. Je ne les ai pas publiées, mais j'en ai donné quelques extraits dans le *Journal* pour montrer que c'est très différent de ce que peuvent écrire Miller ou d'autres hommes. Mais il se peut que nous revenions à ce genre de littérature car je fais une distinction entre l'érotisme, qui peut être très beau et très poétique, et la pornographie. Je pense que l'on devrait les distinguer et je ne vois pas pourquoi on ne reviendrait pas à l'*art*

---

1. Ces textes ont été rassemblés en 1976 sous le titre *Delta of Venus* et en 1978 *Little Birds* et publiés en France. *Venus Erotica*, Stock, 1978. *Les Petits Oiseaux*, Stock, 1979.

de la littérature érotique. C'était une tradition chez les Européens et leurs plus grands auteurs s'y adonnaient. Ici, ce fut toujours considéré comme une chose dégradante, alors qu'en France de très bons écrivains aimaient en écrire. Cela faisait partie du jeu. C'est ainsi que nous avons eu de la bonne littérature érotique, merveilleusement écrite et vraiment agréable à lire.

Q. — Je pense que cela vient de ce qu'ils étaient moins victimes du puritanisme et des tabous à l'égard de la sexualité.

A.N. — Très juste. Cela n'était pas tabou. La culture ne méprisait pas la littérature érotique et il n'y avait aucune honte à en écrire. Mais en Amérique on a toujours considéré défavorablement la sexualité. C'est pourquoi, lorsque des écrivains s'essayaient à ce genre de littérature, ils le faisaient dans cet esprit. C'était quelque chose qu'eux-mêmes méprisaient.

Q. — Pensez-vous que, dans le roman de l'avenir, l'auteur sera lui-même un personnage plutôt qu'un observateur extérieur ou un narrateur objectif ?

A.N. — Comme *Rashomon*, vous vous souvenez de *Rashomon*, le film japonais ? Eh bien, si vous regardez ce film très honnêtement, vous vous apercevez qu'il n'y a pas de point de vue objectif ; c'est le point de vue d'une seule personne. L'historien et le philosophe peuvent établir des liens entre différentes perspectives et, dans ce sens, créer une forme d'objectivité, mais, en fait, l'expérience est toujours subjective. C'est ce qu'il nous est si difficile d'admettre, que chacun a une vision du monde différente ; et si nous nous souciions davantage du point de vue de chacun, si nous cherchions à comprendre les différences de point de vue, nous nous comprendrions bien mieux les uns les autres. Mais nous refusons de le faire. Nous voulons nous persuader qu'il n'y a qu'une histoire objective. Et c'est faux. L'historien et le philosophe peuvent, à partir de certaines données, conclure qu'à une certaine période, pendant un certain temps, les individus avaient certains intérêts en commun qui pouvaient impliquer ceci ou cela – c'est l'histoire des courants philosophiques, des mouvements en psychologie. Mais ils sont toujours fondés sur l'expérience individuelle. Je pense que nous lisons de façon subjective, nous regardons un film de façon subjective. Si nous sommes vraiment honnêtes avec nous-mêmes, il n'y a pas d'objectivité.

Q. — Que pensez-vous des œuvres de James Joyce ?

A.N. — Je n'ai jamais pris beaucoup de plaisir à lire James Joyce malgré son langage aux multiples dimensions. C'est un tour de force d'une grande habileté, mais, pour moi, il s'agissait d'une sorte d'inconscient cérébral. Cela ne me donnait pas l'impression d'une libre et authentique association d'images venant des profondeurs océaniques. Il s'agissait plutôt de fantasmes savants, et cela m'attirait beaucoup moins que ce que j'appelle le courant authentique. C'est une œuvre intellectuelle et savante, mais je n'y ai jamais senti couler le courant naturel de l'inconscient. C'est également ce que j'ai ressenti avec les surréalistes – que la plupart des choses qu'ils faisaient étaient consciemment surréalistes. Nous nous sommes toujours demandé si Dalí était un fou authentique ou bien simulé. Cela faisait partie de la théorie dadaïste de faire des choses absurdes. Mais je pense que Rousseau donne une image beaucoup plus authentique de l'inconscient que Dalí, beaucoup plus proche de nos rêves que celle de Dalí.

Q. — Que pensez-vous du théâtre de l'absurde, qui se contente de montrer la futilité de la vie et les rêves des gens, des rêves qu'ils essaient de reconstruire toujours sans jamais y parvenir ?

A.N. — Beaucoup d'auteurs écrivent ce genre de pièces et je ne les apprécie pas beaucoup. Je sais que Beckett a un immense talent, mais je n'aime pas le lire parce qu'il ne parle que de la mort. Il n'écrit que sur la mort et sur le côté négatif de la vie. Non, je ne peux pas dire que cette littérature m'attire. Je sais qu'il y a parmi eux des génies. Ionesco est, dans un sens, moins négatif que Beckett, mais il a la même absence de foi.

Q. — En 1947, dans votre essai *On Writing* (*Sur l'écriture*), vous avez parlé de ce que vous appeliez la névrose collective de la société et exprimé vos craintes sur ses conséquences. Vous aviez peur que les écrivains de l'époque ne réussissent pas à la dominer. Avez-vous toujours le même sentiment ?

A.N. — Oui, je pense que nous avons toujours à lutter contre ce phénomène. Mais aujourd'hui nous en sommes pleinement conscients. Ce qui n'était pas le cas à l'époque. À ce moment-là, si un artiste écrivait sur la névrose, on le qualifiait de psychotique au lieu de voir en lui un miroir qui ne faisait que refléter ce qui se passait dans la société. Aujourd'hui, nous savons que les œuvres de ce type d'écrivains névrosés n'étaient qu'un avertissement, un signe prophétique de cette névrose collective dont nous allions finir par souffrir tous. La seule différence, c'est que maintenant nous en sommes conscients. Et je pense que c'est la raison pour laquelle nous avons créé une sorte de philosophie de la psychologie, afin de nous en sortir. Il nous fallait, d'une part, nous en sortir et, d'autre part, reconnaître que lorsqu'un auteur décrivait ce phénomène, cela ne voulait pas toujours dire qu'il était lui-même un malade, comme nous l'avons longtemps pensé de Tennessee Williams. Comme il l'a dit lui-même : « Dès que vous touchez à leur maladie, ils se retournent contre vous. » Lorsqu'un tel écrivain essayait de nous avertir et de nous parler de nos angoisses, de l'angoisse de la bombe et de toutes ces choses qui se passaient dans le monde, son but n'était que de nous préparer à l'avenir, mais nous ne l'avons pas écouté. Nous n'avons pas pensé à nous renforcer de l'intérieur. Nous avons pensé à construire des abris atomiques ! Toujours à l'extérieur, nous avons toujours cru que le danger venait de l'extérieur. Nous n'avons jamais pensé que nous pouvions être psychiquement secoués.

Q. — Vous avez parlé de l'intérêt que la jeunesse portait à Hermann Hesse. A-t-il eu une influence sur votre œuvre ?

A.N. — Je dois avouer que je ne l'ai lu que très tard, et il ne m'a pas influencée. J'ai reconnu en lui une même démarche, si vous voulez, à l'exception de son intérêt pour la philosophie orientale que je ne partageais pas. Mais il ne fait pas partie de ceux qui m'ont influencée directement et d'une manière essentielle. Je ne l'ai découvert que très, très tard, il y a quelques années à peine.

Q. — Pourriez-vous nous parler de vos rapports avec Artaud et nous dire votre impression sur lui et sur son art ?

A.N. — J'avais l'impression de comprendre les visions d'Artaud, ses hallucinations, ses moments de folie aussi bien que ses instants de génie. J'ai peur que l'on ne vous ait montré qu'un seul côté d'Artaud, même s'il a eu une grande influence sur le théâtre et sur le cinéma. Et aussi sur la poésie. Sa correspondance – et toute sa vie – est intéressante. Il y a un livre écrit par Bettina Knapp qui pourra vous donner une idée de ce que fut sa vie et vous permettra de mieux le comprendre.

Cela dit, j'ai toujours exprimé dans le journal des sentiments mitigés à l'égard des artistes qui avaient dépassé les limites de la vie humaine et perdu tout contact avec elle. Dans le journal, Artaud dit à un certain moment : « Il y a des instants où je perds totalement le contact avec les êtres humains. » Ce genre de folie m'a toujours angoissée, parce que nous en sommes tous très proches ; cela pourrait arriver à n'importe qui. C'est pourquoi j'éprouvais à la fois crainte et compassion à son égard. Je refusais cet état. Je ne voulais pas perdre pied. Je ne voulais pas devenir un génie fou. Et chaque fois que je rencontre un artiste qui n'allie pas son art à une forme d'humanité, je suis très troublée.

Q. — Avez-vous une idée de ce qui créait l'atmosphère particulière du Paris des années 1930, une atmosphère si favorable à la création artistique et à la fraternité ?

A.N. — La France connaissait une grande liberté d'expression et avait toujours encouragé les créations

374

individuelles. Les critiques étaient des gens lettrés et intelligents ; il n'y avait aucune compétition commerciale et il régnait une tradition de grande fraternité parmi les artistes. C'est pourquoi la France attirait les artistes du monde entier : Paris était un centre magnétique.

Q. — Les surréalistes étaient très actifs à l'époque ?

A.N. — J'ai connu beaucoup de surréalistes : Breton, Artaud, Ernst. Mais je n'ai jamais adhéré à leur théorie. Je me suis servie des techniques surréalistes chaque fois que j'ai essayé de décrire des rêves, des rêveries, des impressions ; disons chaque fois qu'il ne s'agissait pas d'action.

Q. — Comment définiriez-vous vos rapports avec le surréalisme ?

A.N. — Même si je n'ai jamais adhéré au mouvement surréaliste dans les années 1930, le surréalisme était dans l'air que nous respirions. Tout était surréaliste – la peinture, le cinéma. En un sens, mon écriture est surréaliste dans la mesure où elle cherche la superposition, où elle cherche à traduire les différents niveaux de l'expérience vécue. À l'époque, je ne me servais pas toujours de leurs techniques : les surréalistes ne croyaient pas au roman. Mais je reconnais à quel point leur influence a été importante, surtout dans *La Maison de l'inceste* directement inspirée par les rêves et, comme le disait Breton, par la grande nécessité où nous sommes de redécouvrir l'amour.

Q. — Si vous n'aviez jamais entendu parler du surréalisme, auriez-vous écrit de la même manière ?

A.N. — À vingt ans, je le faisais déjà. Mais le surréalisme m'a apporté une certitude, une confirmation.

Q. — Dans le *Journal*, vous parlez très souvent de Marcel Proust. A-t-il influencé votre œuvre ?

A.N. — Proust fut très important pour moi ; il fut le premier à me montrer comment rompre la chronologie (que je n'ai jamais aimée) et suivre les impératifs et les intuitions de la mémoire, de la mémoire sensuelle, si bien qu'il n'écrivait les choses que lorsqu'il les ressentait, sans tenir compte de leur situation dans le temps. Naturellement, cette vision devint essentielle dans mon œuvre. Mais il y eut d'autres influences. Je désirais écrire un roman poétique et je m'inspirais de modèles comme Giraudoux, Pierre Jean Jouve, et aussi Djuna Barnes, écrivain américain, auteur de *Nightwood*. Plus tard, ce fut D. H. Lawrence. Lawrence m'aida à trouver un langage pour l'émotion, l'intuition, l'ambiguïté, l'instinct.

Q. — Dans votre œuvre, j'ai noté l'absence totale du sordide, de la violence, de la laideur de la vie. Je me demandais si cela voulait dire que vous trouviez beaucoup moins de magie dans ces aspects de la vie ou si vous les aviez délibérément laissés de côté.

A.N. — Je pense que cela dépend de notre destinée, de ce qu'a été notre enfance. Il se trouve que je n'ai guère connu la laideur ou le sordide. J'ai un peu connu la pauvreté, comme étrangère en Amérique, à une époque où ma mère ne savait pas quoi faire pour gagner sa vie, etc. Mais je n'ai pas eu à affronter les expériences d'un Henry Miller, d'un Dahlberg ou d'un Mailer. Je n'ai jamais connu la violence. Donc, tout cela n'est pas *laissé de côté* dans le journal : cela n'a tout simplement pas existé. Il ne s'agit pas d'un choix délibéré.

Beaucoup d'étudiants m'ont parlé de l'enfance difficile qu'ils avaient vécue, et l'une de mes meilleures amies – dont je parle dans le *Journal*, si vous vous rappelez – était Frances, dont le père était chauffeur de taxi. Ils étaient six enfants – toujours affamés. C'était mon amie la plus intime et nous étions toujours stupéfaites de voir comment nous avions pu en arriver au même résultat avec des passés aussi différents. Elle devint une artiste sensible et raffinée, et nous sommes toujours très amies. Je pense que nous subissons tous des expériences destructrices et nuisibles, mais l'important est que nous sachions les transformer afin qu'elles ne nous nuisent pas.

Toute expérience peut être destructrice ; si vous voulez ne considérer que ce côté des choses, la séparation des parents, la transplantation d'un enfant dans un pays étranger peuvent être des expériences fatales. Ces traumatismes vous renvoient face à vous-même et parfois vous y restez, incapable d'en sortir. Ainsi, pour moi, tant que je ne pouvais pas choisir mes expériences, je faisais un effort constant pour transformer ce qui avait été destructeur. En d'autres termes, j'ai écrit ce roman sur mon père afin de l'exorciser parce qu'il avait sur moi une mauvaise influence. Sans cela, j'aurais passé ma vie à rechercher des substituts du père et j'aurais été l'esclave de l'éducateur, du professeur, du psychiatre ou de toute autre personne pouvant représenter l'image du père.

Certains ont dû passer par des expériences violentes et traumatisantes, mais je ne pense pas que cela soit une raison pour devenir à leur tour destructeurs et rendre à la société la monnaie de la pièce. Je pense que nous devons savoir être des alchimistes, de manière que même les expériences les plus horribles puissent devenir créatrices. Je pense que nous pouvons presque tout transformer, mais certains écrivains américains ont cru que, puisque leur enfance avait été horrible, nous devions tous en *rester là*, et ne pas en sortir. J'ai toujours voulu en sortir ; chaque fois que je me heurtais à quelque chose de sordide et de difficile, je cherchais à en sortir.

Q. — L'histoire de l'accouchement fait certainement partie d'une très pénible expérience, mais elle est merveilleusement écrite.

A.N. — Oui, et une de mes amies a failli à cause de cela perdre sa place de professeur dans un lycée de New York, une école de dessin industriel pour enfants particulièrement doués et qui ne peuvent suivre les cours d'une université. Elle leur fit étudier l'histoire de l'accouchement, mais les parents d'élèves protestèrent. Et elle leur répondit : « Mais c'est honteux que vous puissiez être choqués par ce récit d'un accouchement écrit par une artiste, alors que vos enfants peuvent lire la même chose dans n'importe quel vulgaire magazine. Vous devriez être heureux qu'ils l'apprennent sous cette forme, qui comporte une dimension spirituelle, et qui, bien qu'il s'agisse d'un événement tragique, est dépourvue de laideur. » Ils finirent par l'admettre. Seule l'expression est importante. Il serait facile de *rendre laide* cette expérience. Si vous voulez la rendre laide et sans la moindre signification, il suffit d'insister sur certains détails physiques, sur l'horreur et tout le reste. Et cela devient laid. On peut tout rendre laid.

Q. — Quelle est votre attitude à l'égard du roman moderne plein de violence et du prétendu « culte de la laideur » ?

A.N. — Cela fait partie du côté négatif et destructeur de notre époque. Mais il y a un contre-courant. Certains artistes de la nouvelle génération, ou même de la génération intermédiaire, font tout pour combattre cette tendance en développant une conscience nouvelle.

Q. — Cet usage du « langage des rues », comme vous l'appelez, qu'en pensez-vous ?

A.N. — Dans certains cas, lorsqu'il est naturel, authentique, qu'il fait partie de l'expérience même, son emploi peut être justifié. Mais il s'agit souvent d'une attaque délibérée et d'un acte d'agression. Sans aucune sincérité. Je ne crois pas qu'il pourra remplacer une langue plus élaborée. Il correspond à une forme limitée d'expression.

Q. — Comment expliquez-vous sa prédominance dans tant de livres aujourd'hui ?

A.N. — D'une part, le commerce ; d'autre part, pour se mettre à la portée de l'illettré. Certains poètes se sont rebellés contre la littérature traditionnelle dont la langue n'était pas comprise du peuple. C'est là un détournement de l'idée de démocratie.

Q. — Dans le *Journal*, vous racontez qu'un jour votre professeur vous avait envoyée acheter un magazine populaire dans un kiosque afin que vous appreniez la prétendue langue parlée, parce que votre langage était beaucoup trop châtié ; et vous dites que cela vous a incitée à abandonner vos études.

A.N. — Depuis toujours, j'ai fait la guerre à l'appauvrissement de la langue. Je refusais d'employer des expressions argotiques si leur emploi n'était pas justifié par l'objet de mon travail ou s'il n'était pas naturel.

Q. — Pensez-vous que le cinéma va influencer le roman ?

A.N. — Je pense qu'il y a une influence mutuelle. Beaucoup d'écrivains ont eu peur de voir la littérature disparaître et que les films ne prennent la place des livres dans les bibliothèques. Mais ce qui va se produire, à mon avis, c'est un rapprochement du roman et du film. Le roman comportera moins de descriptions, le dialogue sera réduit à l'essentiel et ne servira pas à remplir des pages comme dans de nombreux romans. Seul sera exprimé le dialogue essentiel à la relation entre les personnages. D'autre part, les films nous ont montré l'importance de l'image et de l'étude des rêves, qui est maintenant traitée avec le plus grand respect par les scientifiques. Autrefois, on ne l'abordait que sous l'angle de la psychologie ; on la considérait même comme dépourvue de signification. Mais aujourd'hui les savants reconnaissent que les rêves ont acquis leur respectabilité. À l'UCLA, on a dit que les rêves étaient nécessaires à la santé, et l'on admet que le rêve est une fonction naturelle.

D'autre part, le rêve et le film sont très proches l'un de l'autre et je pense qu'ils s'influencent déjà l'un l'autre. Je trouve que *Huit et demi* de Fellini est comme un long rêve, de même que certains films de Bergman. Nous avons fini par reconnaître que, dans notre inconscient, nous pensons sous forme d'images et que les symboles et les métaphores n'étaient pas le propre de l'école romantique, mais faisaient également partie de notre être, puisque nous continuons à rêver en images à l'ère scientifique. Donc je crois que le roman va rejoindre le cinéma. Les romans seront réduits, comme les circuits intégrés. Ils seront beaucoup plus courts et ne contiendront, je l'espère, que l'essentiel, à la différence des romans traditionnels où l'on met tout – que ce soit utile ou pas. On pourra les comparer au théâtre moderne qui nous donne seulement les grandes lignes de l'intrigue au lieu de rapporter toutes les paroles qui ont pu être prononcées. Car, la plupart du temps, les choses que nous disons ne sont là que pour masquer nos sentiments plutôt que pour les révéler. Au cinéma, nous sommes obligés de réduire le dialogue à l'essentiel, et ce sera bientôt le cas du roman, je l'espère.

Q. — Quels problèmes rencontrerait-on si l'on voulait filmer vos œuvres ?

A.N. — Je pense que mes œuvres sont tout à fait adaptables au cinéma – dans le sens que nous voulons lui donner, c'est-à-dire de représenter par l'image la vie intérieure, l'imagination, le rêve. Mais tant que l'on ne traitera pas ainsi le cinéma, mes livres seront très difficiles à porter à l'écran.

Q. — Existe-t-il des films contemporains qui correspondent à l'idée que vous vous faites du cinéma en tant qu'art ?

A.N. — Oui. Il y a un film de Henry Jaglom, qui s'appelle *Un coin tranquille*, dans lequel tous les niveaux sont traités simultanément ; ce n'était pas un film facile à comprendre, mais je l'ai adoré. Il possédait une qualité magique. J'ai trouvé également que *Love*, le film tiré de *Femmes amoureuses*, était fidèle aux ambiguïtés et aux ambivalences de D. H. Lawrence.

Q. — J'aimerais vous entendre parler de la technique du roman – le plan, l'intrigue, la structure, tout le processus de création par lequel vous passez.

A.N. — Je réponds toujours à cette question en disant que je suis *née moderne*. Ayant abandonné très tôt mes études, je n'ai guère eu de formation de base. J'ai fait ma propre éducation, j'ai beaucoup lu, mais je ne savais rien de la discipline du roman. Je n'ai jamais rien appris sur la forme. J'ai suivi mon chemin, toute seule. Et mon chemin se révéla être celui du poète. Mes romans commençaient toujours comme un poème, par une image dès la première ligne, mais je ne savais jamais où cela allait me mener. Les seules bases concrètes sur lesquelles reposait mon roman étaient les personnages – je prenais généralement un personnage du journal, qui, grâce à la fiction, devenait plus complexe, se transformait et finissait par ne plus ressembler au modèle initial.

Q. — Vous utilisez plutôt le temps psychologique que le temps chronologique. Le faites-vous consciemment ?

A.N. — J'en suis consciente, mais je ne le fais pas délibérément, c'est-à-dire de façon « intellectuelle ». C'est le *rêve éveillé*[1]. Choisir, évaluer – ce sont là les étapes suivantes. Il y a une différence entre être conscient et prendre conscience. La prise de conscience est une manière de souder ensemble l'intuition, l'observation, l'illumination, à force d'années de travail et de discipline de l'esprit.

Q. — Quels sont les autres écrivains qui ont la même vision du temps ?

---

1. En français dans le texte. (*N.d.T.*)

A.N. — Proust a apporté dans ce domaine la plus grande contribution. Il disait que la réalité était dans ce que nous ressentions bien plus que dans les événements extérieurs. Un bon exemple est celui du passage où il nous raconte la mort de sa grand-mère qu'il n'a sentie que bien après l'événement lui-même. Il existe une chronologie de l'émotion et du souvenir. Giraudoux était, lui aussi, conscient de cette rupture dans le temps chronologique.

Q. — Vous semblez avoir beaucoup d'affinité avec les écrivains français. Vous considérez-vous comme un écrivain américain ou pas ?

A.N. — Non, je me considère comme un écrivain international. J'aime penser que je fais partie de ceux qui transcendent régions et nations – qui sont universels.

Q. — Quelqu'un, à part moi, vous a-t-il déjà dit que votre style ressemble à celui d'Edgar Poe dans *Un rêve dans un rêve* ou dans *Eleonora* ?

A.N. — Non. Mais c'est intéressant, car les symbolistes, Mallarmé et Baudelaire, ont traduit Poe en français bien avant que les Américains ne l'apprécient. Rimbaud connaissait son œuvre et a subi son influence, comme d'autres précurseurs du surréalisme. Les *Illuminations* de Rimbaud m'ont influencée pour *La Maison de l'inceste*.

Q. — Henry Miller écrivait *Into the Night Life* (*Dans la vie nocturne*) à l'époque où vous écriviez *La Maison de l'inceste*, n'est-ce pas ?

A.N. — Oui. Nous étions à Paris. Il existe une certaine similitude entre les deux œuvres.

Q. — Je ne sais pas si cela est une question, mais c'est à propos de deux choses dont vous avez parlé : la première, ce sont les images que nous avons tous dans notre inconscient, mais auxquelles il faut ensuite, selon vous, donner une perspective. Vous dites que vous étiez obsédée par les mots, par le langage, et cela vous a conduite à en faire des instruments qui vous permettaient de créer à partir de votre inconscient. Pourriez-vous nous parler davantage de ce processus ?

A.N. — Eh bien, les deux choses sont nécessaires. Par exemple, le seul reproche que je ferais aux étudiants qui écrivent de la poésie aujourd'hui est qu'ils me donnent l'impression de trouver un intérêt à tout ce qui vient de l'inconscient, sans aucune discrimination, sans travail, sans discipline, sans rature. C'est ce que j'appelle l'école du laisser-aller car je ne crois pas du tout à cette méthode. Il est nécessaire d'avoir une totale liberté d'écriture, libre de tout esprit critique, ce qui n'exclut pas pour autant la discipline de l'artisan ni son jugement sur ce qu'il écrit ; il doit pouvoir dire : ceci reste encore flou, ou bien trivial, ou sans intérêt. L'œuvre ne naît pas spontanément. Cela me fait penser à certaines de vos questions, souvent dépourvues de clarté et d'impact.

Donc, je pense qu'il faut les deux : il faut laisser l'inconscient s'exprimer, mais savoir ensuite choisir ce qui est important, ce qui a une signification. J'ai un ami qui a dicté au magnétophone tout ce qui lui passait par la tête pendant des jours, des jours et des jours, jusqu'à en avoir plus de six cents pages : il pensait que là était le véritable courant de conscience. Mais ses pages étaient souvent à la fois sans aucun sens et sans aucune valeur. Cela manquait de forme. De coupures. C'est là véritablement que l'artisan, que l'artiste entre en jeu. Et il arrive que, par de simples coupures, ce qui semblait confus devient clair, comme dans le montage d'un film. C'est vraiment la même chose que pour un film ; le montage est primordial. C'est lui qui *donne* le sens. Sans lui, on se trouverait en présence d'un matériau sans forme et sans signification. Nous avons besoin d'un centre d'intérêt qui peut être parfaitement authentique. Je veux dire que quand vous suivez votre inconscient, c'est lui-même qui finit par prendre forme, une forme très définie. Ainsi, lorsque vous avez terminé un poème ou un roman que vous avez écrit de façon spontanée, vous vous apercevez qu'il a un plan – qui n'apparaît qu'à la fin. Vous ne le voyez pas au début, mais à la fin. Il

387

existe. Alors, vous pouvez vous permettre de changer la forme en conservant l'authenticité de ce plan, de cette chose qui s'est créée naturellement.

Q. — Pouvez-vous discerner le plan quand vous en êtes à la moitié ?

A.N. — Non, vous ne le pouvez pas ; vous ne le voyez pas avant que tout soit fini. C'est presque comme un collage, à la manière dont Varda les composait. Il découpait de petits morceaux de tissu, puis les épinglait par-ci par-là ; il ne savait pas exactement ce que ça allait donner. Puis, soudain, il discernait une femme et une maison, ou un château, ou un drapeau. Vous ne savez pas très bien où vous allez, mais à la fin vous découvrez que cela a un sens et une forme.

Q. — Mais quand vous arrivez à la fin, devez-vous alors tout reprendre pour faire des coupures ?

A.N. — Oui, après il faut couper, et monter. C'est alors que vous découvrez les passages qui n'ont pas leur place dans le tout ou bien qui sont flous – là où la langue est faible.

Q. — Donc, lorsque le plan vous apparaît clairement, cela veut-il dire que c'est la fin, comme lorsque vous regardez un collage ?

A.N. — Oui. J'ai terminé *La Séduction du Minotaure* par une définition du mot « tropique », qui signifie changement, et, en l'écrivant, je me suis soudain rendu compte que tout le sens du livre était là, dans cette définition. C'était le contraire d'une intention délibérée, d'un sens que j'aurais voulu imposer. Naturellement, nous ne savons pas ce qui a traversé mon imagination, ma mémoire, et qui m'a poussée à écrire ce roman. Nous ignorons quelle nourriture souterraine a pu créer le canevas du livre. C'est impossible à définir. Je pourrais dire que mes voyages au Mexique ont été à l'origine du personnage de Lillian que j'ai voulu associer à ce pays, mais, en commençant le livre, je ne savais pas quel en serait le thème.

Q. — Y a-t-il un moment où les choses se fixent et où vous savez alors que vous êtes prête à les écrire ? Est-ce ainsi que vous procédez ?

A.N. — Oui ; prenons l'exemple de *Collages* qui est particulièrement significatif. *Collages* a été inspiré par l'œuvre de Varda, avec tous ses petits morceaux de tissu. Je me suis mise à penser à tous les gens que je connaissais à Los Angeles, et, soudain, ils me sont apparus comme un assemblage de rêveurs. Tous étaient entièrement possédés par quelque mythe ou quelque rêve : je les ai donc rassemblés, avec d'autres qui n'habitaient pas Los Angeles, comme Nina de la Primavera, une sorte d'Ophélie mythomane. Je les ai mis ensemble et ils ont formé un collage de rêveurs, incapables de parler entre eux car chacun poursuivait son propre fantasme. Ils ressemblaient aux petits morceaux d'un collage. Il leur était absolument impossible de se rencontrer, puisque chacun était enfermé dans une forme différente de mythe. Il y avait une femme japonaise, il y avait aussi Varda, chacun créant son propre monde. Lorsque j'ai commencé le livre, je n'y voyais aucune structure, aucun plan. Mais je me suis soudain rendu compte que sa structure et son thème étaient ceux d'un collage.

Q. — Que répondez-vous aux gens qui vous disent qu'écrire est très difficile ? J'ai l'impression que vous avez toujours insisté sur la joie d'écrire et l'effet presque thérapeutique que l'écriture avait sur vous. Diriez-vous que vos plus belles pages ont été écrites avec difficulté ou bien au contraire avec aisance ?

A.N. — En écrivant le journal, j'avais toujours l'impression d'être libre ; mais lorsque je m'asseyais à ma table avec l'idée de commencer un roman, j'étais, comme tant d'autres, paralysée par la peur, par le trac. C'était le stade le plus pénible. Mais un jour j'ai fini par décider que le roman servirait de nourriture au journal et vice versa. Pour surmonter ma peur de me lancer dans un roman traditionnel, ma peur d'affronter le monde avec un roman traditionnel, je choisissais des personnages du journal et construisais mon histoire à partir d'eux. Mais tout métier est difficile. Je ne prétends pas que l'écriture est facile. Tout métier devient un art dans lequel on désire progresser, et je désirais progresser dans l'art d'écrire. Même à onze ans, lorsque j'ai décrit mon arrivée à New York, je me disais : « Je dois réécrire ces pages ; je ne l'ai pas assez bien dit. » Je me préoccupais donc déjà de bien exprimer les choses, ce qui était peut-être le signe de cette obsession de la langue propre à l'artiste.

Q. — Continuez-vous, comme autrefois, à aider des artistes ?

A.N. — Dans l'Amérique d'aujourd'hui, cela n'a pas été tellement nécessaire ; le problème était moins aigu. Mais je me sens toujours une très grande responsabilité à l'égard de l'artiste. Ce sentiment de responsabilité est dû à ce que John Pearson exprimait hier : « Pourquoi ne donnons-nous pas vingt-cinq dollars de l'heure au poète plutôt qu'à l'analyste ? » En Europe, on faisait confiance à l'artiste, et celui-ci avait toujours le recours de la vie de café. Le café a toujours sauvé beaucoup de choses. Un artiste savait qu'en allant le soir au café, il y trouverait un ami qui lui paierait à dîner. Il avait toujours un endroit où aller s'il n'avait plus d'argent. Et pourtant, malgré cela, de très nombreux artistes en France sont morts de faim et de solitude. Lorsqu'ils tombaient malades dans leur petite chambre sans confort, personne ne le savait. Satie a vécu cette expérience, de même que le poète péruvien Vallejo. Il ne venait plus au café, et nous ne savions pas qu'il était en train de mourir de faim lentement – tout à côté de nous. Je dois sans doute à mon père, qui était artiste, ce sens de la responsabilité dont je témoigne à l'égard des artistes. Lorsque je rencontre un homme, qui lutte pour créer, cela éveille aussitôt en moi un sentiment de protection.

Q. — Vous avez toujours été plus que généreuse avec les jeunes écrivains, les jeunes peintres. Ne vous a-t-on jamais dit : « Nous ne savons pas encore si ce sont de véritables artistes, ils n'ont pas fait leurs preuves ; nous n'avons aucun critère pour les juger » ?

A.N. — Oui. Mais, comme toute femme, je suis sensible à tout ce qui est *en train* de naître ; je m'intéresse à tout ce qui est *en train* de se développer, que ce soit avec succès ou pas. Vous savez, beaucoup de mes « enfants » ne sont jamais devenus de grands artistes, de grands écrivains. Mais même les critiques les plus éminents ont commis des erreurs.

Q. — Quels sont vos critères pour juger une œuvre d'art ?

A.N. — C'est difficile, je me suis souvent trompée.

Q. — Naturellement. Mais ce que je vous demande, c'est ce qui vous émeut, ce à quoi vous êtes sensible. Quelles sont, pour vous, les qualités importantes, bien que je sache que vous n'allez pas essayer de les imposer aux autres ?

A.N. — En général, avec les jeunes écrivains, je me soucie moins de leur talent que des qualités humaines que je peux sentir dans une œuvre. Je préfère ces qualités à une écriture habile et intellectuelle, car pour moi, ces artistes-là ont plus de chances de jouer un jour un rôle dans l'aventure humaine. Aussi ne suis-je pas trop sévère sur le style, parce que je pense que sa maîtrise s'acquiert avec l'effort et le travail. Si j'étais professeur, je ne me préoccuperais pas immédiatement de la manière d'écrire des élèves. Je ferais davantage attention à leur attitude : s'ils savent écouter, s'ils sont attentifs, s'ils sont sensibles, réceptifs – toutes ces qualités nécessaires aux relations humaines. J'ai l'impression que ce sont elles qui feront un bon écrivain.

Q. — Aujourd'hui, lorsqu'un livre est bien écrit, fait preuve de talent et d'habileté, même si le fond est inexistant, on lui accorde une attention sérieuse. Pensez-vous que vous vous intéresseriez à un livre qui aurait un fond mais aucun style ?

A.N. — Eh bien, je suis triste lorsque je rencontre ce cas, mais je pense que le métier s'acquiert peu à peu, si l'on a le fond. En ce moment, je m'intéresse à un livre écrit par un jeune homme qui a essayé de trouver un nouveau langage pour la génération du rock and roll et de la drogue, tout comme Kerouac a trouvé un nouveau langage pour la sienne. C'est parfois maladroit, mais ce manuscrit m'intéresse beaucoup plus que certains livres récemment publiés et qui sont censés représenter la culture souterraine, mais qui, en fait, sont d'une cruauté et d'une froideur absolument caricaturales. À mon avis, ce genre de livres ne mènera nulle part. Ils sont très habilement faits et possèdent toutes les qualités que les éditeurs associent à la culture profonde, mais je pense que le manuscrit qui représentera le mieux cette culture est celui dans lequel l'auteur est à la recherche d'un langage capable d'exprimer cette forme particulière d'expérience des musiciens du rock and roll.

Q. — Vous êtes-vous parfois imaginée à la tête d'une maison d'édition ?

A.N. — Ce serait merveilleux. Ce serait vraiment merveilleux parce que j'encouragerais ce genre d'innovations et d'expériences – qui en sont encore aux balbutiements – car elles ont besoin d'être nourries. Voyez-vous, en science, nous croyons à la recherche et nous admettons que certains savants puissent poursuivre des recherches qui ne mènent nulle part. En littérature, cela n'existe pas, mais il le faudrait. Il arrive qu'un premier livre ne soit pas du tout ce qu'il devrait être, mais qu'il démontre

cependant une prescience intuitive ou émotionnelle de la littérature de l'avenir.

Q. — En science, les questions sont plus importantes que les réponses. C'est à celui qui pose
une question nouvelle que l'on accorde le plus de
crédit.

A.N. — On devrait également suivre cette règle en
littérature.

Q. — On devrait, mais on est beaucoup trop à la
recherche de réponses.

A.N. — Et, de même, les éditeurs font leur travail suivant des critères complètement dépassés.
Vous souvenez-vous du temps où ils me demandaient si je ne pouvais pas écrire quelque chose
dans le genre de Pearl Buck ? Bref, il n'y avait pas
la moindre possibilité de recherche ni d'expérience
dans une autre direction. Et, aujourd'hui, c'est plus
ou moins la même chose.

Q. — Naturellement, c'est étonnant – pourquoi voulaient-ils que vous écriviez du Pearl Buck
puisqu'elle existait ?

A.N. — C'est ce qui se passe également au cinéma.
Il y a toujours un deuxième *Love*. Il y aura toujours
un deuxième *Bloody Sunday* (*Un dimanche comme
les autres*). Il y a toujours un deuxième ou un

troisième. Il y aura encore d'autres *Easy Rider*. Et, dans le monde littéraire, encore plus qu'au cinéma.

Q. — Vous avez toujours été attirée par le cinéma. C'est peut-être, après la littérature, ce que vous préférez. Savez-vous pourquoi ?

A.N. — C'est une partie de ma vie qui n'a pas été accomplie. J'aime les films, j'aime avoir affaire aux images. Nous parlions il y a un instant de Bergman. J'aime le mode d'expression du film en lui-même. Lorsque je lis mes romans, ils me font l'effet d'un film. Je les visualise, de même que je visualise toujours dans mon esprit les scènes qui se déroulent devant moi. Je suis donc très orientée vers le cinéma. Mais l'idée de tirer de mes romans des scripts cinématographiques bien construits déconcerte tout le monde.

Q. — Vous n'avez jamais pu trouver un metteur en scène capable de suivre ce flux, cette distillation des images ?

A.N. — Ils existent, mais je ne les ai jamais rencontrés.

Q. — Dans le tome IV du *Journal*, vous participez à la création d'un film dans une certaine mesure.

A.N. — Oui, j'ai travaillé avec Maya Deren et, ensuite, j'ai joué dans un film tiré de *La Maison de l'inceste*. J'ai trouvé beaucoup de plaisir à faire ce film et à le jouer. Mais, si plusieurs personnes ont voulu faire un film d'après *Une espionne dans la maison de l'amour*, cela ne s'est pas encore fait à ce jour. J'ai rencontré des metteurs en scène qui ont assez de sensibilité pour pouvoir rester fidèles aux intentions du livre, à son style, mais dès qu'il s'agissait de passer au stade commercial, plus rien n'était possible. Il faudrait que moi-même, ou un autre, se batte pour le film comme je me suis battue pour le *Journal* et pour mes romans.

Q. — Vous considérez-vous comme un écrivain américain ?

A.N. — J'écris véritablement pour l'Amérique et en anglais, mais j'aimerais dépasser cette notion. Je ne peux pas dire que je sois un écrivain américain, même si je m'identifie totalement à la nouvelle conscience américaine. Je préfère me considérer comme plus internationale, plus universelle, surtout dans la mesure où je partage deux cultures.

Q. — Mallarmé a parlé de l'angoisse devant la feuille blanche. Certains écrivains ont eu l'impression qu'ils s'étaient parfois « desséchés », comme ils disent. Avez-vous connu ces périodes de sécheresse, ou de gestation ?

A.N. — Jamais ! la feuille blanche est pour moi comme une pente de ski ; je deviens folle d'excitation.

Les papeteries me rendent folle. Rien que la vue du beau papier me donne envie d'écrire.

Q. — À quelle source vous abreuvez-vous ?

A.N. — Que voulez-vous dire ?

Q. — Eh bien, certains écrivains se nourrissent de leur foi dans le divin ; d'autres de leurs propres expériences affectives. D'où tirez-vous votre désir de créer ?

A.N. — De la joie ! De la jouissance. Comme les oiseaux chantent. J'écris lorsque je suis amoureuse de quelque chose – une scène, un personnage, un livre, un pays. « Peindre, c'est aimer à nouveau », a dit Henry. Pour moi, écrire, c'est aimer à nouveau – ou aimer deux fois.

8

Partager

La première fois que l'on m'a demandé ce que
je voulais faire de ma vie – je pense que je devais
avoir quatorze ans et je parlais avec un groupe de
Français –, j'ai dit que je voulais avoir beaucoup
d'aventures. Cela provoqua de grands éclats de rire
parce que, pour les Français, le mot « aventure » est
limité aux aventures amoureuses. Mais moi je l'entendais dans son sens le plus large, et je crois que
ce sens de l'aventure m'a toujours portée, à travers
tous les drames, les tragédies, les difficultés que
nous partageons tous – les chagrins et les deuils.
Indépendamment de tous ces malheurs devait vivre
en moi la conviction que tout cela n'était qu'aventure mythologique, et que l'on pouvait dépasser le chagrin, car le chagrin n'était qu'une partie
du voyage. Pas un instant, je n'ai éprouvé ce qu'a
ressenti Sylvia Plath – qu'il n'y aurait pas de lendemain. Le sens de l'aventure est indispensable à

notre survie, car lui seul permet de dépasser le tragique et de supporter les malheurs et les épreuves rencontrés en chemin.

Une fois admis le fait que l'expérience peut être douloureuse, que les rapports humains ont une fin, qu'il faudra sans cesse faire face à des défis du sort, une fois admis que c'est là notre lot et que la vie doit continuer, nous ne connaîtrons plus ces terribles accès de pessimisme qui peuvent aller jusqu'au suicide. Si nous considérions nos vies comme un tout, si nous voulions comprendre qu'il y a toujours un lendemain et qu'il y aura toujours un obstacle à surmonter, cette idée nous donnerait courage et allégresse pour continuer la lutte et nous préparerait à notre seconde naissance, prometteuse de tant de délices et de compensations.

La mythologie nous enseigne que le voyage est toujours semé d'embûches et peuplé de monstres. Nous ne devons jamais oublier que cette image du voyage à l'extérieur est la même que celle du voyage à l'intérieur de nous-mêmes. C'est celle d'un labyrinthe, sombre par endroits, où les détours masquent notre vue au point de nous donner parfois l'impression d'être aveugles. Mais il faut poursuivre notre route.

Nous ne pouvons pas oublier que chacune de nos vies est une aventure, et nous disposons de moyens de fuir, de nous épanouir, de nous développer, de nous dépasser, de surmonter des obstacles qui, à première vue, paraissent infranchissables. Par exemple, je pensais ne jamais pouvoir surmonter le traumatisme provoqué par ma soudaine coupure avec le monde. Mais je croyais profondément au voyage mythologique du héros, que décrit Joseph Campbell – non pas le héros au sens littéral, qui désigne un homme exceptionnellement doué et courageux. Pour moi, le héros est celui qui se montre persévérant dans sa recherche. Joseph Campbell, dans *Myths to Live By*, parle de ce voyage mythologique, le même que celui que poursuivent les héros, et aussi, comme nous le savons, les schizophrènes. Il arrive un moment où se produit une coupure dans la vie : quelque chose vient rompre nos liens avec le monde. De nombreux étudiants l'ont éprouvé : ils se sentent soudain étrangers à une culture, à un groupe, à des amis dont ils étaient proches. Il se produit le même phénomène chez l'artiste, comme chez le héros, comme dans la folie. Mais dans la mythologie, le héros achève son voyage et sort du labyrinthe.

Aujourd'hui, on ne veut plus de héros, on ne veut plus de modèle : à mon avis, ce refus vient de l'idée que nous nous faisons du héros – un homme aux qualités inaccessibles. À l'âge de quatorze ans, j'avais adopté des héroïnes qui m'aidaient à vivre, et je voudrais rappeler que dans la mythologie le héros ne possède pas de talents et de qualités exceptionnels : c'est tout simplement un homme persévérant qui décide d'achever son voyage, qu'il s'agisse d'escalader la plus haute montagne du monde ou bien d'entreprendre un voyage en surface ou bien en profondeur.

Le mythe m'a aidée à réussir cette transposition : à ne pas considérer ma vie comme une suite de tracas, mais comme une partie de ce voyage mythologique dans lequel nous sommes tous engagés. J'ai pris très au sérieux cette conception du héros. Le mythe m'a montré que le voyage était long, difficile et complexe, qu'il s'agisse de l'Odyssée ou de l'exploration intérieure. La mythologie m'aida à considérer ma vie comme un conte, comme une aventure. Et cette conception m'a toujours prévenue du désastre, m'a toujours tenue éloignée de l'idée d'un échec possible.

Cela me rend triste de voir que vous avez fait de Sylvia Plath un symbole, car, même si sa poésie est très belle, sa vie ne l'a pas été. Elle s'est effondrée au premier défi que la vie a lancé à son courage. Et cela me désole de voir que vous en faites un symbole, que vous aimez son désespoir, comme à l'époque romantique où l'on aimait Werther parce qu'il s'était suicidé. En effet, je ne pense pas qu'à la première difficulté, au premier chagrin, nous devions accepter une telle destruction intérieure. Et cela n'arriverait pas si nous nous y étions préparés, si nous n'exigions pas une vie douce, heureuse et sans obstacles. Si l'on pouvait évoluer sans difficultés, nous n'évoluerions jamais. Une part du processus même de développement est cette aspiration à vivre et à créer qui réclame une grande exigence envers vous-même, qui demande toutes vos forces, et qui nécessite le voyage intérieur. Comment croyez-vous que j'aie fait pour me donner la force de ne pas mettre ma tête dans le four de la cuisinière, chaque fois qu'un obstacle cherchait à me détruire ?

La première catastrophe dont je fus victime, comme beaucoup d'autres enfants, fut la séparation de mes parents et le déracinement d'un pays dans lequel je me sentais chez moi pour aller habiter un pays nouveau. En général, cela suffit pour provoquer ce que nous appelons l'aliénation. Comment ai-je lutté contre cela ? Comment luttez-vous contre cela ? Je me suis créé une petite île pour moi toute seule, et cette île était mon journal. J'allais y raconter mon voyage en Amérique et le considérer comme une aventure, comme toutes celles que je lisais dans les livres. En d'autres termes, en faisant de ma vie une fiction, j'apaisais ma peine et j'oubliais le déracinement. Il m'était douloureux de quitter ma grand-mère espagnole ; il m'était douloureux de quitter l'Espagne, sa gaieté, sa musique et ses femmes qui faisaient la vaisselle en chantant. Tout me manquait. Pour le supporter, il fallait que je considère mon voyage en Amérique comme une aventure, et c'est ainsi que le journal est né.

Plus tard, il apparut clairement que ma lutte était plus large ; je luttais contre tous les pièges, tous les esclavages de la vie, toutes les limites imposées, toutes les restrictions, que ce soit la pauvreté, le déracinement, ou la langue nouvelle que je devais parler dans mon nouveau pays. Il fallait que je trouve très vite une porte de sortie, et, ce que je n'ai découvert que récemment, c'est que le mot « éducation » étymologiquement veut dire *sortie*.

Nous nous sentons souvent débordés, noyés par l'expérience. Pour l'éviter, il ne faut jamais perdre de vue que tout fait partie de notre long voyage continu et que rien n'est tragique car nous évoluons. D'autre part, il faut savoir que l'on guérit toujours et, si l'on tient constamment sa sensibilité en éveil, nous serons toujours portés vers de nouvelles expériences. Il suffit de pouvoir passer au travers de ces moments difficiles, de les transcender. Écrivez le mot « transcender » une centaine de fois. Il a toujours signifié beaucoup pour moi. J'avais l'habitude de l'inscrire sur une feuille de papier que j'épinglais sur un mur. Écrivez tous ces mots qui peuvent vous aider à avancer. La douleur, le chagrin, le deuil ne sont qu'une mort momentanée. Il faut seulement savoir, à ce moment-là, maintenir la continuité de la vie.

La vie est une aventure et vous allez vous heurter à de grandes difficultés, vous allez rencontrer des monstres et des Minotaures. Mais si vous vous y préparez, vous serez prêts également à considérer ces obstacles comme une partie de l'aventure. Même si elle commence par des larmes et des peines, vous ne vous rendrez pas. Ma force a été de créer une petite demeure de l'esprit qui était le journal – mon seul compagnon quand je ne savais pas encore très bien parler l'anglais. Je pouvais raconter tout ce qui m'arrivait : et le premier mot que j'ai appris – très symbolique – est « vous ». Je trouvais que « vous » (*you*) était un mot très beau, qu'il avait une consonance très belle.

Ainsi le journal devint un compagnon, un consolateur, qui remplaçait tout ce que j'avais perdu : il me permettait de considérer tout ce qui m'arrivait comme une grâce, comme une aventure – et l'aventure s'accompagne toujours de dangers. C'était douloureux, difficile. C'était comme si j'avais échoué sur une île déserte appelée Richmond Hill, Long Island, qui était la plus déserte des îles désertes. Mais il fallait en sortir. Et comment en suis-je sortie ? Cela devint un jeu, un défi. Comment s'échapper ? Je me souviens – curieux symbole – qu'un jour, en France, quelqu'un avait fermé la grille de mon jardin. En France, il y a d'énormes serrures avec d'énormes clés pour fermer les grilles des jardins, et je me retrouvais enfermée dans la maison. Je suis aussitôt allée chercher une échelle pour escalader le mur. Je veux vous dire par là que je n'ai jamais cessé de chercher, et de trouver, des moyens de me tirer des pièges que me tendait la vie.

Récemment, j'ai éprouvé une déception dans deux universités : après une longue conférence, très positive, sur la vie, les étudiants m'ont demandé ce que je pensais du suicide de Hemingway et de Sylvia Plath. Je dis alors : « Mon discours est donc un échec total, puisque après vous avoir parlé de la vie, de son aspect positif, de l'avenir du monde qui va toujours de l'avant, vous me posez des questions sur le suicide. » Je me sentais très déçue. Puis je me suis tournée vers Ira Progoff et lui ai dit : « Qu'est-ce que cela signifie ? » Et lui, qui était resté plus objectif, me répondit : « Chaque fois que quelqu'un avance une idée positive, les autres éprouvent le besoin de l'infirmer. Il y a, ancrée en nous, une force qui nous pousse toujours à voir le côté négatif des choses. »

Comme beaucoup de jeunes femmes de vingt ans, je me suis retrouvée enfermée dans une banlieue, la banlieue de Paris, qui ressemble tout à fait à la banlieue de New York ou de Chicago. On y éprouve la même solitude, le même isolement. Il n'y a pas assez de livres dans les bibliothèques, et il n'y a pas assez de gens avec qui converser. Mais un jour je fis un rêve : j'écrivais des mots sur mes cheveux et avec ces cheveux, je faisais une tresse, une longue, longue tresse couverte de mots ; puis je jetais la tresse par-dessus le mur de mon jardin et m'échappais ainsi de ma vie de banlieue. C'était un rêve ; dans la réalité, ce fut mon premier livre qui me plaça au cœur même de la vie littéraire parisienne. L'écriture fut mon salut.

Il existe toujours un moyen d'échapper à sa condition grâce à la volonté créatrice. Mais notre culture nous a rendus passifs. On nous a nourris de télévision, de distractions faciles. Les jeunes gens qui m'écrivent semblent ressentir un désespoir qu'ils croient absolument sans issue. Et pourtant, aujourd'hui, en écoutant *L'Âme d'un oiseau*[1], j'ai pensé que s'il est possible d'échapper à l'horreur d'un camp de concentration, il est certainement encore plus facile d'échapper à la tristesse d'une vie étriquée.

C'est cette foi que je désire rétablir en vous. J'y suis en partie parvenue grâce au *Journal* : il vous a montré qu'il faut souvent plus de vingt ans pour être reconnu. Mais cela n'a pas d'importance. C'est la lutte qui est belle. Les déceptions sont belles, les chagrins sont beaux. La colère, le désespoir, la dépression sont des batailles que l'on peut gagner. Et sont belles aussi les batailles pour acquérir confiance en soi-même et pour construire l'unité de soi-même. C'est une grande aventure, c'est l'aventure du voyage intérieur.

---

1. Olivier Messiaen a composé *L'Âme d'un oiseau* dans un camp de concentration. *(N.d.T.)*

Dès la parution du *Journal*, j'ai reçu des lettres de femmes (et d'hommes aussi, mais de plus de femmes que d'hommes) et j'ai découvert un autre univers. J'ai découvert la solitude des femmes dans les petites villes de province ; j'ai découvert leurs hésitations, leur timidité, leur manque de confiance, et toutes les difficultés qu'elles rencontraient en cherchant à créer dans un environnement hostile et peut-être sans l'encouragement d'amis, comme nous l'avions à Paris parmi les artistes. Ce fut une étrange découverte. Elle m'a fait prendre conscience de l'isolement dans lequel nous vivions géographiquement. Elle m'a fait prendre conscience de la difficulté d'accomplir seul le voyage intérieur.

C'est pourquoi j'aimerais qualifier cette soirée d'un adjectif qu'une de mes amies, Bebe Herring, a découvert dans James Joyce. C'est le mot « furrawn[1] », dont elle a fait le titre de son roman. « Furrawn » est employé pour qualifier ce genre particulier de conversation qui crée la complicité. Nous en avons tant besoin ! Je crois que la seule explication de l'accueil immense et inespéré accordé à mon *Journal*, c'est que nous avons soudain pris conscience de cette méconnaissance réciproque. On m'a souvent dit : « J'ai connu certaines

_____

1. Mot gallois intraduisible, qui se rapprocherait de « partage ». *(N.d.T.)*

personnes dont vous parlez dans le *Journal*, mais je ne les connaissais pas avec l'éclairage que vous leur donnez. » Et cela parce qu'on ne prenait jamais la peine de poser un regard profond sur les autres, alors que je me suis toujours préoccupée du moi le plus secret de chacun. J'ai toujours consacré beaucoup de temps à mes amitiés, car je trouvais sans intérêt ces relations superficielles dans lesquelles nous nous complaisons.

Maintenant, c'est à votre tour de me parler, de me poser des questions. Je répondrai à toutes sauf à une seule – et je sais que vous désirez me la poser : celle qui concerne ce qui n'est pas publié dans le *Journal*. Un jour, vous le lirez dans son intégralité, d'ici quelques années. Vous connaîtrez enfin toute l'histoire. Mais n'oubliez jamais que, si j'ai le droit de faire partager ma vie, je n'ai pas le droit de faire partager celle des autres. L'écrivain et l'artiste ont l'impression que leur vie doit un jour être rendue publique. L'artiste est convaincu qu'il ne crée pas pour lui-même – qu'il soit peintre ou metteur en scène. Notre rêve doit être rendu public, parce que là est notre rôle. Mais je ne peux pas imposer cette mise à nu à tous ceux qui ne sont pas convaincus – comme je le suis – que leur vie vous appartient.

Question. – Quelle impression cela fait-il d'être reconnue comme l'une des grandes figures de la littérature ?

Anaïs Nin. – Eh bien, je n'avais jamais imaginé que cela arriverait un jour. C'est une merveilleuse impression ; vous perdez tout sentiment d'isolement. Et vous pouvez enfin vivre à l'échelle de l'univers. Vous êtes en contact avec le monde entier, ce qui est sans doute le désir de tout écrivain.

Q. – Avez-vous l'impression que la vie que vous avez menée à Paris dans les années 1930 est très différente de celle d'autres artistes ou écrivains ?

A.N. – Non. Voyez-vous, c'est pour cela que j'ai publié le *Journal*. J'ai vécu là des expériences assez profondes et essentielles pour qu'elles continuent de vivre aujourd'hui – le conflit sur la guerre, sur le travail, sur l'engagement, sur la création chez l'homme et chez la femme, sur les relations entre hommes et femmes. Ce sont là des problèmes fondamentaux, qui sont toujours les mêmes aujourd'hui. Peu importent les années passées. En effet, à un certain niveau, quelle que soit l'époque dans l'histoire, certaines bases restent identiques.

Q. – Lorsque vous avez aidé Carlos Castaneda à se faire publier, connaissiez-vous bien ses manuscrits et quels étaient vos mobiles pour l'aider ? Pourquoi aviez-vous l'impression qu'il devait être publié ?

A.N. – D'une part, parce que j'avais l'impression qu'il avait pénétré le monde de la drogue et des hallucinogènes avec une conscience remarquable et, d'autre part, parce qu'il était à la fois ce que nous pourrions appeler un homme de l'Ouest – il fit ses études à l'UCLA – et un Indien. Lorsqu'il vint me voir, l'UCLA avait refusé son livre comme thèse de doctorat, parce qu'il n'était pas assez anthropologique, assez scientifique. J'ai alors décidé de présenter le livre à New York. Je ne suis, en réalité, que très indirectement responsable de sa parution. Je croyais en la sincérité de l'auteur, je croyais qu'il voulait nous faire entrevoir une dimension nouvelle, au-delà de la culture objective. Lorsque j'ai présenté ce livre à New York, l'UCLA s'est trouvée très gênée et s'est enfin résolue à le publier. Mais je le trouve très intéressant, pas vous ?

Q. – Pensez-vous que le fait d'imprimer vous-même vos livres ait eu une influence sur votre création ? Cela vous a-t-il donné une notion différente de la place du public dans la création ? Peut-être cela vous a-t-il éloignée du journal, poussée dans une autre direction ?

A.N. – Naturellement, au début, l'énergie que réclamait le travail à la presse était autant de moins pour le journal. C'est tout à fait humain. Mais il faut parler d'un autre aspect du travail. Lorsque

411

vous vivez avec une page, une seule page, pendant quatre ou cinq jours, lorsque vous placez les caractères – ce qui prend une journée – et puis que vous imprimez, et que vous n'arrêtez pas de regarder cette page en formulant les critiques les plus sévères, vous commencez alors à considérer le livre avec distance. Vous avez peut-être fait cette expérience en voyant imprimé pour la première fois un texte que vous avez écrit. C'est une tout autre manière de voir et de juger que la presse m'a enseignée : je voyais le livre de l'extérieur. Et ainsi, je voyais mes livres paraître dans le monde, je donnais une réception à la librairie du « Gotham Book Mart » et je prenais de plus en plus conscience de mon lien avec le monde. Car, vous vous souvenez, avant d'acheter la presse, je sentais déjà que me priver de la publication, c'était me priver de mon seul lien avec le monde. Je ne voyais pas d'autre moyen pour relier ma création au monde.

Q. – Un livre est écrit pour le monde. Donc, comment fait un artiste qui range son livre au fond d'un tiroir lorsqu'il est fini ?

A.N. – C'est quelque chose de profondément usant pour les jeunes écrivains d'écrire un ou deux livres qui ne sont jamais publiés. C'est comme si l'on coupait toutes les communications. Ils ne peuvent plus continuer à travailler. Et c'est pourquoi je les aide, car je sais qu'un refus peut signifier la mort

412

d'un écrivain. J'ai reçu l'autre jour une lettre d'un jeune homme, auteur d'un roman historique et de nombreux ouvrages divers, mais dont rien n'a jamais été publié. C'est une véritable mort. Aussi la presse fut-elle, symboliquement, très importante pour moi, et je désirais que tous mes amis y travaillent. Je voulais que chacun travaille pour imprimer le livre de l'autre. On aurait pu ainsi faire paraître beaucoup de choses. Je voulais *Le Carnet noir* de Durrell. Mais personne ne désirait travailler. C'était un travail très dur. Cela aurait pu devenir une merveilleuse imprimerie à cette époque, où de très nombreux livres étaient épuisés.

J'insiste donc sur l'importance d'imprimer vous-mêmes vos livres, comme le font beaucoup de jeunes aujourd'hui. Un groupe de femmes du Connecticut a installé sa propre presse ; je pourrais en citer quatre ou cinq, y compris Rochelle Holt. C'est une expérience très enrichissante à ses débuts.

Q. – Vous avez tiré – je crois – trois cents exemplaires de votre premier livre ?

A.N. – Oui. Et c'est Miss Steloff – dont vous connaissez probablement l'histoire – du Gotham Book Mart qui me les a pris en dépôt et qui les a vendus. On se les est arrachés. Un jour, un éditeur m'a dit : « Comment avez-vous fait pour être aussi célèbre avec seulement trois cents livres vendus ? »

Q. – Possédez-vous encore l'un de ces trois cents exemplaires ?

A.N. – Oui, j'en ai quelques-uns, mais ils se font très rares. Ce sont des pièces de collection. Il m'arrivait de faire des fautes en coupant les mots. Vous savez, les étrangers n'apprennent jamais parfaitement comment l'on coupe les mots en français. Aussi, on se moqua longtemps parmi les critiques de la façon dont j'avais coupé le mot « amour ». J'avais écrit « am-our ».

Q. – Miss Nin, Edmund Wilson a dit que vous traitiez des conflits que connaissent les femmes, parce qu'elles vivent à moitié dans un monde gouverné par les hommes et contre lequel elles ne peuvent s'empêcher de se révolter, et à moitié dans un monde qu'elles ont elles-mêmes créé, mais qu'elles ne trouvent pas tout à fait idéal.

A.N. – C'est l'un des thèmes du quatrième tome du *Journal*. Mais, en fait, je crois qu'on le retrouve dans tous mes livres. À l'époque, je n'avais pas cette conscience que nous avons aujourd'hui de l'évolution de la femme. Je n'étais pas consciente des difficultés que l'on rencontrait pour grandir et se développer. Je pense que Wilson avait raison lorsqu'il disait que je n'avais pas encore créé un monde dans lequel je pouvais à la fois me sentir indépendante et en relation avec l'homme, parce que je

414

croyais à la vérité des rapports, si bien qu'il me fallait tout garder avec moi et inclure l'homme dans ma propre expansion. C'était difficile, très difficile d'y parvenir.

Q. – Mais vous semblez dire qu'*à l'époque* vous n'étiez pas consciente de ces difficultés, comme vous l'êtes lorsque vous regardez la situation avec recul ?

A.N. – Pas aussi consciente, je suppose. Je les ai exprimées très spontanément dans le journal, presque inconsciemment. Je ne croyais pas qu'elles touchaient autant de femmes. Je savais qu'elles existaient ; mes amies avaient toutes des difficultés – lorsqu'elles désiraient peindre, elles devaient toujours faire passer la dévotion au mari, à la famille, à la vie privée avant leur art. Ces dernières années, j'ai pris une conscience plus aiguë d'une chose qui, jusqu'alors, avait plus ou moins vécu dans mon subconscient.

Q. – Cela vient-il de ce qu'aujourd'hui la plupart de ces obstacles ont un nom ? Le mouvement de libération de la femme a mis des étiquettes sur toutes les difficultés et c'est pourquoi elles sont beaucoup plus reconnues qu'autrefois.

A.N. – Oui. De nos jours, les problèmes de la femme sont mieux définis. Les féministes ont mis l'accent sur des inégalités que j'ignorais moi-même

– dans les lois sociales ou dans le travail. Elles ont une plus grande conscience politique et historique de la situation.

Q. – Dans *Les Chambres du cœur*[1], vous reprenez l'un des thèmes principaux du *Journal* : comment concilier la générosité de la femme, son habitude – innée ou acquise – de faire passer les besoins des autres avant les siens, avec la recherche de sa propre personnalité ?

A.N. – Je pense que l'on a imposé cette habitude à la femme : la morale judéo-chrétienne lui a enseigné le don de soi. La femme était censée être altruiste, dévouée, serviable, nourricière. Et si jamais elle s'écartait un instant de ce rôle, elle se sentait coupable. Mais Djuna se pose la question : « Suis-je véritablement généreuse, ou bien suis-je en train simplement de me conformer à un modèle que l'on m'a imposé ? » Elle se demande pourquoi elle se sent toujours attirée par les hors-la-loi, par les hommes qui ne sont pas, comme elle, prisonniers d'une société. Et elle finit par comprendre qu'elle a essayé de se cacher à elle-même ses propres imperfections en les projetant sur autrui. Ainsi délivrés de nos propres défauts, nous prenons la responsabilité de tous ces êtres soi-disant « mauvais »,

1. « The four-chambered heart » (« Les chambres du cœur ») paru dans *Les Cités intérieures*, Stock, 1978.

416

parce que nous avons conscience de ce que nous leur devons : ils font vivre la face obscure de nous-mêmes. Et pendant ce temps, nous pouvons continuer de croire que nous sommes « bons ». Mais Djuna découvre que tous ces rebelles sont en réalité plus honnêtes qu'elle, car elle ne fait que tricher en refusant de faire vivre ses désirs inavoués. C'est une chose difficile à admettre, mais elle a ses compensations. Si vous projetez votre ombre ou votre double sur un autre, vous serez toujours très angoissé. Vous devenez responsable de la vie de cette autre personne, et même si vous savez qu'elle prend une forme destructrice, vous n'avez sur elle aucun contrôle. En revanche, si vous êtes vous-même l'agent de votre destruction, vous pouvez en prendre conscience et vous contrôler. C'est pourquoi Djuna avait l'impression d'être la victime de Rango et de Zora. Elle devait combattre sans arrêt leurs forces destructrices par sa créativité. Ils jouaient tous un jeu épuisant et antinaturel.

Q. – Qu'est-ce qui vous a fait choisir le nom de Djuna ? Est-ce votre attachement à Djuna Barnes ?

A.N. – Mon admiration pour Djuna Barnes a certainement dû jouer dans ce choix. En fait, j'ai trouvé ce nom dans une anthologie des noms gallois. Et c'est en réalité un nom d'homme. Djuna Barnes ne me l'a jamais pardonné. Elle m'a écrit que son père avait inventé ce nom pour elle et que, dans *Un hiver d'artifice*, j'avais volé non seulement son nom, mais son père et sa vie. Je lui ai répondu qu'il s'agissait d'un nom gallois, que le père était le mien, et mes héroïnes des personnes que je connaissais. Mais j'aime beaucoup Djuna Barnes et son œuvre.

Q. – J'ai été frappé soudain par le fait que, dans votre jeunesse, vous avez connu des hommes incroyablement dynamiques comme Miller, Artaud, Rank, Gonzalo, mais qu'arrivée aux États-Unis, vous avez rencontré moins d'énergie autour de vous. Cela vous a-t-il créé des difficultés ?

A.N. – D'une part, tout déracinement s'accompagne d'une forme d'étiolement. Il faut se recréer un monde nouveau. D'autre part, aux États-Unis, ce sont les jeunes artistes qui sont venus à moi, et non pas les écrivains déjà mûrs. Je n'ai pas véritablement choisi, comme vous pouvez le voir dans le *Journal*. J'avais très envie d'être avec des gens comme James Agee, des gens de ma génération, mais les circonstances ne le voulurent pas.

Q. – Ne pouviez-vous pas les débusquer ?

A.N. – Non, je n'ai pas cette forme d'esprit. Ce fut toujours un mystère pour moi de voir les jeunes venir à moi et construire mon univers. Naturellement, plus tard, ces relations ont cessé et j'ai eu davantage de rapports avec des personnes de mon âge.

Q. – Dans le premier tome du *Journal*, vous faites allusion à votre « journal d'enfant », et j'éprouve comme un sentiment de jalousie envers ce journal. Comme si tout le monde y avait accès sauf moi.

A. N – Eh bien, pour être franche, et dans *votre* intérêt, lorsqu'il a fallu que je choisisse l'époque où mon *Journal* devait commencer, j'ai préféré, en bonne romancière que je suis, le faire débuter au moment où ma vie devenait plus intéressante. J'ai laissé de côté les périodes sombres, toute ma vie dans les petites villes de province. Je pensais sincèrement que cela n'avait aucun intérêt. Mais je me rends compte aujourd'hui que si, tel un scientifique, on désire étudier l'évolution « organique » d'une vie, il est naturel d'en connaître le passé. Mais à l'époque je réagissais en romancière et désirais seulement dévoiler les périodes qui me paraissaient les plus intéressantes. Il m'est arrivé d'éprouver les mêmes angoisses que Sylvia Plath ; j'ai habité Richmond Hill, sans doute la petite ville la plus horrible que vous pouvez imaginer – dans le Queens : mais je n'ai pas voulu en parler. Je sais aujourd'hui que cela crée un déséquilibre. C'est pourquoi je vais maintenant publier ce que j'écrivais pendant toutes ces années, il le faut.

Q. – C'est très bien, car ce qui m'intéresse c'est de vous voir grandir, de savoir quelle adolescente vous étiez.

A.N. – Ça va beaucoup vous ennuyer !

Q. – Je ne crois pas. Je pense au contraire que cela va vous rendre plus proche de nous.

A.N. – C'est possible. Cette lutte, cette pauvreté que personne ne croit que j'ai pu connaître. Lorsque nous sommes arrivés en Amérique, nous étions de simples immigrants, sans aucune situation. Il m'a fallu lutter pour apprendre la langue, pour m'adapter à une culture qui m'était étrangère. En effet, tout doit être dit, si l'on veut vraiment étudier l'évolution d'une vie.

Q. – J'ai l'impression que j'ai besoin, pour poursuivre ma propre lutte, de pouvoir l'identifier à la vôtre.

A.N. – Je fais bien quelques retours en arrière, mais tout n'y est pas. J'ai agi en romancière. Mais maintenant je vais publier le journal d'enfant, qui ira jusqu'à mes seize ans[1]. Nous avons besoin de savoir comment une femme évolue, et quels sont les obstacles à cette évolution. Il faut absolument que

_____

1. La version intégrale de ce journal, écrit en français, est parue chez Stock (1979) sous le titre *Journal d'enfance*.

nous connaissions les difficultés aussi bien que les accomplissements.

Q. – Pour vous, Sylvia Plath est l'exemple de quelqu'un qui n'a pas su dépasser une expérience malheureuse. J'aimerais savoir quelle force il faut avoir pour pouvoir transcender les événements.

A.N. – C'est une bonne question. On se demande toujours ce qui permet à quelqu'un de résister à la destruction, et c'est une question très complexe. Je dirais que cela dépend de votre résistance intérieure, et de l'importance de votre noyau spirituel. Pourquoi Sylvia Plath a-t-elle manqué de résistance intérieure pour résister à la catastrophe, je ne pourrais vous le dire, car je ne connais pas assez bien sa vie.

Q. – Mais Sylvia Plath essayait d'accomplir ce voyage intérieur dont vous parlez. Donc, ce que je désire savoir, c'est ce qu'il faut faire pour trouver la sortie au bout du voyage.

A.N. – Il n'y a pas qu'un seul moyen : c'est un mélange de plusieurs éléments. D'une part, il faut savoir que la vie peut nous infliger des coups, et, par conséquent, s'y préparer. Il s'agit presque d'une attitude philosophique, que la psychologie et la psychanalyse – si décriée – peuvent nous permettre d'avoir. Il faut nous montrer lucides et admettre que l'idéal romanesque et la perfection, que nous

421

attendons ou que nous exigeons de la vie, ne nous seront peut-être pas accordés.

Q. – Miss Nin, j'ai lu quelque part que vous aviez cent cinquante volumes de votre journal. Cela veut-il dire cent cinquante carnets de notes ?

A.N. – Oui. Ce ne sont pas, à proprement parler, des volumes. Ils ressemblent à des cahiers d'écolier ou à ces carnets pour « journal intime » que l'on vend, vous savez, et qui sont plus ou moins grands. Ce n'est pas aussi impressionnant que ça en a l'air. Mais, à ce jour, il y en a plus de cent cinquante. Je me suis arrêtée de compter.

Q. – Combien y en aura-t-il de plus ?

A.N. – Je ne sais pas jusqu'où je pourrai aller. En effet, alors que les artistes reconnus et de ma génération se montrent très larges d'esprit et ne se froissent jamais de ce que je pourrais écrire sur eux, les jeunes, au contraire, se révèlent très susceptibles. Et comme je me rapproche de plus en plus des jeunes écrivains, il m'est difficile de publier ce que j'en pense.

Q. – Je vois ; vous pourriez, par exemple, recevoir les reproches de Gore Vidal. Je ne sais pas s'il l'a fait, mais vous avez parlé de lui. Ou d'autres qui sont plus jeunes que Henry Miller ou Edmund Wilson, par exemple.

A.N. – Oui, les artistes plus âgés sont habitués à faire partager leur vie. Tout le monde connaît leur vie et ils la jugent eux-mêmes avec humour. Ils en sont détachés. Mais si vous prenez quelqu'un de vingt ans qui n'a écrit qu'un seul roman, il est alors très vulnérable et très susceptible. Naturellement, je fais aussi les portraits de toutes sortes de gens différents – pas seulement des artistes ou des écrivains. Mais je ne sais pas jusqu'où je peux aller sans m'attirer des ennuis.

Q. – Finalement, qu'est devenu Gonzalo ?

A.N. – On me demande souvent ce que sont devenus les personnages du *Journal* – et remarquez que, moi-même, je les qualifie de « personnages ». Je devrais mettre des notes en bas de page parfois, mais je ne veux pas trahir le journal. La fin de l'histoire de Gonzalo se situe bien des années plus tard. Dans les tomes que vous avez pu lire, je ne la connaissais pas encore. Il est retourné à Paris, mais ce n'est que beaucoup plus tard que j'ai appris qu'il était mort d'un cancer. Donc, il m'est difficile, dans le tome IV, de mettre une note en bas de page disant : « Gonzalo est mort dix ans *après*. » Ce serait fausser la chronologie. Donc je suis obligée de vous faire attendre pour que vous découvriez le sort des personnages en leur temps, contrairement à Proust qui sautait parfois quelques chapitres et se contentait d'écrire : « Vingt ans plus tard... »

Q. – Avez-vous le sentiment de la destinée ou, disons, de l'« appel » ? Je veux dire : avez-vous choisi l'écriture ou l'écriture vous a-t-elle choisie ?

A.N. – Je n'y ai jamais songé. J'ai commencé si jeune. Aussi loin que je remonte dans mon souvenir, je savais que je serais un écrivain. Très tôt, c'est devenu une *idée fixe*[1].

Q. – Vous avez toujours été fascinée par les très jeunes. Les adolescents, les jeunes hommes ou les jeunes femmes de vingt ans. Est-ce parce qu'ils ne sont pas encore formés, qu'ils sont moins prévisibles et plus amusants ?

A.N. – Je vais vous dire une chose. La situation était toute différente en France. Là-bas, mes amis étaient plus âgés que moi. Miller l'était, Durrell était à peine plus jeune. Mais lorsque je suis arrivée en Amérique, le genre de littérature que je proposais plaisait aux jeunes et ce sont eux qui sont venus à moi. Ce ne fut pas un choix ; je ne les ai pas véritablement préférés. Les amitiés étaient beaucoup plus faciles avec les jeunes et avec les étudiants, et, dans une certaine mesure, c'est encore vrai aujourd'hui. Je me suis surtout rapprochée d'eux à l'époque où mes romans n'étaient pas acceptés, c'est-à-dire de 1946 jusqu'à la publication du *Journal*.

_____

1. En français dans le texte. *(N.d.T.)*

424

Q. – Que sont devenus tous ces jeunes dont personne n'avait jamais entendu parler jusqu'à la parution du *Journal*, et pas davantage depuis ? Certains n'ont-ils pas été à la hauteur de leurs promesses ?

A.N. – C'est le cas pour quelques-uns. Ils ont renoncé à la moitié du chemin. D'autres sont devenus célèbres ; par exemple, James Leo Herlihy. D'autres ont tout simplement disparu. Ils ont cessé d'écrire, ils se sont découragés, se sont sentis vaincus. Je perds ainsi leur trace ; je les perds de vue. Ils vont à l'étranger.

Q. – Gore Vidal est l'un de ces jeunes, ou plutôt c'était un jeune homme à l'époque où vous l'avez rencontré. Il se faisait appeler « Troubadour Vidal », n'est-ce pas ?

A.N. – Oui, mais il a beaucoup changé. Il n'est plus du tout celui que j'ai décrit dans le *Journal*.

Q. – Mais même quand il était jeune, il refusait de se considérer au même niveau que les autres. Ne vous a-t-il pas appelée un jour pour vous dire : « Faites partir les enfants, j'arrive ! »

A.N. – Il était très arrogant et très sûr de lui. Et, par la suite, il a perdu cette qualité qui me fait aimer la jeunesse : ils ne sont pas encore rigides, ils ne sont pas formés, ils appartiennent à l'avenir et vous donnent toujours un sentiment d'espoir, tant ils ont de choses à accomplir. Leur potentiel est fascinant. Peut-être est-ce parce que je n'ai pas eu d'enfants moi-même que j'ai reporté sur ces jeunes cet amour pour ce qu'ils pouvaient devenir.

Q. – En lisant votre *Journal*, j'ai été choquée de vous voir ainsi distribuer votre argent, entretenir autant d'artistes – jusqu'à ce sinistre individu qui fouille un jour dans votre sac à main. Pourriez-vous nous parler davantage de ces expériences ? Je trouve qu'il est très difficile pour une femme de faire vivre ses instincts maternels en aidant tous ceux qui en ont besoin, sans pour autant se laisser détruire elle-même.

A.N. – Je comprends votre gêne. Pour la publication du *Journal*, j'éprouvais certains scrupules à parler de ces questions. Mais à la réflexion, je me suis rendu compte qu'il fallait que le public prenne conscience des problèmes financiers des écrivains et des poètes. Ils font partie d'une réalité que j'ai acceptée. Moi-même, j'avais connu la pauvreté, l'extrême pauvreté, depuis l'âge de dix ans jusqu'à mes vingt ans, celle que connaissent tous les immigrants. Ma mère ne savait pas comment s'en sortir ; mon père était parti. Aussi, dès que je gagnais un peu d'argent, même une somme ridicule, j'avais l'impression d'être plus riche que les autres et cette pensée m'était insupportable. Je ne supportais pas de pouvoir louer une maison et de posséder quelque chose, alors que tous mes amis étaient des artistes dénués de tout. Et je me sentais responsable envers eux.

L'aspect pratique ou financier des choses – leur offrir un radiateur électrique ou donner de l'argent – ne comptait pas du tout pour moi : c'était le symbole du désintéressement avec lequel on traite l'art. J'avais toujours vu les artistes – et tout spécialement en Europe – dans le plus grand besoin, et mon père n'était qu'un modeste professeur de musique en France lorsque je suis née. Il me semblait donc que l'artiste se retrouvait toujours dans ces situations désespérées. C'est pourquoi j'ai essayé de les aider le plus possible, jusqu'à ce que certains exagèrent, comme Patchen, qui ne me rendait même pas en retour la sincérité d'une amitié. Alors, je me suis révoltée. Je me suis révoltée contre cette forme de patronage. Pour moi, le soutien ne se concevait pas sans amitié, sans amour, sans travail en commun. Miller, par exemple, était un homme très généreux à sa façon : il offrait sa vie dans ses livres. Presque tous les autres faisaient comme lui : c'était un échange mutuel de cadeaux. Mais Patchen était différent.

Q. – Duncan et Patchen ont-ils lu les passages du *Journal* qui les concernaient avant la publication ?

A.N. – Oui, bien sûr.

Q. – Quelle forme étrange de masochisme que de vouloir montrer cela !

A.N. – Oui, j'ai proposé à Duncan de le supprimer (c'est même mon devoir de le faire) mais il a refusé. Il a simplement fait remarquer une inexactitude : la voiture dans laquelle il dormait n'était pas à New York, mais à Long Island.

Q. – En écrivant votre journal, ne vous est-il jamais arrivé de trouver plus facile de vous exprimer dans une autre langue – en français ou en espagnol, par exemple, plutôt qu'en anglais ? Ou avez-vous toujours écrit en anglais ?

A.N. – En fait non. Les premiers cahiers sont en français, et je n'ai commencé à écrire en anglais qu'à seize ans. Cependant, je dois avouer que je ne suis jamais par la suite revenue au français ou à l'espagnol, car je suis tombée véritablement amoureuse de l'anglais dès que j'ai commencé à l'étudier. J'adorais cette langue, je la trouvais assez riche pour ce que je désirais faire. Je ne suis donc jamais revenue en arrière. En fait, je ne saurais plus écrire en français ou en espagnol. J'ai adopté l'anglais comme ma langue de tous les jours. Vous savez, on dit qu'une langue est la vôtre lorsque vous commencez à rêver dans cette langue. Je pense donc être vraiment devenue américaine, puisque je rêve en anglais.

Q. – Vous sentez-vous un peu dans le même cas que Joseph Conrad, qui a dit qu'il n'aurait probablement jamais écrit s'il n'avait pas rencontré la langue anglaise ?

A.N. – Oui, j'ai ressenti la même chose.

Q. – Avez-vous l'intention d'écrire encore des romans ?

A.N. – Je ne peux répondre à cette question. Peut-être des nouvelles. C'est un genre qui me met constamment au défi. Dans les nouvelles que j'ai écrites, j'ai l'impression qu'il serait impossible de changer un seul mot. Je peux remanier certaines phrases, par-ci par-là, dans les romans, mais pas dans les nouvelles.

Q. – Quelles sont vos œuvres les plus populaires ?

A.N. – Il semble que le public s'intéresse beaucoup au *Journal*. Peut-être, à travers lui, découvrira-t-il les romans. Parmi les romans, *Une espionne dans la maison de l'amour* est celui qui a connu jusqu'ici le plus de succès.

Q. – Dans votre essai *Le Roman de l'avenir*, vous parlez d'une pièce de théâtre que vous avez écrite à l'âge de onze ans et qui annonce déjà toute votre philosophie de la vie. Dans quel sens ?

A.N. – C'était l'histoire d'un père aveugle à qui sa fille décrivait le monde. Un jour, il fut guéri de son infirmité et, au lieu d'être choqué par la différence entre le monde réel et celui que sa fille avait créé pour lui, en le parant de couleurs merveilleuses, il se contenta de dire : « Ça ne fait rien ; maintenant je peux essayer de créer le monde tel que tu le voyais ; tu m'as offert un rêve que je peux maintenant transformer en réalité. »

Q. – Comment définiriez-vous votre philosophie de la vie et quelle en est la source ?

A.N. – Elle n'a pas de nom. Je veux dire qu'elle n'appartient à personne. Je pense que nous faisons chacun notre propre interprétation des choses apprises en chemin. J'ai beaucoup appris de la psychologie. Si l'on peut considérer cela comme une philosophie, je dirai que c'est ma pierre de touche.

Q. – En parlant de l'inconscient et de nos multiples dimensions, j'ai dit un jour à des psychanalystes que la folie n'était pas une maladie, mais plutôt une terre unique : « Vous devriez essayer de vous y rendre, leur ai-je proposé. — Oh ! non », ont-ils répondu. J'ai alors compris qu'ils soignaient la folie parce qu'elle les terrifiait.

A.N. – Ils désiraient avoir un contrôle sur elle. Cependant, je peux vous parler de l'auteur du *Journal d'une schizophrène*, qui a adopté la démarche inverse : elle a choisi d'apprendre le langage de la

430

malade, afin de comprendre son comportement. Au lieu de vouloir ramener cette jeune névrosée dans notre monde, elle est allée dans le sien, et, ce faisant, elle a réussi à la ramener à nous.

Q. – Les psychanalystes que j'ai rencontrés étaient incapables d'une telle démarche. De plus, je leur demandais une assistance permanente du patient pendant sa lutte, une présence fraternelle.

A.N. – R. D. Laing le fait. C'est le seul analyste, à ma connaissance, qui soit capable de vivre avec son malade les moments de trouble et d'angoisse.

Q. – Laing n'a pas très bonne réputation dans les milieux médicaux ?

A.N. – Non.

Q. – Mais les étudiants le lisent, naturellement.

A.N. – Parce qu'il désire explorer des régions encore indéfinies, et faire part ensuite de ses découvertes. Il a surmonté cette peur de l'inconnu.

Q. – Laissez-moi vous poser une question à laquelle, peut-être, vous ne voudrez pas répondre, car elle peut sembler établir des cloisonnements. Pensez-vous qu'il soit plus facile pour vous d'explorer ces terres inconnues parce que vous êtes une femme ?

A.N. – J'avais presque prévu votre question. Je ne connais pas la réponse. Je l'ai toujours cherchée. Je sais que j'ai toujours eu besoin de trouver une signification aux choses, au lieu d'en être effrayée. Je croyais qu'une meilleure connaissance de mes craintes, ainsi que de nos comportements irrationnels – comme la guerre et autre folie – me permettrait de me sentir moins en danger. Ma réaction était donc à l'opposé de la réaction habituelle. Je refusais les expériences que je ne comprenais pas et qui faisaient peur. C'est pourquoi, dans tous ces domaines, je suis allée aussi loin qu'il était possible. Si j'avais une angoisse, je voulais la vivre jusqu'au bout. C'était un besoin très puissant. Je ne sais pas si c'était parce que j'étais une femme – car la femme est plus proche de l'irrationnel, des émotions – ou bien si, au contraire, c'était pour ne pas être esclave d'émotions ou de situations confuses ou encore pour ne pas être déçue, trahie ou blessée par la vie. Quelle qu'en soit la raison, je désirais connaître la signification des événements.

Q. – Pour parler de notre seconde naissance, notre conscience en est-elle avertie à un moment précis ou bien se fait-elle insensiblement, graduellement, selon les lois de la nature ?

A.N. – Je dirais qu'elle se produit d'une manière imperceptible, que vous n'en avez pas pleinement conscience jusqu'au jour où, placé devant une difficulté, vous vous rendez compte que vous avez changé. Par exemple, à vingt ans, j'avais peur de parler aux autres, et même à trente ans je n'osais pas parler en public ; mais, un jour, beaucoup plus tard, je me suis retrouvée devant une assemblée et forcée de prendre la parole : un de mes amis m'avait demandé de venir parler devant une quinzaine de ses étudiants. J'avais aussitôt accepté et n'avais pas préparé la moindre note. C'est alors qu'il me poussa dans une salle, où étaient rassemblées plus de trois cents personnes. J'ai dû faire une conférence d'une heure et, à ma grande surprise, j'ai découvert que j'en étais capable ! C'était pour moi le signe d'une nouvelle naissance : j'avais surmonté, par hasard, une difficulté. J'avais pris conscience que ma crainte n'était pas justifiée. Mais, en général, les signes de cette seconde naissance ne sont pas aussi évidents. Nous sommes conscients de nos victoires et de nos relâchements – ce qui nous rend parfois sévères envers nous-mêmes.

Q. – J'ai fait beaucoup de psychologie autrefois, et j'ai eu l'impression d'avoir pénétré dans l'enfer de Dante : j'ai dû m'en échapper et, depuis, je poursuis ma route seule.

A.N. – J'ai fait la même chose. J'ai pris, dans la psychologie, ce dont j'avais besoin pour surmonter un traumatisme qui me paralysait et prenait toute mon énergie. Elle m'en a guérie, mais ensuite je m'en écartai. Comme je l'ai dit, j'ai repris mon sous-marin et suis retournée dans les profondeurs. Je ne veux pas vivre dans un monde d'analyse. Vous avez tout à fait raison. Mais nous avons besoin de la psychologie parce que nous *sommes* de notre temps. Apparemment, notre culture ne nous offre pas d'autres moyens pour nous aider.

Q. – Pensez-vous que l'on puisse à la fois enseigner et créer, être un professeur créateur, ou bien les deux choses sont-elles incompatibles ?

A.N. – La créativité et l'enseignement ? Je ne me suis jamais heurtée à ce genre de conflit. Mais je ne faisais pas partie d'une université ! Je suis toujours restée libre. Aujourd'hui, l'enseignement m'intéresse, parce qu'il s'est créé à Los Angeles un collège international où chaque professeur, dans son domaine – mythologie, architecture ou philosophie –, n'accepte pas plus de cinq à dix étudiants qu'il peut alors suivre individuellement. On en revient à la conception du maître et du disciple ; c'est une lutte contre la production de masse en éducation. Vous pouvez choisir la personne la plus qualifiée dans le domaine qui vous intéresse, et vous travaillez avec cette personne pendant huit mois. Vous créez ainsi un contact plus profond avec l'écrivain, le philosophe, le théologien, etc. On essaie de créer ce genre d'universités dans le monde entier : on pourrait donc faire ses études en Italie, en Angleterre ou en France. On recrute des professeurs de toutes nationalités et de toutes disciplines – il y a même un spécialiste des Indiens d'Amérique.

Le conflit entre l'enseignement et la création peut avoir deux origines. L'enseignement oblige souvent à une formulation rigide, dont les étudiants ne savent pas toujours se libérer. D'autre part, si le professeur se montre plus souple, l'étudiant aura du mal à le suivre. Mais aujourd'hui beaucoup de professeurs acceptent leurs ambivalences : ils évoluent et entraînent leurs étudiants dans leur évolution. Voilà sans doute ce que vous appelleriez des professeurs créateurs.

Q. – La connaissance du *Journal* change-t-elle l'interprétation que l'on peut avoir de vos romans ? Ai-je besoin de lire le *Journal* pour comprendre les romans ?

A.N. – Il m'est difficile de répondre. Nombreux sont ceux qui, après la lecture du *Journal*, ont mieux compris les romans. Oui, je pense que c'est vrai. En effet, la fiction était un roman poétique, une sorte de mythologie, dont la clé « humaine » fut donnée par le *Journal*. Même si le personnage changeait dans le roman, devenait plus complexe et presque mythique, le *Journal* vous en donnait néanmoins la clé. Et le fait de connaître les êtres humains qui avaient inspiré les personnages des romans semble avoir aidé le public à mieux les comprendre. C'est vrai. Mais cependant je ne crois pas que le *Journal* change l'interprétation que l'on peut avoir de la fiction, ni que la fiction dépende du *Journal*.

Q. – Si vous deviez organiser un séminaire sur votre œuvre, par où commenceriez-vous : le *Journal* ou la fiction ?

A.N. – Je lierais les deux en les étudiant sous l'angle de la transformation créatrice. J'essaierais de vous montrer comment on peut faire de la poésie à partir de n'importe quelle situation et comment on peut trouver un sens à n'importe quelle situation.

Q. – Quelle impression cela fait-il de voir ses œuvres traduites dans autant de langues étrangères ?

A.N. – En japonais, je ne peux même pas reconnaître le nom des personnages ! Et je signe le livre du mauvais côté ! C'est toujours très intéressant d'être traduit. Vous avez en quelque sorte l'impression d'occuper un nouveau territoire.

Q. – Maintenant que vous avez surmonté votre crainte de faire partager votre vie et que vous avez trouvé votre identité, quels problèmes – s'il y en a – rencontrez-vous aujourd'hui ?

A.N. – J'entre dans un cycle nouveau. J'ai d'autres démons à combattre. Le principal est celui-ci : empêcher que mon œuvre soit déformée par l'interprétation d'un trop grand public, que mes intentions soient noyées sous le nombre. Comment conserver mon intégrité ? En voulant faire partager ses découvertes à tout le monde, il arrive un moment où le public finit par menacer l'intégrité de ce que l'on offre. La multiplicité menace l'intégrité. Comme j'ai toujours voulu exprimer le moi le plus intime, je cours le danger de me trouver en face d'un public non initié.

Q. – On dirait qu'il s'agit d'une troisième peur : celle de perdre *votre* identité dans ceux-là mêmes avec qui vous partagez votre vie ?

A.N. – C'est une nouvelle forme de danger. Ce n'est pas la peur de perdre son identité, c'est la peur de voir une croyance déformée à mesure qu'elle touche le monde extérieur. Aujourd'hui, nous nous trouvons *ici*, entre nous : nous avons donc conservé une certaine intégrité, nous formons un groupe homogène, qui ne risque pas d'être entamé. Mais, en revanche, une œuvre, quand on la livre à un large public, peut se voir déformée à mesure qu'elle s'étend, qu'elle atteint davantage de monde – et c'est là un danger qu'il faut surmonter. Cette expérience est pour moi si nouvelle que je ne sais pas si je me suis très bien exprimée.

Q. – Quelle est la différence entre le cycle dans lequel vous vous trouvez et celui que vous avez quitté ?

A.N. – Le cycle précédent était dominé par la vie personnelle, la vie intime, et j'avais très peu de vie publique. Le mouvement de libération des femmes m'a demandé de devenir un personnage public. Mais avant je n'avais jamais eu de vie publique. Mes seuls contacts avec le public étaient ceux que j'avais avec les étudiants dans les universités.

Q. – Qu'est-ce que cela vous a apporté ?

A.N. – J'y réfléchis souvent. Je voudrais savoir si cela représente un danger pour les idées que je défends. Je n'ai pas encore bien défini mon nouveau rôle. Je pense que c'est arrivé à des artistes comme Huxley. Celui qui devient populaire est toujours menacé du danger de se trahir. Je fais très attention à cela. Le problème est de savoir comment se développer sans perdre son intégrité, comment communiquer avec les autres, sans pour autant devenir victime d'un nouveau dogme, d'un autre mouvement de masse ou d'une autre force aveugle. Je trouve que D. H. Lawrence a très bien exprimé cette idée au moment où la guerre éclata : de savoir s'il fallait ou non s'engager. Il dit qu'il est parfois plus difficile de conserver son âme que de

438

suivre la foule. Il était beaucoup plus facile d'aller faire la guerre que de rester à l'écart. Moi-même, je dois rester toujours un peu à l'écart si je veux préserver certaines de ces croyances dont je vous ai parlé.

Q. – Tillich a dit un jour : « Il m'est très difficile de ne pas devenir mon propre disciple. »

A.N. – Je ne pense pas que cela puisse arriver. Il est trop tard. Je sais que je suis très têtue quand il s'agit d'évoluer. Mais ne parlons pas de mes préoccupations, parlons des vôtres.

Q. – Nombreux étaient ceux parmi vos lecteurs qui désiraient devenir vos disciples, faire de vous leur idole, leur culte, leur médecin ou un être qui réponde à leurs besoins, et vous avez refusé.

A.N. – Oui, j'ai refusé.

Q. – Et vous l'avez fait en les renvoyant à eux-mêmes. C'est comme si vous leur aviez dit : « Quand j'aurai disparu, quand je ne serai plus ici, il faudra que vous trouviez une force en vous-mêmes. » C'est aussi ce que vous avez dit à propos de votre œuvre : peut-être un jour n'aurez-vous plus besoin de paraître en public parce que nous connaîtrons tous très bien votre œuvre. À mon avis, ce serait une erreur, mais je comprends ce que vous avez voulu dire.

A.N. – Je ne fais pas preuve de fausse modestie. Je sais très bien que comme artiste amoureuse du langage et désireuse d'exprimer ce qui m'arrivait, j'ai passé toute ma vie à essayer de vous communiquer quelque chose. Je ne suis qu'un porte-parole, je ne pense pas que mon œuvre soit quelque chose sorti de *moi*. Je crois plutôt que quelque chose m'a aidée à me concentrer afin de pouvoir vous exprimer tout ce qui m'arrivait, et c'est tout. C'est pourquoi mon œuvre vous parle et vous appartient.

Q. – Je trouve que c'est très rare. La plupart des gens qui ont beaucoup moins confiance en eux-mêmes et n'ont pas résolu leurs problèmes personnels sauteraient sur l'occasion de devenir une idole.

A.N. – Oui, mais cela ne se produit que si vous vous reconnaissez des dons exceptionnels. Moi, je ne trouve pas que j'ai des dons exceptionnels. J'avais certaines obsessions qui m'ont aidée à travailler pour devenir un artisan du langage ou m'ont créé un besoin de m'exprimer. Je pense que l'artiste n'est rien de plus qu'un instrument qui perçoit le monde avec une hypersensibilité. C'est ma conviction profonde. Il est ouvert, réceptif, et il lui arrive d'être prophétique parce qu'il a le sens du futur. Il ne s'agit pas d'un accomplissement égoïste et personnel. Je ne me sens pas responsable des dons particuliers que je pourrais avoir. Je n'ai jamais pensé en avoir. J'étais une enfant muette, qui avait envie de parler, qui avait besoin d'écrire parce qu'elle se sentait seule. Quelles qu'en soient les raisons – et elles sont nombreuses et complexes –, il est certain qu'une force m'a poussée à me concentrer sur cet art de l'écriture qui est devenu vital pour nous tous.

Q. – En quelque sorte, vous avez été un canal.

A.N. – Oui, je le crois. Je le crois vraiment. J'ai parlé des circuits intégrés. Je pense que tout vient de ce que je suis un instrument correctement branché et réceptif. Cette forme de sensibilité chez l'artiste est très étrange. Nous n'en connaissons ni l'origine ni la manière dont elle se préserve. Mais on ne peut pas dire : « *J'ai* fait ceci. » Tout ce que j'ai pu faire, on m'a aidée à le faire. « On », c'est-à-dire les philosophes, les livres. Comment puis-je affirmer : « *Je* suis une femme d'une espèce très particulière » ?

Q. – J'ai l'impression que certaines personnes qui viennent vous écouter s'attendent presque à voir une demi-déesse.

A.N. – Une demi-déesse ! Comment pourraient-elles s'attendre à cela après m'avoir lue !

Q. – C'est, en effet, le problème aujourd'hui. Au moins avant, lorsque vous n'étiez pas publiée et que personne n'avait lu le *Journal*, votre public était plus restreint et pouvait vous comprendre vraiment. Il va sans doute falloir que vous changiez certaines choses pour éviter ces erreurs.

A.N. – Je ne pense pas en arriver là. Je désire avoir un dialogue avec quelqu'un qui a lu mon œuvre et qui a des questions à poser, puisque je me suis servie de ma propre vie pour vous montrer les obstacles que l'on rencontrait et comment on pouvait les surmonter. Tous les obstacles auxquels je me suis heurtée finissent par apparaître tôt ou tard dans le *Journal* et c'est de ces exemples que je me sers. Je n'ai vraiment rien à dire ou à communiquer à ceux qui ne m'ont pas lue. Je ne comprends pas pourquoi ils viennent.

Q. – Il me semble que vous cherchez à vous ouvrir à une foule d'êtres très différents : comment ressentez-vous cette expérience, car il est déjà si difficile de créer cette complicité avec une seule personne ?

A.N. – Je n'ai jamais cherché à plaire à tout le monde. Mon intention était simplement de dialoguer avec des étudiants, qui s'intéressaient à mon œuvre. C'est ainsi que cela a commencé. Les simples curieux attirés seulement par un nom, les féministes dogmatiques n'étaient pas attendus. Je m'imaginais seulement que nous allions nous réunir afin de parler ensemble de la femme et de son évolution. Je suis comme le savant, qui

désire étudier un insecte. Je n'aurais jamais imaginé attirer un public de curieux : pourquoi
viendraient-ils ?

Q. – J'ai eu néanmoins l'impression que vous fai-
siez un effort pour ne pas fermer vos portes, malgré
ce risque.

A.N. – Non, mais c'est dommage. Il est regrettable
que se soient déplacés tant de gens, qui n'étaient
même pas intéressés par mon œuvre avant mes
conférences. Ils sont venus par une sorte de phénomène contagieux. Là est le danger des opinions
de masse, et des mass media. J'aurais préféré ne
rencontrer que ceux qui s'intéressaient vraiment à
ma conception personnelle de la vie et désiraient
en parler avec moi. Je me méfie beaucoup des profanes, car, comme l'a dit Tennessee Williams : « Si
vous communiquez avec les autres à un niveau
inconscient, ceux-ci risquent parfois de se retourner contre vous car beaucoup refusent cette forme
de communication. » Pour ma part, je ne me sens
bien qu'avec ceux qui désirent réellement m'approcher ou approcher mon œuvre.

Q. – Cependant, je suis stupéfaite de voir à quel
point vous savez créer l'intimité même dans une
assemblée aussi nombreuse.

A.N. – Comment créer une intimité, en Amérique,
alors que votre pensée se dilue dans une masse

d'individus, qui n'ont pas pris la peine d'un rapprochement sincère, personnel, viscéral, mais qui viennent vous voir uniquement parce qu'ils ont entendu votre nom ou qu'ils vous ont vue à la télévision ? C'est là une attitude perverse : elle démontre une insensibilité totale. Le public se mobilise, alors qu'il reste étranger à ce qu'il vient voir. C'est très dangereux ; j'ai toujours combattu cette tendance, que je rapproche des mouvements de masse sans orientation, sans but précis – aucun don de soimême chez de tels êtres. Car, s'il y a une vérité dans le *Journal* et une utilité pour tous, c'est qu'il représente la construction d'un être, dans sa totalité – une construction qui s'est faite cellule par cellule, et jour après jour, sans plan précis. Ceux qui l'abordent doivent le faire sous la poussée de l'inconscient ; ils doivent sentir un lien avec lui, et ce n'est qu'ensuite qu'ils peuvent venir me poser des questions et donner leur avis.

Q. – Vous avez été frustrée dans votre désir d'être publiée pendant si longtemps, et puis, un jour, vous avez fini par être reconnue. Mais avez-vous jamais eu l'impression que l'on s'est servi de vous, que les éditeurs vous ont choisie, puis ont fabriqué une légende autour de vous afin de mieux vendre vos livres ?

A.N. – Oh ! ils essaient, mais je pense que seul un jeune écrivain peut en être la victime. Je suis trop mûre pour me laisser prendre aux choses que l'on écrit dans les journaux ou qu'inventent les médias. Oh ! ils essaient. Mais je n'y prête pas la moindre attention, je ne m'y conforme pas, car je n'y crois pas. C'est le principal. À vingt ans, lorsqu'un journal écrit quelque chose sur vous, vous le croyez. Mais moi non. Et, curieusement, les lettres que je reçois ne sont pas flatteuses : on ne me dit pas que le *Journal* est bien écrit ou que je suis un bon écrivain. Les lettres ne sont que des réponses au cadeau que j'ai fait de ma vie et disent à leur tour : « Voici *ma* vie. » Donc il ne s'agit pas d'idolâtrie. Elles disent simplement : « Ce que vous avez écrit me permet de croire que je peux vous écrire et vous parler de moi. » Je suis en fait un cadeau. Je n'ai jamais reçu une lettre élogieuse – ce qui est très significatif. Donc, pour moi, il n'y a pas de danger. Je crois que cela ne peut arriver qu'à ceux qui ne savent pas encore exactement ce que signifie leur univers et comment ils doivent s'en servir.

Q. – Je suppose que je suis devenue cynique à force de voir tant de gens se laisser gagner par la publicité, malgré leur innocence initiale. Vous auriez aimé qu'ils soient assez forts pour la laisser de côté, pour l'ignorer.

A.N. – Je sais. C'est là une chose très dangereuse, très, très dangereuse parce qu'elle fausse la connaissance que vous pouvez avoir de moi et de mon œuvre. La plupart du temps, c'est un écran. Je ne pense pas que cette publicité vous mette en face du vrai personnage.

Q. – Continuez-vous à tenir votre journal ?

A.N. – Non. J'ai dit hier soir que la correspondance avait remplacé le journal cette année, et, pour l'instant, je ne le regrette pas, parce que je crois que l'on peut considérer la correspondance comme l'issue normale du journal. En effet, comme l'a dit un poète russe, le journal était un chant solitaire dans un premier temps, mais destiné néanmoins à être partagé par les autres. Et, aujourd'hui, grâce aux lettres, je suis en communication avec les autres. Je réponds à toutes ces lettres parce qu'elles sont toutes très personnelles et méritent une réponse. Cela a donc pris la place du journal intime, et peut-être est-ce cette correspondance qui donne tout son sens au journal. Il n'est plus secret ni caché, mais, au contraire, il coule d'une réponse à une autre. C'est maintenant moi qui reçois des journaux. Les lettres sont souvent de véritables confessions, sans la moindre retenue. Ce ne sont jamais des lettres superficielles, sur mon style ou mon talent. Elles n'ont rien à voir avec ça. Elles parlent de la vie, et du *Journal* comme reflet de la vie qui passe.

Q. – Avez-vous l'impression que les lettres que vous écrivez sont de la même essence que ce que vous notiez dans votre journal ?

A.N. – Oui. Sauf que je m'adresse à un autre. Ce n'est plus le récit de mes expériences personnelles que, en un sens, j'ai dépassées. Maintenant, j'établis un dialogue *avec* les autres. Mais il ne peut avoir lieu que s'il y a échange, c'est-à-dire connaissance relative de l'œuvre, afin que la partie soit égale. C'est pourquoi je ne sais pas comment fermer ma porte à ceux qui restent à l'extérieur, aux profanes. Je ne sais pas ce qu'ils veulent, je ne comprends pas ce qu'ils recherchent. Je crois que ceux qui ont vraiment éprouvé un besoin profond de venir l'ont fait parce qu'ils ont aimé mon œuvre.

Q. – Je dois avouer que je n'ai pas lu beaucoup de vos livres, mais je suis venue parce que votre personnage m'intéressait.

A.N. – En fait, vous vous intéressez à la femme avant l'artiste, et c'est très dangereux. L'œuvre de très nombreux artistes est souvent plus profonde, plus puissante et plus belle qu'eux.

Q. – Oui, mais mon attitude n'est-elle pas également défendable ? Parce que, dans un sens, bien des choses que vous exprimez dépassent votre œuvre. Et tout ce dont vous parlez, la facilité avec laquelle vous créez des rapports, si directs et si vrais avec ceux qui vous interrogent, voilà ce que les gens aiment en vous, et je pense que c'est tout aussi important et tout aussi personnel.

A.N. – Mais supposez que je ne puisse pas le faire. Mon *œuvre* resterait la même. Certains artistes se montrent terriblement distants et terriblement timides. Moi, je désirais un équilibre et une synchronisation véritables entre ce que j'étais et ce que je vivais. C'était pour moi une forme d'idéal personnel, mais beaucoup d'artistes sont restés très secrets. Je suis sûre que si vous aviez voulu parler à Kafka, vous n'auriez pas pu le faire, et je suis sûre que si vous aviez voulu me parler quand j'avais trente ans, je n'aurais pas pu vous dire un mot.

Q. – Vous affirmez donc que votre identité est d'être avant tout une artiste.

A.N. – Oui. C'est l'artiste qui m'a appris à vous parler. Ce fut l'écriture, la lecture, le sens de la langue, qui m'ont permis de vous parler. Je ne pense pas que l'on puisse y parvenir en se taisant. C'est un rêve d'enfant de croire qu'il est parfois possible de communiquer sans les mots. Ainsi, ce n'est qu'*après* que vous aurez lu mes œuvres et après que je vous aurai vu qu'il pourra se créer un lien, une sympathie ou un rapprochement. Mais, avant tout, nous avons besoin de nous exprimer ; nous avons besoin

448

de faire part aux autres de certaines idées qui nous semblent essentielles.

Q. – Il me semble parfois que les gens ne sont mus que par une sorte de curiosité agressive. Ils viennent pour vous tester, pour voir si vous êtes capable de briser leur résistance.

A.N. – Si j'insiste autant sur la lecture du *Journal*, c'est qu'il permet de briser les barrières et d'instaurer la confiance. C'est pourquoi je préférerais que vous m'ayez d'abord approchée à travers le *Journal*. En effet, ce que vous approchez avec hostilité, vous serez toujours incapable de le comprendre, de le connaître. L'hostilité déforme le jugement. Et elle exclut l'échange.

Q. – Je pense que la plupart des gens viennent pour se distraire ; ce sont des consommateurs.

A.N. – Comment les éliminer ? Je crois vraiment qu'il est très important de les éliminer si l'on désire avoir des conversations positives et essentielles. Je ne suis ici que pour quelques jours ; c'est peut-être notre seule occasion de nous parler, et, pour que cette conversation soit enrichissante, il faut éliminer tout élément étranger. Sinon, ce serait comme aller sur le terrain ennemi.

Q. – Je crois aussi que nous venons pour voir si vous répondez à notre attente. J'avais lu différents livres de vous et je ne pouvais m'empêcher de m'attendre à une certaine image de vous.

A.N. – Vous en avez parfaitement le droit. Vous êtes entré dans mon œuvre et vous êtes en droit d'attendre certaines réponses. Si celles-ci vous déçoivent, vous avez le droit de penser que l'œuvre et la femme ne sont pas en accord. L'œuvre vous a autorisé à avoir des exigences vis-à-vis de l'auteur. Mais celui qui ignore l'œuvre et ne connaît pas l'auteur représente vraiment l'« ennemi » – ennemi si ancré dans notre culture américaine, et si dangereux, si destructeur et si difficile à vaincre. C'est lui qui nous rend craintifs : il existe, même s'il n'est pas nécessairement dans cette pièce.

Q. – Vous avez participé à une émission de télévision où n'étaient présentes qu'un petit nombre de personnes. Or ce soir nous sommes très nombreux : la réussite de ces entretiens dépend-elle, à votre avis, du nombre de participants ?

A.N. – Je n'ai pas aimé cette émission de télévision. Je suis prête à renoncer à ce que j'appelle l'« interférence » des médias ; elle ne fait que déformer les situations. Lorsque nous nous retrouvons face à face comme ici, tout est plus authentique. Mais le reste n'est qu'hypocrisie ; la situation est fausse. La personne assise à mon côté n'a aucun rapport avec moi, ni moi avec elle. C'est un gaspillage d'énergie.

450

Q. – Vous et Edmund Wilson vous connaissiez depuis de très nombreuses années.

A.N. – Je le connais encore. Je le vois encore.

Q. – Il a écrit parfois de très mauvaises critiques sur vos livres, mais cela ne vous a jamais trop dérangée ? Je veux dire que vous connaissiez assez le métier pour...

A.N. – Le second article m'avait vraiment mise en colère. C'est à cause de lui que nous avions eu cette dispute que je rapporte dans le tome IV.

Q. – C'est après qu'il eut quitté Mary McCarthy.

A.N. – Oui, c'est à l'époque où j'écrivis mon premier roman. Il pensait que je devais écrire comme Jane Austen. Il m'a fait parvenir les œuvres de Jane Austen, mais je n'ai pas très bien pris ce conseil. J'ai dit non, j'ai dit que je ne voulais pas écrire comme on écrivait autrefois, que je pensais que les femmes avaient d'autres choses à dire, des choses nouvelles. Nous n'étions pas d'accord sur ce point. Nous étions amis, mais nous avions souvent des opinions très opposées.

Q. – Il voulait – je pense qu'il l'a dit – vous absorber et devenir plus ou moins maître et vous apprendre à bien écrire. Mais vous ne vouliez pas non plus de cela.

A.N. – J'étais une femme très indépendante.

Q. – Vous l'êtes toujours, n'est-ce pas ?

A.N. – Je le suis toujours.

Q. – On dit que Somerset Maugham avait l'intention d'écrire sur sa mort. Avez-vous des envies de ce genre ?

A.N. – Non, je dois avouer que le sentiment de la mort ne m'a jamais beaucoup intéressée. Je n'aime pas beaucoup les écrivains qui sont obsédés par la mort, comme Beckett. C'est étranger à mon tempérament et à ma nature, et j'y pense très rarement.

Q. – Qu'avez-vous retiré de votre série de conférences dans ces cinquante-six universités ? Pourquoi l'avez-vous fait et qu'avez-vous appris en le faisant ?

A.N. – On m'a littéralement tirée dans chacune de ces universités. Chaque fois que l'on créait un programme d'études sur les écrivains féminins, on me demandait de venir. Ce fut ma principale activité cette année, j'avais l'impression qu'il était de mon devoir d'aider les écrivains féminins, les artistes femmes, car je pense qu'il est bon de porter tous nos efforts là-dessus pour l'instant. Ce n'est pas du tout parce que je voulais imposer une rivalité homme-femme, mais au contraire parce que nous devons égaliser des rapports qui doivent l'être. D'autre part, on me demande aussi de venir parler avec de jeunes écrivains. J'apprends toujours quelque chose sur le parcours. J'ai appris, par exemple, que de nombreuses valeurs en lesquelles croyait la nouvelle génération étaient les valeurs en lesquelles je crois, et cela me donne de l'espoir et me rend plus optimiste sur l'avenir de l'Amérique. J'ai également beaucoup appris sur l'avenir.

Q. – Votre beauté exceptionnelle a-t-elle été un avantage ou un inconvénient ?

A.N. – Parfois, c'était un atout, lorsqu'il s'agissait de plaire à un critique, mais, d'autres fois, elle me barrait littéralement la route. Même chez les femmes, le sentiment persiste que beauté signifie vide intérieur. Je n'ai jamais cru en ma beauté, ce qui me facilita les choses.

Q. – Dans le *Journal*, vous parlez de votre attachement à votre maison de Louveciennes. Pensez-vous que le cadre de vie soit un prolongement de notre personnalité, tout comme la toilette est le reflet du caractère de vos personnages dans vos romans ?

A.N. – Oui. Et je pense que nous devons changer de cadre à mesure que nous évoluons. Je sais que l'histoire de Louveciennes a pris fin à un moment précis. En y repensant, je me rends compte que c'était le bon moment. Même si c'est douloureux, même si l'on n'est pas conscient d'être au terme d'une période de sa vie, une certitude est en vous, quelque chose vous pousse en avant. J'ai été ainsi chassée de plusieurs maisons. Lorsqu'une certaine période s'achève, la maison elle-même meurt. Je crois que ces différentes demeures sont le reflet de ce que nous sommes à l'intérieur, sur le moment.

Q. – Continuez-vous à danser ?

A.N. – Je ne sais pas danser le rock and roll. Mais je connaissais la danse espagnole. Et j'aimais également danser sur le vrai jazz, qui a précédé le rock.

Q. – Pourriez-vous nous faire partager certains souvenirs qui ne sont pas dans le *Journal* ? Comment faites-vous pour conserver votre beauté, pour garder votre ligne ? Faites-vous quelque chose de spécial ou bien est-ce naturel ?

A.N. – Je ne fais rien de particulier ; je ne suis pas une grosse mangeuse, aussi je ne grossis pas. J'aime nager, j'aime marcher.

Q. – Mais avez-vous certaines disciplines ?

A.N. – Non, je fais quelques exercices respiratoires de yoga, et il m'arrive de dormir sur une planche inclinée, mais je fais très peu d'exercice de moi-même. J'aime nager, j'aime marcher. Je ne prendrai jamais le bus si je peux marcher. Mais je n'abuse ni de nourriture ni de boisson. Il n'y a pas d'autres secrets.

454

Q. – Avez-vous une chanson préférée et jouez-vous d'un instrument de musique ?

A.N. – J'ai eu mes chansons préférées aux différentes époques de ma vie, et en ce moment j'aime Dore Previn qui a mis elle-même ses poèmes en musique. J'aime son personnage autant que sa voix. Je ne joue d'aucun instrument de musique, mais j'ai été danseuse.

Q. – Avez-vous autant d'affection pour Henry Miller qu'il en a pour vous ?

A.N. – Oh ! oui. Nous sommes très amis. L'amitié ne s'est jamais vraiment brisée. Dernièrement, il était très déprimé de fêter ses quatre-vingts ans et cela m'a fait de la peine : nous lui avons offert le disque de cette chanson française qui dit que le plus bel âge est vingt ans, et donc, quatre fois vingt ans est encore plus beau.

Q. – Combien de temps a duré votre amitié ?

A.N. – Nous sommes toujours amis. Oui, cela dure encore.

Q. – Mais vous avez dit que lorsque vous avez quitté New York pour ce long voyage à travers les États-Unis jusqu'à Los Angeles, ou du moins la Californie, et que vous aviez revu Henry, vous aviez pensé qu'il avait changé et que vos rapports étaient plus distants.

A.N. – C'est vrai, c'est vrai. Ce n'était plus la même chose qu'à Paris. Nous n'avions plus la même complicité et, depuis, notre amitié a été moins intime. Mais nous avons conservé les mêmes intérêts. Nous avons toujours eu certaines passions en commun. L'une d'elles était notre amour du Japon et de la littérature japonaise.

Q. – C'était un ami très généreux, n'est-ce pas, avec son argent ?

A.N. – Il était généreux avec tout – avec ses idées, ses histoires, sa vie. Il l'a toujours été, et l'est encore à l'égard des autres écrivains, ce qui est une habitude que nous avons gardée de notre vie à Paris. Et nous n'avons jamais compris, à notre arrivée à New York, cette absence de fraternité. Mais, à ce moment-là, New York était différent. En France, le métier d'écrivain ne rapportait jamais d'argent : aussi nous nous aidions les uns les autres, nous nous inspirions et nous encouragions. Cette fraternité nous a manqué à New York, mais Henry a continué à encourager les écrivains et moi aussi. Nous avons toujours senti, comme l'a dit quelqu'un, que l'histoire de l'art était l'histoire de l'amitié – ou devrait l'être.

Q. – Parlez-vous beaucoup du passé quand vous êtes ensemble ?

A.N. – Jamais. Nous avons passé beaucoup de temps ensemble lorsqu'on tournait le film sur Henry. Nous n'avons parlé que du présent. Nos présents sont si riches.

Q. – Dans quel sens ?

A.N. – En ce moment, je m'intéresse énormément aux rapports de la science et de la poésie ; vous savez, à l'université Stanford, les étudiants en électronique ont un cours appelé : « Anaïs Nin : les circuits intégrés et la poétique de la science ». Je m'intéresse également beaucoup à la littérature japonaise, plus particulièrement. Et aux voyages.

Q. – Et le cinéma ? Faites-vous toujours des films sur commande ?

A.N. – Non, je n'ai jamais fait de film.

Q. – J'entends vous et vos amis.

A.N. – Vous voulez dire que nous avons été acteurs dans certains films. On ne peut même pas appeler ça être comédien. Nous étions de très mauvais acteurs, mais les metteurs en scène que nous connaissions n'avaient pas assez d'argent pour engager de bons comédiens, Donc il fallait s'en contenter. Maya Deren fut l'une des premières, si vous vous en souvenez.

Q. – Vous êtes toujours acerbe lorsque vous parlez de cette époque où elle vous donnait des ordres et...

A.N. – Oui, oui. Mais je crois que depuis, j'ai eu de bien meilleurs rapports avec le metteur en scène.

Q. – Vous souvenez-vous de cet incident à Central Park, où elle voulait faire faire un saut très dangereux à un danseur et vous l'avez presque quittée ?

A.N. – Oui, nous trouvions cela très dangereux. Toute la vie de cet homme dépendait de la danse, et Maya Deren pensait qu'il pourrait faire un saut merveilleux, d'un rocher à l'autre, comme dans un ballet. Mais, à notre avis, il risquait de briser toute sa carrière, s'il se cassait une jambe. Nous avons dit à Maya qu'elle ne devrait pas prendre un tel risque, mais elle se montra inflexible – en bon metteur en scène.

Q. – De même, elle vous avait promis de ne pas faire de gros plans, par exemple, et aussi d'autres choses, promesses dont elle ne tint aucun compte pendant le tournage.

A.N. – C'est exact. Mais aujourd'hui, je ne lui en voudrais pas. Parce que j'ai vu tourner des films et je me suis rendu compte que le film était plus important que les velléités des acteurs. Mais nous tenions à ce qu'on nous voie d'une certaine manière, parce que nous n'étions pas des professionnels.

Q. – À quoi travaillez-vous en ce moment ?

A.N. – Je travaille à la mise au point du tome VI du *Journal*. Celle du tome VII m'amènera à un échange de lettres et de journaux avec d'autres femmes. Puis je reviendrai en arrière et préparerai celui de mon enfance et de mon adolescence, car mes lecteurs me reprochent d'avoir commencé au moment où ma vie prenait de l'ampleur. Ils aimeraient voir comment s'est effectué le passage d'une vie étriquée à une vie plus large.

Q. – Dans vos cahiers, avez-vous assez de matière pour, disons, encore dix, quinze ou vingt volumes ?

A.N. – J'ai beaucoup trop de matière. J'ai plus de matière que de temps.

Q. – Combien d'autres tomes du *Journal* seront édités, le savez-vous ?

A.N. – Je ne sais pas combien je pourrai en faire. Certains devront l'être après ma mort. Mais il y en a tant que je ne sais vraiment pas pendant combien de temps je vais y travailler.

Q. – Espérez-vous en faire paraître un par an peut-être pendant sept, huit ou dix ans ?

A.N. – Je ne sais vraiment pas.

Q. – Quelles sont les réactions des personnes concernées ? Vous avez dit que certaines se montraient hostiles, mais, dans l'ensemble, elles l'ont accueilli favorablement ?

A.N. – Dans l'ensemble, la réaction fut bonne. Je n'ai pas rencontré de difficultés. Certaines personnes m'ont demandé de ne pas y figurer, car elles ne veulent pas dévoiler leur vie privée, ce qui est naturel. Les autres ne m'ont, en général, demandé que des modifications insignifiantes. Même Gore Vidal a accepté le portrait que j'ai fait de lui : il n'y a apporté que des changements mineurs. Je crois que cela vient de ce que je n'ai jamais voulu faire de portraits cruels ou destructeurs : je désirais brosser le portrait le plus complet possible de chaque personne et c'est pourquoi ils l'acceptaient, car il y avait le bon comme le mauvais.

Q. – Pensez-vous que si les gens étaient aussi lents et aussi décontractés que les tortues, ils vivraient aussi vieux qu'elles ?

A.N. – Je me le demande !

Q. – Parce que vous avez l'air très décontractée et très jeune. Je sais que vous n'êtes pas très jeune.

A.N. – Je n'étais ni décontractée ni très jeune quand j'étais jeune !

Q. – Mais maintenant vous l'êtes, je trouve.

A.N. – Oui, je pense que l'on finit par atteindre une certaine sérénité, que l'on s'adapte ou que l'on vit en harmonie avec soi-même. Aujourd'hui, je suis en harmonie avec ma vie. Mais si vous lisez le *Journal*, vous verrez qu'il n'en a pas toujours été ainsi.

Q. – Êtes-vous en conflit entre votre morale personnelle et vos fantasmes artistiques ? Je pense à *Une espionne dans la maison de l'amour*, où cette femme est toujours attirée par des aventures extérieures, mais se sent aussitôt coupable. Comment vivez-vous vos fantasmes ?

A.N. – On ne peut pas généraliser. J'ai pris l'exemple d'une femme, Sabina, et j'ai montré comment l'effort qu'elle faisait pour faire vivre toutes les facettes de sa personnalité finissait par la détruire. J'étudiais comment la simple recherche de la passion n'amenait pas à l'unité. Tout est dans cette histoire, voyez-vous. Mais cela n'a rien à voir avec la morale elle-même. Elle était l'héritière d'une certaine conception de la moralité, et c'est cela qui lui faisait tant de mal.

Q. – Vous-même, êtes-vous parfois tiraillée entre vos fantasmes et ce que vous estimez moralement juste ?

A.N. – Je pense que tout le monde connaît cette forme de conflit entre ses fantasmes et son héritage culturel.

Q. – Comment vous en guérissez-vous ?

A.N. – C'est à vous de découvrir où *vous* vous situez. La psychologie nous aide souvent à nous rendre compte que la culpabilité est artificielle. C'est un artifice inculqué par notre religion, notre famille, par tout ce qui fait pression sur nous. Mais ensuite vous apprenez à dépasser ce sentiment de culpabilité. Je l'ai éprouvé autrefois, mais j'ai pu le dépasser, si bien que je ne me sens plus coupable de ce que je peux être. Voyez-vous, la culpabilité est un sentiment que l'on nous a inculqué. C'est ce que D. H. Lawrence a si bien montré en disant que la religion nous avait fait beaucoup méditer sur la crucifixion mais non sur la résurrection. Varda l'a exprimé d'une autre manière : « Nous parlons toujours de l'enfer, nous ne parlons jamais du paradis. » Donc il ne tient qu'à nous de nous débarrasser des croyances qui n'ont rien à voir avec notre moi authentique.

Q. – Mais parfois, en faisant ce que vous désirez vraiment, vous finissez par faire du mal à des gens qui vous sont proches et dont vous aimeriez rester proche. Cela peut parfois créer de terribles conflits.

A.N. – C'est un conflit auquel nous nous heurtons toujours. Nous connaîtrons toujours un conflit entre notre développement personnel et la crainte de voir cette évolution nuire ou faire du mal à quelqu'un d'autre. C'est à vous de créer votre propre morale, votre propre éthique et votre propre foi, et si vous êtes quelqu'un de sensible, vous ne voudrez pas détruire ceux qui sont autour de vous.

Q. – Où puisez-vous votre inépuisable énergie ?

A.N. – Je n'y ai jamais pensé. Je pense qu'elle provient de ma curiosité, de ce que je ressens toujours les choses avec autant d'acuité. Lorsque l'on se sent vivant, une force vous pousse vers de nouvelles expériences, de nouvelles amitiés, et cette réceptivité vous procure de l'énergie. Il me semble que c'est une question de disponibilité envers tout ce qui se passe autour de vous. Tant que vous êtes dans cet état, vous ne cessez pas d'explorer. Je ne perds jamais ma curiosité. Un jour, j'ai failli avoir un accident d'avion. Une partie d'une aile avait pris feu et il ne nous restait que six minutes pour arriver à Los Angeles : mes seules pensées étaient pour tous ces endroits que je n'avais pas eu le temps de connaître. J'avais l'impression que c'était une honte de ne pas tout voir, tout entendre, de ne pas être partout.

Q. – Je serais curieuse de savoir si vous avez eu envie d'écrire un ouvrage qui serait, en quelque sorte, le couronnement de votre œuvre. En lisant le *Journal*, on a l'impression d'un enchaînement naturel des événements : on n'y trouve pas de construction précise ou de crescendo.

A.N. – Nous sommes habitués à ce que la fiction ait un dénouement, une conclusion. Je ne pense pas que la construction, le sommet et le dénouement d'un roman ressemblent à ce qui se passe dans la vie, et le *Journal* ne s'inspire que de la vie. Il a ses hauts et ses bas, alternativement, sans nécessairement avoir de sommet. Pourquoi aurait-il un apogée, une finalité ? Vous me parlez de finalité alors qu'il n'y en a aucune dans notre vie. Les relations se succèdent et les amitiés se renouvellent. C'est une continuité ; il n'y a pas de sommet. La seule finalité de la vie est la mort. Et comme le journal n'est qu'un reflet de la vie, il n'aura pas de dénouement. D'une certaine manière, chaque volume a son thème principal, son intensité dramatique et son développement. Mais cela ne ressemble pas au roman, car le roman tend vers un dénouement artificiel – nous attendons des décisions finales, et des expériences qui forment un tout. On m'a demandé un jour si je me sentais pleinement accomplie en tant que femme : « Non, ai-je répondu, la création du moi n'est jamais terminée. »

Q. – Quand vous étiez plus jeune, quel rôle jouait la correspondance dans votre vie ? En ce moment, elle me procure personnellement de très grandes joies, parfois au détriment d'autres formes d'écriture.

A.N. – Je n'ai jamais été une très grande épistolière. Je suppose que j'étais avare de lettres ou bien que j'écrivais au journal. Aujourd'hui, je réponds aux lettres, mais autrefois la correspondance ne tenait pas une très grande place dans ce que j'écrivais. Henry Miller a toujours entretenu des montagnes de correspondance, et l'on essayait en vain de l'en écarter afin qu'il puisse écrire ses romans. Il écrivait des lettres de quarante ou de quatre-vingts pages. Donc, dans un sens, il se peut que vous aimiez mieux écrire des lettres que de vous consacrer à un travail plus formel, mais il arrive aussi que l'amour de la correspondance puisse cacher un réel écrivain. En êtes-vous consciente ? C'est peut-être une préparation à la création artistique ou littéraire. C'est bien.

Q. – Vous avez établi une liste de personnalités que vous n'avez jamais rencontrées et que vous auriez aimé connaître, parmi elles Isak Dinesen et deux ou trois autres. Vous rappelez-vous qui c'était ?

A.N. – Une personne que j'aurais aimé mieux connaître est Martha Graham, que j'admirais beaucoup. J'aurais aussi voulu mieux connaître James

Agee dont j'aimais beaucoup l'œuvre et qui habitait à l'époque Greenwich Village.

Q. – L'avez-vous rencontré plusieurs fois ?

A.N. – Oui, je l'ai rencontré mais nous ne sommes jamais devenus amis. Apparemment, il m'était plus difficile de me faire des amis parmi les écrivains américains. Je ne sais pas exactement pourquoi, mais l'une des raisons est que je ne buvais pas. Cela peut sembler une raison mineure, mais il est vrai que ces écrivains se sentaient plus à l'aise en compagnie de bons buveurs. Ma sobriété rendait les contacts difficiles.

Q. – Vous avez refusé de rencontrer Marshall Field parce que vous trouviez qu'il avait trop d'argent.

A.N. – Oui, j'ai toujours eu certains préjugés contre les riches.

Q. – Vous avez dit quelque part que s'ils étaient vraiment gentils, ils donneraient leur argent.

A.N. – Oui, je l'ai pensé. C'est une idée que j'ai eue très jeune parce que tout un côté de ma famille était artiste et pauvre, et l'autre riche et égoïste. Et d'une certaine manière, j'ai toujours conservé ce préjugé.

Q. – Avez-vous eu un enfant dans votre vie ?

A.N. – Non. J'ai subi une opération quand j'avais neuf ans, qui devait m'empêcher d'en avoir.

Mais nous ne nous en sommes rendu compte que lorsque je mis au monde un enfant mort-né – étranglé par des adhérences. À cette époque, la chirurgie n'était pas au point et les opérations créaient souvent des adhérences, qui ont étranglé l'enfant. La nature m'a donc refusé cela. Ce ne fut pas un choix. Mais je n'ai pas l'impression qu'une femme sans enfant soit incomplète. Je ne crois pas avoir perdu quelque chose. Parce que j'ai reporté ce sentiment sur d'autres relations. Et comme l'a dit Lawrence, nous n'avons pas besoin de davantage d'enfants dans le monde, nous avons besoin de davantage d'espoir.

Q. – Vous avez parlé du sentiment tragique de la vie, et pour vous cela voulait dire l'obsession d'un idéal, non pas d'un idéal de vie simple et primitive, mais d'une forme de perfection idéaliste et romanesque. Et vous vous demandiez quand s'était forgé en vous un tel idéal, qui vous rendait la vie si difficile.

A.N. – C'était à l'époque des premiers tomes du *Journal* : j'étais une romantique névrosée, pour employer un vocabulaire moderne, et je m'attendais à l'extraordinaire. Ce n'est plus vrai aujourd'hui. La maturité amène la fusion de ce que l'on désire avec ce qui est possible : elle vous montre aussi que vos exigences étaient souvent très exagérées et inhumaines pour les autres.

Q. – Était-ce une des principales difficultés de votre jeunesse ?

A.N. – Non, la psychanalyse m'en a très tôt guérie. Voyez-vous, la psychanalyse vous donne un sens de la réalité – je ne veux pas dire qu'elle vous apprenne à accepter un idéal moindre que celui que vous vous étiez fixé, mais elle vous montre comment réaliser vos désirs. Ce qu'elle m'a vraiment enseigné, c'est comment atteindre les buts que je souhaitais, en me montrant qu'ils n'étaient pas inaccessibles.

Q. – Et vous y êtes parvenue avec moins de douleur qu'au début ?

A.N. – Les premiers tomes du *Journal* font état de beaucoup plus de difficultés et de peines que les derniers. En fait, le tome sur lequel je suis en train de travailler est rempli de joie.

Q. – « Joie » est un mot que vous employez souvent, même dans les premiers tomes. Vous parlez de la joie que l'on retire des petites choses.

A.N. – C'est un sentiment que je recherchais. Je pense que la quête de la joie est merveilleuse, et je ne l'ai jamais abandonnée, même dans les moments les plus durs. Quand je parle du sentiment tragique de la vie, c'est par opposition au sentiment

« comique » de la vie, que je déteste. Je ne trouve pas drôles les choses dont nous rions en général. Mais la joie est encore une autre dimension. C'est une autre forme d'enjouement – où « jouer » a le sens que lui donnent les artistes. Cela suppose imagination et effort pour transformer et rendre plus belle la réalité. Ce genre de jeu est joie.

Q. – Continueriez-vous d'écrire même si vous n'aviez pas de lecteurs ?

A.N. – Oui.

Q. – Vous êtes allée si loin, parvenue si loin – quel est maintenant votre rêve ?

A.N. – J'ai commencé comme poète, avec des traumatismes qui m'ont rejetée à l'intérieur de moi. Il arrive souvent qu'après de tels traumatismes, les gens restent là où le sort les a rejetés. Mais mon rêve était d'en sortir, et j'y suis aujourd'hui parvenue – l'épanouissement et la communion avec le monde, me sentir reliée à tout ce qui se passe. Je ne pourrais pas dire que j'ai un autre rêve au-delà de celui-ci, parce que je le vis pleinement. Ma vie s'est épanouie et mon évolution n'a jamais cessé. Je n'ai pas d'autre souhait maintenant. Je me contente de parfaire ceux que je vis – d'avoir un sentiment toujours plus profond de communion avec le monde et plus particulièrement avec les femmes, un sentiment de leur développement et de leur évolution. Et je pense que je le possède.

Mon rêve ne concerne plus seulement moi-même ; il s'étend aux autres femmes. Mon rêve est de voir les femmes évoluer et s'épanouir pleinement, aller au bout de leurs capacités. J'ai pris conscience de tous les obstacles, non seulement grâce à ma propre expérience, mais aussi grâce à toutes les lettres de femmes que je reçois. Je pense donc que là se situe aujourd'hui mon rêve. Il concerne la femme.

Q. – Fréquentez-vous beaucoup les soirées et réceptions mondaines à New York, Los Angeles ou San Francisco, ou ailleurs, et s'il vous arrive d'y aller, comment vivez-vous les petits matins ? Dans l'un des tomes du *Journal*, j'ai cru comprendre que vous n'aimiez pas cette sorte de… d'agressivité sociale, pourrais-je dire. Je voulais savoir si, depuis 1966, vous êtes capable de les supporter physiquement – jusqu'au bout.

A.N. – Je suis désolée, mais pour ce qui est de l'énergie, je pense que les cinquante-six conférences que j'ai données depuis septembre prouvent le contraire. Non, je n'aime pas les réceptions mondaines, et je n'aime pas parler toute une nuit, sauf à des amis très proches. Mais je ne pense pas avoir encore des problèmes d'énergie. Vous devriez plutôt demander ça à Picasso.

470

Q. – Pourriez-vous nous parler davantage de la mort – de la mort physique ?

A.N. – C'est un sujet auquel je ne pense jamais. Je ne suis pas du tout préparée à en parler. Je trouve que l'on devrait plutôt se soucier de ne pas mourir pendant notre vie. Ce qui se passe après la vie n'a jamais compté parmi mes préoccupations, et je n'aime pas et ne sais pas en parler. Je n'y pense jamais. J'essaie de rester le plus en vie possible, et c'est pourquoi je ne crois ni au vieillissement ni aux années. Je pense que la seule chose à laquelle il faut veiller, c'est à ne jamais cesser de vivre, cesser de sentir, cesser de penser ou de chercher – voilà la véritable fin d'une vie, vous savez. Je ne veux donc pas que la mort passe avant ; elle ne m'intéresse pas.

Q. – Je crois me rappeler que vous dites dans le *Journal* que c'est dans les moments où vous vous sentiez vivre le plus que vous pensiez le plus à la mort.

A.N. – Oui, je crois que l'on réagit ainsi à vingt ans. La mort nous préoccupe davantage quand nous sommes jeunes. Les enfants ont beaucoup de jeux qui tournent autour de la mort. Mais plus l'on s'en rapproche, moins elle nous intéresse.

Q. – Un jour, Paul Rosenfeld vous avait demandé des conseils sur la façon de commencer une autobiographie et vous lui avez répondu : « Écrivez vos désirs et vos rêves, et demandez-vous s'ils ont été réalisés. » Quels étaient vos désirs et vos rêves ? Se sont-ils réalisés et continuent-ils à l'être ?

A.N. – Tous concernaient l'amour et l'amitié. Et ils ont été réalisés dans ma vie privée, d'abord, et ensuite, grâce à mon œuvre, j'ai pu communiquer avec le monde. Je me sens heureuse d'avoir réussi cela.

Q. – J'ai une question qui me préoccupe depuis longtemps. Comment prononcez-vous votre nom ?

A.N. – Oh ! il faut que je vous le dise parce qu'on le donne maintenant à beaucoup de petites filles. J'ai cinq « filles » baptisées de mon prénom. C'est Anaïs. Vous prononcez d'abord Anna, ce qui vous aide à séparer le « a » du « ï », car il y a un tréma sur le « i ». En France, on a beaucoup donné de noms grecs il y a trois cents ans. C'est pourquoi vous retrouvez une Thaïs dans Flaubert, une Anaïs dans Colette et une autre dans Simenon. De génération en génération, on a donné ce nom aux enfants. J'ai eu la chance qu'on m'appelle Anaïs. Et maintenant vous allez mettre au monde d'autres Anaïs.

Q. – Si vous deviez – vous savez, la question classique – recommencer, revivre, et reprendre votre œuvre depuis le début, en sachant ce que vous savez aujourd'hui, votre vie serait-elle différente, et vos œuvres seraient-elles différentes ?

A.N. – Je ne pense pas que j'aimerais faire autre chose que ce difficile voyage intérieur que j'ai accompli. Tout était très riche et je ne voudrais pas effacer les erreurs que j'ai pu commettre. Je ne crois pas que je changerais quoi que ce soit, en vérité. Peut-être la seule chose que j'aurais aimée aurait été d'aller plus vite et que certaines découvertes prennent moins de temps. Par exemple, il a fallu beaucoup d'années avant que mon œuvre ne soit acceptée, et je ne peux pas dire que cela me réjouisse. Cela a pris vingt ans.

Q. – Mais n'est-ce pas d'autant plus agréable à la fin ?

A.N. – Oui, mais j'aurais souhaité que cela arrive plus tôt. J'aurais vraiment aimé transformer certaines données temporelles, et je pense que c'est ce qui se produit dans la nouvelle génération, ce qui me ravit. Ils vont plus vite, ils atteignent plus vite la sagesse, ils traversent plus vite les expériences. La lutte n'est plus si longue. Le voyage intérieur leur prendra moins de temps.

Q. – Lorsque la Seconde Guerre mondiale apparut inévitable, vous avez écrit dans le *Journal* que « le héros moderne était celui qui serait capable de maîtriser sa propre névrose afin que celle-ci ne devienne pas universelle, celui qui lutterait avec ses propres mythes, parce qu'il saurait qu'il les a lui-même créés, celui qui aurait le courage d'entrer dans le labyrinthe et de se battre contre le monstre ». Je présume que vous pensez encore ces mots, et pourriez-vous donner quelque encouragement à ceux qui ont toujours peur d'accomplir « ce difficile voyage » ?

A.N. – Oui. N'ayez en vue que le but final, la récompense. C'est-à-dire l'épanouissement, et une vie libre de conflit et d'angoisse. Réalisation de l'amour et de la création. Un sens de profond accomplissement.

Q. – Avant que vous ne partiez, j'aimerais éclaircir un point dont j'ai déjà parlé. J'ai dit que votre *Journal* déroutait presque quelqu'un de notre époque parce qu'il n'avait pas d'époque. J'ai dit qu'il n'appartenait pas à notre temps, parce qu'il était de tous les temps. J'espère que vous avez bien compris que je ne voulais pas dire du tout que votre *Journal* appartenait au passé. Je désirais exprimer l'inverse.

A.N. – Non, je savais ce que vous vouliez dire et c'est la raison même pour laquelle je l'ai publié. Si je n'avais pas senti qu'il était de tous les temps, comme vous avez dit – encore mieux que je n'ai pu le dire moi-même –, je ne l'aurais pas publié.

S'il n'avait été que nostalgie d'un passé, je l'aurais gardé secret. Non, j'ai bien entendu, et j'ai aimé ce que vous avez dit. Et, sur cette note d'éternité et de compréhension mutuelle, je crois que je vais vous dire bonsoir.

REMERCIEMENTS

La plupart des bandes magnétiques qui ont servi à cette édition ont été mises à ma disposition par Anaïs Nin elle-même, mais Donna Ippolito des Swallow Press et Judith Citrin m'ont également donné les enregistrements dont elles disposaient. Richard Centing, comme il le fait toujours pour les travaux sur Nin, m'a prodigué toutes les informations bibliographiques nécessaires. J'aimerais leur exprimer à tous ma gratitude.

Pour ce qui est de l'aide financière qui m'a permis de ne pas enseigner pendant la plus grande partie de la rédaction de cette édition, je dois remercier l'université du Manitoba et la Fondation Killam dont les fonds sont octroyés par le Canada Council.

Pat Spakowski est responsable de la transcription des bandes magnétiques et de la dactylographie du manuscrit pour la présente édition : je lui adresse mes plus sincères remerciements.

Enfin, ce livre doit son origine aussi bien que sa réalisation à John Teunissen. C'est grâce à lui que j'ai commencé à m'intéresser à l'œuvre d'Anaïs Nin, et c'est lui qui, alors que nous raccompagnions Anaïs Nin à Bradley Airport après sa conférence à Hampshire College en 1972, nous a donné l'idée de ce livre. Et, pendant toute la préparation du manuscrit, il m'a fait partager généreusement ses connaissances en editing et ses opinions de professionnel. De plus, il m'a sans cesse encouragée en me rappelant l'importance de ce projet et l'urgence de sa réalisation. Anaïs Nin et moi avons eu beaucoup de chance avec nos hommes.

E.H.

Table

Le Livre de Poche s'engage pour l'environnement en réduisant l'empreinte carbone de ses livres. Celle de cet exemplaire est de :
700 g éq. CO_2
Rendez-vous sur www.livredepoche-durable.fr

PAPIER À BASE DE
FIBRES CERTIFIÉES

Composition réalisée par PCA

Achevé d'imprimer en mai 2021 en France par
Nouvelle Imprimerie Laballery – 58500 Clamecy (Nièvre)
N° d'impression : 105136
Dépôt légal 1re publication : mai 2021
LIBRAIRIE GÉNÉRALE FRANÇAISE
21, rue du Montparnasse – 75298 Paris Cedex 06

31/5680/0